GÜNTER NEUWIRTH

Wettlauf in Triest

GÜNTER NEUWIRTH
Wettlauf in Triest

ROMAN

Personen und Handlung sind frei erfunden. Ähnlichkeiten mit lebenden oder toten Personen sind rein zufällig und nicht beabsichtigt.

Bei Fragen zur Produktsicherheit gemäß der Verordnung über die allgemeine Produktsicherheit (GPSR) wenden Sie sich bitte an den Verlag.

Die automatisierte Analyse des Werkes, um daraus Informationen insbesondere über Muster, Trends und Korrelationen gemäß § 44b UrhG (»Text und Data Mining«) zu gewinnen, ist untersagt.

Immer informiert

Spannung pur – mit unserem Newsletter informieren wir Sie regelmäßig über Wissenswertes aus unserer Bücherwelt.

Gefällt mir!

Facebook: @Gmeiner.Verlag
Instagram: @gmeinerverlag

Besuchen Sie uns im Internet:
www.gmeiner-verlag.de

© 2025 – Gmeiner-Verlag GmbH
Im Ehnried 5, 88605 Meßkirch
Telefon 07575 / 2095-0
info@gmeiner-verlag.de
Alle Rechte vorbehalten
1. Auflage 2025

Satz: Mirjam Hecht
Umschlaggestaltung: U.O.R.G. Lutz Eberle, Stuttgart
unter Verwendung eines Bildes von: © ullstein bild – Imagno; Paläste an der Piazza Grande. Rechts der Palazzo Stratti mit dem Caffè degli Specchi. Um 1900.
Druck: GGP Media GmbH, Pößneck
Printed in Germany
ISBN 978-3-8392-0812-0

Personenverzeichnis

Brunos privates Umfeld

Bruno Zabini, 38, Inspector I. Klasse, Triest
Heidemarie Zabini, geb. Bogensberger in Wien, 60, Brunos Mutter
Salvatore Zabini (1836–1899), Brunos Vater
Maria Barbieri, geb. Zabini, 33, Brunos Schwester, Triest
Fedora Cherini, 35, Kostümbildnerin, Triest
Luise Dorothea Freifrau von Callenhoff, 28, Schriftstellerin, Triest und Sistiana
Gerwin von Callenhoff, 6, Sohn von Luise, Triest und Sistiana
Grete Fischnaller, 21, Kindermädchen von Gerwin, Südtirol

Die Triester Polizei

Dr. Stephan Rathkolb, 60, Polizeidirektor
Johann Ernst Gellner, 53, Oberinspector
Emilio Pittoni, 41, Inspector I. Klasse
Vinzenz Jaunig, 48, Inspector II. Klasse
Luigi Bosovich, 27, Polizeiagent I. Klasse

Romano Materazzi, 38, Polizeiagent I. Klasse
Ivana Zupan, 42, Schreibkraft

Die wichtigsten Akteure

Leopold Freiherr von Baumberg, 36, Obersekretär, Wien
Koloman Vanek, 37, Baumbergs Adjutant, Mährisch Ostrau
Fabrizio Renzullo, 27, Buchmacher, Triest
Gino Fonda, 54, Magazineur im Ippodromo, Triest
Laura Cavallaro, 21, Prostituierte, Sizilien
Concetta Musso, 23, Prostituierte, Lombardei
Sebastiano Lippi, 30, Buchmacher und Dandy, Triest
Attila Giller, 48, Gutsbesitzer, Cervignano del Friuli und Triest
Luzie Giller, 45, Ehefrau von Giller, Cervignano del Friuli
Ruggero Guiscardi, 43, Zuhälter, genannt Napoletano, Neapel
Virginio Broggi, 52, Zuhälter, genannt Milanese, Mailand
Béla Szigeti, 44, Zuhälter, Budapest
Guido Morterra, 44, Verwalter Gestüt Calaprice, Triest
Leopoldo Haas, 46, Juwelier, Triest

Donnerstag, 28. Mai 1908

Bruno schulterte den auf einem Dreibein montierten Photoapparat und nickte Luigi Bosovich zu. »Bereit?«

Brunos Kollege setzte seinen Hut auf und packte die Kommissionstasche. »Jawohl.«

Zu zweit verließen sie die Kanzlei und eilten die Treppe hinab. Vor der Polizeidirektion wartete ein Wagen, der Fahrer stand abfahrbereit neben den Pferden.

»Dobro jutro, gospod Leskovar«, grüßte Bruno auf Slowenisch.

»Dobro jutro, inšpektor.«

»Wie ich sehe, haben Sie den Zweispänner genommen«, sagte er auf Deutsch.

»Man hat mir gemeldet, dass wir auf den Montebello müssen. Für ein Pferd allein ist das sehr anstrengend.«

»Avanti, signori.«

»Sì, ispettore.«

Bruno und Luigi verstauten ihr Gepäck und setzten sich in den offenen Wagen. Das Wetter versprach an diesem Maitag – wie schon die ganze Woche über – warm und trocken zu bleiben. Milan Leskovar schnalzte mit den Zügeln, das Fuhrwerk rollte los.

Von der Piazza Goldoni bogen sie auf Via della Barriera vecchia und fuhren stadtauswärts, später wechselten sie auf die Via delle Sette Fontane. Wie üblich war an diesem

Vormittag viel Verkehr auf den Straßen Triests. Die Rösser mussten sich bergan ins Zeug legen, um das Tempo zu halten. Nach einer Weile erblickte Bruno einen am Straßenrand stehenden Wachmann, der die Hand hob. Leskovar hielt den Wagen an, der wartende Polizist griff nach dem Zaum des rechten Pferdes. Bruno und Luigi kletterten herunter.

»Herr Inspector«, rief der Uniformierte. »Sie müssen da entlang durch den Wald zum Klutsch hinunter.«

»Liegt der Leichnam im Bach?«

»Am Ufer. Mein Kollege ist unten.«

»Leskovar, Sie bleiben beim Wagen. Und Sie zeigen uns den Weg.«

»Soll ich das Gepäck nehmen?«

»Nicht nötig, Polizeiagent Bosovich und ich schaffen das schon. Gehen Sie voran.«

Über einen Trampelpfad stiegen sie hinunter in Richtung des Baches, den manche mit seinem deutschen Namen Klutsch bezeichneten, andere aber auf Italienisch Torrente Settefontane. Sieben Quellen speisten den Bach, der die abfallende Berglinie an der Südflanke des Montebello in Richtung Meer hinabströmte.

Sie kamen zum Eisenbahngleis, das zum Verschiebebahnhof, zum Franz-Josephs-Hafen und zum Staatsbahnhof führte. Der noch recht neue Schienenstrang war zwar nur eingleisig, aber in kurzer Zeit zu einer der am stärksten befahrenen Strecken auf dem Triester Stadtgebiet geworden. Eben näherte sich bergauf fauchend und stampfend ein Güterzug. Der Lokführer sah die Männer an der Strecke und betätigte die Pfeife. Bruno hob die Hand und signalisierte, dass sie warten würden.

Luigi wandte sich an Bruno. »Das ist eine 170, nicht wahr, Herr Inspector?«

Bruno nickte lächelnd. »Langsam kriegst du Expertise, Luigi. Die Ausbildung lohnt sich.«

Bruno zählte die vorbeifahrenden Waggons. Die schwere und überaus zugkräftige Dampflok der Reihe kkStB 170 schleppte sieben gedeckte und wahrscheinlich voll beladene Waggons sowie achtundzwanzig offene und unbeladene Zweiachser die Rampe hoch. Daher mussten sie eine ganze Weile warten, bis der Güterzug an ihnen vorbei war. Wie jeder Interessierte in Triest wusste, rollten seit Jahren unablässig die flachen und offenen Zweiachser mit Eisen aus den Hüttenwerken der Monarchie schwer beladen auf die Stadt zu und verließen sie kurz darauf um ihre Last erleichtert. Das Lloydarsenal und der Stabilimento Tecnico Triestino verschlangen gefräßigen Titanen gleich Unmengen an Eisen, um Österreich-Ungarns Handels- und Kriegsmarine mit neuen, immer größeren und stärkeren Schiffen auszustatten.

Unterhalb des Gleises verschwand der Bach in einem im vorigen Jahrhundert angelegten Kanal, welcher bis hinunter an das Meer reichte. Mehrere Bäche, die vom Hochplateau durch das Stadtgebiet dem Meer zuströmten, waren in Kanäle gefasst worden. Bruno sah am Bachufer einen Polizisten neben einer am Boden liegenden Gestalt. Diese war mit einer Decke umhüllt. Ein weiterer Mann war eben dabei, nasse Kleidungsstücke auszuwringen.

»Guten Morgen, meine Herren«, grüßte Bruno, stellte den Photoapparat ab und wandte sich dem Mann Mitte fünfzig zu. »Was machen Sie hier?«

Der Mann schaute Bruno an und zuckte mit den Achseln. »Wonach sieht es aus?«

Bruno runzelte die Stirn und dachte nach. Ihm kam das Gesicht seines Gegenübers bekannt vor. »Sie heißen Gino Fonda, nicht wahr?«

»Ja, das ist mein Name.«

»Und Sie arbeiten als Magazineur in den Stallungen beim Ippodromo.«

»Sie können sich also an mich erinnern, Herr Inspector.«

Bruno schaute sich noch einmal um, erblickte die Seife, das Waschbrett und die nasse Kleidung in einem Korb. »Waschen Sie Ihre Wäsche immer hier am Bach?«

»Seit Jahren. Ich kann mir keine Wäscherei leisten.«

»Und warum gehen Sie nicht an einen öffentlichen Brunnen?«

»Da rennen zu viele Leute herum.«

Bruno hatte diesen Mann im vergangenen Jahr wegen eines Drohbriefes verhört. Mit auf Briefpapier geklebten Buchstaben, die Fonda aus Zeitungen geschnitten hatte, hatte er der Statthalterei eine Bombendrohung geschickt. Der Mittfünfziger hatte sich beim Verhör als verschrobener, aber völlig ungefährlicher Einzelgänger herausgestellt, der mit dem Drohbrief seine Wut auf die herrschende Ungerechtigkeit und den Adel zum Ausdruck gebracht hatte. Es war damals vor allem Luigi Bosovichs Leistung gewesen, den anonymen Briefschreiber zu entlarven.

»Signor Fonda, haben Sie die Leiche gefunden?«

»Ja.«

»Erzählen Sie mir, wie das abgelaufen ist.«

Der Mann verzog den Mund und schien abzuwägen, ob er der Aufforderung des Inspectors nachkommen sollte. Viel Lust, mit Bruno zu sprechen, schien er nicht zu haben.

»Also, im Morgengrauen bin ich mit meinem Korb losmarschiert und hierhergekommen. Ich habe die Decke gesehen und ein Stück zur Seite gezogen. Das Mädchen war schon ganz kalt, hat wohl die ganze Nacht hier gelegen. So bin ich zur Wachstube gegangen und habe diese beiden Männer hergeführt. Die Polizisten haben dann getan, was Polizisten so machen, und ich habe meine Wäsche gewaschen.«

Bruno schaute den Polizisten an, der am Fundort Wache gehalten hatte. »Können Sie diesen Bericht bestätigen?«

»Jawohl, Herr Inspector. Ich bin hier, seit uns Signor Fonda hergebracht hat. Und er hat tatsächlich seine Kleidung gewaschen.«

Fonda hörte den empörten Tonfall des Polizisten. »Na, was soll ich sonst tun, Mützenständer? Die Wäsche wäscht sich nicht von allein, du rührst kein Ohr und das Mädchen ist ja schon tot.«

Bruno kniff die Augen zusammen. »Bitte bleiben Sie höflich, Signor Fonda, dann werde ich auch höflich sein.«

Der Mann verzog seinen Mund, griff nach der Seife, wickelte sie in Zeitungspapier ein und murmelte vor sich hin. »Höfliche Polizei? Das wäre etwas ganz Neues.«

»Der Körper lag also unter dieser Decke, als Sie gekommen sind«, vergewisserte sich Bruno.

»Haben Sie mir zugehört?«

Bruno verzog den Mund. »Wollen Sie noch etwas aussagen?«

»Noch was? Nein.«

»Dann vielen Dank, Signor Fonda, dass Sie die Polizei alarmiert haben. Wie ich sehe, sind Sie mit Ihrer Arbeit fertig, also können Sie gehen. Ich weiß, wo ich Sie finde, falls noch Fragen auftauchen.«

»Was für Fragen? Hab alles gesagt.«

Bruno verfolgte noch, wie der alte Griesgram seine Sachen packte und losmarschierte, dann wandte er sich seinem Adjutanten zu. »Nun denn, Luigi, fangen wir mit der Arbeit an.«

―⁂―

Bruno trat durch die offene Tür in sein Bureau. Nachdem er die Kommissionstasche, die Mappe mit den gesammelten Materialien und den dunkelbraunen Jutesack, in dem sich die blutbefleckte Decke befand, abgelegt hatte, hängte er sein Sakko an den Garderobenhaken. Luigi folgte ihm und lehnte den Photoapparat an die Wand.

»Es ist warm geworden«, sagte Bruno und fächelte sich mit dem Hut Kühlung zu.

»Man munkelt, dass Derartiges im Frühsommer geschehen kann.«

Bruno schmunzelte. Sein Adjutant hatte in den Monaten der Zusammenarbeit ein recht loses Mundwerk entwickelt. Luigi war der jüngste Mann im k.k. Polizeiagenteninstitut und hatte in den ersten Jahren seines Dienstes in der Regel die langweiligen Arbeiten übernehmen müssen, die er für gewöhnlich mit beispielloser Langsamkeit erledigt hatte. Aber wegen wiederholt bewiesener schneller Auffassungsgabe und einigen überzeugenden Erfolgen während kritischer Einsätze war er zum Polizeiagenten I. Klasse und zum persönlichen Adjutanten Brunos ernannt worden. Nachdem Polizeidirektor Dr. Rathkolb im letzten Winter den Entschluss gefasst hatte, substanziell in die Ausbildung der jungen Polizeiagenten zu investieren, war Bruno die Rolle zugefallen, den Männern seine in mühevoller Arbeit erworbenen theoretischen und praktischen Kenntnisse der Kriminalistik und Kriminologie nahezubringen. Auch hier hatte Luigi gezeigt, was in ihm steckte. Mittlerweile kontrollierte Bruno die Untersuchungsergebnisse seines Adjutanten nicht mehr auf deren Plausibilität, sondern nutzte sie.

Trotz seiner manchmal spitzen Zunge wusste Luigi immer, wie weit er mit seinen Frechheiten gehen konnte, nicht zuletzt, weil es Bruno durchaus verstand, seine Autorität als älterer und ranghöherer Beamter zu behaupten. Aber in der Regel gestattete Bruno Luigi viele Freiheiten und ließ es zu, dass er eigene Entscheidungen traf. Denn eines würde Bruno niemals vergessen: In dieser entsetzlichen Nacht im letzten November hatte Luigi durch blitzschnelles Handeln in letzter Sekunde sein Leben gerettet. Bruno dachte für sich, dass er eines Tages Luigi das Du anbieten würde. Irgendwann würde es so weit sein.

Vinzenz Jaunig erschien in der Tür. »Und, meine Herren, fündig geworden?«

Bruno wandte sich dem groß gewachsenen und recht korpulenten Inspector zu. »Wie du siehst, haben wir reiche Ernte eingeholt.«

Vinzenz deutete mit dem Daumen über die Schulter. »Der Oberinspector möchte einen mündlichen Bericht.«

Bruno nickte. »Gut, wir kommen.«

Bruno und Luigi folgten Vinzenz in das Bureau von Oberinspector Gellner, der mit einer auf der Nase sitzenden Lesebrille in Akten schmökerte.

»Sehr gut, Signor Zabini und Signor Bosovich sind wieder im Haus. Bitte setzen Sie sich, ich bin in einer Minute ganz Ohr.«

»Herr Oberinspector, ich möchte auf dem Stand der Dinge sein«, sagte Vinzenz.

»Natürlich, Inspector Jaunig, darum möchte ich auch gebeten haben. Nehmen Sie sich einen Stuhl.«

Während sich die drei setzten, signierte Gellner noch mehrere Dokumente und klappte schließlich den Aktenumschlag zu.

»Berichten Sie vom Leichenfund auf dem Montebello«, forderte Gellner, formte mit den Fingerspitzen ein Dreieck vor der Brust und lehnte sich mit aufmerksamer Miene zurück.

»Die Leiche ist eine junge Frau von ungefähr zwanzig Jahren. Sie wurde mit sechzehn Messerstichen und rund zwei Dutzend zum Teil nur oberflächlichen, zum Teil auch tiefen Schnitten tödlich verletzt. Sie war nur in Unterkleider gewandet, die sie während der tödlichen Attacken zweifelsfrei getragen hat. Die Stiche wurden allesamt gegen den Torso geführt, die Schnitte sind über den ganzen Körper verteilt, auch im Gesicht. Wir haben keine auffälligen Hämatome gefunden, nur welche, die vom Sturz oder vom Abwehrkampf herrühren könnten. Es wirkte also keine stumpfe Gewalt gegen sie. Der Fundort ist mit Sicherheit nicht der Tatort, der Körper wurde in eine Decke gewickelt und im Wald am Torrente Settefontane abgelegt. Trotz der milden Temperaturen hat die Verwesung gerade erst begonnen. Ich schätze, dass die Tat nicht länger als zwei Tage her sein kann.«

»Also muss Gewalteinwirkung mit Todesfolge angenommen werden?«

»Unabdingbar.«

»Fingerabdrücke?«

Bruno schaute Luigi an.

»Haben wir abgenommen. Alle zehn Finger sind in klar erkennbaren Abdrücken gesichert.«

»Sie haben bestimmt auch Photographien angefertigt.«

Wieder sprach Luigi. »Jawohl, Herr Oberinspector. Ich werde anschließend in der Dunkelkammer für die Ausarbeitung sorgen.«

»Tun Sie das, Signor Bosovich. Kennen wir die Identität des Opfers?«

»Leider nicht«, übernahm wieder Bruno. »Wir konnten keinerlei Dokumente oder persönliche Gegenstände finden. Außer natürlich der Unterkleider, die sie am Leib hatte, aber die verraten nichts über die Identität. Das Fräulein war in jedem Fall von durchschnittlicher Größe und geradem Wuchs, sie hatte fülliges brünettes Haar und südslawische Züge. Vor ihrer Tötung hat sie wohl einen recht aparten Anblick geboten.«

»Sie haben gewiss Namen und Adresse des Finders?«

»Selbstverständlich, Herr Oberinspector.«

Gellner schaute für eine Weile zum Fenster. »Üble Sache. Wer bringt zuwege, ein zwanzigjähriges Fräulein derart verwundet in den Wald zu werfen? Das ist ein sehr unangenehmer Vorfall, vor allem wegen der Nähe zum Ippodromo. Morgen beginnt das große Derby, Tausende Menschen werden auf den Montebello strömen. Die Presse wird sich auf den Leichenfund stürzen, und wie wir die lieben Gesellen der Journaille kennen, werden sie jedes grausige Detail ausschlachten. Wir müssen unbedingt verhindern, dass die Besucher des Derbys durch den Vorfall beunruhigt werden.«

»Die Vorbereitungen für die Rennen sind praktisch abgeschlossen, Herr Oberinspector«, warf Vinzenz ein. »Wir stellen eine Hundertschaft auf.«

Gellner nickte. »Ich hege keinen Zweifel, Signor Jaunig, dass Sie die Männer wie in den letzten Jahren straff führen werden, dennoch ist ein Leichenfund so knapp vor den Rennen und in relativer Nähe zur Rennbahn Grund für besondere Vorsorge.«

»Natürlich, Herr Oberinspector, ich werde die Wachposten im Wald verstärken.«

»Gut so. Also, hier meine Anordnungen: Signor Jaunig, Sie haben wieder die Verantwortung über das Derby, Ihre Autorität und Führungsstärke sind unverzichtbar. Signor Zabini, Sie leiten die Untersuchung im Tötungsdelikt. Polizeiagent Bosovich wird Ihnen wie gewöhnt tatkräftig zur Seite stehen. Ich erwarte, dass die Herren Inspectoren in laufendem Austausch bleiben und neue Erkenntnisse oder Vorkommnisse unverzüglich dem k.k. Polizeiagenteninstitut berichten.«

Das Tischtelefon des Oberinspectors klingelte.

»Noch Fragen?«

»Keine Fragen.«

»Schreiten Sie zur Tat, meine Herren«, sagte Gellner und griff zum Hörer.

Die drei erhoben sich und verließen das Bureau. Auf dem Gang sprachen sie noch miteinander, ehe Vinzenz an seinen Schreibtisch ging, Luigi den Photoapparat und die belichteten Photoplatten in die Dunkelkammer brachte und Bruno in seinem Bureau verschwand.

Bruno trat an seinen Schreibtisch und legte den Jutesack mit der blutigen Decke auf den Aktenschrank an der Wand. Er öffnete die Mappe mit den Fingerabdrücken, griff zu seiner Lupe und musterte die Tintenbilder. Lange hatte sich Gellner gegen Modernisierungen im k.k. Polizeiagenteninstitut gesträubt, aber mittlerweile hantierte er ganz selbstverständlich mit Telephonen, Telegrammen, Photographien, Fingerabdrücken und weiteren wissenschaftlichen Methoden der Ermittlungsarbeit. Nur das Schreiben mit der Schreibmaschine würde er nie akzeptieren, seine schöne und gut leserliche Handschrift war Gellners letzte Bastion der alten Polizeiwelt, wie er sie noch aus seinen jungen Jahren kannte.

Bruno setzte sich, sortierte die Materialien und versank zusehends in Grübelei. Wer hatte diesem Fräulein solches Leid angetan? Wer war zu so etwas in der Lage? In einem hatte Gellner völlig recht: üble Sache.

Freitag, 29. Mai 1908

Frühmorgens stapfte Renzullo die stetig ansteigende Straße zum Ippodromo di Montebello hoch. Die Sonne blickte eben über den Horizont und schob sich dem wolkenlosen Himmel über Triest entgegen, ein warmer und heller Tag kündigte sich an. Wie stets vor einem Derby fühlte er den Nervenkitzel und die Vorfreude. Renzullo war so früh unterwegs, damit er vor all den anderen Zuschauern auf der Rennbahn war und niemand ihm seinen Lieblingsplatz an der Westkurve streitig machen konnte. Außerdem wussten seine Kunden so, wo sie ihn finden konnten. Und sobald die Rösser zum Aufgalopp aus den Stallungen kamen, würde er sich an den prächtigen Tieren erfreuen. Er liebte alle Tiere – Hunde, Katzen oder Papageien –, aber an Pferden hing sein Herz.

Seit er 1892 als elfjähriger Bub beim allerersten Rennen auf dem Montebello atemlos dem Donnern der Hufe gelauscht und die über die Piste rasenden Sulkys gesehen hatte, war der Ippodromo das Zentrum seines Lebens. Nach der Schule hatte er sich oft bei den Stallungen herumgetrieben, und als er alt genug gewesen war, hatte er eine Stelle als Stallknecht angenommen. Aber Fabrizio Renzullo hatte bald bemerkt, dass er für harte Arbeit nicht geschaffen war, zudem hatte er unter der stets üblen Laune seines Dienstherrn gelitten. Danach hatte er sich eine Zeit lang als Getränkeverkäufer bei den Rennen verdingt, was für ein gedeihliches Auskommen nicht gereicht hatte. So häufig fanden Wettbewerbe nicht statt, als dass er von den mageren Erlösen hätte leben können. Dann hatte ihn ein älterer Buchmacher als »Putzfleck« engagiert. Der Buchmacher war während seiner Militärzeit als Offiziersdiener einem Hauptmann zugeteilt gewesen, daher hatte die dem deutschen Militärjargon entnommene Bezeichnung gerührt, mit der dieser Renzullo bedacht hatte. Und bevor dieser Mann endgültig dem Suff verfallen war, hatte Renzullo von ihm alles Wissenswerte über Pferdewetten und die Buchmacherei gelernt. Das hatte sein weiteres Leben entschieden geprägt.

Beim Eingangsportal traf er einige Bekannte und scherzte ein Weilchen herum. Später trat er an den aus weiß getünchten Längsbalken auf massiven Stehern gefertigten Zaun, der die Stehplätze von der Piste trennte. Rund zehntausend Menschen fanden entlang der Strecke Platz, während die Tribüne etwa zweitausend Zuschauer fasste. Bei den Derbys war in der Regel jeder Platz besetzt, Pferderennen erfreuten sich in der Donaumonarchie großer Beliebtheit, so auch in Triest. Noch waren die Sulkys nicht auf der Bahn, dennoch hatten sich bereits zahlreiche Besucher versammelt.

Renzullo legte seine Arme auf den Balken und fieberte dem Spektakel entgegen. Der Renntag würde mit einem Maidenrennen beginnen und danach würden vier weitere Wettbewerbe stattfinden. Bei den letzten beiden Rennen würden die stärksten Pferde an den Start gehen, auf die beim Totalisator und den Buchmachern zum Teil hohe Wetten abgeschlossen wurden.

Er entdeckte drei elegante Herren, die in seine Richtung flanierten, und schaute bewusst in die andere Richtung.

»Sieh einer an, Renzullo wagt sich auch wieder auf den Montebello. Warum bin ich nicht überrascht?«, rief Sebastiano Lippi.

Renzullo wandte sich mit verkniffenen Augen den drei in gemessener Entfernung stehenden Männern zu. »Guten Morgen, Sebastiano. Führst du heute deine Hunde auf den Platz?«

Lippi, mit einem eleganten Sommeranzug inklusive Stecktuch in der Brusttasche, Stehkragen, Krawatte, Hut und Spazierstock gekleidet, lächelte milde. Auch die beiden ihn flankierenden, nicht minder wohlausstaffierten Herren ließen sich durch die Beleidigung nicht provozieren. Lippi strich sich über den Schnurrbart. »Ach, Renzullo, wann wirst du dir endlich ein Sakko kaufen? Selbstverständlich eines, mit dem du nicht wie ein mittelloser Vagabund aussiehst, der du in Wahrheit bist.«

»So viele Gemeinheiten schon zu so früher Stunde.«

»Ich hoffe sehr, dass du keine oder nur winzige Wetten angenommen hast, mein Guter. Anderenfalls fürchte ich schwere Verluste deinerseits, weswegen du dich wieder zur Ausspeisung bei der Suppenküche anstellen musst.«

»Die Suppen der katholischen Kirche sind schmackhaft und gesund. Du solltest einmal einen Teller verkosten.«

Lippi verzog pikiert den Mund. »Gott bewahre, ich würde die olfaktorische Belästigung durch die versammelte Schar an Hungernden nicht überleben. Nein, nein, Renzullo, ich diniere lieber in Restaurants, deren Namen ein Bettler wie du sich partout nicht merken kann.«

»Hast du wieder viele Wetten abgeschlossen?«

Lippi lachte gönnerisch, seine Freunde stimmten darin ein. »Außerordentlich viele und überdurchschnittlich hohe. Ich werde am Abend ein bedeutend reicherer Mann sein als am Morgen. Das ist so sicher wie das Amen im Gebet.«
»Ich werde dich in mein Gebet einschließen, wenn du dein letztes Hemd verspielt hast.«
»Nun denn, Herr Kollege, ich wünsche dir einen erfolgreichen Tag, selbst wenn ein kleiner Gauner wie du vom Erfolg höchstens träumen kann. Gehabe dich wohl, Renzullo. Addio.«
»Addio, Sebastiano.«
Renzullo lehnte sich wieder gegen den Balken und schaute auf die Piste, verfolgte aber im Augenwinkel den Abgang der drei geschniegelten Dandys. Er konnte Lippi einfach nicht ausstehen, musste aber anerkennen, dass dieser sich in den letzten beiden Jahren zu einem der erfolgreichsten Buchmacher Triests gemausert hatte. Viele wohlhabende und prominente Pferdeliebhaber schlossen bei ihm Wetten ab. Auch musste er zugeben, dass es Lippi trefflich verstand, durch elegante Anzüge, wortgewandtes Auftreten und hemmungslose Schmeichelei die Spielsüchtigen in der Stadt zu riskanten Wetten zu verleiten. Darauf basierte ja sein Erfolg, Lippi war ein begnadeter Blender und führte seine Wettgegner an der Nase herum, ohne dass diese seine Durchtriebenheit bemerkten. Was Renzullo an Lippi aber wirklich nicht ausstehen konnte, war, dass dieser sich nicht für Pferde interessierte, sondern nur fürs Geld.

Da rollten die ersten Sulkys zum Aufgalopp auf die Piste. Immer mehr Zuschauer strömten zum Rennplatz, sammelten sich an den Balken oder besetzten die Tribüne. Renzullo liebte Maidenrennen. Es war aufregend, den jungen Pferden bei ihrem ersten Wettkampf zuzusehen. Immer wieder fiel ihm ein Tier auf, dessen Karriere er dann genau weiterverfolgte. Er hatte einige recht gut dotierte Wetten für das erste Rennen des Tages abgeschlossen und entnahm der Sakkotasche sein Wettbuch und einen Bleistift.

»Von wegen Vagabund«, murmelte Renzullo vor sich hin und blätterte das Buch auf. »So ein aufgeblasener Gockel.«

―※―

Die Finger hackten in die Tastatur, klappernd füllte sich die Zeile. Als der Blattrand erreicht war, schob Bruno den Wagen am linken Walzendrehknopf wieder in die Anfangsstellung. Da die Courier eine Typenbügelmaschine mit Oberaufschlag war, konnte man anders als etwa bei der Underwood nicht während des Schreibens auf dem Papier mitlesen. Erst durch das Hineindrücken des linken Walzendrehknopfes wurde die Zeilenschaltung ausgelöst, wodurch die geschriebene Zeile sichtbar wurde. Bruno verzog den Mund, er hatte sich einmal vertippt. Egal, das Wort war zu erkennen und der Satz zu lesen. Er schrieb eine weitere Zeile, schob den Wagen erneut und schloss den Absatz ab. Mit dem Walzendrehknopf drehte er das Papier von der Walze und überflog den Bericht.

Bruno hörte Schritte auf dem Gang und blickte hoch. Luigi trat in den Türstock und klopfte.

»Ah, Luigi, du bist schon da. Setz dich. Hast du etwas herausfinden können?«

Brunos Adjutant nahm auf dem Sessel vor dem Schreibtisch Platz. »Leider nein, Herr Inspector. In den umliegenden Häusern vermisst niemand eine Person, auf welche die Beschreibung passt.«

Bruno zuckte mit den Schultern. »Kennen wir ja. Wie viele Kilometer sind wir schon durch die Straßen gelaufen und haben niemanden gefunden, der uns mit einer Aussage weiterhelfen konnte. Aber natürlich dürfen wir nichts unversucht lassen.«

»Soll ich mich in einem weiteren Umkreis umhören? In Rozzol habe ich in der kurzen Zeit längst nicht alle Häuser abgeklappert.«

Bruno winkte ab. »Vorerst nicht. Ich glaube kaum, dass ein Anrainer in diesem Viertel einen Mord begeht und dann die Leiche in unmittelbarer Nachbarschaft loswerden will. Solange sich keine weiteren Verdachtsmomente ergeben, beenden wir die Straßenumfrage.«

»Sind Sie fündig geworden?«

Bruno klappte einen Aktenumschlag auf und reichte Luigi zwei Blätter. »Aktuell liegen zwei für uns relevante Vermisstenanzeigen in Triest vor. Zwei Fräuleins um die zwanzig werden gesucht. Hier die eine. Die Signorina ist neunzehn, italienischstämmig und wird seit einer Woche vermisst. Die Größe wird mit einem Meter sechzig angegeben, damit ist sie um fünf Zentimeter kleiner als unser Opfer. Die zweite Signorina ist einundzwanzig und würde von der Größe her passen, aber sie wiegt etwa achtzig Kilogramm und ist somit eindeutig schwerer. Die Identität des Opfers ist also noch ungeklärt.«

»Was ist mit Ihrem ersten Verdacht?«

»Dem werden wir jetzt nachgehen.«

»Wo fangen wir an?«

»Auf der Piazza di Cavana. Wir klappern einfach alle Freudenhäuser ab.«

»Günstig wäre, wenn wir die Photographie dabeihätten.«

Bruno wiegte mit leidender Miene den Kopf. »Das Porträt, das du gemacht hast, ist erstklassig, die Gesichtszüge sind klar zu erkennen, aber dennoch will ich das Bild nicht umherzeigen.«

»Wegen der bösen Schnittwunden?«

»Nimm das Bild mit, aber wir zeigen es nur dann, wenn wir einen konkreten Anlass haben. Ich will die jungen Damen in den Etablissements nicht in Angst und Schrecken versetzen«, sagte Bruno und schaute auf seine Uhr. »Es ist jetzt knapp vor ein Uhr. Da sollten wohl die meisten Häuser schon geöffnet haben. Wir brechen auf.«

—⁂—

Seine Schritte knarrten auf dem Parkett. Bruno öffnete die Tür, hängte seinen Hut an den Garderobenhaken und entledigte sich seines Sakkos. Hitze lastete zu dieser frühen Abendstunde über der Stadt, er war wieder schnell marschiert und die Treppe hochgeeilt.

Aus dem Nebenraum trat Emilio Pittoni und stellte sich in den Türstock zu Brunos Bureau. »Ciao, Bruno.«

Bruno wandte sich seinem Kollegen zu. »Ciao.«

»Wie ich gehört habe, arbeitest du am Fall Montebello.«

»Das ist korrekt.«

»Erste Erkenntnisse?«

»Tribel ist dabei, die Fingerabdrücke des Opfers mit unserer Sammlung abzugleichen. Das wird noch dauern.«

»Also ist die Identität unbekannt.«

»Leider ja. Luigi und ich haben den Nachmittag über in der Città Vecchia Bordelle abgeklappert.«

Emilio verschränkte die Arme und lehnte sich an den Türstock. »Lass mich raten. Ihr seid auf eine Mauer des Schweigens gestoßen.«

Bruno verzog leidend den Mund. »Man könnte es nicht treffender formulieren.«

»Was verleitet dich zu der Annahme, das Opfer könnte ein leichtes Mädchen gewesen sein?«

»Bestenfalls eine Ahnung, mehr nicht, aber ich gehe methodisch vor.«

»Hast du eine Photographie? Ich habe ein wenig Überblick im Milieu. Vielleicht kann ich dir helfen.«

»Das wäre großartig«, sagte Bruno und fasste in die Tasche seines Sakkos. »Das ist das Porträt, das Luigi angefertigt hat.«

Emilio nahm die Photographie entgegen und blickte scharf. »Das Gesicht ist mir unbekannt.«

»Schade.«

»Schreckliche Schnitte. Verdammt noch mal. Wer fügt einem derart hübschen Gesicht solche Wunden zu?«

Bruno griff nach dem Aktenumschlag, klappte ihn auf und breitete die drei Bilder auf dem Schreibtisch aus. »Das sind die weiteren Abzüge.«

Emilio stellte sich neben Bruno, legte das Porträt weg und nahm die Bilder in Augenschein. Er beugte sich über das der Totalen des Fundortes und langte nach der auf dem Tisch liegenden Lupe.

»Kannst du etwas entdecken?«, fragte Bruno.

»Hm, bis jetzt nichts Ungewöhnliches. Der Weg durch

den Wald zum Torrente Settefontane ist unwegsam. Wurde der Leichnam getragen oder geschleift?«

»Wahrscheinlich beides. Bei der Straße fanden wir keine Schleifspuren, in der Nähe des Baches sehr wohl. Ich vermute, dass ein Mann zu Werke ging. Zu zweit hätten die Täter den Körper bis zum Bachufer tragen können.«

Emilio richtete sich wieder auf und legte die Lupe ab.

»Wie viele Stiche?«

»Sechzehn. Und Dutzende Schnitte.«

»Der Täter war also in Raserei.«

»Das müssen wir annehmen.«

»Schmeckt mir gar nicht, dass da ein Dreckskerl ein Mädchen abschlachtet. Wenn dein Verdacht richtig ist, dass sie aus dem horizontalen Gewerbe war, wird sich das schnell herumsprechen. Unruhe im Milieu können wir gar nicht gebrauchen.«

»Du sagst es.«

Emilio warf Bruno einen seiner legendären stechenden Blicke zu. Der Mann mit den kantigen Gesichtszügen hatte etwas von einem Greifvogel. »Bruno, wenn du etwas von mir brauchst oder ich dir bei diesem Fall helfen kann, wende dich an mich. Ich habe ein ungutes Gefühl dabei. Die Art des Leichenfundes erinnert mich an unseren Fall in Ragusa.«

Bruno nickte mit bitterer Miene. Emilio und er hatten vor einigen Jahren einen Serienmörder gejagt, der in Ragusa, Spalato und anderen dalmatinischen Hafenstädten auf brutale Weise mehrere Prostituierte erschlagen und die Körper in den Wald geworfen hatte. Die Ermittlungen hatten die beiden Triester Inspectoren, die den Kollegen in Dalmatien Amtshilfe geleistet hatten, bis aufs Äußerste gefordert. »Ja, diese Erinnerung ist mir auch gekommen.«

Emilio klopfte Bruno aufmunternd auf den Oberarm. »Löse den Fall, Bruno. Das Schwein muss büßen.«

⁂

Emilio stand im Schatten eines Hauseinganges und wartete in der Dunkelheit. Er hatte Lust, eine Zigarette zu rauchen, aber er wollte seinen Standort nicht verraten. Der Napoletano ließ sich viel Zeit. Zu viel, wie Emilio dachte. Vielleicht musste er das Verhältnis zum Napoletano wieder etwas aufmöbeln. Der Mann war in den letzten Monaten um einen Tick zu selbstverständlich von Emilios Wohlwollen ausgegangen.

Nicht heute Abend, beschloss Emilio, er würde wie immer distanziert und höflich sein.

Da stapfte ein Mann die dunkle Gasse entlang, seinen Hut hatte er tief in die Stirn gezogen. Emilio erkannte die Bewegungen wieder. In seinem Beruf war es unerlässlich, über eine gute Beobachtungsgabe zu verfügen. Emilio hatte dem Napoletano eine verschlüsselte Nachricht übermittelt und zu einem Treffen gerufen. Der Mann schaute sich um und tauchte dann in den Schatten des Hauseinganges.

»Buona sera, Signor Guiscardi.«
»Buona sera, Signor Pittoni.«
»Wie ist das werte Befinden?«
»Bis jetzt noch gut. Warum wollen Sie mich sprechen?«
»Es gibt ein Problem.«
»Ein Problem für mich?«
»Ihre Probleme kenne ich nicht.«

»Also haben Sie ein Problem.«

»Ich löse meine Probleme selbst, da brauche ich Ihre Hilfe nicht, Signor Guiscardi.«

»Wer hat jetzt ein Problem?«

»Vielleicht die Stadt. Habe ein ungutes Gefühl.«

»Was liegt an?«

»Haben Sie die Zeitung gelesen?«

»Ich lese die Zeitung immer sehr genau. Ein Mann in meiner Position muss das tun.«

»Dann wissen Sie vom Fund auf dem Montebello.«

»Davon weiß ich. Sollte mich der Fall beunruhigen?«

»Vermissen Sie eines Ihrer Mädchen?«

»Nein.«

»Was ist mit der Serbin, die ich im letzten Oktober für Sie in die Stadt geschleust habe?«

»Letzten Oktober? Hm, wenn ich mich recht erinnere, waren es zwei oder drei Serbinnen und zwei Bulgarinnen. Welche meinen Sie?«

»Milka, die Brünette mit dem Muttermal am Hals.«

»Ach, die meinen Sie. Erstaunlich, dass Sie sich trotz der Monate noch an solche Details erinnern können.«

»Mein Gedächtnis ist mein Kapital. Vermissen Sie die Kleine?«

»Nein.«

»Sind Sie sich sicher?«

»Aber ja.«

»Die Leiche auf dem Montebello ist Milka, Signor Guiscardi.«

»Madonna, das arme Ding.«

»Hat Milka nicht mehr für Sie gearbeitet?«

»So ist es.«

Für eine Weile lag Schweigen zwischen den nebeneinander im Schatten stehenden Männern.

»Signor Guiscardi?«

»Ja?«

»Höre ich einen Namen?«

»Der Milanese.«

»Wann?«

»Ich habe die Kleine im März verschenkt. Nein, es war Anfang April.«

»Sie machen kostbare Geschenke.«

»Ispettore, ich bin noch nicht lange in der Stadt, der Milanese schon. Manchmal ist es besser, sich rechtzeitig Freunde zu machen.«

»Ihr Geschäft hat sich doch prächtig entwickelt, Sie haben den Milanese längst übertroffen. Und viele andere auch.«

»Manche mögen es nicht, dass ich meine Geschäfte betreibe.«

»Sehe ich ein. Die Konkurrenz schläft nicht.«

»Szigeti und seine Leute geben keinen Zentimeter preis. Das ist harte Arbeit.«

»Mir waren die Ungarn immer unsympathisch.«

»Wir Italiener müssen im Ernstfall zusammenstehen.«

Wieder schweigen die Männer, bis Emilio in die Sakkotasche griff, sein Etui entnahm und es aufklappte.

»Zigarette, Signor Guiscardi?«

»Gerne.«

Emilio steckte sich auch eine an und entflammte ein Streichholz. Die beiden sogen an ihren Zigaretten.

»Und was geschieht jetzt?«, fragte der Napoletano.

»Das Übliche.«

»Was soll ich tun?«

»Halten Sie den Kopf unten.«

━⊙━

Bruno öffnete leise die Tür und betrat das Schlafzimmer. Nur die Stehlampe beleuchtete den Raum. Gerwin war längst im Bett und Grete hatte sich vor rund einer halben Stunde zurückgezogen. In der Wohnung lag beschauliche Stille. Bruno sah, dass Luise im Nachthemd vor dem geöffneten Kleiderkasten stand. Er selbst war nach der Abendtoilette mit einem Schlafanzug bekleidet. Barfuß trat er an Luise heran, umfasste ihre Hüften und schmiegte sich an ihren Rücken. Die Rundung ihres Gesäßes drückte wohltuend gegen seine Leibesmitte, er tauchte mit der Nase in ihr Haar und küsste sie am Hals.

»Habe ich dir heute schon gesagt, dass ich ganz verrückt nach dir bin?«, fragte er.

Luise genoss seine Nähe und lächelte. »Ich glaube mich zu erinnern, dass du vor, während und nach dem Frühstück Derartiges formuliert hast, mein Lieber.«

»Meine Güte, wie kann ich nur so nachlässig sein? Das ist bei Weitem nicht genug.«

Luise lachte und legte ihren Kopf in den Nacken. »Du riechst gut.«

»Weil ich vor dem Zubettgehen stets gewissenhaft meine Zähne scheuere.«

»Ich ahne, dass deine neuzeitlichen Hygieneanstrengungen mindestens einen Dentisten in den Ruin treiben werden«, sagte Luise und löste sich aus seiner Umarmung.

»Wolltest du die Kleidung für den morgigen Tag auswählen?«

»Ja, aber ich vertage die Entscheidung. Ich will mir jetzt nicht den Kopf zerbrechen, ich bin müde.«

»Das ist eine weise Entscheidung, ich bin auch sehr müde.«

»Als du gekommen bist, warst du anfangs geistig abwesend.«

»Ich bitte um Entschuldigung.«

»Dich beschäftigen wieder böse Dinge, wie ich annehme.«

»Leider ja.«

»Ich habe in der Abendausgabe von einer getöteten jungen Frau auf dem Montebello gelesen. Ist das dein Fall?«

»Leider ja.«

Für eine Weile standen die beiden schweigend einander gegenüber.

»Reich mir deine Hände«, sagte Luise.

Bruno tat, wie ihm geheißen,

»Und sprich mir nach.«

Er lächelte. »Wieder dein Zauberspruch?«

»Ich glaube, du kannst ihn heute Abend gut gebrauchen.«

Bruno nickte. »Wahrscheinlich hast du recht.«

»Gut. Also sprich mir nach: Die Sonne ist hell, die Luft ist klar, das Meer ist weit und das Leben ist schön.«

»Die Sonne ist hell, die Luft ist klar, das Meer ist weit und das Leben ist schön«, echote Bruno.

Luise schaute ihn lächelnd an. »Sind alle Gespenster fort?«

Bruno wiegte hintergründig den Kopf. »Noch nicht ganz. Du musst wohl den zweiten Teil der Beschwörung folgen lassen.«

»Bist du aufnahmebereit?«

»Definitiv.«

»Und dieser Kuss sorgt dafür, dass das so bleibt«, beschwor Luise und presste für eine wundervolle Weile ihre Lippen auf die seinen. Sie küssten sich innig. Schließlich trat sie einen Schritt zurück, hielt aber seine Hände. »Ist deine Stimmung nun gebessert?«

»Sie ist sehr viel besser. Ich wusste immer, dass du eine zauberkundige Fee bist. Vielen Dank für diese Heilung des Gemüts.«

Luise legte ihre Hand auf seine Wange. »Komm zu Bett.«

Er knipste die Lampe aus, sie schlüpften unter die Decke, kuschelten sich zusammen und versanken bald danach in einem tiefen Schlaf.

Samstag, 30. Mai 1908

»Kommen Sie, meine Damen und Herren, machen Sie Ihr Glück! Hier zeigt sich, ob Sie ein scharfes Auge haben oder ob Sie dringend eine Brille benötigen. Kommen Sie näher, machen Sie Ihren Einsatz. Drei Becher, zwei sind leer, in einem ist die Erbse. Setzen Sie auf die Erbse. Gewinnen Sie, erhalten Sie Ihren Einsatz verdoppelt zurück, verlieren Sie, können Sie erneut setzen. Wer spielt mit? Wer hat genug Mut? Wer will Spaß? Setzen Sie zehn und gewinnen Sie zwanzig! Kommen Sie!«

Renzullo sah, wie sich eine Menschentraube rund um den Hütchenspieler bildete. Der Spieler hatte eine Holzsteige vor sich platziert, darauf lag ein Pappkoffer und über diesen war ein grünes Tuch gebreitet. Mit geschickten Händen schob der Mann drei gestürzte Becher vor sich hin und her. Renzullo schaute auf seine Taschenuhr. Bis zum ersten Rennen des heutigen Tages blieb noch Zeit, er war wieder früh losmarschiert. Ein Lächeln legte sich auf seine Lippen und er mischte sich unter die rund dreißig Zuseher.

»Wer wagt das erste Spiel des heutigen Tages? Wer ist der glückliche Gewinner? Wer hat das schnellste Auge?«

Renzullo blickte sich um. Es war keine Polizei zu sehen, die normalerweise illegale Hütchenspieler sofort vertrieb und bei wiederholtem Aufgriff in Gewahrsam nahm. Gerade bei großen Anlässen wie einem Derby sammelten sich neben den Zuschauern auch manche Glücksritter oder Taschendiebe rund um den Ippodromo. Auch dieser Hütchenspieler hatte seinen Stand ohne Genehmigung aufgestellt, denn hier auf dem Weg zum Rennplatz befanden sich normalerweise keine offiziellen Verkaufs- oder Unterhaltungsstände. Aber er war auf das plötzliche Erscheinen der Polizei vorbereitet, denn mit einem Griff konnte er Becher und Tuch im Koffer verschwinden lassen und das Weite suchen. Erfolgreiche Hütchenspieler mussten über schnelle Beine verfügen.

»Mein Herr, Sie sehen aus, als ob Sie ein gutes Auge hätten«, sagte der Hütchenspieler und zeigte auf Renzullo.

»Ich? Wieso glauben Sie, dass ich ein gutes Auge habe?«

»Ich bin mir sicher, dass es so ist. Aber ist es gut genug, um in diesem Spiel zu bestehen?«

Renzullo lächelte milde. »Na ja, so schläfrig, wie Sie die Becher herumschieben, kann jedes Kind die Erbse finden.«

»Mein Herr, Sie fordern mich heraus?«

»Nein, ich will Sie nicht um Ihr Geld bringen.«

»Sie sind sehr tapfer, mein Herr, ich bewundere Sie. Machen Sie Ihren Einsatz. Wir beginnen bei zehn Kronen. Machen Sie den Einsatz!«

Renzullo wiegte den Kopf. Die anderen Zuschauer gafften ihn neugierig an. »Verdammt, ich mache es.«

Unter Applaus trat Renzullo vor den Spieler, zog eine Zehn-Kronen-Banknote aus seinem Portemonnaie und hob sie hoch. »Hier meine zehn Kronen. Ich wette auf Sieg.«

Die Zuschauer gruppierten sich immer enger um den Tisch. Getuschel erhob sich, manche meinten, Renzullo würde die Erbse finden, andere glaubten nicht daran.

»Meine sehr geehrten Damen und Herren, hier haben

wir einen mutigen jungen Mann, der sein Geschick auf die Probe stellt. Kommen Sie näher, schauen Sie zu. Es wird ernst. Also los. Mein Herr, sind Sie bereit für das Spiel?«

Renzullo legte den Zehner auf den Koffer, zog seine Mütze vom Kopf und starrte gebannt auf die grüne Spielfläche. »Ich bin bereit.«

»Die Erbse ist in der Mitte. Sehen Sie es?«

»Jawohl.«

»Es geht los«, sagte der Spieler und begann die drei Hütchen geschickt über das Tuch zu schieben, dabei redete er in einem Strom auf seinen Gegenspieler und auf das Publikum ein. »So, eine Bewegung noch. Halt. Das ist es. Von Ihnen aus gesehen links, rechts oder in der Mitte? Mein Herr, treffen Sie Ihre Entscheidung.«

Renzullo streckte seinen Rücken durch und schaute siegessicher lächelnd in die Runde. »Ich sage ganz eindeutig links. Die Erbse ist links.«

»Der Herr hat seine Wahl getroffen, er sagt links. Sie alle sind meine Zeugen. Sie bleiben dabei? Die Erbse ist links?«

»Ich bleibe dabei. Links.«

»Ich hebe den linken Becher«, rief der Spieler und hob unter Gelächter des Publikums das Hütchen. »Sie haben verloren, mein Herr. Die Erbse ist nicht links. Sie ist auch nicht rechts, sie ist in der Mitte. Hier ist die Erbse.«

Renzullo boxte in die Luft, ein Mann klopfte ihm tröstend auf die Schulter. Die Stimmung war gut.

»Wer wagt auch ein Spiel?«

»Das lasse ich nicht auf mir sitzen. Ich habe Sie genau beobachtet und weiß jetzt, wie Sie spielen. Ich setze noch einmal zehn Kronen«, rief Renzullo laut und legte einen weiteren Zehner auf die Spielfläche.

Mit gespannten Mienen begannen der Hütchenspieler und Renzullo das Spiel. Die Zuschauer reckten die Hälse.

»Mein Herr, treffen Sie Ihre Wahl. Von Ihnen aus gesehen links, mittig oder rechts?«

»Links.«

»Sind Sie sich sicher?«

»Ja, links ist die Erbse.«

»Mein Herr, die Erbse ist tatsächlich links. Sie haben gewonnen.«

Wieder applaudierten die Leute. Der Hütchenspieler reichte Renzullo einen Zwanziger, den dieser mitsamt seinem Einsatz hochhielt und lächelnd präsentierte.

»Mein Herr, erlauben Sie, dass ich meine zwanzig Kronen zurückgewinne?«

»Was wollen Sie?«

»Ich fordere Sie zu einem dritten Spiel auf. Sie setzen den Zwanziger. Wenn Sie gewinnen, erhalten Sie vierzig Kronen, wenn Sie verlieren, kriege ich meine zwanzig zurück. Auf ein Spiel?«

Renzullo knallte siegessicher den Zwanziger auf den Pappkoffer. »Legen wir los.«

Diesmal redete der Hütchenspieler nicht ohne Unterbrechung, gebannt schauten die beiden auf die sich schnell bewegenden Becher.

»Setzen Sie auf die Erbse, mein Herr. Links, mittig oder rechts?«

»Wieder links?«

»Wieder links?«

»Ja, eindeutig. Ich habe es genau gesehen. Links.«

Der Hütchenspieler hob den linken Becher. »Sie haben verloren. Die Erbse ist rechts.«

Unter Gelächter in der Menge reichte Renzullo dem Spieler den zuvor gewonnenen Zwanziger zurück.

»Dreißig Kronen«, sagte Renzullo laut und langte nach seiner Börse. »Ich setze dreißig Kronen auf Sieg. Wagen Sie die Gegenwette?«

Der Spieler schien zu zögern, im Falle einer Niederlage müsste er sechzig Kronen bezahlen. Ein Hauch von Nervosität huschte über sein Gesicht.

»Na los, ich setze dreißig. Ein Spiel noch, dann bin ich fort. Einer von uns beiden gewinnt. Hier ist mein Einsatz.«

Der Spieler kniff die Augen zusammen. »Gut, ich nehme die Herausforderung an. Ein weiteres Spiel, dreißig Kronen ist der Einsatz.«

Sowohl die Kontrahenten als auch das Publikum starrten gebannt auf die Becher.

»Das vierte Spiel, mein Herr, der Einsatz beträgt dreißig Kronen. Von Ihnen aus gesehen links, mittig oder rechts?«

»Mitte.«

Sofort wurde im Publikum die Entscheidung diskutiert.

»Sie sagen diesmal Mitte.«

»Ja, ich bin mir felsenfest sicher. Unter dem mittleren Becher ist die Erbse.«

Der Spieler wandte sich wieder an das Publikum und legte seine Hand auf den mittleren Becher. »Meine Damen und Herren, Sie sind meine Zeugen. Der Herr sagt Mitte. Und er hat leider ... recht. Die Erbse ist in der Mitte. Der Herr hat gewonnen!«

Renzullo riss jubelnd die Arme hoch, ließ sich feiern und musste manche Hände schütteln. Dann trat er an den Spieler heran, packte seinen Einsatz in das Portemonnaie zurück und streckte die Hand aus. »Ich kriege sechzig Kronen. Bar auf die Hand.«

Zerknirscht langte der Spieler in seine Sakkotasche und reichte Renzullo den Betrag. »Hier, wie vereinbart, Ihr Gewinn.«

Die Stimmung im Publikum war ausgelassen, immer mehr vorbeikommende Leute hielten an und wollten beim Spiel zusehen. Renzullo steckte seine Börse ein, schüttelte noch ein paar Hände und schob sich lächelnd durch das Spalier. Er hörte noch, wie der Spieler seinen Vortrag wieder eröffnete und Einsätze forderte. Irgendjemand schien sich auf ein Spiel eingelassen zu haben.

Renzullo marschierte zügig los, er wollte noch rechtzeitig vor dem Rennen an der Bahn sein. Sein Kumpel Gaetano aus Parenzo würde den Leuten schon die Geldscheine aus den Taschen ziehen, er war ein Meister des Hütchenspiels. Das hatte er von seinem Onkel gelernt, der jahrzehntelang durch die Hafenstädte der Adria gezogen war, um den Menschen die Börsen zu erleichtern. Gaetano arbeitete nie in seiner Heimatstadt, daher war er viel unterwegs. Sie hatten sich während der Militärzeit angefreundet. Zwei weitere Helfer beschäftigte Gaetano, einer stand Schmiere und warnte ihn vor der sich nähernden Polizei. Der andere befand sich im Publikum, applaudierte, jubelte oder schimpfte, je nachdem, wie die Stimmung war. Und sollte niemand bieten wollen, würde er setzen, fünfzig Kronen verdienen und danach die Wache übernehmen. Das war auch Renzullos Bezahlung für die Rolle als erster, natürlich siegreicher Gegner des Hütchenspielers. Zehn Kronen verlor er in der ersten Runde, in der zweiten und dritten wurde ein Zwanziger hin und her geschoben, und in der vierten Runde erhielt er seinen Zehner aus der ersten Runde zurück mitsamt dem Fünfziger als Lohn.

Wenn die Polizei Gaetano heute nicht schnappte, würden sie abends zu viert die eine oder andere Flasche Wein entkorken.

~~∞~~

Die überdachte Tribüne füllte sich zügig, ebenso die Stehplätze an der Bahn. Sebastiano Lippi reckte seinen Hals. Gleich der erste Bewerb des zweiten Renntages war das Hauptrennen des Derbys, in dem die stärksten Pferde der großen Rennställe an den Start gingen. Für Lippi stand viel auf dem Spiel. Wenn sich alles so entwickelte, wie er hoffte, würde das Derby einen überdurchschnittlich hohen Profit abwerfen. Der erste Tag war erwartungsgemäß verlaufen, einige Wetten hatten seine Kunden gewonnen, also hatte er bezahlen müssen, andere Kunden hatten verloren, sodass er die Einsätze einstreifen hatte können. Alles in allem hatte er solide Einnahmen gemacht, aber keine berauschenden. Das könnte sich beim folgenden Rennen ändern.

Wo war der Mann? In Kürze würde das Rennen starten. Sollte Herr Giller etwa das Rennen des Jahres verpassen? Lippis Nervosität stieg, er marschierte die Tribüne auf und ab.

Da waren Atilla Giller und seine Frau! Endlich.

Der vornehme Rennstallbesitzer trat auf die Tribüne und war fast schlagartig von zahlreichen Bekannten umgeben, die seine Frau und ihn hofierten. Lippi mischte sich unter die Schar. Giller scherzte mit einigen distinguierten Herren, die sich in freudiger Erwartung packender Rennen auf der Tribüne versammelt hatten. Mit einem Seitenblick entdeckte er Lippi und nickte ihm einerseits grüßend, andererseits in eine Richtung weisend zu.

Seine Frau mischte sich unter eine Gruppe Damen, die sich köstlich zu amüsieren schienen und denen ein livrierter Kellner eisgekühlte Limonade und Schaumwein reichte. Attila Giller entschuldigte sich bei seiner Frau, schüttelte noch ein paar dargereichte Hände und stellte sich dann auf seinen angestammten Platz auf der Tribüne.

Darauf hatte Lippi gewartet. Wie zufällig, seinen feschen Hut lässig auf dem Kopf und den Stock spielerisch haltend, trat er neben den Rennstallbesitzer.

»Guten Morgen, Herr Giller«, grüßte Lippi auf Deutsch.

»Guten Morgen, Herr Lippi. Wie ist das werte Befinden?«

»Angesichts des herrlichen Wetters und der bevorstehenden Rennen ist es exaltiert. Der Mai ist schön.«

Giller schaute auf seine Taschenuhr. »Noch fünf Minuten bis zum Start des Hauptrennens.«

Lippi blickte sich unauffällig um. »Darf ich mich erdreisten, mich nach dem Befinden Ihres Prachtpferds Mercur zu erkundigen?«

Giller warf Lippi ein schiefes Lächeln zu. »Herr Lippi, welch drängende Frage. Sie wollen gar nicht wissen, wie es meiner Frau und mir ergeht?«

Lippi biss sich auf die Lippen. »Nun, Herr Giller, wie Sie sagten, das Rennen startet sehr bald. Ich setze gewisse Hoffnungen, einen für uns alle denkwürdigen Tag zu erleben.«

»Haben Sie etwa auf Mercur gesetzt?«

»Ich setze nicht, mein Berufsethos als Buchmacher erlaubt derartige Praktiken nicht.«

»Also haben Sie hoch gesetzt«, flüsterte Giller.

»Herr Giller«, flüsterte Lippi, »seit ich vor einem Monat Mercur auf Ihrem Gestüt gesehen haben, erwarte ich dieses Rennen sehnlichst.«

»Er hat sich prächtig entwickelt, da haben Sie recht.«

»Ein Jahrhundertpferd.«

»Haben Sie wie besprochen Gerüchte in Umlauf gesetzt?«

»Sehr forciert, Herr Giller. Ich habe mich von gewissen Bekannten geradezu bedrängen lassen, ehe ich unter Schwur absoluter Geheimhaltung Hector als den klaren Favoriten für das Rennen preisgegeben habe. Meine Taktik hat Früchte getragen, ich habe hohe Wetten auf Sieg von Hector aus dem Gestüt Calaprice entgegengenommen. Ein wahrhaft würdiger Favorit.«

»Oh, Hector ist ein großartiges Tier. Ich habe die Wettquoten im Blick gehalten, sie haben sich gut entwickelt. Mercur wird als Außenseiter gehandelt.«

»Allerdings, aber wir beide wissen, dass Mercur zu favorisieren ist. Der Hufschlag auf der Bahn Ihres Gestüts schien mir unbezwingbar. Sofern natürlich Mercur in den letzten Wochen sein Niveau gehalten hat.«

Giller lächelte souverän. »Mir scheint, Herr Lippi, Sie bangen vor dem Wettlauf ein wenig um Ihre Investitionen.«

Lippi zog die Schultern hoch. »Wäre es mir zu verdenken?«

Giller sah, dass sich seine Frau von ihren Bekannten löste und auf ihn zukam. Er nickte Lippi zum Abschied zu. »Bei einem Rennen kann alles passieren, das ist ja das Schöne daran. Sieg oder Niederlage liegen immer knapp beieinander. Aber nicht an diesem prächtigen Maitag, mein

Herr. Mercur hat sein Niveau nicht nur gehalten, es hat sich in den letzten Wochen sogar erhöht.«

Ein breites Grinsen legte sich auf Lippis Lippen. Er lüpfte den Hut zum Gruß, trat einen Schritt zurück, verbeugte sich galant vor der sich nähernden Gemahlin des Rennstallbesitzers und verschwand von der Tribüne.

Dann donnerten die Pferde los, von den Fahrern vorangepeitscht. Hector ging nach einer Runde klar in Führung, nur gefolgt von einem Außenseiter, einem prächtigen Fuchs, der sich bewegte, wie es sein göttlicher Name nahelegte. Lippi stand an der Bahn und vergaß zu atmen. Das Feld holte ein wenig auf, die beiden führenden Gespanne gingen die zweite Runde etwas gemächlicher an. Doch dann riss Lippi die Augen weit auf. Nachdem der Fahrer dreimal mit der Peitsche geknallt hatte, intensivierte Mercur scheinbar mühelos den Schritt, trat zum Überholmanöver an und ließ Hector beim Zieleinlauf um eine ganze Länge hinter sich. Was für ein gewaltiger Antritt!

Tausende Jubelschreie hallten vom Montebello hinab über die Dächer Triests.

Als die Sulkys nach dem Aufgalopp an den Start gegangen waren, war Renzullo der Fuchs aufgefallen. Er kannte den Fahrer, einen sehr erfahrenen Mann aus dem Gestüt Giller, der wirklich eine gute Hand für seine Rösser hatte. Den Hengst Mercur hatte er dagegen hier und heute zum ersten Mal zu Gesicht bekommen. Für Renzullo kam es nicht überraschend, dass Mercur der Einzige war, der vom klaren Favoriten Hector nicht innerhalb einer Runde abgehängt worden war, aber als dann im Finale der Fuchs den übermächtig scheinenden Rappen Hector förmlich deklassierte, war Renzullo in Begeisterung ausgebrochen. Der gesamte Ippodromo hatte gebebt.

Das zweite Rennen war auch faszinierend gewesen, aber nicht so überraschend, geradezu berauschend wie das erste.

Jetzt, in der Mittagspause, schlenderten die Menschen hin und her, tranken Bier oder Limonade, stellten sich beim Kiosk oder den Händlern an oder verrichteten ihr Geschäft.

Renzullo hatte durch Mercurs Sieg gut verdient, denn er hatte Wetten auf Sieg Hector entgegengenommen, in der Ahnung, dass das für ihn kein gutes Geschäft werden würde. So hatte der Renntag mit einer sehr erfreulichen Überraschung begonnen. Wenn das so weiterging, würde das Frühlingsderby für ihn einträglich enden.

Drei Rennen standen am Nachmittag noch auf dem Programm. Vor allem vom letzten erwartete er sich viel, denn er kannte die Pferde sehr gut.

Renzullo stutzte.

Da vorn lehnten drei junge Männer am Zaun, zu ihren Füßen standen ein paar Biergläser, einer hielt eine Flasche Cognac in der Hand. Die Kerle lachten und johlten. Renzullos Augen verengten sich. Der Mann links trug seine Geldbörse in der linken Sakkotasche, das war zu sehen, weil er sie nicht ordentlich eingesteckt hatte.

Der Teufel ritt Renzullo. Er setzte ein zutiefst verzweifeltes Gesicht auf, schleppte sich mit schweren Beinen auf die drei Männer zu und stellte sich links neben sie.

»Na, Kameraden, habt ihr heute schon gewonnen?«
»He, Kerl, was willst du?«

»Ihr habt bestimmt gewonnen. Habe ich recht? So wie ihr feiert, habt ihr einen Batzen verdient.«

Die drei lachten. »Ja, das haben wir. Deswegen gibt es Bier und Schnaps.«

»Ihr Glückspilze. Das Leben ist ungerecht.«

»Hast du etwa verloren?«

Renzullo schlug mit der Faust auf den Balken. »Ja, zwei Mal, verdammt noch mal.«

Die drei lachten über sein Unglück. Renzullo erzählte wortreich, wie er sein letztes Geld auf Sieg gesetzt und dann alles verloren hatte.

Einer der Männer reichte Renzullo die Cognacflasche. »Trink, Kamerad, damit du nicht ganz leer ausgehst.«

»Ihr seid wahre Freunde, die einen Pechvogel nicht verdursten lassen.« Renzullo nahm einen Schluck. Der Cognac brannte in der Kehle und wärmte den Bauch. Er reichte mit links die Flasche an den in der Mitte stehenden Mann zurück und zog mit der rechten Hand die Brieftasche aus dem Sakko seines Nachbarn. »Das tut gut. Vielen Dank. Ich wünsche euch noch einen erfolgreichen Tag.«

Gemächlich entfernte sich Renzullo, schaute kurz über seine Schulter und griff dann in seine Sakkotasche. Das Portemonnaie enthielt einen Ausweis, ein paar Notizzettel, eine Handvoll Münzen und fünfundsiebzig Kronen in Scheinen. Zwei Zehner ließ er in der Börse, die anderen Banknoten verschwanden in seiner Hosentasche. Wenig später stand er beim Fundbureau. Der Mann am Schalter wandte sich Renzullo zu.

»Guten Tag. Ich habe eine Geldbörse gefunden.«

»Guten Tag. Lassen Sie sehen.«

»Da ist ein Ausweis drinnen. Der Besitzer wird ihn wohl vermissen.«

Der Mann am Schalter inspizierte das Portemonnaie, entdeckte die Münzen und die zwei Zehner. Er nickte Renzullo zu. »Vielen Dank, mein Herr, Sie sind ein ehrlicher Finder.«

Renzullo winkte lässig ab. »Ach, man tut, was man kann.«

Die Kutsche fuhr los. Der Abend war längst angebrochen, die Menschenmassen, die am heutigen Tag den Ippodromo belagert hatten, bewegten sich nach und nach wieder in die Stadt. Zahlreiche Fuhrwerke rollten die Straßen hinab, manche auch hinauf in die Umlandgemeinde auf dem Karstplateau. Attila Giller saß müde, zufrieden und ein bisschen angetrunken neben seiner Ehefrau. Vor der Abfahrt hatte er sich mit einer kleinen Dosis Cocain für den Tag auf der Rennbahn gestärkt. Vor einem Jahr hatte er auf Empfehlung seines Arztes einen hartnäckigen Heuschnupfen mit diesem hervorragenden Medikament besiegt, seit damals schwor er auf die belebende Wirkung dieser Arznei. Im Laufe des Tages hatte die Wirkung nachgelassen, weswegen er abends eine weitere Dosis zu sich nehmen würde. Er wandte sich seiner Ehefrau zu.

»Und, geliebte Luzie, hast du dich heute gut unterhalten?«

»Es ging. Das Wetter war passabel, sehr sonnig, aber nicht zu heiß.«

»Ein sehr schöner Tag. Und ein sehr erfolgreicher noch dazu.«

»Dein Pferd ist in aller Munde.«

»Man muss viele Jahre, manchmal Jahrzehnte arbeiten, um ein derartiges Pferd aufzubauen. Meine Strategie, die sich schon früh zeigenden Fähigkeiten Mercurs geheim zu halten, hat sich heute mehr als bezahlt gemacht.«

»Hast du viel Geld verdient?«

»Ja, meine Teure. Und ich konnte ein paar sehr interessante Geschäftsbeziehungen anbahnen. Herr Reisenauer hat sich förmlich darum gerissen, unserem Gestüt einen Besuch abstatten zu dürfen. Er war sehr interessiert. Dieser Tag war ein Triumph auf allen Längen.«

»Reisenauer? Ist das der Mann aus Niederösterreich?«

»Genau, der Pferdezüchter aus Aspang. Er wird im September anreisen. Das genaue Datum müssen wir noch telegraphisch vereinbaren. Es könnte gut sein, dass er uns ein paar Tiere abkauft.«

»Seine Frau fand ich ein bisschen affig.«

Giller verzog den Mund. »Nun, so kam sie mir auch vor, aber wenn er uns im Herbst besucht, wird er wohl eher von seinem Stallmeister begleitet und nicht von seiner Gemahlin.«

»Sehr gut, dann kann ich mich aus allem heraushalten.«

Was ohnedies am besten war, dachte Giller, ließ den Satz aber nicht über seine Lippen. »Wann gedenkst du wieder nach Cervignano zu fahren?«

Luzie Giller hielt ihren Hut fest, denn eine Brise strich durch die Straße. »So schnell wie möglich. Länger als eine Woche ertrage ich Triest nicht. Der Lärm und die vielen Menschen sind jedes Mal eine Herausforderung. Allerdings muss ich noch einige Besorgungen erledigen.«

Giller griff nach der Hand seiner Gattin und tätschelte sie. »Ich weiß ja, dass dich der Trubel strapaziert, darum

bin ich dir sehr dankbar, dass du dich für das Derby aus deinem Garten Eden in die Höhle des Löwen begeben hast. Es war sehr wichtig, dass wir heute gemeinsam erschienen sind. Meine Geschäftspartner fragen mich immer wieder, wie es um dich bestellt ist.«
»Für meine Nerven ist es das Beste, so viel Ruhe wie möglich zu haben.«
»Du hast dich sehr tapfer gehalten, Luzie. Ich bin sehr stolz auf dich.«

Attila Gillers Vater hatte die Ehe seines Erstgeborenen mit Luzie Schmiedleitner eingefädelt, nicht nur, weil sie ein hübsches Fräulein war, sondern vor allem, weil sie eine ganz beträchtliche Mitgift in die Ehe gebracht hatte. Luzies Vater war mit dem Bau von Werkzeugmaschinen zu Wohlstand gekommen und wollte seine geliebte Tochter gut verheiraten. Der Sohn des Pferdezüchters Giller schien da eine vortreffliche Wahl zu sein, nicht zuletzt hatte Gernot Schmiedleitner ein Faible für Pferderennen. Attila war mit dem Arrangement zufrieden gewesen, denn die Mitgift war für den Fortbestand des Gestüts sehr nützlich, außerdem hatte Luzie ihm gefallen. In den ersten Jahren hatten sie ein sehr erquickliches Eheleben geführt. Zwei Töchter und ein Sohn waren der Verbindung entsprungen. Doch nach der Geburt ihres Sohnes hatten sich Schatten auf dem Gemüt seiner Frau gezeigt, Zustände von Melancholie traten immer häufiger auf. Auch war ihre jugendliche Schönheit schnell verwelkt und sie war ein bisschen korpulent geworden. Giller hatte eingefädelt, dass seine beiden Töchter und sein Stammhalter in katholischen Internaten aufgenommen wurden. Das entlastete Luzie, sie konnte sich ganz ihren Pflanzungen und Handarbeiten widmen. Er selbst weilte immer seltener auf seinem Landgut in Cervignano del Friuli, bewohnte meist die kleine Villa in Triest oder war auf Reisen durch die Monarchie. Natürlich liebte er seine Pferde, die Stallungen, die Koppeln und die kleine Rennbahn auf seinem Gut, aber auf die Unterhaltung, an der man sich in Triest erfreuen konnte, konnte und wollte Attila Giller nicht verzichten. Und da war der Ippodromo di Montebello nur ein Teil der Zerstreuung.

Sonntag, 31. Mai 1908

Renzullo schaute aus dem Fenster der Tram auf die vorbeiziehende Fassade des Ospitale Civico. Er stieg nicht beim großen Krankenhaus aus, sondern fuhr weiter in die Via Massimo d'Azeglio. Bei der nächsten Haltestelle sprang er von der Plattform und blickte um sich. Wie an einem Sonntagvormittag üblich, waren recht wenige Menschen unterwegs und auch der Straßenverkehr lief eher gemächlich. Renzullo schob seine Mütze nach hinten und schlenderte los, die Hände in den Hosentaschen. Er pfiff leise vor sich hin und drehte sich immer wieder um. Langsam näherte er sich wieder dem Hospital. An der Kreuzung angekommen, stellte er sich in einen Hauseingang und beobachtete die Umgebung. Links lag die Via del Solitario, vor ihm befand sich das große Krankenhausgebäude und rechts standen die Alleebäume der Via della Pietà.

Wo war der Büttel?

Noch konnte Renzullo den Wächter nicht entdecken, aber er wusste, dass hier irgendwo einer der Männer herumstreifte. Das taten sie stets, anders ließ der Napoletano seine Mädchen nicht auf die Straße. Am Sonntagvormittag durften vier oder fünf von ihnen die Messe besuchen und dann eine Stunde lang unter den Bäumen auf und ab flanieren. Natürlich nur unter Aufsicht.

Laura war meist unter den Kirchgängerinnen. Zum einen war sie religiös, zum anderen liebte sie es, von Zeit zu Zeit an die Sonne zu kommen. Und das Wetter an diesem Vormittag lud zum Flanieren förmlich ein. Es war wolkenlos und hell, aber eine leichte Brise sorgte dafür, dass es nicht zu heiß war. Viele Menschen nutzten den Tag für einen Besuch ihrer Angehörigen im Hospital und unternahmen danach noch einen Spaziergang. So fielen die jungen Frauen in ihren hübschen, aber unauffälligen Kleidern nicht auf. Wenn der Napoletano gestattete, dass die Mädchen in die Kirche gingen, musste er auch danach trachten, dass sie schicklich gekleidet waren.

Renzullo sah aus der Ferne, dass sich Laura bei ihrer Freundin Sabina eingehakt hatte und die beiden in ein lebhaftes Gespräch vertieft waren. Hinter ihnen gingen zwei andere Mädchen. Natürlich kannte er alle, die im Chiave d'Oro arbeiteten, und sie kannten ihn. Die meisten konnten ihn gut leiden, zumindest behaupteten sie das, und manche hatte ihn auch in ihr Zimmer nehmen wollen. Er aber hatte nur Augen für Laura. Wie oft war er schon aus dem Etablissement hinausgeworfen worden? Er konnte es nicht zählen. Aber genauso oft hatte er sich wieder hineingeschlichen und versteckt darauf gewartet, um mit Laura zumindest ein paar Worte zu wechseln. Laura selbst hatte ihm schon Dutzende Male gesagt, er solle nicht wiederkommen, seine Zeit verplempern und endlich einen anständigen Beruf ergreifen. Aber er konnte nicht aufhören, Laura zu lieben. Selbst wenn sie eine Hure war. Er wusste ja, dass sie sich dieses Leben und diese Arbeit nicht ausgesucht hatte, dass alle Mädchen im Chiave d'Oro ihr Schicksal nicht selbst gewählt hatten, sondern dass sie belogen, verraten und verkauft worden waren. Entweder die Mädchen passten sich schnell an und taten, was man von ihnen verlangte, oder sie verschwanden auf Nimmerwiedersehen – im Armenhaus oder – noch schlimmer – auf dem Grund der Adria.

Renzullo verfolgte, wie Laura immer näher kam. Meine Güte, wie schön sie war. Ihre dunklen Augen waren tiefer als das Mittelmeer, die Nase war einer römischen Göttin der Antike entliehen und ihre vollen Lippen verhießen das Paradies auf Erden. Er liebte ihren starken sizilianischen Akzent, den sie wohl nie loswerden würde, egal, wie lange sie sich in Triest aufhalten sollte. Sie hatte ihm einmal gesagt, dass sie nie wieder in ihr Heimatdorf in der Region Catania zurückkehren konnte. Wenn ihre Verwandten erfahren sollten, welcher Arbeit sie im fernen Triest nachging, würden sie sie auf der Stelle umbringen.

Ihre Eltern hatten gutes Geld dafür erhalten, dass sie ihre hübsche jüngste Tochter als zukünftige Dienstmagd einer venezianischen Baronin ziehen ließen. Sie selbst hatte gehofft, der drückenden Armut und der beklemmenden Enge des Dorfes entkommen zu können. Sie hatte von ihrem Leben in der berühmten Stadt in der Lagune im Norden der Adria geträumt, wie sie das Haar der alten Baronin bürstete, deren Kleidung zur Wäscherei trug, den Staub im Salon wischte und einkaufen ging, an den Kanälen entlang und über die Brücken marschierte, wie sie am Markt einen feschen Gesellen treffen und mit ihm ein paar Worte wechseln würde. Sie hatte auch dann noch von ihrer Arbeit und ihrer Zukunft geträumt, als sie sich mit dem Mittelsmann der venezianischen Baronin auf dem Dampfer gen Norden befunden hatte, bis … ja, bis das Schiff Ende November letzten Jahres nicht in Venedig, sondern in Fiume angelegt hatte. So war alles anders gekommen, als sie es sich ausgemalt hatte.

Renzullo hatte sich Lauras Geschichte mehrfach angehört. Immer wenn sie traurig war, erzählte sie ihm diese. Bis der nächste Kunde kam, dann wischte Laura ihre Traurigkeit fort. Renzullo war anfangs geradezu erschüttert gewesen, wie schnell und vollständig Laura ihre Traurigkeit beiseiteschieben konnte. Erst später hatte er begriffen, dass Laura diese Fähigkeit erworben hatte, um ihren Freiern nicht zu viel von sich zu zeigen. Die zahlreichen Männer, die für eine Stunde mit der schönen Sizilianerin viel Geld hinblätterten, durften nicht mehr als ihre Oberfläche sehen. Ihm, Renzullo, zeigte sie sich, zu ihm hatte Laura Vertrauen geschöpft, das hatte er längst begriffen. Und genau deshalb kam er immer wieder zu ihr, schlich sich in das Bordell oder wurde von einem der Mädchen hineingelassen, versteckte sich vor den Aufpassern, hielt Laura an den Händen, drückte sie an seine Brust und unterhielt sich flüsternd mit ihr.

Renzullo entdeckte den Wächter. Er kannte den Mann, es war einer jener Büttel des Napoletano, die mit diesem vor zwei Jahren aus Neapel nach Triest gekommen waren. Der Zuhälter führte eine ebenso verschworene wie gnadenlose Gruppe von Männern, die in der österreichischen Hafenstadt gutes Geld verdienten. Zwei Bordelle betrieb der Napoletano mittlerweile. Welchen anderen Geschäften er sonst nachging, wusste Renzullo nicht. Es war auch besser für ihn, nichts darüber zu wissen. Einmal hatte der Napoletano höchstpersönlich Renzullo im Chiave d'Oro entdeckt und am Kragen gepackt. Als er erfahren hatte, dass der unangemeldete und bettelarme junge Kerl bei den Mädchen herumlungerte und sie mit seinen Schnurren und Späßen unterhielt, hatte der Napoletano das Messer gezogen. Viel hätte nicht gefehlt und Renzullo wäre zu Fischfutter verarbeitet worden. Erst als die Mädchen beim Napoletano gebettelt hatten, Renzullo zu verschonen, hatte dieser sich umstimmen lassen und ihn vor die Tür gesetzt. Natürlich hatte zuvor einer der Büttel auf Geheiß des Napoletano Renzullo ein paar saftige Ohrfeigen verabreicht. Ganz ohne Abreibung hatten sie ihn nicht ziehen lassen wollen. Und ebenjener Mann war damals darunter gewesen, der jetzt auf der Via della Pietà Wache schob. Renzullo wollte diesem Kerl nicht unter die Augen kommen.

Er trat ein wenig vor den Hauseingang auf den Gehsteig. Laura entdeckte ihn und ein Lächeln huschte über ihr Gesicht. Auch ihre Freundin Sabina sah ihn. Renzullo verschwand wieder hinter der Mauer und wartete ein Weilchen, dann spähte er erneut um die Ecke. Die vier Mädchen standen tuschelnd beieinander, ehe zwei die Straße überquerten und sich anschickten, in die entgegengesetzte Richtung zu marschieren. Kaum hatten sie sich ein Stück entfernt, eilte ihnen der Wächter hinterher. Diesen Moment nutzte Laura, kam auf den Hauseingang zu und trat vor Renzullo.

Renzullo spähte noch einmal um sich, schnappte Lauras Hand und zog sie in den Innenhof des Hauses. Hinter einem Verschlag versteckten sie sich.

»Du Narr, bist du schon wieder hier? Wann hörst du endlich damit auf?«, schimpfte Laura erzürnt.

Renzullo erschrak, als er Lauras Gesicht aus der Nähe sah. »Was ist dir geschehen? Wer hat dich geschlagen?«

Laura wischte über ihr linkes Auge, welches geschwollen und blau verfärbt war. »Ach das, nein, ich wurde nicht geschlagen, ich habe mir den Kopf gestoßen. Das ist nichts.«

»Also hat dich einer der Kettenhunde verprügelt.«

»Reden wir nicht davon.«

»Bitte, Laura, ich will es wissen.«

Laura war das Gespräch sichtlich unangenehm. »Ich wollte nicht mit einem Kunden aufs Zimmer gehen. Das ist ein perverses Schwein, der Dinge macht, die mir nicht gefallen. Einmal mit ihm hat genügt.«

»Hat der Napoletano dir ein paar Ohrfeigen verpasst?«

»Doch nicht der Napoletano! Er hat furchtbar mit seinen Leuten geschimpft, weil mein Auge geschwollen ist. Der Dummkopf hat zu stark zugeschlagen. Immerhin brauche ich heute nicht zu arbeiten. Vergiss es, Renzullo. Es ist nichts. Wie geht es dir?«

Renzullo strahlte sie an und hielt ihre Hände an seine Brust gedrückt. »Ich kann gar nicht sagen, wie sehr ich dich in all der langen Zeit vermisst habe.«

Laura verdrehte die Augen. »Ach, warst du etwa zwei Jahre auf hoher See?«

»Ja, und noch länger.«

»Wir haben uns am letzten Mittwoch gesehen, du Dummkopf.«

»Wenn du Dummkopf zu mir sagst, zerspringt mein Herz vor Freude.«

Endlich huschte wieder ein Lächeln über ihr Antlitz. »Dir kann man nicht böse sein.«

»Hast du in der Messe ein Gebet für unser zukünftiges Glück gesprochen?«

»Nein, ich habe gebetet, mich heute richtig satt essen zu können.«

»Ich habe dir etwas mitgebracht, Laura«, sagte Renzullo und zog ein schmales Buch aus seiner Sakkotasche.

Laura griff danach und blätterte es auf. »Was ist es diesmal?«

»Eine Sammlung von lustigen Kurzgeschichten. Sie sind recht einfach geschrieben, also wirst du sie bestimmt lesen können.«

»Die Kameradinnen üben mit mir jetzt auch das Lesen. Ich bin schon recht gut darin. Aber ohne deine Lektionen könnte ich bis heute nicht einen Buchstaben entziffern.«

»Du lernst schnell. Es war einfach, dir die Grundlagen der Schrift beizubringen.«

»Danke für das Buch.«

»Gerne.«

»Erzähl! Wie waren die Rennen?«

»Ach, Laura, ich liebe die Rennen. Die Pferde, der Wettkampf, die johlenden Menschen, es war wieder großartig.«

Lauras Blick war sanft. »So wie du von den Rennen sprichst, möchte ich liebend gerne auch eines erleben. Ich fühle deine Begeisterung, deine Freude. Das klingt alles so schön.«

»Ich finde es schrecklich, dass der Napoletano euch immerzu einsperrt. Was kann daran schlimm sein, wenn ihr einen Nachmittag an der Rennbahn steht und den Sulkys applaudiert?«

»Fabrizio, darüber haben wir doch schon gesprochen.«

Laura war die Einzige, die ihn auch mit seinem Vornamen ansprach, alle anderen nannten ihn stets bei seinem Nachnamen. Renzullo wusste nicht, warum, aber das war schon in der Schule so gewesen.

»Dennoch finde ich es ungerecht. Er hält euch wie Häftlinge in einer Sträflingskolonie.«

»Hast du an den Wetten gut verdient?«

Renzullo wiegte den Kopf. »Es geht so.«

»Du hast selbst gewettet, stimmt's?«

Er verzog leidend seinen Mund. »Na ja, ich habe einen guten Teil meiner Einnahmen im letzten Rennen auf Sieg gesetzt.«

»Und du hast verloren, nicht wahr?«

Er zuckte mit den Achseln. »Erst auf den letzten Metern. Die Entscheidung war sehr knapp.«

Lauras Blick wurde tadelnd. »Wann wirst du endlich lernen, dein Geld beisammenzuhalten?«

»Was soll ich tun, geliebte Laura? Wenn ich Pferde sehe, kann ich nicht anders.«

Sie hörten sich nähernde schwere Schritte. Renzullo reagierte blitzschnell und küsste sie auf die Wange. »Versteck das Buch. Ciao, Laura.«

»Ciao, Fabrizio. Lauf!«

Wie von der Tarantel gestochen hetzte er los, sprang an der Mauer des Innenhofes hoch. Obenauf schaute er hinter sich. Da kam schon der Büttel mit drohenden Fäusten angerannt. Renzullo warf Laura eine Kusshand zu, verschwand hinter der Mauer und rannte fort. Seinen flinken Beinen konnte er vertrauen.

⁓༼⁓

Heidemarie Zabini stellte die Kaffeekanne, die Zuckerschale, das Milchkännchen und das Porzellan auf ein Tablett. In ihrer Küche duftete es nach dem frisch aufgebrühten schwarzen Gold, ohne welchem das Leben in Triest kaum denkbar wäre. Ihre Tochter Maria belud ein weiteres Tablett mit Gugelhupf, Kuchentellern und Gabeln.

Maria beugte sich über den Kuchen und schnupperte daran. »Wie das duftet, Mama. Du verwöhnst uns wieder.«

Heidemarie lächelte. »Wenn ich das Haus voller Gäste habe, ist das für mich unwillkürlich ein Festtag.«

Die beiden Frauen trugen die Tabletts auf die Terrasse. Diese lag im Schatten eines Baumes und war durch eine an der Mauer montierte und entrollte Markise geschützt.

»Meine Lieben, hier kommen Kaffee und Kuchen«, sagte Heidemarie und stellte das Tablett ab.

»Oma, du bist die Beste!«, sagte Marias Ehemann Teodoro, der seine Schwiegermutter seit Jahren wie seine Kinder auf Deutsch mit »Oma« ansprach.

Bei den sonntäglichen Besuchen von Maria, Teodoro und ihren drei Kindern hatte sich etabliert, Deutsch zu sprechen. Über die Jahre hatte auch Teodoro die Sprache seiner Schwiegermutter immer mehr vertieft, sodass er mittlerweile flüssig Deutsch redete. Alle bei Tisch waren zweisprachig. Nach vierzig Jahren an der Adria hörten selbst ausgewiesene Experten des Triestinischen in Heidemaries Artikulation keinen Akzent mehr, obwohl sie als Fräulein ohne Kenntnisse des Italienischen nach Triest gekommen war. Salvatore Zabini hatte Deutsch gesprochen, sodass die zärtlichen Bande zwischen dem bildhübschen Fräulein aus Wien und dem stattlichen jungen Beamten aus Triest schnell hatten gedeihen können. Vom ersten Tag ihrer Ankunft an der Adria hatte Heidemarie die vorherrschende Sprache wie ein Schwamm in sich aufgesogen, was wiederum ihrem Ehemann Salvatore sehr imponiert hatte. So waren die Kinder dieser triestinisch-wienerischen Ehe mit zwei Sprachen aufgewachsen. Bruno und Maria konnten behaupten, dass ihre Muttersprache Deutsch und die Vatersprache Italienisch war.

Bruno, Luise, das Kindermädchen Grete und Gerwin waren nach dem Gottesdienst zu Fuß vom Borgo Teresiano nach Cologna marschiert, die milde Temperatur am Vormittag zu einer kleinen Wanderung nützend. Teodoro und Maria sowie ihre Kinder waren wie fast jeden Sonntag nach der Messe erst mit der Elektrischen zur Piazza della Caserma gefahren, dort in die Localbahn nach Opicina um- und in Cologna ausgestiegen. Heidemarie Zabinis Haus befand sich in Sichtweite der Haltestelle auf dem Hang von Cologna.

Zu Mittag hatte Heidemarie ihren Gästen Rindsuppe mit Kaiserschöberl und danach Tafelspitz mit Erdäpfelröster, Apfelkren und Schnittlauchsauce serviert. Wie so häufig hatte sie beim Kochen für ihre Familie auf den Schatz der Wiener Küche zurückgegriffen, während sie wochentags spartanisch lebte und für sich selbst einfache Gerichte der einheimischen Landbevölkerung aus dem Karst und dem Friaul zubereitete.

Nach dem Mittagessen hatte es den Nachwuchs kaum auf den Stühlen gehalten. Maria und Teodoro hatten drei Kinder, ihre Ältester Osvaldo war neun Jahre alt, die Mädchen Valentina und Alice sieben und sechs. Luises Sohn Gerwin war sechs. Die drei Geschwister hatten den Sohn der Baronin sofort in ihrer Mitte aufgenommen, und da sie wie ihre Mutter zweisprachig aufwuchsen, hatte es keine Probleme mit Gerwins noch bescheidenen Kenntnissen des Italienischen gegeben. Gerwins Kindermädchen Grete war unter viel Gelächter und Gejohle mit den vier Kindern zu einer Expedition in das Umland von Cologna aufgebrochen. Als Heidemarie, Maria und Luise nebeneinanderstehend der abgehenden Abenteurergruppe hinterhergeblickt hatten, hatte Heidemarie zu Luise gesagt, dass es wohl nur noch ein paar gemeinsame Treffen der Kinder benötige, um Gerwin vollständig in das Italienische einzuführen. Luise hatte zugestimmt. Wenn man bedachte, dass sowohl Gerwin als auch sein Kindermädchen noch im letzten Spätherbst nicht ein Wort Italienisch verstanden hatten, waren deren Fortschritte mehr als beachtlich.

Bei Tisch saßen Bruno, Luise und Teodoro, während Heidemarie die Tassen verteilte und Maria den Gugelhupf anschnitt. Nachdem alle mit Kaffee und Kuchen versorgt waren, setzte sich Maria neben ihren Mann und Heidemarie an das Kopfende des Tisches. Den frühsommerlichen Temperaturen und dem familiären Umfeld entsprechend waren alle luftig und leger gekleidet, die Damen hatten auf Korsetts und die Herren auf Stehkrägen und Krawatten verzichtet.

Luise nahm einen Bissen und schloss genießerisch die Augen. »Der Gugelhupf ist köstlich. Vielen Dank für die delikaten Speisen, die du uns wieder einmal kredenzt hast.«

Heidemarie nickte geschmeichelt mit dem Kopf. »Für manche Frauen in meinem Alter ist es der Höhepunkt der Woche, am Sonntagvormittag für die sich zusammenfindende Familie zu kochen und zu backen. Das ist für mich keine Arbeit, sondern Vergnügen.«

Heidemarie und die Baronin Callenhoff hatten sich lange Zeit nur vom Hörensagen gekannt, aber als Luise im Spätherbst zur Witwe geworden war und Bruno und Luise sich sehr bald entschlossen hatten, ihre seit mehreren Jahren bestehende Beziehung öffentlich zu machen, hatten sich die beiden Frauen im Handumdrehen angefreundet.

Heidemarie hatte im Winter eine Veränderung an ihrem Sohn festgestellt. Er hatte sein unstetes Junggesellenleben hinter sich gelassen und sich endlich für eine Frau entschieden. Aber nicht nur das, er hatte sich auch für den kleinen Gerwin entschieden, für den rechtmäßigen Erben des früh verstorbenen Baron Callenhoff. Mittlerweile, so sah es Heidemarie, trat Bruno dem Sohn seiner Gefährtin gegenüber wie ein verantwortungsbewusster Vater auf. Das gefiel ihr, das ließ sie auch manchen Ärger über die jahrelange Unstetigkeit ihres Sohnes vergessen.

Sie wusste genau, dass sich Bruno nicht wegen charakterlicher Schwächen hinsichtlich einer Ehe lange abwehrend verhalten hatte, sie wusste vielmehr, dass er während dieses einen Jahres fern der Heimat, welches er am Beginn seiner Dienstzeit als außerordentlicher Hörer an der juridischen Fakultät in Graz verbracht hatte, unsterblich in ein Fräulein verliebt gewesen war. Nach diesem Jahr war ihr Sohn mit einer klaffenden und stark blutenden Wunde aus Graz nach Triest zurückgekehrt. Eine Mutter sah die Verletzungen ihrer Kinder, auch wenn es seelische waren. Ihr Sohn war ihr wie ein schwer verwundeter Luchs vorgekommen, der sich von Schmerz gepeinigt tief in seinem Bau verkrochen hatte. Alle Versuche, ihm zu helfen, ihm Heilung oder zumindest Wundversorgung anzubieten, waren vergeblich gewesen, Bruno hatte sich nicht geöffnet und nichts preisgegeben. Bis heute wusste Heidemarie Zabini nicht, was ihrem Sohn und seiner Verlobten in Graz widerfahren war.

Aber Bruno hatte sich verändert, er hatte erstmals persönliche Verantwortung für Menschen übernommen, nämlich für Luise und ihren Sohn Gerwin. Und das war zu einem sehr großen Teil der einfühlsamen Klugheit und seelenvollen Stärke Luises zu verdanken. Für Heidemarie stand das fest. Aus ihren Erzählungen wusste sie, dass Bruno ihr am Beginn der Beziehung geradezu lebensrettend beigestanden hatte, die verheerenden Krisen durch die katastrophale Ehe mit Helmbrecht von Callenhoff zu überwinden. Luise hatte das wortwörtlich so gesagt. Bruno habe sie davor bewahrt, über die Klippen in die Adria zu tauchen. Nun aber wirkte Luise selbst wie ein Fels in der Brandung. Und so wie Heidemarie es sah, hatte Bruno sein im Wellengang schlingerndes Boot an diesem Fels festmachen können und war an Land gegangen. Heidemarie glaubte, dass diese alte Wunde, die Bruno mit sich trug, nun endlich vernarbt war und nicht wieder aufzubrechen drohte.

Und ja, ein bisschen kokettierte Heidemarie auch mit dem Gedanken, dass Bruno und Luise ihr ein viertes Enkelkind schenken könnten. Luise war achtundzwanzig, sie hatte noch manche Jahre, um ein Kind auszutragen. Und dass sie in der Lage war, gesunde Kinder zu gebären, bewies ihr hinreißender Sohn Gerwin eindrücklich.

Maria und Luise saßen einander gegenüber. Brunos um fünf Jahre jüngere Schwester suchte Luises Blick. »Und noch einmal möchte und muss ich mich bei dir bedanken. Du bist überaus großzügig zu uns.«

Luise winkte ab. Sie hatte sehr schnell Brunos Familie dazu verpflichtet, sie nicht ihrem Stand entsprechend formell anzusprechen, sie hatte auf das Du-Wort bestanden. »Nicht der Rede wert. Ich bin froh, dass die Villa in Sistiana mit Leben erfüllt wird. Sie war ohnedies viel zu lange ein Haus für Geister und Gespenster. Das soll und das wird sich ändern. Ihr könnt den Aufenthalt dort in vollen Zügen genießen.«

Teodoro wiegte den Kopf. Er war Luise gegenüber nach wie vor reserviert, gar schüchtern eingestellt. Allein die vornehme Erscheinung, die Sprache und die Schönheit der Baronin flößten ihm trotz aller Bemühungen Luises um einen zwanglosen Umgang gehörigen Respekt ein.

»Eine Woche Urlaub in einer Villa am Land. Ich hätte mein Lebtag nicht damit gerechnet, jemals solchen Luxus genießen zu können. Und es kostet uns nur die Fahrkarte nach Sistiana. Ihr beschenkt ... Du beschenkst uns großzügig.«

Luise lächelte Teodoro verschmitzt an. »Ich würde es kein Geschenk nennen, sondern eine Investition in eine neue Bilderserie deiner Ehefrau, die ich gedenke, zu einem sehr günstigen Preis unverzüglich zu erstehen.«

»Aber Luise«, wandte Maria ein, »ich habe noch nie eintausend Kronen für drei Bilder erhalten.«

»Du verkaufst deine Meisterwerke unter Wert, meine Liebe. Wenn Gerwin ein Mann gesetzten Alters sein wird, werden die drei Bilder von Maria Barbieri ein Vermögen wert sein.«

Die Gesellschaft bei Tisch lachte. Luise hatte drei Ölgemälde in Auftrag gegeben. Maria sollte Luises Villa, die Marina in der Baia di Sistiana und Badende an der Spiaggia naturista malen. Und um Skizzen und Entwürfe anlegen zu können, stellte Luise Maria und ihrer Familie eine Woche lang die Villa als Quartier zur Verfügung.

Eine akademische Ausbildung war der jungen und als Malerin hochtalentierten Maria auf Geheiß des Vaters verwehrt worden, dieser hatte es kategorisch abgelehnt, seine überaus hübsche Tochter allein in die verdorbene Kunstwelt nach Wien gehen zu lassen, vielmehr hatte er einen tauglichen Aspiranten für eine bürgerliche Verheiratung gesucht. Zu Marias Glück hatte sie sich in einen jungen Mann verliebt, der der strengen Prüfung des Vaters standgehalten hatte. Teodoro liebte Maria seit der ersten Begegnung abgöttisch und hatte jahrelang sein Glück kaum fassen können, dass sie seine Liebe erwiderte. Teodoro war zwar unbegabt, schwärmte jedoch für die Malerei, so hatte er von Anfang an die Ambitionen seiner Frau unterstützt. Mittlerweile malte Maria nicht mehr in ihrer Wohnung, sondern in einem Atelier am Fuße des Colle di San Giusto, und sie musste nicht mehr danach trachten, ihre Bilder zu verkaufen, sondern sie arbeitete vor allem auf Bestellung. Reich war das Ehepaar nicht, aber durch das doppelte Einkommen konnten sie ihren Kindern finanzielle Sicherheit bieten.

»Liebe Luise«, sagte Heidemarie, »wie mir Bruno berichtete, bist du auf der Suche nach Dienstpersonal für dein Landhaus.«

»Ja, ich habe eine Agentur kontaktiert, mir geeignetes Personal vorzuschlagen, aber ich werde diesen Auftrag wieder zurückziehen.«

Heidemarie zog die Augenbrauen hoch. »Brauchst du doch keine Dienstboten?«

»O doch, aber ich bin in Sistiana fündig geworden. Signora Latini, die lange Zeit die Arbeit als Haushälterin geleistet hat, hat mir ihren Schwager und dessen Ehefrau empfohlen. Herr Doplicher kann aus Altersgründen die Arbeit als Gärtner nicht mehr länger bewältigen, er wird aus dem Gärtnerhaus aus- und in eine Kammer in der Villa einziehen. Er hat viele Jahrzehnte auf dem Landsitz gelebt, so soll er dort auch seinen Lebensabend verbringen. Der jüngste Bruder des Ehemanns von Signora Latini, seine Frau Elsa und ihre drei Kinder werden das Nebengebäude bewohnen. Guido Latini ist sechsunddreißig Jahre alt und hat den

Beruf des Zimmermanns erlernt. Leider hatte er vor drei Jahren einen Unfall, bei Dacharbeiten ist er abgestürzt und hat sich mehrere Knochen gebrochen. Das ist der Grund, weshalb er der anspruchsvollen Tätigkeit als Zimmerer nicht mehr nachgehen kann, sodass die Familie zuletzt in finanzielle Not geraten ist. Die Anstellung als Gärtner und Hausmeister kommt ihm und der Familie somit höchst zupass. Signora Latini hat sich sehr für ihren Schwager und ihre Schwägerin eingesetzt. Elsa Latini ist auf einem Bauernhof aufgewachsen, von robuster Natur und wird viele Jahre eine ausgezeichnete Haushälterin sein. Deren Kinder gehen in Sistiana zur Schule. Noch ist eine gültige Vereinbarung nicht getroffen, aber ich habe mich längst entschieden.«

»Das klingt nach einem umsichtigen Beschluss«, sagte Heidemarie.

»Spätestens wenn Teodoro und Maria Anfang August nach Sistiana fahren, wird dort das neue Dienstpersonal seine Arbeit aufnehmen. Herr Doplicher freut sich, Gesellschaft zu bekommen. Er wird zwar mit zunehmendem Alter immer verschrobener, aber wenigstens auf eine liebenswerte Art. Der alte Herr freut sich besonders auf die Kinder, die allein durch ihre Anwesenheit das Leben auf dem Landsitz bunter machen werden.«

»Und wie gehen die Vorbereitungen zum Umzug in die Beletage voran?«, erkundigte sich Heidemarie.

Seit einiger Zeit plante Luise, ihre kleine Wohnung in Triest gegen eine größere zu tauschen, und hatte das geeignete Objekt auch schon erstanden, aber der Auszug der Vorbesitzer, eines älteren Ehepaars, das seinen Lebensabend auf dem Land verbringen mochte, hatte sich immer wieder verzögert.

»Darin ist nun doch Bewegung gekommen. Die Beletage in der Via Pietro Kandler ist völlig geräumt und ich kann demnächst mit der Möblierung beginnen.«

»Vieles in deinem Leben ist also im Fluss.«

Luise nickte Heidemarie zu. »Ich hätte es nicht besser formulieren können.«

»Mama, du weißt, dass die Beletage groß genug ist«, mischte sich Bruno ins Gespräch. »Luise und ich haben das eingehend besprochen, du kannst jederzeit ein Zimmer beziehen.«

Heidemarie nickte lächelnd. »Dass ich mit euch umziehe, hat mir Luise auch schon angetragen. Herzlichen Dank dafür. Aber solange ich noch meine geliebte Gartenarbeit verrichten kann, möchte ich hier nicht fort. Alte Bäume verpflanzt man nicht. Und, Bruno, so selten, wie du hier bist, werde ich es kaum bemerken, dass du nicht mehr im Hinterhaus wohnst. Also vielen Dank für das Angebot, aber vorerst möchte ich es nicht in Anspruch nehmen.«

»Deine Entscheidung respektieren wir natürlich«, sagte Luise, »dennoch sollst du wissen, dass wir für dich stets ein Zimmer bereithalten.«

Heidemarie griff nach Luises Hand und drückte sie. »Das ist sehr nett, vielen Dank.«

Montag, 1. Juni 1908

Vinzenz Jaunig stapfte die Treppe zur Kanzlei im dritten Stock hoch. Er war früh dran, es war knapp vor sieben Uhr, die Sonne bahnte sich ihren Weg in den Tag. Beim Eintreten begrüßte er die beiden Schreibkräfte und unterhielt sich lebhaft mit ihnen, so erzählte er von kuriosen Ereignissen während des Derbys. Wenn ein großes Rennen stattfand, gab es immer seltsame und manchmal heitere, manchmal tragische Vorfälle. Vinzenz hatte sich schon vor langer Zeit angewöhnt, letztere Vorfälle schnell zu vergessen. Das machte sein Leben besser.

Bruno kam nun auch in die Kanzlei und lüpfte seinen Hut. »Guten Morgen, die Damen und der Herr. Na, Vinzenz, wie war der Sonntag? Bist du wieder ausgeruht?«

»Ja, das kann ich sagen. Der Sonntag war gut.«

»Wie lange warst du Samstagnacht im Ippodromo?«

»Bis etwa zwei Uhr früh. Erst dann habe ich die Leute nach Hause schicken können. Freitag und Samstag von frühmorgens bis spätabends auf den Beinen zu sein, zehrt an der Substanz. Ich bin nicht mehr der Jüngste. Ich habe Sonntag bis auf die Messe und das Mittagessen geschlafen oder gefaulenzt.«

»Das hast du dir redlich verdient. Ich habe gehört, dass das Derby erstaunlich ruhig und gesittet abgelaufen ist. Es gab keine Katastrophen oder schweren Schicksalsschläge.«

»Gott war uns diesmal gnädig.«

Die Männer gingen in den Flur auf ihre Bureaus zu.

»Und bist du vorangekommen?«, fragte Vinzenz.

»Willst du die Photographien begutachten, die Luigi gemacht und ausgearbeitet hat?«

»Lass sehen.«

Bruno winkte seinem Kollegen, ihm zu folgen, betrat sein Bureau und nahm einen Aktenumschlag aus der Schublade. »Das sind die vier Bilder des Opfers.«

Vinzenz stützte sich mit beiden Händen auf der Tischplatte ab und inspizierte die Bilder. Er fluchte in Kärntner Mundart derb vor sich hin.

»Ganz so würde ich das auch sagen«, raunte Bruno.

»Weißt du schon, wer sie ist?«

»Ja. Gestern Abend haben Luigi und ich noch eine Runde in der Città Vecchia gedreht.«

»Du hast also wieder einmal deinen freien Tag geopfert.«

»Nicht ganz. Zu Mittag war ich in Cologna zum Familienessen, aber nach dem Kaffee habe ich mich mit Luigi getroffen«, sagte Bruno und zog seinen Notizblock aus der Sakkotasche. »Das Fräulein hieß Milka Savić, war serbische Staatsangehörige und wäre in zwei Wochen einundzwanzig Jahre alt geworden.«

»So ein junges Leben ausgelöscht. Bitter.«

»Sie war wahrscheinlich seit letztem Herbst in Triest und hat in zwei oder drei Häusern gearbeitet. Zuletzt war sie im Metro Cubo in der Via della Pescheria.«

»Also doch eine Prostituierte.«

»Die leider an den falschen Mann geraten ist.«

»Der Metro Cubo gehört dem Milanese. Hast du ihn vernommen?«

»Nein, aber ich hoffe, ihm bald zu begegnen.«

»Glaubst du, er könnte etwas mit dem Mord zu tun haben?«

»Was weiß man schon, aber ein Mädchen so zuzurichten, ist normalerweise nicht der Stil des Milanese«, sagte Bruno.

»Kann ich mir auch nur schwer vorstellen.«

»Und die anderen Zuhälter sind auch nicht gerade dafür bekannt, ihre Streitereien mit Messerstichen auszufechten. Und wenn es dazu kommen sollte, stechen sie nicht die Mädchen, sondern eher sich gegenseitig ab. Aber wirklich wissen kann man es von vornherein nicht.«

»Der Napoletano ist ein ziemlich übler Zeitgenosse, der schreckt vor keiner Schweinerei zurück. Kann er dahinterstecken?«

»Glaube ich nicht. Die beiden Italiener stammen zwar nicht aus derselben Ecke des Königreichs, aber was ich so gehört habe, versuchen sie, einander nicht in die Quere zu kommen, und wenn es gegen die Serben, Ungarn oder Griechen geht, halten sie zusammen.«

Vinzenz schritt zur Tür und wandte sich noch einmal Bruno zu. »Ich muss noch den Bericht zum Derby fertig machen, aber gib mir Bescheid, wenn du Hilfe brauchst.«

»Vielen Dank, Vinzenz.«

※

Die Straße war nach einem der großen Söhne der Stadt benannt. Der 1804 in Triest geborene und 1872 in seiner Heimatstadt verstorbene Jurist Pietro Kandler hatte sein Leben nicht nur als Anwalt bestritten, sondern erwarb sich dank seiner vielseitigen Interessen den Ruf, einer der bedeutendsten Historiker des österreichischen Küstenlandes zu sein. In zahlreichen Schriften hatte er Zeugnis über die wirtschaftliche, soziale, politische und geistesgeschichtliche Realität des vergangenen Jahrhunderts in der Region von den Julischen Alpen bis an die Küste der Halbinsel Istrien abgelegt.

In der kurzen Verbindungsstraße zwischen der Via Giulia und der Via di Cologna lag die Volksschule, in welcher Gerwin im nahenden September seine schulische Laufbahn beginnen würde. Luise legte Wert darauf, dass ihr Sohn eine öffentliche Schule besuchte. Adeligen Usancen, den Nachwuchs von Privatlehrern unterrichten zu lassen oder in elitäre Internate zu stecken, wollte sie nicht folgen. Ihr Sohn trug zwar schon als Knabe den Titel Baron von Callenhoff, sollte aber das Leben der einfachen Menschen dieser Stadt kennenlernen. Daher hatte sich Luise auch für diese Wohnung in einem bürgerlichen Stadtteil entschieden und sich nicht im Villenviertel der Oberschicht angesiedelt.

Die Größe der Wohnung entsprach jedoch weniger kleinbürgerlicher Normalität, sondern weit eher großbürgerlichem Status quo. Die Vorbesitzer dieser Wohnung waren ein wohlhabendes Ehepaar gewesen, das sich aus Altersgründen ein ruhiges Leben auf ihrem Landsitz wünschte. So hatte Luise das gesamte Wohnhaus gekauft, einerseits als Investitionsobjekt und andererseits, um in der Beletage ihren neuen Triester Wohnsitz zu gründen. Die wesentlich kleinere Wohnung im Borgo Teresiano würde sie aufgeben, sobald die Beletage bezugsfertig eingerichtet war.

Luise stand mit Notizbuch und Bleistift im geräumigen Salon, dachte über die künftige Einrichtung nach und machte sich Notizen. Mit dem Mobiliar ihrer ehemaligen Wohnung waren bestenfalls ein paar Ecken und Winkel zu bestücken, nicht aber alle Räume. Im Südtrakt der Beletage lagen vier Zimmer, von denen zwei für sie und Bruno reserviert waren, und je ein Zimmer würde Grete und Gerwin zur Verfügung stehen. Im zentralen Teil der Beletage lagen das Vorzimmer, das Badezimmer und die Küche, im Nordtrakt befanden sich der Salon und zwei weitere Zimmer. Eines davon würde Luise als Bibliothek und Schreibzimmer nutzen. Da ihre Triester Haushälterin keine Dienstbotenkammer benötigte, würde der letzte verbliebene Raum als Gästezimmer dienen. Oder als Wohnraum, sollte Brunos Mutter dereinst aus Altersgründen nicht mehr allein in ihrem Haus in Cologna wohnen wollen. Die Beletage verfügte über drei Kamine und somit über drei Öfen, je einen im Nord- und Südtrakt und den dritten zentral zwischen Küche und Bad. In Letzterem konnte Warmwasser sowohl für das Kochen als auch für die Hygiene aufbereitet werden. Und an das Stromnetz der Stadt war das gesamte Viertel angeschlossen.

Luise freute sich, hier in den nächsten Tagen und Wochen Stück für Stück ihr Leben neu einzurichten. Bruno und sie hatten nach einem zärtlichen morgendlichen Liebesspiel an einem Sonntag Haut an Haut gelegen, als sie einerseits sehr nüchtern und sachlich, andererseits sehr innig die Wohnsituation besprochen hatten. Bei diesem Gespräch waren sie das Für und Wider durchgegangen und hatten schließlich den Entschluss gefasst, gemeinsam als Paar die Beletage zu bewohnen.

Natürlich entsprach diese wilde Ehe einer adeligen Witwe und eines bürgerlichen Junggesellen nicht den üblichen Anstandsregeln der Stadt und würde für Getratsche sorgen, aber da diese Partnerschaft gegen keine Gesetze verstieß, würde man sie auch nicht verhindern können. Bruno hatte in seinen Kreisen ohnedies den Ruf, ein geradezu intellektueller Freigeist und liederlicher Herzensbrecher zu sein, und das empörte Naserümpfen anderer Adeliger über Luises nicht standesgemäßen Umgang prallte an ihr ab wie Regen am Ölzeug eines Seemannes.

Luise hatte sich sehr genau über ihre wirtschaftliche Situation erkundigt. Die Landgüter, die ihr Ehemann Helmbrecht an Gerwin vererbt hatte, waren überschaubar. Der Stammsitz der Familie Callenhoff in der Nähe von Görz umfasste nicht besonders große Ländereien und ein kleines Kastell, welches in absehbarer Zeit eine Revitalisierung benötigte. Dann waren da natürlich die Villa in Sistiana inmitten des Pinienhains und drei Zinshäuser im Wiener Bezirk Josefstadt. Letztere hatte Helmbrecht als Geldanlage gekauft. Das meiste Kapital bestand aber in Wertpapieren. Helmbrechts Vater hatte seinerzeit auf Anraten des berühmten Bankiers Pasquale Revoltella beträchtlich in den Bau des Suez-Kanals investiert, und dieses Aktienpaket hatte über die Jahre und Jahrzehnte den Wohlstand der Familie generiert. Helmbrecht selbst hatte beim Handel mit Wertpapieren eine geschickte Hand bewiesen und so war das Vermögen beständig gewachsen. Der Baron hatte die Kompanie Callenhoff & Cie in Wahrheit als Liebhaberei aufgebaut, finanziell brauchte er die Erträge durch den Kaffeeimport aus Brasilien nicht. Die Kompanie hatte seine Leidenschaft für ausgedehnte Reisen gestützt. Von jeder seiner Fahrten durch die Monarchie war er mit neuen Aufträgen und Handelsbeziehungen nach Görz zurückgekehrt. Und mehrfach ist er in Brasilien gewesen, hatte dort gute Kontakte zu Lieferanten hergestellt und eigene Plantagen erworben. Gerwin verfügte somit auch über Landbesitz in Übersee. Luise hatte den Gedanken gefasst, diese Besitzungen zu veräußern, denn anders als der Baron fühlte sie nicht das Bedürfnis, einmal pro Jahr für mehrere Wochen oder Monate nach Brasilien zu reisen. Überhaupt würde sie sich beizeiten genauer mit der Führung der Kompanie und dem Wertpapierhandel beschäftigen. Aber derlei Dinge lagen noch in der Zukunft, erst musste sie die Wohnung beziehen, dann würde Gerwin in die Schule eintreten und das Zusammenleben mit Bruno musste sich einspielen. In jedem Fall war Luise als Mutter des noch kindlichen Barons von Callenhoff mit der Verwaltung seiner Besitztümer betraut und verfügte somit über volle wirtschaftliche Selbstständigkeit. Niemand konnte sie zwingen, anders als nach ihrer eigenen Fasson zu leben. Diese in einem konservativen Land wie Österreich-Ungarn ungewöhnliche Selbstständigkeit als Frau wollte sie sich von niemandem nehmen lassen.

Sie hörte die sich öffnende Wohnungstür und Geräusche im Vorzimmer.

»Guten Tag, ich bin hier«, rief Bruno in die unmöblierte Wohnung.

Luise trat ins Vorzimmer und sah die von Bruno abgestellte Holzsteige der Brauerei Dreher, in der sich mehrere Flaschen befanden. »Ich grüße dich. Wie ich sehe, hast du Getränke gekauft.«

Bruno begrüßte sie mit einem Kuss. »Ja, das Bier ist für die Möbelpacker. Die Männer werden durstig sein, wenn sie den Hausrat vom vierten Stock hinuntertragen, auf den Wagen laden und hier einen Stock hochschleppen müssen.«

»Vielen Dank, dass du daran gedacht hast«, sagte Luise und ging wieder in den Salon.

Bruno folgte ihr. »Bist du schon fleißig an der Planung?«, fragte er mit Blick auf ihr Notizbuch.

»Allerdings. Bevor ich morgen mit Gerwin und Grete abreise, möchte ich hier noch ein paar Dinge erledigen. Ich überlege, an welcher Seite ich den Geschirrschrank platzieren könnte. Außerdem erhebe ich, wie viel Porzellan und Glaswaren wir erwerben müssen.«

»Kannst du nicht Geschirr aus Sistiana nehmen?«

»Leider nein. Wenn ich künftig vermehrt Gäste in der Villa empfangen will, brauche ich dort Teller und Gläser.«

»Aber feines Porzellan hast du doch schon gekauft. In der alten Wohnung stehen zwei Kisten.«

»Das ist das Festtagsporzellan, aber Gläser und Alltagsporzellan fehlen noch. Ich werde wohl eine Expedition durch die Kaufhäuser der Stadt unternehmen müssen.«

»Für welche ich mich natürlich als eingeborener Lastenträger zur Verfügung stelle.«

Luise schmunzelte. »Dieses Angebot nehme ich dankend an.«

»Sind Grete und Gerwin im Borgo Teresiano?«

»Nein, sie statten dem Schreibwarenladen in der Via del Corso einen Besuch ab, besorgen Utensilien für die Schule und kommen danach hierher. Gerwin konnte es gar nicht erwarten, seine eigenen Füllfeder, Stifte und Hefte zu bekommen.«

Es pochte an der Tür.

»Sind sie etwa schon hier?«, fragte Bruno.

Luise eilte los. »Es wird wohl Fedora sein. Sie hat versprochen, auf dem Heimweg vom Theater anzuklopfen.«

Luise öffnete die Tür. »Da bist du ja! Komm nur herein.«

»Ciao, Luise.«

Die beiden Frauen tauschten Wangenküsse zur Begrüßung. Fedora und ihre beiden Söhne wohnten im vierten Stock, Luise hatte ihrer Freundin nach dem Kauf des Hauses die leer stehende Wohnung vermietet.

»Bruno ist auch da«, sagte Luise und führte Fedora in den Salon.

Bruno und Fedora begrüßten sich herzlich.

»Meine Liebe, was soll ich sagen? Du siehst heute wieder hinreißend aus«, schmeichelte Bruno.

Fedora lächelte und strich über ihr neues Sommerkleid. »Ich habe das Kleid günstig erworben und mit ein paar Stichen auf Maß gebracht. Schmiedet ihr Pläne zur Einrichtung?«

»Genau das tun wir«, antwortete Luise.

Fedora schaute sich um. »Ohne Mobiliar wirkt die Wohnung noch größer und heller.«

»Ich hoffe sehr, dass du und deine Söhne uns häufig besuchen werdet.«

»Sehr gerne.«

»Und du musst in jedem Fall mit Signor Montanari erscheinen. Ich würde mich sehr freuen, den gefeierten und von mir bewunderten Schauspieler persönlich kennenzulernen.«

»Eine Gelegenheit wird sich finden lassen.«

Bruno hob die Hand, in welcher er seinen Hut hielt, und verneigte sich galant. »Meine Lieben, darf ich mich mit den besten Grüßen empfehlen? Ich bin nur gekommen, um das Bier abzuliefern. Der Dienst ruft.«

Fedora Cherini war keine Frau, die man leicht übersehen konnte. Sie war zwar von durchschnittlicher Größe, aber ihre ausgesprochen feminine Erscheinung, ihr ebenmäßiges Gesicht und ihre großen, tiefgründigen Augen fielen jedem auf. Sie konnte kaum die Straße queren, ohne von interessierten Blicken begleitet zu werden. Manchmal war das eine Last, wie Fedora empfand, manchmal aber auch ein Vorteil. Ihre Schönheit hatte ihr etwa die Aufmerksamkeit des Ensembles am Politeama Rossetti verschafft. Und als den Theaterleuten gewahr wurde, dass Fedora auch über eine scharfe Zunge, Schlagfertigkeit und einen hintergründigen Humor verfügte, hatte man die neue Kostümbildnerin schnell in der Gemeinschaft aufgenommen. So war sie als die von Haus und Hof verjagte ehebrecherische Ehefrau des Offiziers zur See Carlo Cherini, deren Existenz im Armenhaus zu enden drohte, zu einem Teil der Triester Künstlerkreise geworden. Und in jenen Kreisen hatte sie den bekannten und beim Publikum beliebten Schauspieler Sergio Montanari getroffen. Dieser hatte sich unsterblich in Fedora verliebt und energisch um ihre Gunst geworben. Und ja, es hatte gar keiner langen Werbung bedurft, um auch in Fedora Gefühle zu erwecken. Nicht nur, dass der einundvierzigjährige Bühnenmann blendend aussah und über eine ebenso wohlklingende wie geübte Stimme verfügte, auch was den Witz, die Interessen und Überzeugungen betraf, hatten Fedora und Sergio sehr schnell zueinandergefunden.

Kurz nachdem die neunzehnjährige Fedora aus der dörflichen Enge im Friaul nach Triest geflüchtet war, war sie Bruno begegnet. Mehrere Monate hatten sie sich in einem berauschenden Zustand der Verliebtheit befunden, doch dann war Bruno für ein Jahr zum Studium nach Graz gegangen und sie hatten sich aus den Augen verloren. Als Bruno fort war, hatte sie den feschen Offiziersaspiranten Carlo Cherini kennengelernt, der sie mit Komplimenten umschmeichelt und seinem Charme verzaubert hatte. Und als Bruno ihr in einem Brief gestanden hatte, dass er sich unsterblich in ein Grazer Fräulein verliebt hatte, hatte sie Carlos Werben nachgegeben und war seine Frau geworden.

Jahre später, sie war mittlerweile zweifache Mutter, hatte sie die quälende Einsamkeit in den Zeiten der Abwesenheit ihres Mannes zu überwinden gesucht, indem sie sich ihrer Jugendliebe Bruno erinnert hatte. Sie hatte gezielt und absichtsvoll den Kontakt zum nach wie vor als Junggesellen lebenden und ganz von seinem Beruf in Beschlag genommenen Polizeiagenten gesucht und auch gefunden. Mehrere Jahre war es ihnen gelungen, ihr unzüchtiges und sittenwidriges Verhältnis vor den Augen der Gesellschaft zu verbergen. Bis im Spätsommer letzten Jahres der Ehebruch aufgeflogen war.

Carlo hatte bei seinen wiederholten Aufenthalten in Bombay mit einer dort ansässigen Britin eine Liaison geknüpft. Fedora hatte in Carlos Reisegepäck drei seiner sehnsüchtigen Briefe an seine geliebte Victoria gefunden. Damals war sie geradezu erleichtert gewesen, zu erfahren, dass nicht nur sie dem Ehebruch nachging. In den Jahren der Partnerschaft hatte sich nämlich herausgestellt, dass hinter der starken körperlichen Anziehung der Eheleute die Geisteshaltung, die kulturellen Interessen und der Sinn für Humor doch erheblich divergierten. Als es zur Konfrontation gekommen war, hatte Fedora mit diesen drei Briefen die Handhabe gehabt, ihren Ehemann von einer Anzeige wegen Ehebruches abzuhalten.

Da beide der römisch-katholischen Konfession angehörten, konnte gemäß der geltenden Gesetze, anders als bei Menschen evangelischen oder mosaischen Glaubens, die Ehe nicht geschieden werden, aber Gericht und Kirche konnten eine rechtsgültige Trennung von Tisch und Bett aussprechen. Dieses Verfahren hatten Carlo und Fedora einvernehmlich durchlaufen, wodurch zwar weiterhin der Bund der Ehe aufrechterhalten blieb, aber die ehelichen Rechte und Pflichten außer Kraft gesetzt waren. Carlo war aus Triest fortgegangen und lebte in Bombay fortan als Gefährte der in jungen Jahren zur Witwe gewordenen Engländerin. Und Fedora hatte mit ihren beiden Söhnen, vor allem dank der Hilfe von Bruno und Luise, in Triest ein eigenständiges Leben begründen können.

Und als sich dann Bruno Ende letzten Jahres für eine seiner beiden Geliebten, nämlich für Luise, entschieden hatte, war Fedora eine Last von den Schultern gefallen. Sosehr sie Bruno liebte und so attraktiv sie ihn auch nach wie vor fand, all die Ereignisse hatten sie fort von ihm geführt.

Jetzt war sie die Gefährtin eines Schauspielers, hatte Zugang zu den Künstlerkreisen gefunden und war selbst zu einer Künstlerin geworden. Sie hatte sich endlich den jahrelang gehegten geheimen Wunsch erfüllt, ihre Gedanken und Gespinste niederzuschreiben. Aus dieser anfangs chaotischen, schließlich dank der Hilfe von Luise und Sergio immer reiferen Arbeit war ein Lustspiel geworden. Sergio bestürmte sie geradezu, das Stück nicht in der Schublade zu verstecken, sondern es dem Impresario des Politeama Rossetti vorzulegen. Sie zierte sich noch, dachte, dass ihr eben erst fertiggestellter Erstling nicht gut genug sei. Aber das Verfassen, Überarbeiten, Erwägen und Verbessern des

Textes machte ihr ausnehmend viel Spaß. Ja es fühlte sich für Fedora so an, als ob sie endlich in jener Welt angekommen wäre, in die sie gehörte. Die bürgerliche Enge als treu sorgende und folgsame Ehefrau eines Seeoffiziers hatte sie hinter sich gelassen.

Es klopfte an der Tür. Fedora griff zum Handtuch und trocknete ihre Hände. Der Abend war längst angebrochen, es lief auf acht Uhr zu und die Hausarbeit war getan. Sie erwartete keinen Besuch und hatte sich in der nächsten Stunde ihrer Schreibarbeit widmen wollen. Fedora öffnete die Tür.

»Guten Abend, Signora, Gott zum Gruße«, sagte die ältere der beiden Ordensschwestern mit salbungsvollem Timbre in der Stimme.

»Guten Abend«, grüßte Fedora überrascht.

»Sind Sie Signora Cherini?«

»Ja, Fedora Cherini ist mein Name.«

»Das ist Schwester Clara und ich heiße Schwester Rosa.«

»Ich bin erfreut über Ihren Besuch. Was kann ich für Sie tun?«

»Gestatten Sie, dass wir eintreten und uns mit Ihnen und Ihren Söhnen unterhalten?«

Fedora zog die Augenbrauen hoch. »Was wollen Sie von meinen Söhnen?«

»Wir sind im Auftrag Seiner Exzellenz des hochwürdigsten Herrn Bischofs hier, um uns über das Wohlergehen und Seelenheil von Ihnen und den Söhnen des Offiziers Carlo Cherini zu erkundigen.«

»Wieso will das der Bischof wissen?«

»Dürfen wir eintreten, Signora?«

»Na gut, kommen Sie herein.«

Fedora ließ die beiden Nonnen an sich vorbei, schaute mit fragendem Blick in den Flur und schloss die Tür. Die beiden Ordensfrauen standen in der Küche, die jüngere hatte den Blick niedergeschlagen, die ältere hingegen schaute sich spähend um.

»Hier also ist Ihre Bleibe.«

»Allerdings, hier wohne ich.«

»Sind Ihre Söhne zu Hause?«

»Bevor ich irgendwelche Fragen beantworte, möchte ich wissen, was es mit Ihrem Besuch auf sich hat.«

»Hier habe ich den Brief, in welchem Seine Exzellenz der hochwürdigste Herr Bischof unsere Mutter Oberin bittet, Erkundigungen über das Wohlergehen und Seelenheil von Ludovico und Rudolfo Cherini anzustellen. In diesem Auftrag sind wir unterwegs.«

Fedora nahm das Papier in die Hand und überflog den Inhalt.

»Sind Ihre Söhne zu Hause, Signora Cherini?«

»Ludovico! Rudolfo! Kommt bitte her«, rief Fedora in die Wohnung.

Wenig später tauchten die Brüder auf und sahen, dass Besuch gekommen war. »Was ist denn, Mama?«

»Die freundlichen Schwestern wollen sich erkundigen, wie es um euer Wohlergehen und Seelenheil bestellt ist.«

»Aha, und warum?«

»Weil sich der Bischof höchstpersönlich Sorgen um euch macht.«

»Der Bischof?«

»Na ja, der Papst interessiert sich nicht für euch, der weiß gar nicht, dass ihr existiert«, sagte Fedora und musste gegen die hochsteigende Wut ankämpfen.

Schwester Rosa hielt mühelos den Blick Fedoras stand. »Schwester Clara, bitte befrage jetzt die Knaben. Ich spreche mit Signora Cherini.«

»Jawohl«, sagte die Nonne, ohne ihren Blick vom Boden zu erheben. Sie führte die Brüder zurück in deren Zimmer.

Fedora verschränkte die Arme. »Also, was wollen Sie wissen?«

»Signora, Ihr Ehemann und Sie haben im November des Vorjahres ein Verfahren zur Trennung von Tisch und Bett eingeklagt. Wie uns zugetragen wurde, lebt Ihr Ehemann nicht mehr in Triest, kann sich also nicht rechtschaffen um seine Söhne kümmern. Sie erziehen Ihre Kinder also allein?«

»So ist es.«

»Üben Sie einen Beruf aus?«

»Ja.«

»Welchen?«

»Ich bin Kostümbildnerin am Politeama Rossetti.«

»Haben Sie Umgang mit Schauspielern?«

Fedora horchte genau auf den Klang der Stimme. Die Nonne sprach das Wort »Schauspieler« aus, als würde damit ihr Mund beschmutzt werden. »Das lässt sich in meinem Beruf nicht verhindern. Immerhin schneidere ich die Kostüme, die die Schauspieler auf der Bühne tragen.«

»Uns wurde zugetragen, dass sich die Knaben Ludovico und Rudolfo in der Schule wiederholt renitent und aufrührerisch verhalten haben.«

»Wer erzählt solch absurde Geschichten?«

»Ludovico hat im Mai mehrmals die Anweisungen seines Religionslehrers missachtet.«

»Allerdings, das hat er. Und zwar auf mein Anraten.«

»Was hat Sie dazu bewogen?«

»Diese angebliche Lehrkraft züchtigt die Burschen bei jeder Kleinigkeit mit dem Rohrstab. Ich habe Ludovico gesagt, er soll seine Hände nicht mehr vorstrecken, damit dieser Sadist nicht erneut zuschlagen kann.«

»Sie geben also zu, die Autorität der Lehrkraft unterminiert zu haben?«

»Schläge mit dem Rohrstab im Religionsunterricht haben mit Autorität nichts zu tun, Schwester Rosa, sondern mit der Lust, Kinder zu quälen.«

»Haben Sie wegen dieser Ansichten einen Beschwerdebrief an den Schuldirektor geschrieben?«

»Das habe ich. Dieser Lehrer darf nicht auf Kinder losgelassen werden.«

Die Nonne musterte Fedora mit ausdruckslosen Augen. »Man hat uns zugetragen, dass Sie ein Verhältnis zu einem Schauspieler namens Sergio Montanari unterhalten.«

»Ich bin überrascht, was Ihnen alles zugetragen wird.«

»Ist das korrekt oder nicht?«

»Mir fällt kein Grund ein, weshalb ich Ihnen darüber Auskunft erteilen sollte.«

»Sie gehören dem Bistum Triest an. Seine Exzellenz der Bischof möchte darüber Kenntnis haben.«

»Dann soll der Bischof selbst kommen und mich höflich fragen.«

»Es ist in unseren Unterlagen verzeichnet, dass Sie öffentlich zugegeben haben, mit einem Mann namens Bruno Zabini Ehebruch begangen zu haben.«

Fedora stemmte ihre Hände in die Hüften. »Soll das ein Hexenprozess werden? Wir schreiben das Jahr 1908, Schwester Rosa.«

»Unter den gegebenen Umständen wird sich Seine Exzellenz der Bischof wohl persönlich um das Wohlergehen und Seelenheil der Knaben bemühen müssen.«

»Soll das eine Drohung sein? Was wollen Sie von mir?«

Schwester Clara kam in die Küche zurück, gefolgt von den Brüdern. Die ranghöhere Nonne schaute ihre Schwester an, die nur für einen flüchtigen Moment den Blick hob.

»Nun, Schwester Clara, wie steht es um die Unterbringung der Kinder?«

»Diese erscheint untadelig. Ein normales Zimmer von Knaben. Die Schulaufgaben sind gemacht und die Wäsche ist gewaschen.«

Schwester Rosa schwieg eine Weile, ehe sie wieder Fedora den Blick zuwandte. »Signora Cherini, vielen Dank für das Gespräch. Ich wünsche Ihnen und den Söhnen des Offiziers Carlo Cherini einen geruhsamen Abend.«

Fedora stand bei der offenen Wohnungstür und horchte in den Flur. Die Ordensschwestern waren längst fort, nachdenklich schloss und versperrte sie die Tür.

Ludovico und Rudolfo gafften ihre Mutter mit verstörten Blicken an. »Mama, was war das gerade eben?«

Fedora schloss ihre Söhne in die Arme und drückte sie an sich. »Das war die Vorhut, meine Lieben. Ich fürchte, es werden noch mehr von denen kommen.«

»Aber warum?«

»Irgendjemandem gefällt nicht, wie wir leben.«

Koloman Vanek trat in den schummrig beleuchteten Raum, legte seine Melone ab und schlüpfte aus dem Sakko. Er setzte

sich auf den bequemen Fauteuil und beobachtete, wie Laura die Tür des Séparées verschloss. Als sie an ihm vorbeiwollte, griff er nach ihrer Hand und zog sie auf seinen Schoss. Er blickte sie an. Schon als er ihr zum ersten Mal begegnet war, waren ihm Lauras tiefe und seelenvolle Augen aufgefallen. Mit den Fingerkuppen strich er behutsam über ihr Gesicht.
»Wer hat das getan?«
»Bitte frag nicht.«
»Die Schwellung ist kaum noch vorhanden, aber die Färbung wird wohl noch ein paar Tage sichtbar sein.«
Sie legte ihren Arm um seine Schultern. »Kennst du dich mit blauen Augen aus, Herr Doktor?«
Vanek lächelte. Laura hatte Witz, das war ihm bald aufgefallen. Deswegen kam er stets zu ihr, all die anderen Mädchen im Chiave d'Oro interessierten ihn nicht. »Soll ich den Täter verprügeln?«
»Würdest du es tun?«
»Wenn du es willst, würde ich es tun. Vielleicht.«
»Vielleicht, vielleicht. Du legst dich niemals fest.«
Vanek griff ihr ans Kinn und hob ihr Antlitz ein wenig. »So bleibe ich geheimnisvoll.«
»Das heißt, du willst mir auch heute nicht sagen, was für einen Beruf du ausübst.«
»Ich mache Geschäfte.«
»Aber was für Geschäfte, sagst du nicht.«
»Weil es für unser Geschäft, meine Schöne, unerheblich ist. Und wie du weißt, zahle ich immer den dreifachen Preis, solange du schweigsam bist und vor allem dem Napoletano nichts von meiner Großzügigkeit erzählst.«
»Ich schweige wie ein Grab.«
»Braves Mädchen.«

Laura schaute Vanek eine Weile in die Augen. »Als ich dich zum ersten Mal gesehen habe, habe ich mich vor dir gefürchtet.«

»Was du nicht sagst.«

»Du bist so groß, so stark, so breit, dein Gesicht wirkte wie ein kühler Marmorblock. Ich habe gedacht: Dieser Mann kann mich mit einem Schlag in zwei Stücke hauen.«

»Und trotzdem bist mit mir auf das Zimmer gegangen.«

»Ich hatte keine andere Wahl.«

»Wenn du mich fortgeschickt hättest, wäre ich gegangen.«

»Ich mag höfliche Männer, deswegen bin ich mit dir mit.«

»Hast du jetzt noch Angst vor mir?«

Sie schüttelte den Kopf. »Nein, jetzt nicht mehr. Anfangs konnte ich gar nicht glauben, dass ein Mann wie du so sanft und zärtlich sein kann. Du hast mich überrascht.«

»Ich zeige mich nur dir von dieser Seite. Aber du darfst niemandem verraten, dass ich in Wahrheit ein schwärmerischer Poet bin«, sagte Vanek mit schiefem Grinsen.

Sie grinste ebenso. »Diese Wahrheit ist verschlossen in meinem Herzen.«

»Gutes Mädchen.«

Mittlerweile war Koloman Vanek so lange in der Hafenstadt, dass er, wohl mit Akzent, flüssig Triestinisch sprach. Lauras Dialekt hatte er anfangs nicht einordnen können, denn sehr viele Sizilianer traf man in Triest nicht, aber immerhin hatte er sich sofort mit ihr verständigen können.

»Wollen wir beginnen?«, fragte Laura.

Vanek hob mit dem Zeigefinger ihr Kinn. »Zieh dich aus, du Schöne. Aber langsam.«

Dienstag, 2. Juni 1908

In der Wohnung im Borgo Teresiano war es knapp vor dem Umzug alles andere als gemütlich, überall standen die gepackten Kisten, Kartons und Koffer herum, welche im Laufe des Tages von den Möbelpackern abgeholt werden würden. Die Haushälterin Maria flitzte umher, rückte Möbel zurecht und würde den Umzug beaufsichtigen. Direkt vor der Eingangstür befanden sich vier weitere Koffer. Diese waren für Luises, Gerwins und Gretes Reise gepackt. Bruno band die Schnürsenkel und nahm das Sakko vom Garderobenhaken. Er schaute auf seine Armbanduhr.

»In fünf Minuten kommt der Dienstmann«, rief er hinter sich.

Luise erschien reisefertig bekleidet in der Tür. »Bist du schon auf dem Sprung?«

»Ja. Also, ich wünsche euch eine gute Fahrt und einen angenehmen Aufenthalt in Mariazell.«

Luise umarmte Bruno. »Ich finde es sehr schade, dass du uns nicht begleiten kannst.«

»Das finde ich auch, aber wie du weißt, habe ich meinen Urlaub bei unserem Aufenthalt in Wien verbraucht.«

»Ich erinnere mich mit größtem Vergnügen an unsere erste gemeinsame Reise.«

»Ganz gleich ergeht es mir. Die Kaiserstadt im Frühling zu erleben, war großartig. Bitte überbringe deiner geschätzten Schwester und ihren Kindern meine herzlichsten Grüße.«

»Diesen Auftrag werde ich gewissenhaft ausführen.«

»Am frühen Nachmittag werde ich kurz in der Via Pietro Kandler nach dem Rechten sehen.«

»Wie du meinst, aber Maria wird den Umzug schon deichseln.«

»Davon bin ich überzeugt.«

»Wenn ich von der Reise zurückkehre, wohne ich anderswo. Irgendwie bin ich wehmütig, diese lieb gewordene Bleibe aufzugeben. Viele gute Erinnerungen hängen zwischen den Wänden.«

»Ja, mir geht es ebenso«, sagte Bruno.

»Andererseits freue ich mich auf den Komfort und Platz, den uns die Beletage bieten wird.«

Bruno griff nach seinem Hut. »Gerne würde ich mit euch die ehrwürdige Basilika besuchen und in den steirischen Bergen wandern. Man sagt, die Landschaft rund um den Wallfahrtsort ist von berückender Schönheit.«

»Das ist sie allerdings. Ich kann mich noch lebhaft an die Wallfahrt nach Mariazell erinnern, die ich als Kind mit meinen Eltern unternommen habe.«

»Seid ihr den ganzen Weg aus der Krain zu Fuß marschiert?«

Luise lachte. »Um Gottes willen, nein, da wären wir gut und gerne zwei Wochen unterwegs gewesen. Wir sind mit dem Zug nach Mürzzuschlag gefahren und von dort aus nach Mariazell gepilgert. Zwei Tage sind wir gegangen, auf halbem Weg haben wir in einer sehr rustikalen Schenke übernachtet. Für mich war das ein großes Abenteuer.«

»Wie lange werdet ihr in Mariazell bleiben?«

»Die heilige Messe, die Therese im Andenken an die Vorfahren des Hauses Hartmannsthal gestiftet hat, wird am Donnerstag gelesen. Am Freitag begleiten wir sie nach Bad Ischl. Dort bleiben wir bis zum 15. Juni. Und danach reisen wir für eine Woche nach Brünn zu meiner Schwester Sylvia.«

»Ihr seid viel unterwegs.«

Grete und Gerwin erschienen im Vorzimmer, auch sie waren zur Abreise bereit.

»Nicht wahr, Gerwin, du liebst Zugfahrten«, sagte Luise und legte ihrem Sohn die Hand auf die Schulter.

»Jawohl, Mama, ich freue mich schon sehr auf die Dampflokomotive.«

Bruno schüttelte Gerwin und Grete die Hand. Mit der Haushälterin Maria wechselte er noch ein paar Worte über den Abtransport des Mobiliars. In einer halben Stunde würden die Möbelpacker auftauchen. Es klopfte an der Tür. Luise öffnete dem Dienstmann, der ehrerbietig die Mütze zog. Bruno verabschiedete sich mit einem Kuss von Luise.

Weit war die Wegstrecke zur Polizeidirektion nicht, ein paar Gassen musste er durch das Viertel Borgo Teresiano zum Canal Grande gehen. Am Markt auf der Piazza del Ponterosso erwachte die geschäftige Betriebsamkeit des Tages.

Obersekretär Leopold von Baumberg saß an seinem Schreibtisch und arbeitete die Korrespondenz durch, nämlich die Briefe, die persönlich an Prinz Hohenlohe-Schillingsfürst, den kaiserlichen Statthalter der Reichsunmittelbaren Stadt Triest und ihrem Gebiet, adressiert waren. Die allgemeine Post an die Statthalterei war zuvor schon an niedrigeren Stellen aussortiert worden. Es waren die üblichen Zusendungen, Einladungen zu besonderen Veranstaltungen in den Küstenlanden, Bittgesuche von Bürgermeistern und Glückwunschbriefe zu verschiedenen Anlässen des k.u.k. Hochadels.

Es klopfte an der Tür.

»Herein!«

Wie erwartet trat sein Adjutant Koloman Vanek durch die Tür, die obligate Melone in der linken Hand.

»Guten Morgen, Herr Hauptmann.«

»Guten Morgen, Vanek.«

Baumberg widmete sich wieder der Post, während Vanek im Schneckentempo durch das große Bureau kroch, sich schließlich auf dem Stuhl vor dem wuchtigen Schreibtisch sinken ließ und geräuschlos wartete. Baumberg öffnete das letzte Couvert mit dem Brieföffner, entnahm eine gedruckte Einladungskarte und überflog den Inhalt. Danach packte er die Korrespondenz in einen Aktenumschlag und legte diesen auf eine Ablage. Er schaute eine Weile zum Fenster hinaus. Die Sonne hatte sich schon über den Golf von Triest erhoben, ein lebhafter Wind trieb Wolkenbänke vom Meer der Küste zu.

»War irgendetwas dabei?«, fragte Vanek.

Baumberg richtete seinen Blick auf den vierschrötigen Mann, der in lässiger Haltung auf dem Stuhl ruhte und seinen Hut in den Händen drehte. »Nichts von Belang.«

»Gut.«

Die Männer saßen einander gegenüber und schwiegen. Als Leopold von Baumberg vom Reichskriegsminister persönlich mit der Aufgabe betreut worden war, die geheimdienstliche Sicherheit in Triest zu gewährleisten, hatte er seinen treuesten und besten Soldaten mitgenommen. Baumberg war im Rang eines Hauptmanns aus der Armee ausgeschieden und hatte einen Auftrag übernommen, für den er geradezu prädestiniert war. Offiziell war er ein unscheinbarer höherer Beamter der Statthalterei, der die internen Belange des Statthalters zu verwalten hatte, inoffiziell aber war er der regionale Kommandant des Geheimdienstes des Reichskriegsministeriums. Als solcher befehligte er eine Schar an Agenten, die pausenlos in Triest, im Hauptkriegshafen Pola, in der Hafenstadt Fiume und überhaupt an der gesamten Küste der oberen Adria ihre Augen und Ohren offen hielten. Und Koloman Vanek war seine rechte Hand. Oder vielmehr sein starker rechter Arm.

Baumberg seufzte. »Also, Vanek, ich sehe es deiner Nasenspitze an, dass du etwas auf dem Herzen hast.«

»Bis auf die üblichen Verbrechen ist es ruhig in Triest.«

»Gott sei es gedankt. Je weniger los ist, desto besser ist es für mich.«

»Es ist *sehr* ruhig.«

»Das macht der Frühsommer. Alle wollen baden, segeln oder abends auf der Terrasse gekühlten Wein goutieren.«

»Die Zahl der Sommerfrischler in Abbazia soll schon im Mai Rekordwerte erreicht haben.«

»In welch gesegneter und friedvoller Zeit wir doch leben.«

»Das stimmt.«

Wieder schwiegen die Männer eine Weile.

»Langweilst du dich, Vanek?«

Der breitschultrige Mann legte seine Melone auf dem Schreibtisch ab. »Ein bisschen.«

»Vielleicht solltest du mehr Boxsport betreiben.«

Vanek zog die Augenbrauen hoch. »Noch mehr?«

»Schießübungen?«

»Neun von zehn ins Schwarze. Egal, ob Steinschleuder, Flitzbogen oder Feldhaubitze.«

»Brauchst du Urlaub?«

»Melde gehorsamst, Herr Hauptmann, im Urlaub ist es noch fader.«

Baumberg überlegte einen Moment und wiegte den Kopf. »Sollen wir einen Krieg mit dem Königreich Italien anzetteln?«

Vanek grinste breit. »Da würden mir schon ein paar brauchbare Ideen einfallen.«

»Der Bau der Radetzky und der Erzherzog Franz Ferdinand kommt gut voran. Die Rümpfe sind fast fertig.«

»Ich weiß. Vorige Woche war ich an der Helling.«

»Das ist unsere Aufgabe, Vanek. Wir bewachen die größten Schlachtschiffe, die jemals auf k.u.k. Werften in Bau genommen wurden. Im November wird der Kiel der Zrínyi gestreckt, dann ist die gesamte Klasse unter Konstruktion. Der Befehl kommt von ganz oben.«

»Jawohl, Herr Hauptmann.«

Baumberg trippelte mit den Fingern auf der Tischplatte. »Ich könnte dich zu einer Inspektion nach Cattaro schicken.«

»Da war ich schon vor zwei Monaten. Alles ruhig im Süden.«

Baumberg runzelte die Stirn, stützte seine Ellbogen auf den Tisch und nahm Vanek scharf ins Visier. »Hast du irgendetwas aufgeschnappt?«

»Ich habe ein paar Steine umgedreht, Herr Hauptmann.«

Baumberg lehnte sich zurück, legte die zehn Fingerspitzen aneinander und kniff die Augen zusammen. »Ich höre.«

Vanek zuckte mit den Schultern. »Ist aber nicht unser Beritt, gehört vielmehr zur Polizei.«

»Immer weiter.«

»Es geht um einen Inspector des k.k. Polizeiagenteninstituts.«

Baumberg schnappte nach Luft. »Um Gottes willen! Ist Inspector Zabini erneut auf amourösen Abwegen oder steckt er wieder bis zum Hals in einem Fall von brandgefährlichen internationalen Verwicklungen?«

Vanek winkte ab. »Ach, ich glaube, dass Inspector Zabini zum Pantoffelhelden geworden ist, seit ihn die Baronin Callenhoff unter ihre Fittiche genommen hat.«

»Na, da kann ich mir bedeutend schlimmere Schicksale vorstellen. Vanek, die Baronin!«

»Ein Juwel, keine Frage.«

»Also macht nicht Zabini Probleme. Wer dann? Raus mit der Sprache.«

»Wie es scheint, hat der schlaue Inspector Pittoni in den letzten Jahren ein einträgliches Geschäft aufgebaut.«

»Pittoni? Ich bin erstaunt. Er hat doch seine irredentistischen Ambitionen gut unter Kontrolle.«

»Es ist nichts Politisches.«

»Also?«

»Ich vermute, dass er gegen gute Kasse seit Längerem Huren in die Stadt einschleust.«

Baumberg verzog seinen Mund. »Hört, hört. Bist du dir sicher?«

»Ich habe keine gesicherten Erkenntnisse, aber ich rieche den Braten.«

»Deine Nase hat dich, wie ich nur bestens weiß, mein treuer Vanek, selten getrogen.«

»Und auf dem Montebello ist ein totes Mädchen gefunden worden.«

»Davon spricht die ganze Stadt.«

»Ich habe sie gekannt.«

»Du planst aber jetzt keinen blutigen Rachefeldzug, oder?«

»Melde gehorsamst, Herr Hauptmann, nein. Zabini und sein Adjutant untersuchen den Fall. Das ist genau seine Spielwiese, Zabini macht erfahrungsgemäß wenige Fehler, also müssen wir uns da nicht einmischen.«

Baumberg strich mit dem Zeigefinger über seinen Schnurrbart und überlegte. »Hm, es kann nicht schaden, wenn wir über die Verhältnisse in der Polizeibehörde Bescheid wissen, vor allem, wenn ein faules Ei im Osterkörbchen liegt.«

»Das meine ich auch.«

Baumberg nickte seinem Adjutanten zu. »Gut, Vanek, du nimmst dich der Sache an. Ich mische mich nicht ein, du hast freie Hand, aber ich will akkuraten Bericht.«

Vanek erhob sich und griff nach seiner Melone. »Zu Befehl, Herr Hauptmann.«

Triest glich keiner anderen Stadt in der Monarchie. Nirgendwo sonst konnte man aus der Tür eines Kaffeehauses hinausstolpern, um sogleich in das nächste hineinzupurzeln. Wien war berühmt für seine Kaffeehäuser, aber Triest legendär. Das altehrwürdige Caffè Tommaseo an der Riva Carciotti zwischen Canal Grande und Molo San Carlo lag überaus günstig. Ein erheblicher Teil der Umsätze des Kaffeehauses wurde mit Passagieren gemacht, die auf ihre Schiffsverbindungen warteten, ein anderer Teil mit den erlauchten einheimischen Gästen, die sich in Triest als Teil der irredentistischen Bewegung für die Sache der Italianità begeisterten.

Bruno erreichte das Caffè, doch bevor er eintrat, verlor sich sein Blick grüblerisch im Hafen.

Seine Ansichten zum Irredentismus waren differenziert. Zum einen verstand er die Ambitionen des italienischen Volkes, dem er sich zur Hälfte zugehörig fühlte, einen Staat zu formen, der groß und wirtschaftlich stark genug war, um in dieser modernen Zeit mit den anderen Staaten Europas Schritt zu halten. Sowohl die deutschen als auch die italienischen Kleinstaaten hatten sich in den Siebzigerjahren des vergangenen Jahrhunderts zu großen Nationalstaaten vereinigt und damit eine mehr als unselige Epoche beendet. Die ehemaligen Fürstentümer und kleinen Königreiche Mitteleuropas hatten sich über Jahrhunderte in lähmender Herrschaft dekadenter oder vertrottelter Adelshäuser verzettelt. Die Häuser hatten einander und vor allem der Bevölkerung aus Eifersucht und Geltungsdrang mit Intrigen, Komplotten und zahlreichen Kabinettskriegen geschadet. Das bürgerliche neunzehnte Jahrhundert hatte diese Ära beendet und den Nationalismus gebracht, der am Beginn des Jahrhunderts eine aufklärerische Bewegung war. Aber Bruno konnte nicht umhin festzustellen, dass der Nationalismus im Laufe der letzten Jahrzehnte sein Antlitz verwandelt hatte und von einer fortschrittlichen Idee zu einer reaktionären Verengung des

Geistes geworden war. Der Neid und der Egoismus der früheren Fürsten und Könige waren in großem Stil in den zu Großmächten aufgestiegenen Nationalstaaten zurückgekehrt, die einander nun mit industriell aufgerüsteten Heeren und Flotten zu überbieten suchten.

Bruno fand wenig Sinn darin, der Habsburgermonarchie die *terra irredenta*, also die unerlösten Gebiete mit italienischer Mehrheitsbevölkerung, zu entreißen und dem Königtum Italien zuzuführen. Auf der einen Seite der Grenze regierte der alte Kaiser Franz Joseph I. in Wien, umlagert von einem geltungssüchtigen Hof, auf der anderen Seite König Vittorio Emanuele III., nicht minder von einem geltungssüchtigen Hof umgeben. Wozu also die Seiten wechseln? Im Europa seiner Gedanken, die manchmal wie flüchtige Halluzinationen vor ihm schwebten, waren die Kaiser und Könige, die Grenzen der Nationalstaaten und der Militarismus der alten Eliten vergangen und vergessen, und die Völker Europas waren keine Konkurrenten oder Feinde, sondern Freunde und Partner zwischen Mittelmeer und Ostsee, zwischen Lissabon und St. Petersburg. Aber Bruno war sich im Klaren, dass ein solches Europa eine Utopie war. Vielleicht würden sich die Menschen in eintausend Jahren aus ihrer selbst verschuldeten Unmündigkeit erheben.

Bruno wischte die philosophischen Gedanken fort, nahm seinen Hut ab und betrat das Caffè Tommaseo. Er grüßte den Ober und schaute sich um. Wie erhofft erblickte er den Milanese, der regelmäßig um diese Zeit seinen ersten Kaffee nahm und die Zeitungen las. Bruno trat auf den an einem Einzeltisch sitzenden Mann zu. Dieser bemerkte die Bewegung und sah auf.

»Guten Morgen, Signor Broggi.«

Aus den Augenwinkeln bemerkte Bruno, dass zwei Männer am Nebentisch hochspringen wollten, aber von einer Handbewegung des Milanese davon abgehalten wurden. Natürlich, ein Mann vom Schlage Broggis ging niemals ohne Begleitung außer Haus.

»Guten Morgen, Ispettore.«

»Darf ich mich zu Ihnen setzen?«

Der Mann Anfang fünfzig trug wie immer einen eleganten Anzug, eine geschmackvolle Krawatte und hatte ein Monokel vor seinem rechten Auge, welches er abnahm und einsteckte. »Sehr gerne, Ispettore, ich freue mich, dass wir endlich miteinander sprechen können«, sagte Broggi, faltete die Zeitung und schob sie zur Seite.

Bruno ließ sich auf den Stuhl sinken und beobachtete sein Gegenüber. Von allen Zuhältern Triests war der Milanese wohl der stilsicherste, wenngleich bekannt war, dass er den Zenit seiner Wirkung längst überschritten hatte. Jüngere, hungrigere und rücksichtslosere Männer waren nachgekommen.

»Signor Broggi, als ich zuletzt im Metro Cubo war, habe ich eine Nachricht an Sie hinterlassen.«

»Diese habe ich erhalten.«

»Warum sind Sie nach Erhalt nicht in die Polizeidirektion gekommen, so wie ich gebeten habe?«

»Aber wir sprechen ja jetzt, Ispettore.«

»Wie ich in Erfahrung gebracht habe, war Milka Savić in Ihrem Etablissement beschäftigt.«

»Das war sie.«

»Wann haben Sie das Fräulein zuletzt gesehen?«

»Vor einer Woche, am Dienstag. Da habe ich das gute Kind um die Mittagszeit getroffen.«

Bruno zog seinen Notizblock heraus. Diese Aussage deckte sich mit den Angaben der Bediensteten des Bordells. Natürlich hatte Virginio Broggi ausreichend Zeit und Gelegenheit gehabt, seine Aussage mit denen seiner Untergebenen abzustimmen, aber Bruno glaubte, dass der Mann in diesem Fall kaum Anlass fand, sich hinter Lügen zu verstecken.

»Wie ich gehört habe, was das Fräulein Milka sehr beliebt bei Ihrer Kundschaft.«

Ein Hauch von Zorn und Bitterkeit huschte über das Gesicht Broggis, der vor rund fünfundzwanzig Jahren aus seiner Heimatstadt Mailand nach Triest gekommen war. »Das ist korrekt. Ihr Tod bedeutet für mich einen schmerzlichen Verlust.«

»Haben Sie Milka Savić getötet?«

»Was soll diese Frage? Ein Rennstallbesitzer tötet doch kein Siegerpferd im besten Alter.«

»Wer könnte das Fräulein auf dem Gewissen haben?«

»Das entzieht sich völlig meiner Kenntnis.«

Bruno las in der Miene des Mannes. Irgendetwas wollte Broggi noch sagen. »Aber vielleicht haben Sie eine Vermutung.«

»Warum sollte ich Vermutungen anstellen?«

»Um der Polizei bei der Aufklärung eines Tötungsdeliktes zu helfen.«

»Vermutungen helfen weder Ihnen, Ispettore, noch mir.«

»Signor Broggi, Sie wären überrascht, wie viele Kriminalfälle wir auf der Basis von Vermutungen Angehöriger oder Nahestehender lösen.«

Broggi leerte seine Tasse und schaute eine Weile aus dem Fenster. »Wenn Sie mich so fragen ...«

»Ja, so frage ich Sie.«

»Sie sollten einmal diesen rabiaten Ungarn in Augenschein nehmen.«

»Es leben einige Ungarn in Triest. Haben Sie da jemanden Bestimmtes im Auge?«

»Béla Szigeti. Ein ganz übler Bursche. Und seine Leute sind gemeingefährlich.«

»Szigeti betreibt das elegante Etablissement La Francese.«

»Mit französischer Eleganz hat dieser Mann nicht das Geringste zu schaffen.«

»Glauben Sie, dass Szigeti hinter dem Tod des Fräuleins stecken könnte?«

»Dem ist alles zuzutrauen. Ebenso dem Napoletano.«

»Meinen Sie, Ihr Landsmann Signor Guiscardi wäre dazu imstande?«

»Landsmann? Dass ich nicht lache. Dieser rohe Klotz aus dem Süden mag zwar Italiener sein, aber mehr Gutes kann ich über ihn nicht berichten. Szigeti und der Napoletano hassen einander wie die Pest, sie kämpfen mit schmutzigen Tricks und zusehends mit roher Gewalt gegeneinander. Irgendwann gehen sie sich an die Gurgel. Alle seriösen Betreiber der Case di Tolleranza leiden unter dem Kampf dieser Emporkömmlinge.«

Natürlich verstand Bruno, dass der Milanese die Gelegenheit nutzte, um Konkurrenten anzuschwärzen, aber dass Guiscardi und Szigeti in einem sich erhitzenden Kampf gegeneinander verwickelt waren, hatte er noch nicht gehört. »Warum sollte einer der beiden das Fräulein Milka so zurichten, wenn Sie doch in Ihrem Haus arbeitete?«

»Milka war noch nicht so lange bei mir. Zuerst hat sie im La Fiorentina und später im Chiave d'Oro gearbeitet.«

Bruno kniff die Augen zusammen. »Beide Häuser gehören dem Napoletano. Haben Sie ihm das Fräulein Milka abgekauft?«

»Gekauft ist gut gesagt. Der Napoletano hat drei Mädchen von mir gefordert, damit er mich weiterhin vor dem verrückten Ungarn schützt. Mir ist unter Mühe gelungen, im Tausch die hübsche Serbin herauszuschinden.«

»Was wollen Sie mir damit sagen?«

»Vielleicht hat Szigeti nicht gewusst, dass Milka jetzt mir gehört, und wollte dem Napoletano schaden.«

Der Kellner näherte sich, um die Bestellung aufzunehmen. Bruno winkte ab und erhob sich. Er hatte keine Lust, mit einem Mann wie Broggi länger als nötig an einem Tisch zu sitzen. Bruno versuchte, seinen Ekel nicht zu zeigen, seine Miene blieb kühl und distanziert. Er verachtete die Zuhälter Triests, die mit jungen Fräulein handelten wie Viehhändler mit Ziegen und Kälbern und sich dadurch ein Leben in Luxus leisten konnten und ihre Feindschaften hegten und pflegten.

»Nun denn, Signor Broggi, ich habe vorerst keine weiteren Fragen. Bitte halten Sie sich zur Verfügung.«

Der Milanese nickte. »Sie wissen ja, wo Sie mich treffen können, Ispettore.«

Wenig später marschierte Bruno am Canal Grande entlang. Er musste nachdenken und den schalen Geschmack auf den Lippen loswerden.

Emilio Pittoni stieg von der Plattform der Elektrischen und marschierte in Richtung des Ippodromo di Montebello. Er war wie so häufig eine Haltestelle vorher ausgestiegen, denn bei der Annäherung eines Ziels zu Fuß nutzte er stets die Gelegenheit, die Gegend zu sondieren. Seinen spähenden Augen entgingen normalerweise selbst Kleinigkeiten und Banalitäten nicht. Sehr oft hatten sich gerade solche bei der Lösung eines Falles als entscheidend herausgestellt. Oder bei der Anbahnung eines Geschäfts.

Doch trotz all seiner Wachsamkeit waren seine Gedanken anderswo. Vor einer Stunde hatte er es wieder getan. Seit Monaten schon ließ er es sich nicht nehmen, bei seinen zahlreichen Spaziergängen durch die Stadt manchmal nach einer besonderen Frau Ausschau zu halten. Aus der Ferne natürlich, so vorsichtig, dass die Signora ihn nicht bemerken konnte, er sie aber doch im Blick hatte. Seine Gabe, Menschen zu beschatten, hatte sich ohne Übertreibung zu wahrer Meisterschaft erhoben. Emilio hatte ein feines Gespür für seine Fähigkeiten, er wusste sehr genau, was er gut konnte und was nicht. Da er ein leichtgewichtiger und eher unterdurchschnittlich großer Mann war, der zwar über Zähigkeit und Kondition verfügte, nicht aber über die Körperkraft manch anderer Männer, ging er seit seiner Jugend Handgreiflichkeiten aus dem Weg. Und wenn im Polizeieinsatz einmal robustes Hinlangen nötig war, ließ er seinen Kollegen gern den Vortritt. Auf Raufereien verstand er sich also nicht. Doch kaum ein Raubein der Triester Hafenspelunken würde es wagen, ihm zu nahe zu treten, dafür sorgten sein Auftreten, seine Mimik und Gestik, die Furchtlosigkeit in seinen Augen und im äußersten Fall seine ebenso flinke wie zielgenaue Hand am Revolver. Auf dem Schießplatz der Polizei galt er als Legende. Seit Jahren mühten sich die jüngeren und ehrgeizigen Polizisten erfolglos, seine Trefferquote zu erreichen. Und in der Unterwelt hatte sich schon vor Langem herumgesprochen, dass man Inspector I. Klasse Pittoni niemals vor die Mündung seiner Waffe laufen sollte.

Ja, er hatte Signora Cherini wieder auf dem Weg von ihrem Wohnhaus in das Theater beschattet. Ein- bis zweimal pro Woche wollte er sie im Blick haben. Fedora Cherini war ein wirklich ansehnliches Weib, mit Mitte dreißig nicht mehr die Jüngste, aber die Jahre schienen ihrer Ausstrahlung eher genutzt denn geschadet haben. Und sich im Kreis der Künstler und Schauspieler zu bewegen, hatte ihrer Erscheinung gutgetan, sie hatte die langweilige Kleidung der bürgerlichen Hausfrau gegen die immer ein wenig exaltierte, farbenfrohe und sehr feminine Kleidung einer Künstlerin getauscht. Emilio mochte den Stil, den sie entwickelt hatte.

Und dann war da noch die Niederlage, die Signora Cherini ihm einst zugefügt hatte. Ja, sie hatte ein gewagtes Spiel riskiert und war siegreich geblieben. Natürlich war es nur eine marginale Niederlage gewesen, sie hatte ihm mit ihren Reizen eine kleine Unaufmerksamkeit abgerungen und ihm entlockt, dass er seinerzeit ihre verheimlichte eheliche Untreue mit einem anonymen Brief an ihren Ehemann verraten hatte. Er hatte diese Kabale nicht gegen das Ehepaar Cherini gerichtet, er hatte damit seinem lieben Kollegen Bruno Zabini ein wenig schaden und ihn eine Weile beschäftigen wollen. Was im Übrigen hervorragend gelungen war. Bruno hatte es zwar geschafft, den Skandal auszusitzen, aber in der Zeit von Brunos Suspendierung hatte Emilio einige sehr lukrative Geschäfte abgewickelt und neue angebahnt.

In jedem Fall waren ihm, Emilio, bei diesem Spiel die erstaunlichen Talente der Signora Cherini aufgefallen. Natürlich wusste er, dass Fedora nicht mehr mit Bruno liiert war, sondern mit einem Schauspieler. Das machte es Emilio bedeutend leichter, die Dame im Visier zu behalten. Denn sosehr er Bruno verachtete, ein Idiot war sein Kollege nicht, ganz im Gegenteil, er war ein würdiger Gegenspieler.

Dass Bruno nun ganz offen seine Liaison mit der Baronin Callenhoff lebte, hatte Emilio überrascht. Die Baronin war eine Frau, deren bloße Existenz Emilio Respekt abrang. Ihr Glanz, ihre Erscheinung und ihre Grazie, ihre edle Abstammung und ihr Reichtum erhöhten auch Bruno. Daher hatte er derzeit gar keine Lust, gegen seinen Kollegen vorzugehen.

Fedora Cherini hingegen lag sehr wohl in seinem Blickwinkel. Dieses durchtriebene Luder reizte ihn nach wie vor. Deshalb hatte er auch gut versteckt, sozusagen dreifach über die Bande gespielt, den Bischof auf die allzu freigeistige Kostümschneiderin des Politeama Rossetti aufmerksam gemacht. Wie er erfahren hatte, hatte die Kirche schon eine Investigation gestartet. Ob die wackeren Söhne der schönen Signora noch lange unter einem Dach mit ihrer Mutter leben würden, war fraglich. Der Macht der Kirche würde sich die amtsbekannte Ehebrecherin beugen müssen. Und er, Emilio, würde dann die fallenden Früchte aufsammeln. Es galt, einen Sieg zu erringen, es galt, Rache zu üben, es galt, entweder die Signora rechtzeitig in seine Fänge zu kriegen oder sie im Elend versinken zu sehen. Beides würde ihn mit Vergnügen und Genugtuung erfüllen.

Er erreichte die Stallungen des Ippodromo. Emilio mochte das Ambiente am Rennplatz, die Tiere, die Stallburschen und Magazineure, den Geruch nach Pferdedung, aber auch die eleganten Herren, die von diesem Ort magisch angezogen wurden.

Emilio hatte in Erfahrung gebracht, dass Béla Szigeti sich hier aufhielt. Das tat der Ungar häufig, Szigeti war förmlich vernarrt in Pferderennen, er besaß sogar zwei Rennpferde. Das waren keine Tiere, mit denen er große Derbys gewinnen, aber immerhin daran teilnehmen konnte. Mit Szigeti hatte Emilio einiges zu besprechen.

Aus der Ferne sah er den Mann im Kreise anderer Pferdeliebhaber stehen. Die Männer rauchten und plauderten. Emilio erkannte den bedeutenden Züchter Attila Giller, dem die anderen Herren interessiert lauschten. In Triest hatte es sich wie ein Lauffeuer herumgesprochen, dass ein kolossales Pferd aus dem Gestüt Giller beim vergangenen Derby die Konkurrenz geradezu zertrümmert hatte. Szigeti hatte vor einem Jahr eines seiner Pferde bei Giller gekauft.

Also musste Emilio noch ein Weilchen warten, bis er den Ungarn unter vier Augen sprechen konnte. Er wechselte die Richtung und flanierte an der Rennbahn entlang, wo drei Gespanne eben lockere Übungsrunden absolvierten. Er griff nach seinen Zigaretten und sah den Pferden zu.

Mittwoch, 3. Juni 1908

Fedora setzte sich an ihre Nähmaschine und griff nach der Schere. Sie hatte am gestrigen Abend zwei Kleider aus dem Fundus der Theaterrequisiten mit nach Hause genommen, um sie an diesem Vormittag zu bearbeiten. Sie waren für ein Bühnenstück vorgesehen, das zur Zeit des Wiener Kongresses spielte. Eines der Kleider war enger zu machen, die Komparsin sollte im dritten Akt mit dem Hauptdarsteller einen Walzer tanzen und dafür ein besonders stilechtes und farbenfrohes Kleid tragen. Im Sinne der einfachen Rezeptur: Je edler die Kostüme, desto glücklicher das Publikum. Die junge Tänzerin hatte ein hinreißend schönes Gesicht, leuchtende Augen und prächtiges Haar, aber ihr Busen war flach, Taille und Hüften waren recht schmal, auf dieses Maß musste Fedora das Kleid anpassen. Sie begann mit Schere und Rasierklinge eine Naht aufzutrennen.

Ihre Söhne waren nach dem Frühstück zur Schule gegangen. Seit sie knapp vor der Jahreswende in Mandelbaums Eisenhandlung eine gebrauchte Nähmaschine gekauft hatte, konnte Fedora fast die Hälfte ihrer Arbeit zu Hause erledigen. Während der Schulzeit ihrer Kinder hatte das den entscheidenden Vorteil, dass sie von ihrer Näharbeit aufstehen und sofort in der Küche das Mittagessen zubereiten konnte. Wenn ihre Buben vom Unterricht kamen, standen in der Regel schon die Teller auf dem Tisch. Die Rotzlöffel wuchsen schnell und waren immerzu hungrig. Und Fedoras Vorgesetzter im Theater tolerierte die Heimarbeit, solange pünktlich bei den ersten Kostümproben alle Kleider fertig waren.

Sie musste Bruno jetzt endlich das Geld zurückgeben, das er ihr für den Kauf der Nähmaschine vorgestreckt hatte, spukte es Fedora durch den Kopf. Ja, in der Anfangsphase ihres Lebens als vom Ehemann getrennt lebende Mutter war es sehr hart gewesen, halbwegs über die Runden zu kommen. Ohne Luises und Brunos Hilfe hätte sie es niemals geschafft. Bruno hatte ihr einhundertfünfzig Kronen gegeben, damit hatte sie nicht nur die gebrauchte Nähmaschine, sondern auch einen Satz an Nadeln, Scheren und Rasierklingen erstehen können. So hatte sie sich vor dem linken Fenster ihres Wohnzimmers einen Arbeitsplatz eingerichtet. Da das Haus über Elektrizität verfügte, konnte sie im Schein einer Stehlampe auch bei düsterem Wetter oder Dunkelheit arbeiten. Fedora hatte gehört, dass die im Wiener Stadtteil Floridsdorf angesiedelte Fabrik des amerikanischen Großunternehmens Singer mittlerweile sogar elektrisch betriebene Nähmaschinen produzierte. Eine solche konnte sie sich natürlich nicht leisten, elektrische Nähmaschinen waren für Gewerbe- oder Industriebetriebe gedacht. Kleinbetriebe, selbstständige Schneider oder Kostümbildner arbeiteten weiterhin mit den bewährten pedalbetriebenen Maschinen.

Es pochte an der Wohnungstür. Fedora schaute zur Penduhr. Sergio hatte sein Erscheinen erst für Mittag angekündigt. Wer klopfte um halb neun Uhr? Sie legte das Kleid und die Schere ab, erhob sich und ging zur Tür.

Fedora riss überrascht die Augen auf.

Der elegante Herr mit Stock hob den Hut zum Gruß.
»Guten Morgen, Signora Cherini.«

»Guten Morgen, Herr Polizeidirektor.«

Dr. Rathkolb schaute kurz hinter sich und sprach mit gedämpfter Stimme. »Signora, ist es gestattet, näher zu treten?«

Fedora war verwirrt. Wie kam es, dass so hoher Besuch in dieser frühen Stunde vor ihrer Tür stand? »Selbstverständlich, Herr Direktor, kommen Sie bitte herein.«

Rathkolb trat über die Schwelle und nickte Fedora freundlich lächelnd zu. Sie schloss die Tür und nahm im Vorzimmer, das gleichzeitig die Küche war, mit am Rücken verschränkten Händen Aufstellung.

»Ich bitte vielmals um Vergebung, dass ich Sie mit meiner Aufwartung so überraschend behellige, Signora. Ich hoffe inständig, Sie nicht in Verlegenheit zu bringen.«

Fedora schüttelte den Kopf. »Aber nein, Herr Direktor, Sie haben mich nicht in Verlegenheit gebracht. Ein wenig überrascht bin ich allerdings schon.«

Rathkolb schaute sich um. »Darf ich mich erkundigen, ob Sie allein sind oder ob Sie Besuch haben? Sind Ihre Söhne hier?«

»Meine Söhne sind in der Schule. Ich bin allein und habe eben mit der Arbeit begonnen.«

»Sie meinen die Hausarbeit?«

»Nein, ich habe eben ein Kostüm zur Hand genommen.«

Rathkolb zog die Augenbrauen hoch. »Verrichten Sie Ihre Arbeit als Kostümbildnerin nicht am Politeama Rossetti?«

»Das schon, aber sehen Sie nur, Herr Direktor. Ich kann einen Teil meiner Arbeit zu Hause verrichten«, sagte

Fedora. Sie ging voran in das Wohnzimmer und zeigte auf die Nähmaschine beim Fenster.

Rathkolb nickte verstehend. »Da haben Sie aber einen gut ausgestatteten Arbeitsplatz innerhalb der eigenen vier Wände. Ich denke, dass es für eine alleinstehende, berufstätige Frau wohl sehr vorteilhaft ist, zumindest einen Teil der Arbeit zu Hause erledigen zu können. In welch fortschrittlicher Zeit wir doch leben.«

»Mir ist bewusst, dass ich diesbezüglich Privilegien genieße.«

Rathkolb schaute sich wieder um. »Signora Cherini, wäre es vermessen, Sie zu bitten, mir ein paar Minuten Ihrer Aufmerksamkeit zu widmen?«

»Aber nein, im Gegenteil, ich freue mich über Ihren Besuch. Bitte, setzen Sie sich doch. Ich nehme Stock und Hut.«

»Herzlichen Dank.«

Fedora brachte Stock und Hut in das Vorzimmer zur Garderobe und eilte zurück ins Wohnzimmer, wo Rathkolb neben dem ihm zugewiesenen Stuhl wartete. Als sich Fedora auf das Kanapee setzte, nahm auch der Polizeidirektor Platz.

»Also, Herr Dr. Rathkolb, was verschafft mir die Ehre Ihres Besuches?«

»Werte Signora Cherini, Sie werden sich bestimmt an das Gespräch erinnern, das Sie im letzten November mit mir zu führen getrachtet haben.«

»Ja, daran kann ich mich erinnern.«

»Wir sind einander danach gelegentlich über den Weg gelaufen, etwa vor zwei oder drei Wochen beim Markt auf der Piazza del Ponterosso.«

»Auch daran kann ich mich erinnern.«

»Sie haben mir bei unserer bislang ersten und letzten Unterredung einige Sachverhalte aus Ihrer Sicht geschildert, die mich durchaus nachdenklich gestimmt haben.«

»Ist das so? Monate sind seither vergangen, ohne dass mir irgendeine Reaktion Ihrerseits zu Ohren gekommen wäre.«

»Manche Dinge, die einem Menschen im Leben begegnen, verschwinden, manche bleiben sehr präsent und manche tauchen nach längerer Absenz wieder auf. Sie haben damals Ihre Überzeugung artikuliert, wonach Inspector Pittoni mit einem anonymen Brief Ihren Gemahl Carlo Cherini auf Ihre außereheliche Beziehung zu Inspector Zabini hingewiesen habe. Sie haben behauptet, dass Inspector Pittoni gar nicht Ihnen oder Ihrem Mann Schaden zufügen wollte, sondern Inspector Zabini. Ich kann mich erinnern, dass Sie Inspector Pittoni gar eine Giftschlange genannt haben, die Sie gebissen habe.«

»Das waren meine Worte.«

»Nach einiger Überlegung habe ich Inspector Pittoni direkt mit dieser Anschuldigung konfrontiert.«

Fedora lachte gequält. »Lassen Sie mich raten, Herr Direktor. Pittoni hat glaubhaft versichert, dass er von der Sache nichts weiß und dass ich ein hysterisches Weibsbild bin, das sich Verrücktheiten ausdenkt.«

»Nicht in dieser Terminologie, dem Sinn gemäß aber ja. Sie müssen verstehen, Signora, als Leiter der Polizeidirektion ist mir der Schutz meiner Untergebenen wichtig. Insbesondere höherrangige Beamten stehen häufig in der Kritik, ihre Machtposition für unlautere Zwecke auszunützen. Sie glauben nicht, wie oft Verleumdungen gegen Polizisten vorgebracht werden. Da muss ich als Direktor im Zweifelsfall mitunter geharnischt die Amtsehre verteidigen. Inspector Pittoni ist ein vielfach erprobter Polizist mit einer beispielhaften Erfolgsbilanz in seinen Untersuchungen.«

»Gut, Sie haben Ihrem Inspector geglaubt und halten mich für eine überspannte Sünderin. Damit musste ich rechnen.«

Rathkolb spitzte die Ohren. »Wieso sagen Sie Sünderin?«

»Nun, Ehebruch ist doch eine Sünde, derer ich mich amtsbekannt schuldig gemacht habe.«

Rathkolb legte seine Beine übereinander und wischte den Stoff der Hose glatt. »Lassen Sie mich ein bisschen ausholen, Signora Cherini. Als ich mein Amt angetreten habe, war ich der festen Überzeugung, durch besonnene Führung sukzessive die Verhältnisse in der Polizeidirektion insgesamt, aber natürlich auch im k.k. Polizeiagenteninstitut, welches fortwährend hoher Beanspruchung ausgesetzt ist, zu verbessern. Manches mag mir in den letzten Jahren gelungen sein, manches leider nicht. Wussten Sie etwa, dass ich es war, der gegen beträchtliche Widerstände durchgesetzt hat, weibliche Schreibkräfte im k.k. Polizeiagenteninstitut zu beschäftigen? Unter meinem Vorgänger wäre eine solche Modernisierung und Liberalisierung nicht denkbar gewesen. Weltanschaulich würde ich mich einen modernen Liberalen nennen. Natürlich kann ich meine Überzeugungen als verantwortungsbewusster Beamter Seiner Majestät des Kaisers nur entsprechend der Usancen und Gesetze entfalten. Inspector Zabini wird man auch als einen modernen Liberalen bezeichnen müssen. Weltanschaulich waren und sind Inspector Zabini und ich einander durchaus ähnlich.«

»Bruno spricht stets mit größtem Respekt von Ihnen.«

»Das freut mich. Allerdings muss ich hinzufügen, dass die sittliche Verhaltensweise des Herrn Inspector mir wiederholt arg zu denken gegeben hat. Und bei Zabinis Eskapaden haben Sie, verehrte Signora Cherini, eine sehr prominente Rolle gespielt.«

»Ich kann die Wahrheit nicht leugnen«, sagte Fedora und rätselte nach wie vor, warum Dr. Rathkolb sie aufgesucht hatte.

Der Polizeidirektor schaute ein Weilchen sinnierend aus dem Fenster. »In den Monaten seit unserer Begegnung habe ich Sie und Ihren Werdegang nicht aus den Augen verloren. Es hat mir imponiert, wie mutig Sie damals in einer sehr schwierigen Lebenssituation Ihr Recht auf Selbstbehauptung und Gerechtigkeit mir gegenüber reklamiert haben. Ja, ich fand das eindrucksvoll. Und danach haben Sie mit erstaunlichem Fleiß ein selbstständiges Leben für Ihre Söhne und sich aufgebaut, wie es in unserer Gesellschaft den allermeisten Frauen unmöglich zu sein scheint. Natürlich, Sie haben, wie mir bekannt ist, eine einflussreiche Gönnerin. Ich weiß um Ihre offenbar sehr enge Freundschaft zu Baronin Callenhoff.«

»Ja, diese Freundschaft besteht. Ohne Luise könnten meine Söhne nicht zur Schule gehen, und ich hätte keinen Beruf, sondern wir wären in Armut und Elend abgesunken.«

»Ich habe gehört, dass Sie an einem Bühnenstück arbeiten.«

Fedora schnappte nach Luft. »Woher wissen Sie das?«

»Meine Position in der Stadt ermöglicht mir, ja erfordert sogar, Kontakte zu vielen verschiedenen Bevölkerungsschichten zu pflegen. So habe ich auch manche Bekannte im Kreise der hiesigen Schauspieler.«

»Hat Ihnen Sergio Montanari von meinen Versuchen als Schriftstellerin erzählt? Er hat nie erwähnt, ein Bekannter von Ihnen zu sein.«

»Ich kenne und schätze Signor Montanari als Bühnenkünstler, als Privatperson ist er mir nicht bekannt. Ich weiß aber, dass er einigen Freunden und Bekannten gegenüber von Ihrem Vorhaben erzählt hat. Den Namen des mir bekannten Theatermannes, von dem ich die Information erhielt, nenne ich aus Gründen der Diskretion nicht. Ich bin sehr neugierig auf Ihre Arbeit und kann kaum erwarten, das Stück zu lesen oder, noch besser, auf der Bühne zu sehen.«

»Ich muss Sie warnen, Herr Direktor, als hoher Beamter des Kaisers sollten Sie meine Arbeit nicht zu intensiv verfolgen. Das könnte Ihrer Reputation schaden. Mein Erstling ist aufrührerisch, frivol und unverschämt.«

Rathkolb schmunzelte amüsiert. »Nichts anderes erwarte ich von einer so tapferen und lebensklugen Frau wie Ihnen, Signora Cherini.«

»Haben Sie etwa den Weg zu mir gesucht, um mich in meiner schriftstellerischen Arbeit anzuspornen?«

Rathkolb schenkte Fedora ein gewinnendes Lächeln und hob seine Hände. »Wäre Ihnen das unangenehm?«

Auch Fedora lächelte. »Das nicht, aber es überrascht mich.«

»Sie sind eine sehr schöne Frau, Signora Cherini, Sie besitzen Mut und Witz, Sie wagen es, eigene Wege zu gehen, und Sie haben schriftstellerische Ambitionen. Ich bin ein Mann von sechzig Jahren, ein verantwortungsvoller Familienvater und treuer Diener Seiner Majestät, ich stehe einer großen und wichtigen Behörde vor, und dennoch erlaube ich mir von Zeit zu Zeit, meinem Geist und meinen Gefühlen freien Lauf zu lassen. Ja, Signora Cherini, Sie haben mit Ihrer bloßen Existenz eine Saite in mir angeschlagen. Das ist nichts, weswegen ich Sie bedrängen möchte, Derartiges liegt mir gänzlich fern, es ist aber doch genug, um Sie vor drohenden Gefahren schützen zu wollen.«

Fedoras Lächeln gefror. »Drohenden Gefahren?«

Rathkolbs Miene war wieder ernst und gefasst. »Wie ich zuvor ausführte, habe ich viele Freunde und Bekannte. Einer meiner Bekannten ist Sekretär des Bischofs. Dieser hat mir vor Kurzem bei einem gemeinsamen Mittagessen beiläufig eine Begebenheit erzählt, deren Hintergründe ich im Nachhinein auf eigene Faust überprüft habe.«

Fedoras Miene verdunkelte sich. »Ein Sekretär des Bischofs?«

»Haben Sie in letzter Zeit unerwarteten Besuch erhalten?«

»Sie meinen außer Ihrem?«

»Das meine ich.«

»Allerdings. Am Montagabend waren zwei Nonnen hier, die sich im Auftrag des Bischofs nach dem Wohlergehen und Seelenheil meiner Söhne erkundigt und ihr Zimmer inspiziert haben.«

Rathkolb kratzte sich am Kinn. »Nun, das war anzunehmen.«

»Irgendetwas wissen Sie, Herr Direktor. Haben Sie eine Erklärung, warum die beiden geistlichen Schwestern hier waren?«

Rathkolb fixiert Fedora scharf. »Kann ich auf Ihre unabdingbare Diskretion zählen, Signora Cherini? Widrigenfalls muss ich sofort meiner Wege gehen.«

»Ja, Herr Direktor, ich schweige wie ein Grab.«

»Vor allem Inspector Zabini darf nichts von unserer Unterredung erfahren. Schwören Sie mir das? Kein Wort über meinen Besuch.«

»Ich schwöre.«

Rathkolb nickte. »Nun denn, ich habe durch meine Erkundigungen in Erfahrung gebracht, dass jemand bei den Kirchenbehörden gegen Sie Klage erhoben hat. Es hat den Anschein einer versteckten Intervention. Noch sind nicht alle Hintergründe für mich ersichtlich, aber ein Bild zeichnet sich ab.«

»Welches Bild?«

»Offenbar hat Inspector Pittoni im Verborgenen einen Prozess angestoßen, an dessen Ende von den Kirchenbehörden Ihnen, Signora, das Sorgerecht für Ihre Söhne entzogen werden soll. Wegen Ihrer sittlichen Verfehlungen.«

Fedora bekam es mit der Angst zu tun. Pittoni steckte dahinter? Dann war ihre Lage mehr als bedrohlich.

Dr. Rathkolb schien in ihrer Miene wie in einem offenen Buch zu lesen. »Sie sehen sehr besorgt aus.«

Fedora ächzte gequält. »Oh, das bin ich. Dieser Mann ist gefährlich. Er will also nach Monaten des Versteckspiels Rache für die Niederlage, die ich ihm zugefügt habe.«

Rathkolb erhob sich und trat hinter den Stuhl. »Diesem Verdacht, sehr geehrte Signora Cherini, muss ich nachgehen. Denn wenn dem wirklich so ist, scheint Ihr Befund ihn betreffend genau zu passen.«

»Sie meinen die Bezeichnung Giftschlange?«

»Jawohl.«

Auch Fedora erhob sich. »Und können Sie meine Söhne und mich vor der drohenden Gefahr schützen?«

Rathkolb wiegte den Kopf. »Ich kann nichts versprechen, aber ich kann Ihnen meinen unbedingten Willen versichern, in meinem Einflussbereich gegen Ungerechtigkeit und Willkür vorzugehen.«

Fedora lächelte schwach. »Das klingt besser als nichts.«

»Verzagen Sie nicht, niemand weiß, was der morgige Tag bringt. In diesem Sinne, verehrte Signora Cherini, möchte ich mich empfehlen. Weitere Belange erfordern meine Aufmerksamkeit.«

»Ich geleite Sie zur Tür, Herr Direktor.«

Rathkolb nahm Stock und Hut, verabschiedete sich mit Handkuss und marschierte fort. Fedora schloss die Wohnungstür und lehnte sich an deren Innenseite. Sie sinnierte. Was war da gerade geschehen? Hatte sich Dr. Rathkolb als mächtiger Verbündeter zu erkennen gegeben? Hatte er sich bei der Werbung um ihre Gunst in Stellung gebracht? Hatte er irgendetwas gegen Pittoni in der Hand, was er hier und jetzt nicht gesagt hatte? Oder war sie verrückt geworden und bildete sich den Besuch und das Gespräch bloß ein?

Letzteres ganz bestimmt nicht. Ein leichter Hauch des angenehm duftenden Rasierwassers des Polizeidirektors lag in der Luft. Was für ein stattlicher Herr Dr. Rathkolb war.

Was würde Sergio zu diesem Besuch sagen? Würde er lachen oder eifersüchtig sein? Fedora biss sich auf die Unterlippe. Dr. Rathkolb hatte ihr das Versprechen abgenommen, zu niemandem ein Sterbenswörtchen zu sagen. Daran musste sie sich natürlich halten, wenn sie auf Rathkolb als Bündnispartner zählen wollte.

Sie wischte ihre Gedanken beiseite und ging zurück an die Arbeit. Sie musste vorankommen, später das Mittagessen zubereiten, am Nachmittag waren die fertigen Kostüme abzuliefern und am Abend wollte sie der Aufführung im Theater beiwohnen. Die idiotischen Schaukämpfe der aufgeplusterten Streithähne gingen sie doch nichts an.

~·~

Es hatte Bruno einige Mühe gekostet, den Oberinspector zu überzeugen, den muffigen Archivraum freizugeben. Nach mehrfacher Intervention hatte Gellner schließlich zugestimmt, vier der sieben Aktenschränke entfernen zu lassen. Bruno hatte selbst Hand angelegt, um die alten Akten, die zum Teil seit dreißig Jahren unberührt in den Schränken vor sich hin moderten, in den Keller zu schaffen. Er hatte die Schränke geleert und zwei Amtsdiener hatten das vergilbte Papier die Treppe hinuntergetragen. Die Möbel hatten vier Männer eines Altwarenhändlers fortgeschafft. Mit etwas Mühe würden die hölzernen Ungetüme restauriert und anderwärts verwendet werden können. Den frei gewordenen Platz hatte Bruno genutzt, um eine Werkbank aufstellen zu lassen. Auf dieser hatte er zwei Lampen, verschiedene Werkzeuge, Gefäße und Chemikalien angesammelt.

Und dann war endlich die Lieferung aus Jena gekommen. Bruno erinnerte sich, wie aufgeregt er gewesen war, als er die Transportkiste geöffnet hatte. Es war wie Weihnachten und Ostern zusammen gewesen. Genau nach Anleitung hatte er die separat gelieferten Teile zusammengesetzt und somit das erste Mikroskop der Triestiner Polizeibehörde in Betrieb genommen. Die beiden Damen der Schreibstube, die Amtsdiener und jungen Polizeiagenten waren während dieser Arbeit immer wieder vorbeigekommen und hatten ihm neugierig über die Schulter geschaut. Alle wussten schließlich, dass Inspector Zabini nach Jahren des Bittens nun endlich das lang ersehnte Mikroskop der Fabrik Carl Zeiss erhalten hatte. Als Bruno das optische Instrument einsatzbereit gemacht hatte, war sogar Polizeipräsident Dr. Rathkolb in der neuen Werkstatt erschienen, hatte durch das Okular auf eine Probe geschaut und war ob der Eindrücke mehr als überrascht und begeistert gewesen. Dr. Rathkolb hatte sich von Bruno die physikalisch-optischen Prinzipien genau erklären lassen, wie es durch die richtige Anordnung von geschliffenen Linsen möglich war, für das menschliche Auge an sich unsichtbare Dinge so zu vergrößern, dass sie dem Beobachter klar erkennbar wurden.

Bruno saß an der Werkbank vor dem Mikroskop und schaute sinnierend zum Fenster hinaus. Langsam griff er zur Kaffeeschale und nahm den letzten Schluck des längst erkalteten Getränks. Es klopfte an der Tür.

»Herein!«

»Guten Tag, Herr Inspector«, grüßte Luigi Bosovich, trat ein und schloss die Tür hinter sich.

»Ciao, Luigi.«

»Kommen Sie voran?«

»Nicht so gut, wie ich hoffte. Komm, setz dich zu mir.«

Luigi rückte einen Stuhl. »Haben Sie das Unterkleid schon untersucht?«

Bruno nickte. »Damit habe ich begonnen.«

»Neue Erkenntnisse?«

»Keine wirklich neuen, aber einiges habe ich gefunden«, sagte Bruno und griff nach einem Bleistift, den er als Zeigestab verwendete. »Wenn du die Position der Öffnungen im Stoff des Unterkleides betrachtest, die durch das zustoßende Messer verursacht worden sind, dann zeigt sich, dass der Täter frontal zugestochen hat. Die Armbewegung erfolgte nicht von oben nach unten, sondern auf Höhe des Bauches. Die Stichwunden waren ja auch allesamt im Bauchbereich. Die ärztliche Leichenbeschau hat ergeben, dass der Tod wahrscheinlich nicht durch die mehrfachen Verletzungen des Magens und Darms eingetreten ist, sondern weil ein Stich die Aorta im Bauchbereich beschädigt hat. Die Folge war tödlicher Blutverlust. Und noch etwas ist interessant: Der Arzt hat auf meine Bitte hin auch den Unterleib des Opfers untersucht. Im Geschlechtsorgan fanden sich Spuren von Spermien, was beim Beruf der jungen Frau nicht erstaunlich ist. Aber der Unterleib wies keine Zeichen von Gewaltanwendung auf. Eine Vergewaltigung vor oder nach der Tötung ist auszuschließen. Aber sieh bitte hier auf das Kleidungsstück.«

Luigi beugte sich über das zerstochene und blutgetränkte Unterkleid. »Was sind das für Spuren?«

»Das ist eindeutig männlicher Samen.«

»Hat der Täter etwa nach der Tat …?« Luigi vollendete den Satz nicht.

»Das ist unklar, aber möglich. Vielleicht war er durch den Blutexzess so erregt, dass er sich händisch Erleichterung verschaffen musste. Vielleicht rühren die Flecken auch von einer anderen Begegnung mit einem Freier. Leider kann diese Frage durch die Arbeit am Mikroskop nicht beantwortet werden. Weitere Spuren fand ich am Unterkleid nicht.«

»Und haben Sie die Decke auch schon untersucht?«

»Allerdings, was im Übrigen viel Zeit in Anspruch genommen hat.«

»So verdreckt, wie die Decke ist, verstehe ich sehr gut, dass das dauert.«

Bruno nickte. »Am auffälligsten sind natürlich die Blutspuren. Sie sind überall, das Opfer wurde also relativ knapp nach der Attacke in die Decke gewickelt. Aber nirgendwo ist die Decke völlig durchtränkt, die Spuren sind oberflächlich, was bedeutet, dass der größte Blutverlust vorher erfolgt sein muss. Wahrscheinlich war das Opfer schon tot, als es in die Decke eingewickelt wurde, aber das ist nicht sicher. Durch die vielen Stiche und Schnitte ist an zahlreichen Stellen Blut auf das Gewebe getropft.«

Luigi zeigte auf eine Stelle. »Das sieht nach Gras aus.«

»Ja, unter dem Mikroskop konnte ich Gras, kleine Holzsplitter, Laubreste und Erde erkennen. Das ist natürlich nicht verwunderlich, die Leiche wurde durch den Wald geschleift. In dieser Schale habe ich verschiedene Partikel gesammelt, die allesamt dem Waldboden zuzuordnen sind.«

»In der zweiten Schale sehe ich ein Haar. Stammt es vom Opfer?«

»Es ist wahrscheinlich nicht menschlich. Möglicherweise stammt es von einem Pferd.«

»Eine Pferdedecke?«

»Dann müssten wohl mehrere Haare zu finden sein. Bisher habe ich nur dieses eine gefunden.«

»Könnte es von einem anderen Tier stammen?«

»Ja, es könnte auch ein Hundehaar sein.«

Luigi langte nach der dritten Schale, in der nur wenige winzige dunkle Körner lagen. »Was ist das?«

»Mit freiem Auge ist das nicht zu erkennen, aber ich habe die Partikel mit der Pinzette von dieser Ecke der Decke entnommen«, sagte Bruno und zeigte auf die betreffende dunkel verfärbte Stelle.

»Sieht aus wie Pech.«

»Ich vermute, dass es Holzteer ist. Ich habe zuvor ein Experiment gemacht und mehrere größere Stück verbrannt. Ich wiederhole den Versuch.« Bruno hob mit der Pinzette einige Körnchen aus der Schale, legte sie auf eine kleine geschliffene Steinplatte, entflammte ein Streichholz und ließ sie so lange brennen, bis der Schwefelkopf völlig verkohlt war, dann hielt er die Flamme an die Körner, welche Feuer fingen und schnell verbrannten. »Erkennst du den Geruch? Er ist meiner Meinung nach eindeutig.«

Luigi schnupperte nach der kleinen Rauchwolke. »Ja, das könnte Holzteer sein.«

»Ich nehme an, dass sich der Fleck schon länger auf der Decke befindet. Der Holzteer ist trocken und spröde.«

»Die Bootsbauer verwenden das Material zum Kalfatern.«

»So ist es. Um die Schiffsplanken eines Holzrumpfs dicht zu machen, wird beim Kalfatern Werg in die Nähte verstemmt und dann mit Pech oder Holzteer abgeschlossen.«

Luigi tastete mit den Fingern nach der Decke. »Das ist eine raue Wolldecke, kein Werg.«

»Eindeutig, aber natürlich könnte die Decke von Schiffsbauern verwendet worden sein. Bei Arbeiten in Bodennähe könnte sie ausgelegt worden sein, damit die Männer nicht auf dem nackten Boden knien oder liegen mussten. Es gibt hundert Möglichkeiten, wie Schiffsbauer eine solche Decke nutzen.«

»Und es gibt tausend Möglichkeiten, wie beim Kalfatern ein Batzen Holzteer auf die Decke tropfen kann.«

»Einmal auf dem Gewebe, kriegt man Holzteer nicht mehr ab.«

»Sollen wir die Schiffshäuser durchsuchen?«

Bruno verzog müde lächelnd den Mund. »Bei der schieren Anzahl an Bootshäusern in Triest würden wir Wochen brauchen und müssten auf einen Zufallstreffer hoffen. Darüber hinaus wird Holzteer für viele andere Zwecke benutzt. Hölzerne Laternenmasten, Bootsstege oder Scheunenwände werden damit gestrichen, man verwendet Holzteer auch in der Medizin bei manchen Hautkrankheiten.«

»Daher sagten Sie, der Fortschritt der Untersuchung sei nicht durchschlagend.«

»Genau. Das Mikroskopieren hat zahlreiche Erkenntnisse gebracht, aber keine schlagenden Beweise. Vielleicht wird eine Erkenntnis später zu einem Beweis, aber davon sehe ich derzeit noch nichts.«

»Darf ich auch einmal durch das Okular schauen?«

Bruno erhob sich und machte Platz. »Natürlich.«

Luigi zog die Stelle unter das Mikroskop, die mit den Holzteer verschmutzt war, und beugte sich über das Instrument. »Erstaunlich, wie viele Details man mit freiem Auge gar nicht wahrnehmen kann.«

Bruno lachte auf. »Ja, der Mensch denkt in seiner Hybris, er verstünde die Gesetze der Welt, weil er über Augen und Ohren verfügt, aber nur ein einziger Blick in ein Mikroskop oder ein Fernrohr lässt erahnen, dass die Sinnesorgane nur einen kleinen Teil des Universums erschließen.«

»Ich sehe ein totes Insekt im Holzteer.«

Bruno horchte auf. »Was für ein Insekt?«

»Könnte ein Floh sein, der so groß wie eine Ratte ist. Also im Okular natürlich. Sieht irgendwie gespenstisch aus. Wie in einem schrecklichen Albtraum.«

»Lass schauen.«

»Er ist durch die klebrige Masse mumifiziert worden.«

Bruno lugte durch das Okular und erkannte das Insekt. »Ja, das ist ein Floh. Der ist mir bis jetzt entgangen.«

»Man sieht halt nur einen kleinen Ausschnitt der Welt, den aber sehr genau.«

Bruno richtete sich wieder auf. »Die Lichtverhältnisse auf dem Objekttisch sind nur mäßig. Ich zermartere mir den Kopf, wie man mit zusätzlichen Lampen bessere und klarere Sicht erhalten kann.«

Luigi schmunzelte. »Vielleicht haben Sie ja eine geniale Idee, wie man Mikroskope optimieren kann. Diese können Sie als Patent anmelden, eine Fabrik bauen und Millionär werden.«

Bruno kniff seine Augen zusammen. »Das würde dir Strolch wohl so passen, denn dann hättest du freie Bahn für die nächste Beförderung.«

Luigi winkte lässig ab. »Ach, ich habe gehofft, Sie würden mich als Kompagnon in Ihrer Fabrik aufnehmen. Ich will auch Millionär werden.«

Bruno schaute lächelnd zum Fenster, seine Miene wurde ernst. »Lass uns lieber wieder arbeiten. Wir müssen den Verbrecher fassen, der dieses Mädchen so schauderhaft zugerichtet hat.«

»Jawohl, Herr Inspector.«

Renzullo goss aus dem Krug Wasser in das Lavoir, wusch sich Hände und Gesicht, trocknete sich danach ab. Er verzog die Miene. Das Handtuch roch beileibe nicht mehr frisch, irgendwann musste er wieder zur Wäscherei. Denn nicht nur das Handtuch gehörte gründlich gewaschen, so manches an seiner Kleidung und den Haustextilien harrte einer Reinigung. Er verwarf den Gedanken an die Wäscherei, denn dafür hatte er derzeit um einen Tick zu wenig Geld in den Taschen. Renzullo bekleidete sich vollständig und schloss das kleine Fenster. Seit zwei Jahren bewohnte er schon die Dachkammer in der Via dello Sterpeto. Das zweistöckige Haus in der Seitengasse verfügte auch über ein Dachgeschoss, in welchem mehrere schlichte Dachkammern Menschen Quartier boten, die entweder sehr anspruchslos oder sehr knapp bei Kasse waren. Im Winter war es im Dachgeschoss kalt, und wenn im Sommer die Sonne auf die Dachziegel brannte, war es sehr heiß. Immerhin war das Dach dicht, selbst bei stärkstem Regen blieb seine Wohnstatt trocken. Da hatte er schon schlechtere Quartiere bewohnt.

Renzullo setzte seinen Hut auf, flitzte die Treppe hinab und stemmte sich gegen das Haustor. Die Sonne stand bereits hoch und der Himmel war wolkenlos. Er wandte sich nach rechts und blickte zum über die Dächer ragenden Schornstein. Wie immer stieg Qualm hoch, in den Kesseln der Stadt glühte stets Kohle, in den Fabriken werkten fleißige Hände, um den Kaiser mit Stolz auf seine große Hafenstadt zu erfüllen. Und um den Kapitalisten fette Profite in die Taschen zu treiben. Da machte er nicht mit, Lohnsklave in einer Werkhalle zu sein, war nicht sein Wunsch. Er lebte lieber frei und selbstständig, hasste Wecker, die ihn frühmorgens aus dem Bett jagten, und begann den Tag lieber mit einem Caffè nero anstatt mit einer schon vor Tagesanbruch überfüllten Straßenbahn.

Renzullo bog in die Via Conti und überquerte die Fahrbahn. Wie üblich lungerten die Bewohner der Casa dei Poveri auf den Straßen rund um das große Gebäude herum. Den Anblick von alten Hafenarbeitern, denen die schwere Arbeit den Rücken krumm und die Beine schwach gemacht hatte, von alten Frauen, die wegen schlechter Augen und tauber Ohren nicht mehr in den Fabriken, Magazinen oder bürgerlichen Haushalten dienen konnten, war Renzullo gewohnt. Wer das ganze Leben lang von der Hand in den Mund gelebt und nicht rechtzeitig ein bisschen Geld zur Seite gelegt hatte, landete im Alter irgendwann im Armenhaus. Gut, dass es ein solches in Triest gab und die Leute nicht auf offener Straße vegetieren mussten.

»Na, Francesca, hast du gut geschlafen?«

Die an der Straßenecke mit ihrem alten, sich kaum noch bewegenden Hund und mehreren Taschen und Körben sitzende Frau hob ihr zerfurchtes Gesicht, erblickte Renzullo und schenkte ihm ein Lächeln. Die meisten ihrer Zähne hatte sie im Laufe ihres langen Lebens schon verloren. »Renzullo, du Ganove, wen willst du heute wieder übers Ohr hauen?«

»Dich, Francesca, dich will ich schon seit Jahren austricksen. Aber du bist mir einfach zu schlau.«

Die alte Frau lachte. Renzullo schaute sich um, dann beugte er sich trotz ihres üblen Geruchs zu ihr hinab und steckte ihr diskret eine Münze zu. »Für das Mittagessen. Aber vertrinke nicht wieder alles.« Er kraulte dem Hund das Fell, der dankbar für die Zuwendung den Kopf hob.

»Ich trinke doch nur Wasser, mein Geliebter.«

»Nicht so laut. Was sollen die Nachbarn denken? Ciao, Francesca.«

»Ciao, Renzullo.«

Damit marschierte Renzullo weiter und kam nach wenigen Minuten zur Piazza della Barriera vecchia. Vor dem Caffè Nuovo saßen einige Bekannte, die er begrüßte, dann setzte er sich und bestellte einen Nero. Wenig später standen der kleine Kaffee und das Wasserglas auf seinem Tisch. Er hob die Tasse und sog den aromatischen Duft ein, dann nippte er an dem köstlichen Getränk.

Wie sollte er es schaffen, so viel Geld aufzutreiben, um Laura freizukaufen? Wie bloß?

Seit Wochen zermarterte er sich schon das Hirn, kam aber auf keine Lösung. Sollte er eine Bank ausrauben? Mehrere Geldbriefträger von hinten niederschlagen und sie um ihre Geldsendungen erleichtern? Sollte er hohe Summen auf ein unbesiegbares Pferd setzen? Renzullo verzog seine Lippen. Hohe Summen? Auf Pump von Halsabschneidern wie Sebastiano Lippi? Nein, das wäre eine völlige Bankrotterklärung seines Einfallreichtums. Und der letzte Verrückte, der in Triest eine Bank hatte ausrauben wollen, saß für die nächsten Jahre im Gefängnis. Auf eine finstere Kerkerzelle hatte Renzullo ganz und gar keine Lust. Und auf Schlägereien mit Geldbriefträgern auch nicht. Diese Mistkerle trugen in der Regel Schlagringe oder Messer bei sich und wussten sich zu wehren.

Er brauchte einen guten Einfall. Eine zündende Idee. Vielleicht ein Wunder. Irgendetwas musste geschehen. Aber was? Fest stand nur eines: Er musste Laura befreien.

Attila Giller rührte das Pulver in das Wasserglas und leerte es in einem Zug. Es dauerte in der Regel eine Viertelstunde, manchmal eine halbe, bis er die Wirkung des Cocains verspürte. Danach spülte er das Glas am Waschbecken aus und stellte es wieder ab. Er verließ das Badezimmer, ging in die Vorhalle und bekleidete sich für die Abfahrt. Sein Blick fiel auf das angesammelte Gepäck seiner Frau. Mit zwei Koffern war Luzie von Cervignano nach Triest gekommen, mit fünf Koffern würde sie zurückkehren. In den letzten beiden Tagen hatte sie zahlreiche Kaufhäuser und Läden besucht und das Geld mit vollen Händen ausgegeben. Das war für Giller in Ordnung, an Mitteln mangelte es ihm zum Glück nicht. Seine Frau hatte sich für ihre Beschäftigungen mit Material versorgt. Luzie Giller verbrachte ihr Tage abwechselnd mit Garten- oder Stickarbeiten.

Die Blumenbeete auf seinem Landgut gediehen prächtig, denn natürlich gingen Luzie zwei Gärtner zur Hand. Ihre Gartenarbeit bestand darin, da oder dort etwas umzugraben, anzusetzen oder zu stutzen, wenn ihr aber die Last zu viel wurde, hatten die Gärtner die begonnenen Arbeiten abzuschließen. Was, wie Giller wusste, fast immer so war. Und sie konnte sehr verdrießlich sein, wenn die beiden nicht genau so werkten, wie sie sich das vorstellte. Er beneidete sie nicht. Auch die beiden Zimmermädchen und die Köchin mussten Luzies Launen ertragen. Giller war froh, dass Luzie nicht noch mehr Personal benötigte, sodass die Kosten überschaubar blieben. Zum Glück mischte sie sich nicht in die Arbeit auf dem Gestüt ein. Davon verstehe sie nichts, sagte sie, das sollten der Verwalter und ihr Mann erledigen. Das war gut so.

Am besten für alle war es, wenn Luzie sich ihrer Handarbeit widmete. Sie konnte tagelang an ihren Stickereien sitzen, dabei war sie still und in sich gekehrt und kommandierte das Personal nur selten herum. Attila Giller fand die Bilder und Ornamente, die seine Frau stickte, ein bisschen lächerlich und dilettantisch, immerhin war er froh, dass sie etwas gefunden hatte, was ihr Freude machte und sie beschäftigte. Gerade für ihre Handarbeit hatte sie in Triest viel Material eingekauft, denn natürlich waren die verschiedenen Läden in der Stadt besser sortiert als der kleine Laden in Cervignano. Zwei Koffer waren voll mit Zwirn, Wolle, Stoffen, Nadeln und sonstigem Zeug. Damit würde Luzie lange Zeit ihr Auslangen finden.

Tagsüber war sie durch die Stadt gelaufen, und abends zurück im Haus hatte sie erschöpft auf dem Kanapee gelegen und gejammert, wie furchtbar hässlich die Stadt sei, wie dumm die Kaufleute und Kutscher seien und wie mühevoll der Einkauf sich gestaltet habe. Sich in Nachsicht übend, hatte Giller das Wehklagen seiner Frau erduldet, wissend, dass sie bald wieder aus der Villa verschwinden und auf das Landgut zurückkehren würde.

»Ist die Kutsche schon da?«, fragte Luzie und trat auf ihren Mann zu.

Er blickte auf seine Taschenuhr. »Ich habe noch nichts gehört, doch sie wird jeden Moment erscheinen. Es ist zwei Minuten nach elf.«

Da klopfte es an der Haustür. Giller öffnete und gab dem Fahrer Anordnungen. Dieser nickte dienstbeflissen und begann, die Koffer auf das Fuhrwerk zu laden.

Giller besaß zwar selbst einen gedeckten Einspänner, der in der Scheune hinter der Villa stand. Nur wenn er sich längere Zeit in Triest aufhielt, holte er auch eines seiner Pferde aus einem der Mietställe hierher und stellte es in der kleinen Box neben dem Wagen ein. Dieser Tage war das der Fall, aber für die anstehende Fahrt zum Bahnhof hatte er einen Wagen bestellt. So brauchte er die Koffer nicht zu schleppen und den Wagen nicht selbst zu führen.

Giller bot seiner Frau den Arm, diese hakte sich ein und so durchquerten sie den Vorgarten zur Kutsche. Er half ihr beim Einstieg, kontrollierte, ob der Fahrer auch alles aufgeladen hatte, und versperrte die Haustür. Seine Villa in der Via Pasquale Besenghi unweit des Campo San Vito lag von einer Gartenmauer umgrenzt im Schatten einiger hoher Bäume. Das Haus war nicht sonderlich groß, aber da er es zumeist allein bewohnte, reichte es völlig aus. Der Vorteil war, dass er nur wenig Personal benötigte und vor allem dieses nicht im Haus selbst wohnen musste. Die Haushälterin kam morgens und ging abends. Wenn im Garten Arbeit anstand, bestellte er die Männer eines seit vielen Jahren im Viertel gut etablierten Gartenbaubetriebs. Die Gärtner waren Fachleute, die stets in kurzer Zeit alle nötigen Tätigkeiten verrichteten. Gelegentlich lud er abends Gäste zu sich ein, jedoch meist nur in kleinem Rahmen mit ein paar guten Freunden und hübschen Animiermädchen. Da er häufig auf Geschäftsreisen war, stand die Villa immer wieder leer. Attila Giller fand es vorteilhaft, dass er nicht andauernd Familienmitglieder um sich hatte. So konnte er ein Leben ganz nach seiner Fasson führen.

»Ach, wie freue ich mich, wieder nach Hause zu kommen«, sagte Luzie.

»In deinem Refugium bist du am besten aufgehoben.«

»Es ist sehr hilfreich, dass du mich zum Bahnhof begleitest. Ich allein könnte den Gepäcktransport nicht bewältigen.«

»Das ist selbstverständlich, meine Liebe.«
Die Kutsche setzte sich in Bewegung

─ ❦ ─

Bruno stand im Schatten eines Baumes, an den Stamm gelehnt, und blätterte in der Zeitung. Die Zeit floss unaufhaltsam dahin, dabei war sie knapp. Wenn er einen Mord aufzuklären hatte, schienen die Stunden und Tage an ihm vorbeizufliegen, es war ihm, als ob jeder Handgriff dreimal so lange dauerte wie nötig, als ob jede Untersuchung sich endlos hinziehen würde und für jede beantwortete Frage fünf unbeantwortete auftauchten. Dennoch blieb ihm keine andere Wahl, als hier und jetzt auszuharren, denn wenn sein Informant keinen Unsinn erzählt hatte, dann könnte sich die Mühe lohnen.

Als Inspector war es unerlässlich, über ein gutes Netz an Vertrauten zu verfügen, die einem Informationen zuspielten. Einer kannte sich gut in der Finanzwelt aus, ein anderer in den Hafenspelunken, ein weiterer wusste, was die Marktfahrer so trieben, und auch ein paar Freunde unter den Kutschern waren für die Polizeiarbeit unerlässlich.

Bruno entdeckte über den Rand der Zeitung spähend eine junge Frau. Sie trat aus dem Haustor, zog ihr Kopftuch tief in die Stirn und marschierte los. Bruno faltete die Zeitung, klemmte sie unter die Achsel und folgte ihr. Er hatte keine Angst, dass sie ihm im Gewühl der Stadt entkommen könnte.

Nach drei Häuserblocks schloss er auf, als eben eine Straßenbahn ihren Weg kreuzte. Vor dem Überqueren der Straße sprach er das Fräulein an. »Guten Tag, Signorina.«

Die junge Frau schaute kurz hoch und nickte Bruno einen flüchtigen Gruß zu.

»Erlauben Sie, dass ich Sie ein Stück begleite?«

»Kennen wir uns?«

»Ich kenne Ihren Namen, Signorina. Sie kennen meinen wohl nicht. Gestatten, dass ich mich vorstelle? Inspector Zabini.« Kurz zeigte er seine Kokarde.

»Sie sind von der Polizei?«

»Jawohl, k.k. Polizeiagenteninstitut, um genauer zu sein.«

»Die hohen Herren.«

»Wollen wir ein Stück gehen?«

»Na gut.«

Schweigend überquerten sie die Straße und marschierten eine Weile durch das Viertel Borgo Teresiano. Bruno spürte deutlich, dass es der jungen Frau nicht gut ging, dass sie Kummer hatte.

»Also, was wollen Sie, Ispettore?«

»Mich nach Ihrem werten Befinden erkundigen. Wie geht es Ihnen, Signorina?«

»Ach, irgendwie.«

»Sie waren bei einem Arzt.«

»Haben Sie mich verfolgt?«

»Ja.«

»Sie kennen meinen Namen?«

»Concetta Musso. Ein sehr schöner Name.«

»Danke.«

»Woher stammen Sie?«

»Aus einem Dorf in der Lombardei.«

Es war immer wieder die gleiche Geschichte. Den jungen Mädchen aus den entlegenen und bitterarmen Dörfern wurde eine aussichtsreiche Dienststelle in der Stadt versprochen, dann wurden sie weit fort von zu Hause gebracht und mittels Druck, Drohungen und manchmal auch mit offener Gewalt für die Arbeit in den Bordellen gefügig gemacht.

»Arbeiten Sie deswegen im Etablissement des Milanese? Weil Sie aus der gleichen Gegend kommen?«

»Ich arbeite dort, wo ich muss.«

»Als ich im Metro Cubo Befragungen gemacht habe, sind Sie mir entgangen.«

»Wollen Sie mich wegen Milka befragen?«

»Ja, das ist der Grund. Ich habe erfahren, dass Sie eine gute Freundin von Milka Savić waren.«

»Wir haben uns gut verstanden. Ich habe ihr Italienisch beigebracht, sie mir Serbisch.«

»Sprechen Sie Serbisch?«

»Jetzt ein bisschen.«

»Sind Sie traurig, dass Milka tot ist?«

»Ich habe einen ganzen Tag geweint.«

»Das tut mir leid.«

»Das Leben ist die Hölle.«

Bruno hielt inne, fasste die junge Frau an den Oberarmen und schaute ihr ins Gesicht. »Es geht Ihnen schlecht, Signorina Musso, das sehe ich Ihnen an. Was haben Sie auf dem Herzen?«

»Es ist nicht das Herz.«

»Sondern?«

»Ich habe Syphilis.«

Bruno biss die Zähne zusammen, ein bitterer Geschmack lag auf seiner Zunge. Die Signorina war erst dreiundzwanzig Jahre alt und würde ihr Leben mit einer bösen Krankheit führen müssen. Er drückte sie an seine Brust und hielt sie für ein Weilchen im Arm. Dass manche Leute auf der Straße sie angafften, bemerkten weder Bruno noch Concetta.

»Gehen wir zum Hafen«, schlug Bruno vor und bot ihr den Arm, den sie dankend annahm und sich einhakte. »Warum verwenden Sie bei der Arbeit nicht Pariser? Neueste medizinische Untersuchungen legen nahe, dass Pariser vor der Übertragung vieler Geschlechtskrankheiten schützen.«

»Ich will ja immer Pariser verwenden, alle Mädchen wollen es. Aber zweimal wurde ich von Kunden fast verprügelt, als ich den Pariser vorgeschlagen habe.«

»Waren Sie wegen Ihrer Krankheit in den letzten Tagen nicht bei der Arbeit?«

»Ja. Der Milanese erlaubt nicht, dass ich mich im Metro Cubo aufhalte. Ich bewohne derzeit eine kleine Kammer im Dachgeschoss des Hauses. Bald wird mich der Capo hinauswerfen. Im Bordell werde ich nie wieder arbeiten können. Ich weiß nicht, was ich tun soll. Nach Hause in die Heimat kann ich nicht. Ich bin eine Hure mit Syphilis, meine Eltern würden mich fortjagen. Ich kann mich eigentlich nur noch vor einen Zug stürzen.«

»Das will ich aber jetzt nicht gehört haben, geschätzte Concetta«, sagte Bruno streng, hielt inne und griff nach einer Visitenkarte. »Es gibt Wege für Sie.« Er notierte auf der Rückseite einen Namen. »Sehen Sie, hier steht der Name jener Frau, an die Sie sich wenden können. Ivana Zupan arbeitet in meiner Dienststelle. Gehen Sie zu Signora Zupan und geben Sie ihr diese Karte. Ivana kann Ihnen ein Quartier verschaffen, sie kann Sie aus dem Milieu rausbringen und den Kontakt zu einem sehr erfahrenen Arzt herstellen. Dieser hat mit der Quecksilber-Therapie gute Erfolge gegen die Syphilis erreicht. Der Doktor kann Ihnen helfen.«

»Ich kann mir doch keinen Arzt und teure Medikamente leisten.«

»Es gibt eine Stiftung der katholischen Kirche für Zwecke wie diese. Keine Sorge, Concetta, die Behörden sorgen für Menschen in Not vor. Sie sind nicht verloren und allein. Aber Sie müssen zu Signora Ivana gehen, Sie müssen die Hilfe, die wir Ihnen anbieten, auch annehmen. Das müssen Sie selbst tun. Und den Milanese kann ich Ihnen vom Hals halten.«

Bruno sah, wie sie ein bisschen Mut fasste. »Der Milanese will ohnedies nichts mehr von mir wissen. Ich bin für ihn wertlos.«

»Für mich sind Sie nicht wertlos.«

»Weil ich Milka gut kannte?«

»Zuallererst, weil Sie ein viel zu hübsches Fräulein sind, um traurig zu sein.«

Ein fernes Lächeln strich über Concettas Gesicht. Bruno atmete durch. Dann gingen sie weiter in Richtung Alten Hafen.

»Aber natürlich haben Sie recht, ich will mich bei Ihnen über Milka erkundigen.«

»Sie war an jenem Abend, bevor sie verschwand, bei mir.«

Ein heißer Schauer lief über Brunos Rücken. »Wann war das genau?«

»Es war letzte Woche, Dienstag, der 26. Mai.«

»Zu welcher Uhrzeit?«

»Weiß ich nicht mehr. Gegen sechs Uhr abends. Vielleicht ein bisschen später.«

»Erzählen Sie genauer.«

»Ich war in meiner Kammer, saß im Bett und habe gestrickt. Ich stricke sehr gerne, das tut mir gut. Da kam Milka, hat sich zu mir gesetzt und mir von den letzten Ereignissen erzählt. Da war nichts Besonderes, zwei Kunden hatte sie schon bedient. Aber sie hatte eine Verabredung an diesem Abend mit einem, der schon mehrmals bei ihr gewesen war. Sie wusste also, was auf sie zukam, und deswegen war sie bei mir, um sich Mut zu machen.«

»Mut zu machen? Warum das? War es ein anspruchsvoller Kunde?«

»Ja, anspruchsvoll. Ich hätte den Mann nicht wiederholt bedienen können, das hätte ich nicht fertiggebracht. Aber Milka hat es geschafft, Milka war die Stärkste von uns allen. Ich habe sie für ihren Mut bewundert.«

»Was hat denn dieser spezielle Kunde für Vorlieben?«

»Er schlägt gerne zu.«

Brunos Sinne waren auf das Äußerste geschärft. »Hart? Mit Gegenständen? Mit Waffen?«

»Nicht hart, aber er verwendet eine Reitgerte. Milka konnte nach den Treffen mit dem Mann normalerweise einen Tag lang nicht sitzen, so schmerzte der Hintern.«

»Das erlaubte der Milanese?«

»Natürlich! Der Mann bezahlte an den Capo den erhöhten Tarif.«

»Um welche Uhrzeit war sie mit dem Mann verabredet?«

»Das weiß ich nicht genau. Vielleicht um acht oder neun Uhr abends.«

»Kennen Sie den Namen des Mannes?«

»Ich weiß nur, dass er sich Cavaliere rufen lässt. Seinen Namen kenne ich nicht.«

»Und wie sieht er aus? Wie alt ist er?«

»Ungefähr dreißig, recht groß gewachsen, brünettes Haar und Oberlippenbart. Er sieht sehr gut aus, ein fescher Mann, und er ist immer sehr gut gekleidet. Elegant und flott. Eigentlich ein Kunde, den man gern mit aufs Zimmer nimmt, wenn da nicht die Reitgerte wäre.«

»Und Sie wissen mit Bestimmtheit, dass Milka diesen Mann getroffen hat?«

»Sie hat mir gesagt, dass sie ihn erwartet. Aber ob sie sich wirklich getroffen haben, weiß ich nicht.«

»Wie lange waren Sie mit Milka zusammen?«

»Etwa eine halbe Stunde. Dann ist sie gegangen.«

Bruno stoppte, kratzte sein Kinn und schaute über den Kai hinaus zum offenen Meer. Da würde wohl auf schnellstem Weg ein weiteres Gespräch mit dem Milanese, mit Virginio Broggi, nötig sein. Er wandte sich wieder der jungen Frau zu und lächelte. »Sie haben mir sehr geholfen, Concetta. Danke vielmals. Und gehen Sie auf jeden Fall zu Signora Zupan in das k.k. Polizeiagenteninstitut. Man wird Ihnen helfen. Wir helfen uns gegenseitig.«

»Danke.«

»Es tut mir leid, Concetta, ich muss jetzt wieder weiter. Es pressiert.«

»Ispettore!«

Bruno wollte schon losmarschieren, hielt aber inne. »Concetta?«

»Fangen Sie Milkas Mörder.«

Bruno griff nach ihren Händen und drückte sie. »Ich

verspreche Ihnen, Himmel und Hölle in Bewegung zu setzen.«

Bruno hastete die Treppe hoch, betrat die Kanzlei, nahm den Hut ab und fächelte sich damit Kühlung zu. Obwohl im Laufe des Tages Wolken aufgezogen waren, war es schwül, bei seinem Eilmarsch durch die Stadt war ihm warm geworden.

»Ivana, ich habe da etwas für Sie«, sagte er ansatzlos und trat an ihren Schreibtisch heran.

»Worum geht es?«

In knapper Schilderung berichtete er von der Begegnung mit Concetta Musso.

Ivana hörte mit verkniffenen Lippen zu. »Gut, dann werde ich alles Nötige veranlassen. Wir können allerdings nur hoffen, dass die Signorina wirklich hier auftaucht.«

Bruno nickte bekräftigend. »Das wird sie bestimmt. Wo soll sie sonst hin?«

In seinem Bureau hing er Hut und Sakko auf und ging zum Zimmer der Polizeiagenten. Marin arbeitete an der Schreibmaschine, Luigi stand mit der Lupe in der Hand über verschiedene Fingerabdrücke gebeugt. Die beiden begrüßten den eintretenden Inspector.

»Luigi, bitte notiere folgende Personenbeschreibung.«

»Haben Sie bei Milkas Freundin etwas herausgefunden?«, fragte Luigi, legte die Lupe weg und griff zu Notizblock und Bleistift.

»Ja. Milka hatte einen wiederkehrenden Kunden, der sich im Metro Cubo ›Cavaliere‹ nennen ließ. Am Abend vor Milkas Verschwinden war ein Treffen vereinbart. Ich weiß noch nicht, ob es stattgefunden hat. Der Mann ist ungefähr dreißig und groß gewachsen, er hat brünettes Haar und einen Oberlippenbart. Er ist stets elegant gekleidet und gut aussehend.«

Luigi notierte mit verzogenem Mund. »Das ist eine sehr vage Beschreibung.«

»Ich glaube, der Milanese weiß genau, wer dieser Mann ist.«

»Wie das?«

»Der Cavaliere hat die Angewohnheit, das Boudoir der jungen Damen mit der Reitgerte zu betreten und von diesem Werkzeug Gebrauch zu machen.«

Luigis Augen weiteten sich, auch Marin schaute von seiner Arbeit hoch.

»Ein Sadist?«

»Signorina Concetta berichtet, dass Milka nach Begegnungen mit dem feinen Herrn einen Tag kaum sitzen konnte.«

»Das klingt nach einer Spur. Was passiert, wenn bei der erotischen Betätigung mit der Reitgerte etwas aus dem Ruder gelaufen ist?«

»Dann passiert vielleicht ein Unglück. Und wir müssen später auf dem Montebello Leichen aufsammeln.«

»Was verleitet Sie zu der Annahme, der Milanese könnte die Identität des Mannes kennen?«

»Weil dieser Galan den erhöhten Tarif für exquisite Betätigung direkt an den Zuhälter bezahlte.«

»Dann sollten wir uns den Milanese schnellstens vornehmen.«

»Ich bin zuvor anderthalb Stunden durch die Stadt gerannt, um den feinen Herrn zu finden. Vergebens. Aber er wird uns schon über den Weg laufen.«

Bruno schloss die Tür der Beletage und knipste das Licht an. Wie schnell man sich an technische Neuerungen gewöhnen konnte, dachte er, mittlerweile war es für ihn völlig selbstverständlich, dass die Wohnungen Triests mit elektrischem Strom versorgt wurden. Es war knapp nach sieben Uhr und wegen der geschlossenen Fensterläden war es recht dunkel in der Wohnung. Das Haus seiner Mutter war wie das gesamte Viertel in Cologna noch nicht an das Stromnetz angeschlossen. Die etwas entlegeneren und weniger dicht besiedelten Stadtteile oder Vororte würden aber recht bald die Vorteile der Elektrizität nutzen können, da war sich Bruno sicher.

Bruno blickte sich um. In der großen Wohnung herrschte noch heillose Unordnung. Möbel und Transportbehälter aller Arten standen kreuz und quer umher. Maria, die Haushälterin, hatte begonnen, die Küche einzurichten. Da die Baronin auf Reisen war, mussten nicht die Schlafräume zuerst möbliert werden. Maria hatte noch viel Arbeit vor sich, immerhin musste sie sich dabei nicht hetzen. Bruno ging in das zukünftige Schlafzimmer. Er legte Hut und Sakko ab, stemmte die Fäuste in die Hüften und schaute lächelnd in den Raum. Hier würden Luise und er gemeinsam wohnen. Was für ein schöner Gedanke. Und welch großartiges Gefühl. Er würde seine einsame und karge Behausung, bestehend aus einer Wohn- und einer Schlafkammer, gegen eine Beletage mit einer Familie tauschen. Er war froh, dass diese Wendung in seinem Leben stattgefunden hatte.

Bruno schob das Bett auf die vorgesehene Stelle und hob die beiden Matratzen darauf. Das Bettzeug war noch in irgendeinem Koffer verstaut, daher legte Bruno eine Decke als Leintuch auf eine der Matratzen und mit einer zweiten würde er sich zudecken. Der Polster war zwar ohne Bezug, aber für die nächsten Tage würde diese Bettstatt ausreichen. Was brauchte er schon? Gar nicht viel.

Sein Magen knurrte. Wieder hatte er tagsüber darauf vergessen, sich den Bauch vollzuschlagen. Die Arbeit forderte ihn beträchtlich, dennoch waren die Fortschritte mäßig. Sollte er eine Osteria in der Gegend aufsuchen? Bruno verwarf den Gedanken. Ein Grinsen legte sich auf seine Lippen. Vielleicht war Fedora zu Hause. Vielleicht hatte sie noch einen Happen für ihn übrig.

Bruno ließ Sakko und Hut liegen und stieg die Treppe in den vierten Stock empor. Im Fenster über der Wohnungstür entdeckte er Licht, Bruno trat näher und hörte Stimmen. Er klopfte.

Rudolfo öffnete. »Guten Abend, Signor Zabini.«

»Guten Abend, junger Mann«, grüßte Bruno und sah, dass Fedora und ihre beiden Söhne eben bei Tisch saßen. Die Küche lag direkt am Gang, dahinter befanden sich das Wohnzimmer und links und rechts die Schlafzimmer.

»Ciao, Bruno«, rief Fedora vom Tisch aus. »Wie schön, dass du uns besuchst. Willst du einen Teller Jota?«

Rudolfo setzte sich wieder, während Bruno die Tür von innen schloss. »Es riecht hier großartig, und ja, ich habe gehofft, dass ich mir bei dir einen Löffel Suppe einverleiben könnte.«

»Schnappe dir einen Teller und leiste uns Gesellschaft.«

Bruno tat, wie ihm geheißen, er nahm Platz und schöpfte Jota in seinen Teller. Die nahrhafte Suppe mit Kartoffeln, Selchfleisch und Sauerkraut war genau das Richtige, um seinen Hunger zu stillen.

»Du hast wahrscheinlich wieder den ganzen Tag über auf das Essen vergessen.«

Bruno nickte mit verzogenem Mund. »Ja, das passiert mir immer wieder.«

Ludovico schaute Bruno fragend an. »Wie kann man bloß auf das Essen vergessen?«

»Als ich so jung war wie du, Signore, konnte ich es nicht, weil ich den ganzen Tag über hungrig war. Wenn man im Wachsen ist, muss man immer essen«, sagte Bruno, brach ein Stück Brot ab und griff zum Löffel.

»Haben Sie heute wieder einen Verbrecher gejagt, Signor Zabini?«, fragte Rudolfo, der jüngere der beiden Brüder.

»Natürlich. Sogar eine ganze Räuberbande. Die Halunken haben im Karst Postkutschen überfallen und die Fahrgäste ausgeraubt. Der Räuberhauptmann wollte fortlaufen, da musste ich ihn mit dem Fahrrad verfolgen und wie ein flüchtendes Fohlen mit dem Seil einfangen.«

Die vier lachten. Bruno schmückte seine Räuberpistole noch aus, sparte nicht mit wilden Raufereien und Verfolgungsjagden, lobte den Mut der Polizisten und hob hervor, dass der Bürgermeister jener von den Räubern heimgesuchten Stadt im Hinterland ausgesprochen dick war und besonders laut furzen konnte. An diesem Punkt der Erzählung angelangt, unterbrach Fedora die Blödelei, immerhin saßen sie bei Tisch.

»Zwei Nonnen haben uns aufgesucht«, sagte Rudolfo unvermittelt.

Bruno horchte auf, denn schlagartig war ihm klar, dass Fedora das Thema unangenehm war. Ihre Miene wirkte verkniffen. »Aha, zwei Nonnen also. Wann war das?«

»Vorgestern.«

Bruno hatte sein Mahl beendet, legte den Löffel ab und nahm einen Schluck Wasser. »Und was haben die Nonnen gewollt?«

Rudolfo zuckte mit den Schultern. »Weiß ich nicht genau. Aber eine hat sich meine Schulhefte angesehen. Sie hat meine schöne Handschrift gelobt.«

»Dabei krakelst du doch ganz scheußlich«, stichelte Ludovico.

»Du krakelst selbst.«

»Jaja, schon gut. Stellt die Teller in die Abwasch und dann husch in euer Zimmer«, ordnete Fedora an. »Ich will nichts mehr von euch hören.«

Die Buben verzogen sich. Fedora erhob sich und räumte den Tisch ab.

Bruno verfolgte ihre Bewegungen, schaute kurz in die Wohnung und sah, dass die Buben die Tür zu ihrem Zimmer geschlossen hatten. »Ich bemerke eine gewisse Unruhe an dir.«

Fedora verrichtete ein paar Handgriffe, goss zwei Gläser Wein ein und setzte sich neben Bruno. »Hast du Zeit für eine kleine Geschichte?«

Bruno nahm das Weinglas mit einem dankbaren Kopfnicken. »Für deine Geschichten, meine Liebe, habe ich immer Zeit.«

Fedora schaute einen Moment ins Leere und schien zu überlegen. Sie wiegte den Kopf, schaute Bruno an und hob das Glas. Dann begann sie zu sprechen.

Donnerstag, 4. Juni 1908

Dr. Stephan Rathkolb stand am offenen Fenster seines Bureaus und blickte hinunter auf das bunte Treiben rund um den Canal Grande, wo eben eine beladene Trabakel ablegte. Zwei der vier Seeleute stießen das Schiff von der Kaimauer ab und schoben den kleinen Zweimaster mit langen Stangen voran. Die Drehbrücken über den Kanal waren zur Seite geklappt, sodass der Weg in das Hafenbecken frei war. Eine zweite Trabakel legte ebenso ab und folgte dem ersten Schiff. Erst wenn sie den Kanal hinter sich gelassen hätten, würden sie ihre charakteristischen Halbrahsegel setzen und Fahrt aufnehmen. Aus der Via della Caserma kommend rollte eine Tram an der Chiesa di Sant'Antonio Nuovo vorbei. Auf den Straßen war wie immer um diese Tageszeit viel los. Die Rathkolb lang vertraute Geräuschkulisse der Stadt lag in der Luft.

Der Polizeidirektor dachte über die Begegnung mit Signora Cherini nach. War es richtig gewesen, sich derart zu exponieren? Es gehörte definitiv nicht zu seinen Pflichten, auf eigene Faust in Einzelfällen polizeiliche Untersuchungen anzustellen. Und wenn im Amt ruchbar wurde, dass er dieser Dame einen Besuch abgestattet hatte, würden wohl so manche Hintergrundgeräusche zu vernehmen sein. Er hatte sich sehr gut abgesichert und penibel danach getrachtet, auf seinem Weg zu Fedora Cherini nicht gesehen zu werden. Dennoch war er ein beträchtliches Wagnis eingegangen. Und dann war ihm im Gespräch mit Signora Cherini ein Satz über die Lippen gerutscht, den er so nicht hatte sagen wollen. Nun, er konnte nichts mehr zurücknehmen, was geschehen war, war geschehen. Ein Schmunzeln legte sich auf sein Gesicht. Die Signora hatte auf seine fast romantische Eröffnung erstaunlich geschmeichelt reagiert.

Man durfte auch als älterer Herr manchmal von den schönen Dingen des Lebens träumen. Das war doch nicht verboten.

In jedem Fall hatte die Unterredung ihr Ziel erreicht. Er war sich nun in einer Sache sicher. Die höchst attraktive Signora Cherini steckte mit Inspector Pittoni ganz bestimmt nicht unter einer Decke. Es war schiere Angst in ihrer Miene zu erkennen gewesen, als er den Namen erwähnt hatte. Wenn die beiden Komplizen wären, hätte sich niemals so klar diese Emotion gezeigt. Und genau diese Erkenntnis hatte das Wagnis, das er eingegangen war, gerechtfertigt.

Es klopfte an der Tür.

»Herein!«

Amtsdiener Hinteregger, der Rathkolb direkt unterstellt war, öffnete die Tür und trat ein. »Herr Direktor, wie von Ihnen bestellt, ist Polizeiagent I. Klasse Luigi Bosovich eingetroffen.«

Rathkolb schloss das Fenster und ging zu seinem Schreibtisch. »Vielen Dank, Hinteregger. Führen Sie den Polizeiagenten gleich herein.«

»Guten Tag, Herr Direktor«, grüßte Luigi in strammer Haltung.

»Guten Tag, Signor Bosovich. Bitte kommen Sie nur näher.«

Die beiden Männer nahmen einer vor und einer hinter dem wuchtigen Schreibtisch Platz. Rathkolb musterte den jungen, schlanken Polizisten, der wie so häufig nach Tabak roch. Nun, Bosovich war siebenundzwanzig, in einem solchen Alter dachten viele Männer nicht an spätere Jahre, in denen die gesundheitlichen Folgen hohen Tabakkonsums spürbar wurden. Und Bosovich rauchte so viel, dass Folgen irgendwann unausweichlich waren. Aber Rathkolb hatte seinen Untergebenen nicht zu sich gebeten, um über Fragen des Lebenswandels zu diskutieren.

»Sehr geehrter Signor Bosovich, wie geht es Ihnen?«

Luigi nickte gehorsam. »Vielen Dank der Nachfrage, Herr Direktor, es geht mir gut.«

»Ist Inspector Zabini in der Kanzlei?«

»Nein, der Inspector ist dienstlich unterwegs.«

Rathkolb lehnte sich zurück. »Berichten Sie mir bitte den Ermittlungsstand im Fall der Toten vom Montebello.«

Luigi räusperte sich und zählte die Fortschritte der Untersuchung auf, die leider recht bescheiden waren. Rathkolb hörte genau zu und musterte dabei den Polizeiagenten. Mit Luigi Bosovich hatte das k.k. Polizeiagenteninstitut zweifellos einen guten Fang gemacht, der junge Mann zeigte eine erfrischende geistige Wendigkeit, ein sehr gutes Gedächtnis und ein sicheres Gespür für das richtige Verhalten in brenzligen Situationen. Dass er im letzten November seinen direkten Vorgesetzten und Ausbilder Inspector Zabini in einem nächtlichen Feuergefecht in letzter Sekunde das Leben gerettet hatte, hatte zu seiner verdienten Beförderung geführt. Seitdem war Bosovich eine echte Stütze bei den Ermittlungsarbeiten des k.k. Polizeiagenteninstituts. Dass ein Mann im Schusswechsel von Bosovich tödlich getroffen worden war, schien dieser mittlerweile verkraftet zu haben. Natürlich, ein paar Wochen war es dem jungen Polizeiagenten anzusehen gewesen, dass der Schock noch tief saß, aber davon war ihm nichts mehr anzumerken. Was die Körpergröße und Schnelligkeit im Denken betraf, erinnerte Bosovich ein bisschen an den jungen Emilio Pittoni. Bosovich war ein bisschen größer als Pittoni, aber beide waren sehr schlank, wendig und agil. Was Bosovich von Pittoni klar unterschied, war die Schärfe des Blickes und der Ehrgeiz. Bosovich war vom Temperament her eigentlich phlegmatisch veranlagt, Pittoni hingegen cholerisch.

»Das ist also der Stand der Untersuchung?«, fragte Rathkolb nach Abschluss des Berichts.

»Ja. Leider können wir noch kein Ergebnis präsentieren, es sind bisher zu viele Fährten im Sand verlaufen. Aber vielleicht bringt uns die Spur zum sogenannten Cavaliere weiter«, sagte Luigi mit verzwickter Miene.

Rathkolb nickte. »Lassen Sie sich von Misserfolgen nicht demotivieren, Signor Bosovich. Polizeiarbeit ist häufig mühsam und führt zu kaum sichtbaren Fortschritten, dann aber wieder erreicht man einen Punkt, von dem aus vieles klar wird. Diesem Punkt müssen wir zustreben, auch wenn der Weg dorthin oft viel Geduld erfordert.«

»Jawohl, Herr Direktor, ich werde mir Ihren Ansporn zu Herzen nehmen.«

»Tun Sie das, Signore«, sagte Rathkolb lächelnd und legte seine Hand auf den Aktenstapel, der die ganze Zeit schon auf dem Schreibtisch lagerte. »Sie haben sich vielleicht schon gefragt, was das für Akten sind.«

»Der Stapel ist mir aufgefallen, Herr Direktor.«

»Ich habe Sie nicht nur gerufen, um mir Bericht über die Ermittlung geben zu lassen, sondern auch um Ihnen einen Auftrag zu erteilen.«

Luigi streckte auf dem Stuhl sitzend den Rücken. »Ich stehe zu Diensten, Herr Direktor.«

»Ich glaube, Sie sind der richtige Mann für diese Arbeit, Signor Bosovich. Ich brauche nämlich jemanden, der beim Aktenstudium mit viel Geduld und Übersicht Hintergründe und Zusammenhänge erkennen kann. Ich habe diese Akten in der Statthalterei und im Magistrat ausheben lassen. Was Sie hier sehen, sind Unterlagen über amtliche Meldungen von Mädchen, die in den letzten drei Jahren in Freudenhäusern tätig waren.«

Luigi zog erstaunt die Augenbrauen hoch. »Inspector Zabini hat mir gegenüber den Gedanken geäußert, solche Unterlagen anzufordern. Aber noch hat er den immensen bürokratischen Aufwand gescheut.«

»Sehen Sie, Signor Bosovich, für mich als Polizeidirektor war es sehr viel leichter, die anderen Behörden zur Kooperation zu bewegen. Somit helfe ich Ihrer Ermittlungsarbeit.«

»Vielen Dank, Herr Direktor. Inspector Zabini wird diese Unterstützung zweifelsfrei zu schätzen wissen.«

»Ihnen übergebe ich hiermit die Akten und den Arbeitsauftrag zur Klärung. Auf welche Weise kamen die Mädchen in die Stadt? Wo wurden sie untergebracht? Wer stellte die Papiere aus? Sind die Fräuleins noch in der Stadt oder wieder fort? Welcher Nationalität gehören sie an? Wie gesagt, suchen Sie bitte nach Zusammenhängen und Hintergründen. Haben Sie verstanden, Signor Bosovich?«

»Jawohl, Herr Direktor.«

Rathkolb erhob sich. »Dann frisch ans Werk.«
Luigi sprang hoch und langte nach dem Papierstapel.

⁓⊙⌇

Gegen zehn Uhr vormittags näherte sich Bruno dem Caffè Tommaseo. Vielleicht hatte er heute Glück. Er schaute hinüber zum Molo San Carlo, wo eben die wohlbekannte Graf Wurmbrand ablegte. Der kleine Dampfer war das erste Schiff des Österreichischen Lloyd, das mit zwei Schrauben ausgerüstet war, was zur Folge hatte, dass er in Sachen Geschwindigkeit den anderen Triester Schiffen überlegen war. Die Graf Wurmbrand verfügte über zwei dreifachwirkende Expansionsmaschinen, also eine pro Schraube, damit waren auf See bis zu achtzehn Knoten möglich. Somit war zum gegenwärtigen Zeitpunkt die Graf Wurmbrand das schnellste Schiff der k.u.k. Handelsmarine. Zumeist verkehrte der Dampfer auf der Eillinie des adriatischen Verkehrs nach Cattaro.

Bruno trat durch die offen stehende Tür in das Kaffeehaus und schaute sich um. Was für ein Glück, sein Mann war da. Mit ausgreifenden Schritten eilte er auf den Tisch zu, packte einen Stuhl und setzte sich darauf. Erstaunt über Brunos forsches Auftreten ließ der Milanese die Zeitung sinken. Bruno schaute über die Schulter zu dem Tisch, an dem die zwei Büttel des Zuhälters saßen und alarmiert herübergafften.

»Inspector, so stürmisch?«

Bruno fixierte den Milanese mit kalten Augen und sagte nichts.

Dieser fasste sich nach dem ersten Erstaunen und griff nach seinen Zigaretten. »Darf ich Ihnen eine anbieten, Inspector?«

»Ich rauche nicht.«

»Aber Sie gestatten, dass ich rauche?«

»Tun Sie, was Sie nicht lassen können.«

Der Milanese rieb ein Streichholz, entflammte die Zigarette und paffte Rauchwolken in die Luft. »Haben Sie etwas auf dem Herzen?«, fragte er nach einer Weile, während Bruno weiterhin schwieg.

»Was glauben Sie?«

»Also, womit kann ich dienen?«

»Signorina Concetta steht ab jetzt unter meinem Schutz.«

Der elegant gekleidete Mann verzog seine Miene. »Wie kommt es dazu?«

»Sie wird in den nächsten Tagen aus der Dachkammer Ihres Hauses ausziehen. Wohin sie geht, hat Sie nicht zu interessieren, Signor Broggi.«

»Wälzen Sie geschäftliche Pläne im ältesten Gewerbe der Welt, Herr Inspector?«, fragte der Milanese mit schiefem Grinsen. »Da haben Sie aber mit diesem Mädchen Pech gehabt.«

»Was ich will oder nicht will, werde ich definitiv nicht mit Ihnen besprechen. Concetta geht Sie nichts mehr an.«

»Kein Problem, ich kann die Schlampe ohnedies nicht mehr brauchen. Sie soll in der Hölle schmoren oder im Kloster beten. Das ist mir egal. Vielmehr danke ich Ihnen, mich von dieser Last zu befreien.«

»Was wissen Sie über einen Mann, der sich in Ihrem Haus ›Cavaliere‹ nennen lässt?«

Broggi schien angestrengt nachzudenken. »Cavaliere sagten Sie? Hm, das sagt mir gar nichts. Obwohl das ein schöner Name ist. Der schneidige Cavaliere reitet die rossigen Stuten zu. Das gefällt mir«, sagte der Milanese und schmunzelte bei dem Gedankenspiel.

»Dieser Mann hat wiederholt Milka Savić besucht.«

»Davon weiß ich nichts.«

»Sie wissen also nicht, dass dieser sogenannte Cavaliere mit einer Reitgerte Milka wiederholt den Hintern versohlt hat?«

»Ihre Fragen werden immer skurriler, Herr Inspector.«

»Sie haben keinen erhöhten Tarif genommen, dafür, dass sich dieser Mann so richtig austoben konnte?«

»Soll das eine Unterstellung sein?«

»Wollen Sie, dass ich den Mörder Ihres Klassemädchens finde oder nicht?«

»Ich will vor allem nach dem Frühstück nicht von Ihnen belästigt werden. Und das an einem so schönen Vormittag wie heute. Ihr Verhalten ist skandalös.«

»Nennen Sie mir den Namen des Mannes, der sich Cavaliere rufen lässt und mit der Reitgerte seine geheimen Neigungen auslebt. Und das wiederholt in Ihrem Haus getan hat. Ich will den Namen. Sofort!«

Broggi verzog angewidert seine Lippen. »Selbst wenn ich diesen Namen kennen würde, was nicht der Fall ist, würde ich ihn nicht nennen. Ich lasse mit mir doch nicht herumspringen wie mit einem dummen Buben. Was bilden Sie sich eigentlich ein, Herr Inspector? Ich werde mich über Sie beschweren.«

Bruno erwog kurz alle Möglichkeiten, verspürte großen Druck und seine Abscheu manifest. Er musste mit seinen Regungen und Emotionen vorsichtig sein, daher war es sinnvoll, ein wenig das Ventil zu öffnen. Ein wenig. Das Kaffeehaus war gut besucht. Es gab keinen Ausweg.

Bruno sprang hoch, packte Virginio Broggi mit beiden Händen am Kragen, riss ihn hoch und stieß ihn gegen die Wand. Der Stuhl fiel polternd um. Alle Gäste im Kaffeehaus schauten zutiefst erschrocken über die völlig unvermittelt losbrechende Gewalt zu den beiden Männern.

Bruno hielt den Milanese mit all seiner Kraft fest, sein wutverzerrtes Gesicht war nur wenige Zentimeter vor dem des nach Luft schnappenden Zuhälters entfernt. Aus den Augenwinkeln nahm Bruno die erwartbare Bewegung wahr. Die beiden Schläger des Milanese stürzten herbei. Bruno wandte sich blitzschnell um, zog dabei seine Waffe und spannte den Hahn. Er drückte die Mündung des Revolvers gegen die Stirn des ersten Mannes. »Freundchen, eine Bewegung und deine Mama kann dich als Nudelsieb verwenden. Klar?«

Dem Mann stockte der Atem.

»Ist das klar?«, brüllte Bruno.

»Ja, alles klar.«

»Dann raus hier, bevor ich wirklich grantig werde!«, rief Bruno und hielt auch dem zweiten Mann den Revolver vor die Nase. Dieser hob die Hände und gab wie sein Kamerad Fersengeld. Bruno wartete, bis die beiden das Kaffeehaus verlassen hatten, dann wandte er sich dem noch immer schreckensbleichen Zuhälter zu. Der Milanese war dafür bekannt, schöne Anzüge und erstklassige Schuhe zu tragen, er war nicht dafür bekannt, ein besonderer Raufbold zu sein.

Bruno trat wieder an ihn heran, löste den gespannten Hahn der Waffe und steckte sie wieder ein. Er knurrte böse: »Ich will den Namen, bevor ich mit Ihnen den Boden aufwische, mein Herr. Ich will ihn jetzt.«

Der Milanese schluckte. »Lippi.«

»Und der Vorname?«

»Sebastiano.«

»Und wo kann ich ihn finden?«

»Das weiß ich nicht. Aber er ist Buchmacher, also wird er sich wohl beim Ippodromo herumtreiben.«

Bruno trat einen Schritt zurück und richtete den Sitz seines Sakkos und der Krawatte. »Na also, das war doch nicht so schwer. Warum nicht gleich, Signor Broggi?«

Beim Verlassen des Lokals bemerkte er, dass sämtliche Gäste und Bediensteten ihm noch immer mit offenen Mündern nachsahen. Bruno schmunzelte, als er auf die Straße trat. Sein kleiner Auftritt würde im Caffè Tommaseo einige Tage für Gesprächsstoff sorgen. Er schämte sich ein bisschen für seine Regung, aber es fühlte sich einfach gut an, diesem Dreckskerl Broggi Angst eingejagt zu haben. Irgendwie ritterlich.

Renzullo stand wie so oft an der Rennbahn und schaute dem Treiben zu. In lockerer Atmosphäre waren mehrere Pferde auf der Bahn und zogen ihre Runden. Bei hochkarätigen Rennpferden war das richtige Maß zwischen Training und Erholung wichtig. Die Tiere mussten in Form bleiben, sich also viel bewegen, aber man durfte sie nicht schinden und überfordern. Renzullos Aufmerksamkeit gehörte natürlich einem Pferd, überhaupt standen die meisten Zuschauer wegen Mercur an der Bahn. Der Fahrer Romeo Trani hatte das Gespann auf die Bahn gelenkt und Mercur in leichtem Trab fünf Runden laufen lassen, dann hatte er mit einem einfachen Peitschenknall die Schrittfolge erhöht und eine

Runde absolviert. Die anderen Sulkys hatten sich auf die Außenbahn begeben, und Trani hatte mit dreifachem Peitschenknall Mercur angetrieben. Wie schon beim Rennen stand jedem Zuschauer der Mund offen, als Mercur in vollem Trab über die Innenbahn raste. Zwei Runden im Rennschritt hatte der Fahrer sein Siegerpferd zurücklegen lassen, ehe er die Zügel wieder anzog und den Fuchs noch ein paar Runden in lockerem Schritt auslaufen ließ.

Während Mercur noch auf der Bahn war, ging Renzullo zu den Stallungen. Das Gestüt Giller hatte derzeit drei Pferde eingestellt. Renzullo suchte nach seinem Onkel zweiten Grades. Da entdeckte er den Mann mit Strohhut, der gerade mit Bleistift und Klemmbrett in der Hand Säcke voller Tierfutter inspizierte. Gino Fonda war der Cousin seiner Mutter. Renzullo setzte ein Lächeln auf und ging auf Fonda zu.

»Tagchen, Onkel, wie ist das werte Befinden?«

Gino Fonda blickte von seiner Arbeit hoch. »Ah, Renzullo, du schon wieder.«

»Wie geht es dir, Onkelchen? Alles in bester Ordnung?«

Fonda wandte sich wieder seiner Arbeit zu und machte einen Vermerk auf seiner Liste. »Womit willst du mir heute wieder auf die Nerven gehen?«

Renzullo schmunzelte. Er kannte seinen Onkel, so griesgrämig und störrisch war er gar nicht, ja bis zu einem gewissen Grad mochte er seinen Onkel und bewunderte ihn. Fast alles, was er über Pferde wusste, hatte Renzullo von ihm gelernt.

»Aber nein, Onkelchen, ich falle doch niemandem zur Last.«

»Allein wenn du da so blöd und nichtsnutzig herumstehst, gehst du mir auf die Nerven.«

»Ich wollte dich etwas fragen.«

»Das habe ich befürchtet.«

»Hast du etwas dagegen, wenn ich mich in den Stallungen umsehe?«

»Seit wann fragst du um Erlaubnis? Du streichst hier ja sowieso den lieben langen Tag herum.«

»Na ja, ich dachte da an das Gestüt Giller.«

»Du bist ein Esel, wie all die anderen. Einmal gewinnt das Pferd und schon spielt halb Triest verrückt.«

»Zufälligerweise weiß ich, dass Signor Giller seinen Stall für Besuche Fremder gesperrt hat.«

»Signor Giller ist eben ein kluger Mann, der sein Siegespferd nicht von Taugenichtsen und Einfaltspinseln begaffen lassen will.«

»Mit deiner Erlaubnis kann ich hinein.«

»Wenn du Faulpelz hier arbeiten würdest, dürftest du auch hinein. Aber nein, der junge Herr glaubt, als Buchmacher ist man etwas Besseres, als Buchmacher braucht man kein Werkzeug anzufassen, als Buchmacher hat man immer saubere Fingernägel.«

»In ein paar Minuten wird Mercur in den Stall geführt. Du könntest mich das Pferd striegeln lassen.«

Gino Fonda richtete sich auf, nahm das Klemmbrett unter seine Achsel und steckte den Bleistift in seine Latzhose. Er kniff die Augen zusammen und musterte Renzullo. »Heute bist du hartnäckiger als sonst.«

»Gib dir einen Ruck, Onkelchen. Du weißt, dass jedes Pferd es liebt, von mir gestriegelt zu werden.«

Fonda schob seinen Strohhut ein wenig nach hinten. »Für Pferde hast du ein Händchen, das stimmt schon.«

Renzullo lächelte breit. »Na bitte! Außerdem habe ich

alles vom besten Pferdekenner Triests gelernt. Von meinem lieben Onkel Gino.«

Fonda hob drohend die Hand zum Schlag. »Wenn du Depp dich noch einmal so einschleimst, hau ich dir eine runter, dass dir Hören und Sehen vergeht. Also gut, du darfst in den Stall. Aber zieh dir Stiefel und eine Arbeitshose an, sonst sieht jeder, dass du ein falscher Fünfziger bist.«

Renzullo lachte und rief im Fortlaufen: »Onkel, du bist eine Wucht. Danke!«

Wenig später hatte er sich umgekleidet und sich in den geschlossenen Bereich der Stallungen begeben. Er suchte das Abteil auf, in dem die Pferde aus dem Gestüt Giller untergebracht waren. Die zwei prächtigen Tiere hoben ihre Köpfe, als er eintrat. Renzullo kraulte ihnen die Mähnen.

Wenig später hörte er Hufgetrappel und Stimmen. Schnell griff Renzullo zu einem Besen und kehrte den Boden. Aus den Augenwinkeln sah er, dass Romeo Trani seinen Hengst am Zügel führte und der Capo höchstpersönlich neben dem kleinen und schlanken Mann ging. Attila Giller und sein Fahrer waren in ein Gespräch vertieft, während sie das Abteil betraten. Trani schob das Pferd in seine Box und schloss das Tor.

»Also, Signor Trani, was meinen Sie zu dieser Vorgangsweise?«

Der Fahrer nickte zustimmend. »Natürlich, Signor Giller, genau so finde ich es gut. Wir müssen Mercur Gelegenheit geben, sich an das Reisen zu gewöhnen. Er ist noch jung und unerfahren, da braucht es seine Zeit. Eine Woche vor Ort ist für die Eingewöhnung bestimmt nötig.«

Giller zog einen kleinen Taschenkalender aus der Sakkotasche. »Gut, dann gehen Sie mit Mercur in zwei Wochen auf die Reise. In Budapest habe ich schon eine Box reserviert. Um eine Bleibe für Sie wird sich das Bureau kümmern.«

»Aber wie immer, Signor Giller, bitte in der Nähe der Stallung. Ich brauche keinen großen Luxus, vor allem will ich nicht stundenlang durch die Stadt laufen müssen.«

»Das ist klar. Ich kenne in Budapest ein nettes Gasthaus mit einigen Zimmern ganz in der Nähe der Rennbahn.«

»Budapest«, sagte der Fahrer und schaute kurz in die Luft. »Seit Jahren freue ich mich darauf, einmal in Budapest an den Start zu gehen. Endlich erfüllt sich mein Wunsch. Und dann gleich mit einem Pferd wie Mercur. Ich war ja schon so gut wie auf allen Rennbahnen der Monarchie, nur Budapest hat mir bislang gefehlt.«

»Ich werde versuchen, dass die Presse in Ungarn nicht so viel Wind um Mercur macht. Dann bleiben die Wettquoten interessant. Du, Bursche!«

Renzullo hielt inne und wandte sich dem Züchter zu. »Ja bitte?«

»Leg den Besen weg und schnapp dir einen Striegel. Mercur braucht nach dem Auslauf Pflege. Und bring Wasser.«

Renzullo kämpfte hartnäckig gegen einen Freudenschrei und nickte dem Züchter untertänig zu. »Jawohl, Signor Giller, ich werde sofort mein Bestes geben.«

Zügig nahm Bruno die Treppe und betrat die Kanzlei. Zielgerichtet marschierte er in das Bureau, das sich Jaunig und Bosovich teilten. Luigi schaute von seiner Arbeit hoch.

Brunos Augen weiteten sich. »Luigi, was ist das für ein Papierberg?«

Der Angesprochene erhob sich mit breitem Grinsen. »Das, Herr Inspector, sind aus verschiedenen Ämtern ausgehobene Akten.«

Bruno trat näher, griff nach dem obersten Aktenumschlag und blätterte ihn auf. »Dokumente vom Magistrat? Das ist von der Statthalterei, dieses vom Einwohneramt. Hast du in einem unerklärlichen Kraftakt innerhalb von zwei Stunden einen Berg von Akten aus verschiedenen Ämtern geholt oder hast du gezaubert?«

»Weder das eine noch das andere. Der Herr Polizeidirektor persönlich hat uns unter die Arme gegriffen und dieses Material ausheben lassen und mir übergeben.«

Brunos Verwunderung wuchs durch diese Erklärung noch. »Was sollst du tun?«

Mit unverhohlenem Stolz berichtete Luigi: »Der Herr Direktor will unsere Arbeit unterstützen, daher hat er seine Verbindungen spielen lassen. Er hat mich persönlich mit dem Auftrag betraut, durch intensives Aktenstudium nach Zusammenhängen und Hintergründen zu forschen.«

»Aha, und worum geht es bei dieser Untersuchung?«

»Das sind Unterlagen über amtliche Meldungen von Freudenmädchen, die in den letzten drei Jahren in Triest tätig waren. Ich soll untersuchen, auf welche Weise die Mädchen in die Stadt kamen und wo die Papiere ausgestellt wurden.«

Bruno stemmte seine Fäuste in die Hüften. Er witterte eine Ungereimtheit. Das Vorgehen des Direktors war ungewöhnlich. Er konnte sich an keinen ähnlichen Fall erinnern. Seit wann mischte sich der oberste Leiter der Polizeibehörde in die alltägliche Arbeit der Inspectoren ein? Mit einem Augenaufschlag wischte er die Grübelei fort.

»Das ist großartig. Wir haben ja schon darüber gesprochen, dass eine solche Vorgangsweise notwendig werden würde, wenn wir im Fall Milka Savić nicht vorankämen. Wobei ja weit eher zu befürchten war, dass die Polizeibehörde den ungeklärten Mord an einer ausländischen Prostituierten eher früher als später zu den Akten legen würde, um sich die Mühe der Akteneinsicht zu ersparen. Also, Luigi, wunderbar, dass da dieser Aktenstapel auf deinem Schreibtisch liegt. Ich bin mir sicher, dass du die Arbeit zufriedenstellend erledigen wirst. Aber jetzt brauche ich dich.«

»Bruno, sag mal, was soll denn das?«, rief eine laute Stimme in den Raum hinein.

Bruno und Luigi schauten zur Tür, durch welche Vinzenz Jaunig eben kopfschüttelnd trat und dann auf seinen Schreibtisch zuging.

»Dass du deinen Adjutanten mit deinem ausufernden Unterricht in der Kriminalistik und der wissenschaftlichen Disziplin der Kriminologie quälst, ist ja hinlänglich bekannt. Dass du ihn jetzt auch noch mit Unmengen an Papierarbeit geradezu folterst, ist schlicht inakzeptabel.«

Ein Lächeln huschte über Brunos Miene. »Vinzenz, dich schickt der Himmel. Ich habe einen Namen.«

Schlagartig verflog Vinzenz' heitere Laune. »Im Fall Montebello?«

»Exakt in jenem.«

Luigi erhob sich von seinem Schreibtischstuhl. »Haben Sie den Milanese befragt?«

»Allerdings. Der feine Herr hat zuerst recht unwissend getan, aber mit ein bisschen Nachdruck sprudelte die Quelle.«

»Wen müssen wir finden?«, fragte Vinzenz.

Attila Giller tupfte mit der Serviette seinen Mund ab und lehnte sich gesättigt zurück. Das Déjeuner hatte vorzüglich gemundet. Er hatte sich heute im Grand Restaurant Antica Bonavia allein zu Tisch begeben. Der Oberkellner hatte den Stammgast warmherzig empfangen, sich nach den sensationellen Erfolgen auf der Rennbahn erkundigt, die noch immer in aller Munde waren, und Giller dann an einen Tisch geführt. Das ehrwürdige Restaurant direkt hinter dem Palazzo Municipale war eine der ersten Adressen in der Stadt. Wer in elegantem Ambiente köstlich speisen wollte, kam um diese Stätte nicht herum. Regelmäßig tafelte Giller hier mit Bekannten oder Geschäftspartnern – außer heute. Der Trubel der letzten Tage war doch beträchtlich gewesen, er hatte kaum eine ruhige Minute für sich gehabt. Allein zu essen war erholsam.

Heute früh hatte er auf seine Dosis Cocain verzichten müssen, schlicht und ergreifend, weil das Pulver zur Neige gegangen war. Im Anschluss an seinen Besuch im Restaurant würde er seinem Händler die Aufwartung machen. Er hoffte, dass dieser wieder etwas von der Cocapaste haben würde. Wie vorteilhaft doch die Lage Triests war. Regelmäßig gingen Schiffe aus Südamerika im Hafen vor Anker und führten die Schätze der Neuen Welt mit sich.

»Signor Giller, darf ich einen Caffè bringen?«, fragte der Oberkellner, während der Piccolo den Teller abservierte.

»Herzlich gern. Und bringen Sie mir bitte eine *Kaiserliche*.«

»Sehr gern, Signore.«

Die handgerollten Virginiazigarren erfreuten sich nicht nur bei den Herren der besseren Gesellschaft, sondern auch beim Kaiser höchstpersönlich großer Beliebtheit, weswegen Virginier im Volksmund auch *Kaiserliche* genannt wurden.

Wenig später standen ein großer Schwarzer und ein Tablett mit Zigarre, Aschenbecher und Streichhölzern auf dem Tisch. Giller freute sich, das Mittagsmahl mit aromatischem Kaffee und gehaltvollem Tabak abzuschließen. Da entdeckte er einen Mann, der ihn fixierte und zielgerecht auf seinen Tisch zumarschierte. Giller schaute sich besorgt um, ob Bekannte anwesend waren. Das Restaurant war nur mäßig besucht, denn für das Déjeuner war es schon recht spät, und für das Dîner noch weitaus zu früh. Niemand, den er persönlich kannte, musst ihn an öffentlichen Plätzen mit diesem Mann sehen. Und tatsächlich, die erste Befürchtung, dass Ruggero Guiscardi an seinen Tisch herantreten und das Wort an ihn richten würde, erfüllte sich.

»Guten Tag, Signor Giller.«

»Guten Tag, mein Herr.«

»Ich hoffe, Sie nicht zu inkommodieren, wenn ich um die Ehre bitte, Ihnen für einen Augenblick Gesellschaft leisten zu dürfen.«

Giller zog die Augenbrauen hoch. Erstaunlich, wie gepflegt sich dieser grobe Klotz aus dem Süden ausdrücken konnte. Das hätte er dem Mann nicht zugetraut. Giller erhob sich, verneigte sich und wies dem Napoletano den Platz. »Signore, es ist mir ein Vergnügen, von Ihnen Besuch zu erhalten.«

Die beiden Männer setzten sich.

»Signor Giller, wir hatten bisher nicht die Gelegenheit, uns persönlich kennenzulernen, umso mehr erfreut es mich, jetzt die Möglichkeit für eine Unterredung zu haben. Mir wurde zugetragen, dass Sie sehr gut Italienisch sprechen.«

»Nun, ich lebe in Triest, daher spreche ich auch Italienisch.«

»Mein Deutsch erschöpft sich bei einfachen Floskeln, aber ich lerne langsam dazu.«

»Das ist sehr erfreulich. Haben Sie ein besonderes Anliegen, Signor Guiscardi?«

»Sie kennen also meinen Namen! Es ist mir eine Ehre.«

»Ach, Triest ist nicht so groß wie Wien oder Budapest, da behält man mit etwas gutem Willen die Übersicht.«

Der Kellner trat heran und nahm die Bestellung des neuen Gastes entgegen. Der Napoletano orderte ebenfalls einen Kaffee.

»Ich möchte Ihnen zu Ihren überwältigenden Erfolgen beim Derby gratulieren. Ihr Pferd Mercur hat ein großartiges Rennen geliefert. Kein Wunder, dass alle Zeitungen nur über Ihren Hengst geschrieben haben. Sie haben in den letzten Tagen bestimmt zahlreiche Hände schütteln müssen.«

Giller nickte zustimmend. »Vielen Dank. Ja, ich habe viele Gratulationen erhalten. Das ist der Preis des Erfolges.«

Der Napoletano schaute sich um, da aber niemand in der Nähe saß und der Kellner den Kaffee noch nicht serviert hatte, beugte er sich über den Tisch und flüsterte: »Ich möchte mit Ihnen ins Geschäft kommen.«

Giller machte ein völlig neutrales Gesicht, dennoch fragte er sich, ob er mit einem Mann vom Zuschnitt des Napoletano überhaupt ins Geschäft kommen wollte. Was er bislang über diesen Emporkömmling aus Neapel gehört hatte, stimmte ihn skeptisch.

»An welches Geschäft haben Sie dabei gedacht?«

»Sie handeln doch mit Pferden.«

»Möchten Sie ein Pferd erwerben?«

»Ja. Und nicht irgendeinen Ackergaul, sondern ein Rassepferd. Sie verstehen sich auf die Pferdezucht, wie Mercur im Ippodromo eindrucksvoll unter Beweis gestellt hat.«

Der Kellner servierte den Kaffee. Die beiden Herren bei Tisch griffen zu den Streichhölzern, Giller entflammte die Virginier, der Napoletano eine Zigarette.

»Signor Guiscardi, es freut mich sehr, dass Sie beim intendierten Erwerb eines Pferdes an mich denken, aber ich muss Ihnen ehrlicherweise berichten, dass mein Gestüt und meine Herde nicht sehr groß sind. Und ich habe gerade in den letzten Tagen zahlreiche und zum Teil wohldotierte Verkaufsanfragen erhalten.«

»Am Geld wird es nicht scheitern.«

»Aber vielleicht an der Anzahl meiner Pferde. Wenn ich zu viele Tiere verkaufe, schwäche ich die Blutlinien meines Gestüts. Hochkarätige Pferde sind ein rares Gut, das man mit Fingerspitzengefühl und viel Zuneigung pflegen muss.«

Giller bemerkte, wie ein Schatten über die bislang freundliche Miene seines Gegenübers huschte. Für einen Augenblick ließ der Mann hinter die Kulissen seiner überraschend guten Rhetorik blicken, für einen Augenblick ahnte Giller die kalte Grausamkeit dieses Mannes, vor der er schon von verschiedenen Seiten gewarnt worden war.

»Sagen Sie mir gerade, dass Sie mir kein Pferd verkaufen wollen?«

Giller winkte ab. »Von Wollen ist nicht die Rede, lediglich von Können, Signor Guiscardi, von Können. Ich kann nur Tiere verkaufen, die des Verkaufes würdig sind, und außerdem ist der Bestand in meinem Gestüt schon sehr dünn. Ich habe einige Fohlen, junge, schöne Tiere, die einmal prächtige Stuten und Hengste werden können, aber vielleicht doch nicht die Exzellenz erlangen, um einen rentablen Verkauf zu erzielen. Verstehen Sie? Man muss diesen Tieren noch Monate, manchen noch das eine oder andere Jahr Zeit zur Entfaltung geben. Ich kann nichts über das Knie brechen.«

»Béla Szigeti haben Sie ein Pferd verkauft.«

Innerlich nickte Giller. Daher wehte also der Wind. Ein Zuhälter war einem anderen Zuhälter dessen hochkarätiges Pferd neidig. Offenbar gehörte es unter diesen Männern zum guten Ton, sich mit wertvollen Rössern zu übertrumpfen. Giller ärgerte sich, er hätte diesem ungarischen Ganoven niemals die prächtige Stute verkaufen sollen. Das war jetzt die Folge dieses Fehlers.

»Aber gerade weil Sie Signor Szigeti erwähnen, Signor Guiscardi, muss ich darauf hinweisen, dass Signor Szigeti acht Monate auf ein Pferd aus meinem Gestüt warten musste.«

Der Napoletano verzog überrascht den Mund. »Tatsächlich? Acht Monate hat er gewartet?«

Giller zuckte mit den Achseln. »Erkundigen Sie sich, Signore. Der Ankauf eines Pferdes von erster Güte braucht Zeit, Geduld und ein gutes Auge. Wollen Sie dies aufbringen, so kann ich Ihnen durchaus eines meiner Jungtiere in Aussicht stellen.«

Der Napoletano schien zu überlegen. Es war offensichtlich, dass er mit einem schnellen Abschluss gerechnet hatte und nun enttäuscht war, aber offenbar einsah, dass an diesem Geschäft noch zu arbeiten wäre.

Und eines hatte Attila Giller noch in lebhafter Erinnerung: In der Zeit, als Béla Szigeti auf das Pferd aus seinem Gestüt gewartet hatte, hatte er im Gestüt des Ungarn alle Privilegien besessen.

»Signor Guiscardi, ich hoffe, dass Sie es mir nicht übel nehmen, wenn ich Ihre Anfrage mit der leider nötigen Zurückhaltung entgegennehme. Mir liegt diesbezüglich wirklich eine lange Liste von Interessenten vor. Ich hoffe, Sie sind nicht entmutigt.«

Der Süditaliener winkte ab. »Keineswegs.«

Giller paffte die Zigarre und schaute in die Luft. »Vielleicht gibt es eine Möglichkeit, die Position Ihrer Anfrage in der Liste zu verändern.«

Ruggero Guiscardi kniff die Augen zusammen. »Welche Möglichkeit sehen Sie?«

»Mein letzter Besuch im Chiave d'Oro liegt lange zurück. Das muss wohl drei Monate her sein.«

»Ich wusste nicht, dass Sie mein Etablissement besuchen, aber ich kann nicht alle meine Kunden kennen.«

»Ich bin nur sporadisch zu Gast. Wie gesagt, vor ein paar Monaten das letzte Mal. Aber da habe ich ein ausgesprochen hübsches Mädchen getroffen. Eine Sizilianerin mit fabelhafter Figur.«

Auf das Gesicht des Napoletano legte sich ein schmutziges Grinsen, er nahm einen letzten Zug von seiner Zigarette und zerdrückte sie im Aschenbecher. »Sie müssen mich unbedingt besuchen, Signor Giller. Ich kann die Kleine für Sie reservieren.«

Er stand vor dem Spiegel, drehte und wendete sich, zupfte kritisch am Saum des halb fertigen Sakkos und verzog anerkennend die Lippen.

»Gnädiger Herr, der Sitz ist ausgezeichnet. Ihre stattliche Figur wird vorteilhaft betont, keine Falten, keine Beulen, so muss es sein, sehr gut.«

Sebastiano Lippi beachtete das schmeichlerische Geschwätz des Schneiders nicht. Mit Nadel und Zwirn war der Mann sehr geschickt, das musste Lippi zugeben, aber deswegen brauchte man sich doch nicht länger als nötig dessen Gerede anzuhören. Er wandte sich seinen beiden Kameraden zu, die gerade bei einem Ladentisch mit Stoffbahnen standen und die Qualität der angebotenen Ware kritisch besprachen. »Was meint ihr?«

Die beiden elegant gekleideten Herren traten näher und musterten Lippi.

»Der Schnitt ist in Ordnung.«

»Noch ein bisschen unfertig.«

»Natürlich unfertig, deswegen bin ich ja zur Anprobe hier«, entgegnete Lippi.

»Bist du dir sicher, was die Farbe des Stoffmusters betrifft?«

»Warum denn nicht?«

»Für die Oper ein bisschen zu grell, für das Varieté ein bisschen zu unauffällig.«

»Ich will einen neuen Anzug für die Rennbahn, nicht für langweilige Veranstaltungen.«

»Seit wann ist es im Varieté langweilig?«

»Für bunte Abende habe ich zwei Anzüge. Ich brauche einen für die Arbeit.«

»Gnädiger Herr, für die Rennbahn eignet sich dieser Anzug vorzüglich.«

Lippi nickte dem Schneider nun doch zu. »Wo Sie recht haben, haben Sie recht.«

»Ist die Hose nicht ein bisschen zu lang?«, fragte einer der Beobachter den Schneider.

»Jawohl, gnädiger Herr, das haben Sie sehr gut beobachtet. In der Länge muss ich noch einen Zentimeter abnehmen.«

An der Ladentür klingelte es. Der Schneider schaute hoch und machte zwei Schritte. »Guten Tag, mein Herr. Ich bitte noch um etwas Geduld, ich werde gleich meinen Lehrling holen, der sich um Ihre Wünsche kümmern kann.«

»Keine Eile, ich sehe mich ein bisschen um«, sagte der Herr und nahm den an einer Schaufensterpuppe ausgestellten Anzug aus englischem Tweed in Augenschein.

Der Schneider wandte sich wieder an Lippi. »Mein Herr, sind Sie einverstanden oder wollen Sie noch Änderungen vornehmen lassen?«

Lippi wiegte den Kopf. »Nun, die Länge der Hosenbeine muss noch angepasst werden, aber Weste und Sakko sitzen zufriedenstellend. Ich habe ein gutes Gefühl.«

Die Schelle an der Tür klingelte erneut und ein weiterer Mann betrat den Laden. Dieser hielt auf die vor dem Spiegel versammelte Gruppe zu. Lippi, seine beiden Freunde und der Schneider schauten den sich mit dunkler Miene vor ihnen aufbauenden Mann an, der noch nicht einmal den Anstand besaß, den Hut abzunehmen.

»Mein Name ist Inspector Zabini. Das ist mein Kollege Inspector Jaunig. Wer von den Herren ist Sebastiano Lippi?«, fragte der Mann und zeigte seine Kokarde.

Lippi war wegen des forschen Auftretens des Inspectors ein bisschen überrumpelt und sagte nichts.

Der Mann nahm ihn in den Blick. »Sind Sie Sebastiano Lippi?«

»Ja, der bin ich.«

»Ist Ihre Wohnadresse Via Donato Bramante 10?«

»Allerdings, da wohne ich. Weshalb fragen Sie mich das?«

»Zur Klärung verschiedener polizeilicher Fragen fordere ich Sie auf, mir zu folgen.«

Ärger stieg in Lippi hoch. Der Tonfall des Inspectors war alles andere als freundlich. »Folgen? Wohin, wenn ich fragen darf?«

»In die Kanzlei des k.k. Polizeiagenteninstituts.«

»Und warum sollte ich das tun? Ich habe nichts verbrochen.«

»Signor Lippi, die Polizeibehörde hat mehrere Fragen an Sie, die dringender Klärung bedürfen. Daher meine Aufforderung, uns zu folgen.«

»Sofort?«

»Ja, auf der Stelle.«

»Wenn Sie etwas wissen wollen, fragen Sie mich doch einfach. Ich habe nichts zu verbergen.«

»Kennen Sie Milka Savić?«

Lippi verzog die Miene. »Wer soll das sein? Den Namen habe ich noch nie gehört.«

»Signor Lippi, dies ist meine letzte Aufforderung, uns zu folgen. Sollten Sie dieser nicht nachkommen, sind wir gezwungen, Maßnahmen zu ergreifen.«

Der groß gewachsene Inspector, der sich bislang im Hintergrund aufgehalten hatte, trat neben seinen Kollegen und hielt Handschellen hoch.

»Um Gottes willen, wollen Sie mich festnehmen? Ich habe doch nichts verbrochen!«

»Wie ich sehe, sind Sie gerade bei der Anprobe. Sie haben zwei Minuten Zeit, sich umzukleiden.«

Sebastiano Lippi verstand nichts mehr. Was war das doch für ein skandalöses Vorgehen der Polizei. Das grenzte an behördliche Willkür.

»Signor Lippi, die Uhr tickt.«

Trotz seiner bulligen Erscheinung verstand es Koloman Vanek, in der Menschenmenge auf den Straßen praktisch unsichtbar zu sein. Im Englischen war eine neue Bezeichnung für jemanden populär geworden, der von seinem Fach wirklich etwas verstand. Professional. Vanek hatte von einem britischen Kontaktmann auch schon die Kurzform dieses Begriffes gehört, nämlich Profi. Er fand die Benennung treffend. Der Profi war das Gegenteil eines Amateurs oder Dilettanten. Letzteres war Vanek in seinem Beruf ganz bestimmt nicht. Die Bewegung in der Menschenmenge war eine Kunst, die man mit Fleiß erlernen konnte, für deren Meisterschaft aber man auch Talent brauchte. Vanek war sich im Klaren, dass er beides besaß – Erfahrung und Begabung. Genau deshalb gestattete auch sein Vorgesetzter Leopold von Baumberg, den Vanek immer noch bei seinem ehemaligen militärischen Rang als »Herr Hauptmann« bezeichnete, dass Vanek den größten Teil seiner Arbeit auf der Straße verrichtete. Für die Arbeit im Bureau war er denkbar ungeeignet. Vanek mochte das quirlige Leben in der Hafenstadt, er mochte die verschiedenen Stadtviertel, die Küste, die Hügel, die engen Gassen und die hohen Häuser, mit einem Wort: Vanek hatte sich in Triest ganz und gar eingelebt und konnte sich nicht vorstellen, anderswo zu leben und zu arbeiten. Er war dem Hauptmann bis heute dankbar, dass dieser ihn mit an die Adria genommen hatte.

Baumberg war auch so ein Mann, den die Briten als Professional bezeichnen würden. Es war beeindruckend, mit welcher Ruhe und Übersicht er seinen geheimdienstlichen Auftrag ausführte.

Die fünf Polizisten hatten nicht einmal ansatzweise bemerkt, dass Vanek ihnen gefolgt war. Er machte bei Beschattungen keine Fehler, vor allem wenn die Leute, an deren Spur er sich geheftet hatte, nicht vermuteten, beobachtet zu werden. Drei Stunden lang hatte er Inspector Jaunig beschattet. Es war nicht schwer, diesen Mann im Auge zu behalten, allein durch seine Größe fiel er auf. Vanek fand es schade, dass Jaunig um zehn Jahre älter war als er selbst und dass der Herr Inspector eher ein gemütlicher Mann war, der bei einem guten Tropfen Wein gern einen Nachschlag nahm. Jaunig war auch Ehemann und Vater, der seiner Familie als treu sorgender Patron vorstand. Doch Sportsmann war er keiner, aber wenn er einer wäre und auch noch um ein paar Jahre jünger, dann wäre ein Mann dieser Erscheinung für Vanek ein würdiger Sparringspartner im Boxring.

Die Polizisten hatten eindeutig nach jemandem gesucht. Zabini, Jaunig und Bosovich waren auf getrennten Wegen durch die Stadt marschiert. Vanek hatte sich an Jaunig gehängt. Nach einer Weile hatten sich die drei wiedergetroffen, sich beratschlagt, zwei uniformierte Polizisten als Verstärkung abkommandiert und waren dann zielgerecht zu einer Schneiderei im Borgo Teresiano gegangen.

Aus sicherer Entfernung beobachtete Vanek, dass Jaunig den Laden sofort betrat, während sich Zabini noch mit seinem Adjutanten und den beiden Uniformierten besprach. Die Männer nahmen Positionen ein, um allfällige Fluchtwege abzuschneiden. Dann folgte auch Zabini die Schneiderei.

Nur wenig später geleiteten Zabini und Jaunig einen Mann zur Tür hinaus. Die Polizisten hatten der Person keine Handschellen angelegt, aber es war evident, dass sie ihn abführten. Vanek versuchte, sich die Erscheinung des Mannes einzuprägen. Recht groß, schlank, brünettes Haar, Oberlippenbart, gefällige Gesichtszüge, ein guter Anzug und gediegenes Schuhwerk.

Ein Dandy? War das der Mörder der hübschen Serbin Milka? Vanek hatte das süße Mädchen manchmal getroffen. Sie hatte Klasse gehabt, allerdings nicht das Niveau von Laura erreicht. Aber wenn Laura ihre Tage hatte und im Chiave d'Oro keine Besuche empfing, war er in das Metro Cubo zu Milka gegangen.

Vanek ließ den Tross abmarschieren und folgte ihm außer Sichtweite. Es war völlig klar, wohin die Polizisten den Festgenommenen bringen würden.

Die Polizei hatte also einen Mann im Blick. Gut so. Vanek wusste, dass Zabini ein respektabler Polizist war. Ein Mann mit Verstand, Mut und Durchsetzungskraft. Im letzten November hatten Baumberg und Vanek erlebt, wie Zabini auf Messers Schneide getanzt und einen Millimeter vor dem Abgrund taumelnd die Beine auf den Boden gebracht hatte. Die beiden waren beeindruckt gewesen. Der Hauptmann hatte danach ernsthaft erwogen, den Inspector anzuwerben. Wie üblich hatte Baumberg seine Überlegungen mit Vanek besprochen, und Vanek hatte bei allem Respekt Zabini gegenüber eindeutig abgeraten. Zabini war vielleicht als Polizist geeignet, vielleicht sogar ein Profi seines Fachs, aber für den Geheimdienst nicht brauchbar. Zabini war zum einen ein pazifistischer Humanist, der an Gerechtigkeit, Ehrlichkeit und Aufrichtigkeit glaubte, und zum anderen war er von weiblicher Schönheit allzu leicht in Schwärmerei zu versetzen. Zu viel Moral und Gefühlsduselei waren bei der Arbeit im Geheimdienst hinderlich. Der Hauptmann hatte kurz überlegt, Vanek zugenickt und den Gedanken der Anwerbung verworfen.

In jedem Fall hatte Zabini einen Verdächtigen an der Angel. Das würde den Hauptmann interessieren.

〜❦〜

Der Nachmittag zog dahin. Fedora verließ das Theater und marschierte los. Wieder hatte sie nicht nur gute Arbeit abgeliefert, sondern auch viel Spaß mit ihren beiden Kolleginnen gehabt. Diesmal hatte sie Vorhänge und weitere Dekorstoffe für das Bühnenbild einer neuen Inszenierung gefertigt. Sie hatten an den Arbeitstischen und der Nähmaschine sitzend geplaudert und gescherzt. Zwischenzeitlich hatte Chiara Monteverdi Süßgebäck gebracht, gemeinsam mit der großen Schauspielerin und Sängerin hatten sie eine Kaffeepause eingelegt und Backwaren genascht.

Sie freute sich, heute Abend Sergio zu treffen. Er hatte an diesem Tag spielfrei und aus diesem Grund Fedora und ihre Söhne zum Essen zu sich nach Hause eingeladen. Sergio war nicht nur ein großartiger und bühnenerfahrener Schauspieler, sondern hatte auch ein Händchen für Kulinarik. Gelegentlich hatte sie schon von ihm zubereitete Mahle genossen und war jedes Mal aufs Neue begeistert gewesen. Was er auftischen wollte, hatte er nicht verraten, aber sie rechnete mit einem Fischgericht. Sergio liebte Fisch.

Auf der anderen Straßenseite der Via dell'Acquedotto entdeckte sie in einiger Entfernung eine kleine Gruppe. Zwei Nonnen gingen nebeneinander die Straße entlang, ihnen folgten auf dem Fuß zwei Polizisten.

Fedora verlangsamte den Schritt und kniff die Augen zusammen. Sie war alarmiert. Waren das die zwei Nonnen, deren Bekanntschaft sie schon gemacht hatte? Da sie die Ordensschwestern nur von hinten sah und sie Habit trugen, konnte sie nicht sicher sein, aber sie hegte eine starke Vermutung. Ebenso ahnte sie, in welchem Auftrag die Schwestern und die Polizisten unterwegs waren und wohin sie gingen. Letzteres würde sich leicht herausfinden lassen. Sie brauchte der Prozession nur in gemessenem Abstand zu folgen.

Tatsächlich bogen die Nonnen links ab und schritten die Via Pietro Kandler entlang. Vor ihrem Wohnhaus sammelten und besprachen sie sich. Fedora verschwand schnell in einem Hauseingang und dachte nach.

Keine Frage. Der Bischof hatte wohl beschlossen, ihre vaterlos aufwachsenden Söhne in seine Obhut zu nehmen. Daher die Polizisten, die auch ausbüxende Knaben festhalten konnten. Fedora biss vor Zorn die Zähne zusammen. Da wurden also Nägel mit Köpfen gemacht. Was konnte sie tun? Eine naheliegende Idee kam ihr. Natürlich, so konnte sie ihre Buben vor der Internierung in einer Klosterzelle bewahren.

Fedora schaute noch einmal in die Gasse zu ihrem Wohnhaus. Die Vierergruppe war schon auf dem Weg in den vierten Stock. Jetzt musste sie rasch handeln.

Mit ausgreifenden Schritten eilte sie in den nahe gelegenen Giardino Pubblico und schaute sich um. Sehr groß war der Volksgarten nicht und so fand sie recht bald eine Schar von spielenden Kindern. Sie entdeckte Ludovico und Rudolfo und marschierte direkt auf sie zu.

»Ludovico und Rudolfo! Kommt her!«

Die beiden hörten die Rufe ihrer Mutter und blickten ihr überrascht entgegen.

Fedora mischte sich unter die Kinder und fasste ihre Söhne an den Händen. »Kommt mit. Ich muss euch etwas sagen.«

»Was ist denn los, Mama? Wir wollten in einer Viertelstunde wie vereinbart nach Hause kommen«, sagte Ludovico.

Sie führte die Jungs ein gutes Stück zur Seite und wandte sich ihnen zu. »Gut, dass ihr noch im Park wart. Die zwei Nonnen sind vor ein paar Minuten mit zwei Polizisten in unser Haus gegangen. Ich glaube fast, dass der Bischof ernst macht und euch in ein Kinderheim bringen will.«

Die beiden schauten ihre Mutter zutiefst erschrocken an.

»Ein Kinderheim?«

»Vielleicht. Ich weiß es nicht genau, aber dass zwei Polizisten geschickt wurden, bedeutet nichts Gutes.«

»Was sollen wir tun?«

»Wir gehen nicht nach Hause, sondern brechen zu Sergio auf. Die Wohnung von Signor Montanari ist groß, sodass ihr dort ein paar Tage bleiben könnt.«

»Aber wir haben dort keine Kleidung. Auch die Schulsachen sind zu Hause«, wandte Ludovico ein.

»Eure Sachen kann ich später holen, zuerst bringe ich euch in Sicherheit. Wegen der Schule wird mir schon noch etwas einfallen. Und dann setze ich alle Hebel in Bewegung, um euch vor dem Kinderheim zu bewahren.«

»Ich will nicht in ein Heim«, sagte Rudolfo verängstigt.

»Das wirst du auch nicht müssen. Die werden mich noch kennenlernen. Los jetzt, wir gehen. Könnte ja sein, dass die Polizisten hier im Park nach euch Ausschau halten.«

»Aber Signor Montanari erwartet uns erst in einer Stunde.«

»Er wird Verständnis für unser verfrühtes Auftauchen haben.«

Fedora schaute sich noch einmal um. Dann eilte sie mit ihren Söhnen an der Hand los. Gejagt wie Verbrecher.

⁂

Koloman Vanek stand im Caffè Stella Polare, vor ihm lag eine Zeitung auf dem Tresen, in der er seit einer Viertelstunde las. Wie üblich hatte er einen Nero bestellt und die kleine Schale in winzigen Schlucken geleert. Er überlegte seine weitere Vorgangsweise. Obwohl er einen Umweg genommen hatte, hatte er noch gesehen, wie Zabini, Jaunig und Bosovich den Verdächtigen in das Gebäude der Polizeidirektion gebracht hatten. Er war sehr flott gegangen, um den Moment nicht zu verpassen. Danach war er eine halbe Stunde umherflaniert und hatte sich schließlich in das Lokal begeben. Vanek liebte die Kaffeehäuser Triests, er verbrachte den lieben langen Tag entweder auf den Straßen oder an den Tresen der vielen Kaffeehäuser der Stadt. Das war Kultur, hier fühlte er sich wohl.

Vanek beschloss, die Stellung zu räumen. Es war nicht zu erwarten, dass sich in der Nähe der Polizeidirektion noch etwas tat. Er nickte dem Kaffeesieder zu und legte eine Münze auf die Untertasse. Da die Zeitung dem Kaffeehaus gehörte, ließ er sie einfach liegen, schnappte seine Melone und trat auf die Straße.

Einmal noch wollte er den Häuserblock der Polizeidirektion umrunden und dann das Bureau des Hauptmanns im Palazzo del Governo aufsuchen. Sein Vorgesetzter würde um diese Zeit wohl noch im Dienst sein.

Eine junge Frau trat aus dem Gebäude, zog ihr Kopftuch tief in die Stirn und lenkte ihre Schritte in Richtung Città Vecchia. Schlagartig war Vanek hellwach. Er kannte das Fräulein. Vanek wartete, bis sie in einiger Entfernung war, dann folgte er ihr.

Als er gestern Zabini im Auge behalten hatte, dem Inspector eine Weile gefolgt war, hatte er beobachtet, wie Zabini eine Zeit lang an einen Baumstamm gelehnt in der Zeitung gelesen hatte. Es war Vanek klar gewesen, dass Zabini jemandem auflauerte. Nämlich genau jenem Fräulein, welches jetzt die Polizeidirektion verließ. Vanek beschleunigte seine Schritte und holte bald auf.

»Guten Abend, Gina.«

Die junge Frau hob den Kopf. »Guten Abend.«

»Es freut mich, dich wiederzusehen.«

»Wollen Sie etwas von mir?«

»Ich möchte dich gerne ein Stück begleiten. Ist das genehm, werte Gina?«

»Sie haben sich den Namen gemerkt.«

»Ich verfüge über ein gutes Gedächtnis, Gina.«
»Gina existiert nicht mehr.«
»Ach, wie das?«
»Gina wurde aus dem Haus gejagt. Jetzt gibt es nur noch Concetta.«
»Ist das dein wahrer Name? Concetta? Klingt schön. Und deinen Künstlernamen verwendest du nicht mehr?«
»Es gibt keine Kunst mehr, daher auch keinen falschen Namen.«
»Also, Concetta, wie geht es dir?«
»Das geht Sie nichts an, Signore.«
»Kannst du dich noch an mich erinnern?«
»Einen Mann wie Sie vergisst man nicht.«
Vanek schmunzelte. »Das hast du jetzt sehr schön gesagt. Als ich bei dir war, hast du mich geduzt. Warum jetzt so förmlich?«
»Einfach so.«
»Arbeitest du noch im Metro Cubo?«
»Der Milanese hat mich vor die Tür gesetzt.«
»Hast du dich mit ihm zerstritten?«
»Was wollen Sie von mir?«
Vanek und Concetta gingen ein paar Schritte schweigend. »Also, meine Liebe, ich weiß, dass du gestern mit Inspector Zabini gesprochen hast, dass sich Zabini heute Vormittag im Caffè Tommaseo ein bisschen mit dem Milanese gezankt hat und dass er und seine Männer vor etwa einer Stunde einen Mann festgenommen haben. Der Mann war groß, brünett, gut aussehend und vornehm gekleidet. Ich fresse meine Melone, wenn es da keinen Zusammenhang gibt.«
Concetta blickte noch einmal zu Vanek. »Sind Sie etwa auch ein Polizist?«

»Nein, das nicht, aber ich weiß gern über viele Dinge Bescheid.«
»Der Inspector hat also den Cavaliere verhaftet. Das ist gut.«
»Genau in diesem Moment wird der Mann in der Kanzlei des k.k. Polizeiagenteninstituts vernommen. Just als du auch im Gebäude warst. Hast du eine Aussage getätigt?«
»Warum wollen Sie das wissen?«
»Weil ich dich sehr viel besser vor dem Milanese oder den anderen Zuhältern beschützen kann, als es Inspector Zabini und seinen Männern möglich ist.«
»Wieso wollen Sie mich beschützen?«
»Du weißt vielleicht irgendetwas, was für mich wertvoll ist.«
»Alles, was ich über Milka weiß, habe ich der Polizei schon gesagt.«
»Wenn ich mich recht erinnere, war ich einmal in deiner Kammer. Das ist aber bestimmt schon ein Jahr her. Es war, bevor Milka ins Metro Cubo kam. Und doch hast du dich an mich erinnert.«
»Sie sind sehr kräftig, mein Herr, das fällt auf. Und dann ...«
»Was dann?«
»Was wollen Sie hören? Ja, du hast einen großen Schwanz, und es hat mir sogar ein kleines bisschen Spaß gemacht.«
Vanek lächelte. »Na, siehst du, liebe Concetta, jetzt sagst du wieder Du. Kannst du dich noch erinnern, wie ich mich in deiner Kammer benommen habe?«
»Du warst sehr höflich. Du warst auch zu Milka freundlich, das hat sie mir gesagt. Sie war gern mit dir zusammen, auch weil du immer das Doppelte bezahlt hast.«

»Concetta, du verstehst also, dass ich Fräuleins sehr gut behandle und großzügig bin, wenn ich das bekomme, was ich will.«

»Was willst du?«

»Warum warst du in der Polizeidirektion?«

»Weil ich bei Signora Zupan vorgesprochen habe. Der Inspector hat mich an diese Dame verwiesen und gesagt, sie könne mir helfen.«

»Wobei helfen?«

»Ich habe mich mit Syphilis angesteckt.«

Vanek nickte verstehend. »Deswegen hat dich der Milanese hinausgeworfen.«

»Signora Zupan hat mir zwei Adressen gegeben und Empfehlungsbriefe geschrieben.«

»Welche Adressen?«

»Die Adresse eines Arztes und die einer katholischen Ordensgemeinschaft, die Frauen in meiner Situation hilft.«

Vanek hielt inne und verzog anerkennend den Mund. »Respekt, Zabini kümmert sich um seine Leute. Nicht schlecht. Pass auf, Concetta. Hebe dir die Adresse und die Empfehlungsbriefe gut auf, aber in den nächsten Tagen kriegst du ein Zimmer im Excelsior Palace Hotel, ich stelle eine Wache für dich ab, und morgen früh gehen wir zum Damenausstatter und ich kaufe dir ein schönes Kleid. Vor mir aus auch zwei Kleider. Und neue Schuhe. Deine Latschen sind schon sehr abgetragen.«

Concetta schaute Vanek misstrauisch an. »Warum willst du das tun?«

»Was weißt du über einen Mann, der im Auftrag von Zuhältern junge Mädchen nach Triest bringt und sie mit

Papieren versorgt? Er ist recht klein, schlank, sehr wendig, hat kantige Gesichtszüge und einen scharfen Blick«

Sie kniff die Augen zusammen. »Ich hasse Inspector Pittoni. Er hat mich vor zwei Jahren nach Triest gebracht und in einem Bordell abgeliefert. Ebenso Milka.«

Vanek legte Concetta den Arm um die Hüften und lenkte sie in Richtung Rive. »Komm, wir gehen ins Excelsior Palace. Hast du heute schon gegessen? Ich lasse uns ein Mahl aufs Zimmer kommen. Oder nur eine kalte Platte? Wein? Likör? Was du willst.«

※

»Vinzenz, bist du so weit?«, fragte Bruno.

Der Inspector schluckte den letzten Happen hinunter und nahm einen Schluck Wasser. Vor dem Verhör hatte er sich noch stärken wollen. Vinzenz putzte Brotkrümel von seiner Hose und erhob sich. »Und Luigi?«

»Das Verhör schaffen wir zu zweit. Er arbeitet weiter an den Akten.«

Vinzenz nickte. »Dann wollen wir mal.«

Ihre Schritte knarrten auf dem Parkett. Sie betraten das Verhörzimmer, wo Sebastiano Lippi von einem Schutzmann bewacht wartete. Er erhob sich nervös, als die beiden Inspectoren eintraten.

»Vielen Dank, Sie können jetzt an Ihre Dienststelle zurück.«

Der Uniformierte salutierte und verließ den Raum.

»Signor Lippi, bitte setzen Sie sich«, forderte Vinzenz auf und nahm am Kopfende des Tisches Platz, während Bruno sich Lippi gegenübersetzte.

Bruno legte einen Aktenumschlag vor sich auf den Tisch, blätterte ihn aber nicht auf. Er musterte den Mann eingehend. Diesem war die bedrohliche Präsenz der beiden Inspectoren sichtlich unangenehm.

»Signor Lippi, was ist Ihr Beruf?«

»Ich bin Buchmacher.«

»Haben Sie eine Legitimation?«

»Natürlich. Aber meine Papiere sind zu Hause.«

»Und wie laufen die Geschäfte?«

»Mal gewinnt man, mal verliert man.«

»Sie scheinen öfter zu gewinnen. Ihre Kleidung ist exquisit und dennoch lassen Sie sich einen neuen Anzug anfertigen.«

»Geschmack kann man auch mit einfachen Mitteln haben.«

»Waren Sie am letzten Wochenende im Ippodromo?«

»Selbstverständlich. Ich lasse mir doch nicht das große Derby entgehen. Ich muss arbeiten.«

»Sie scheinen eine Glückssträhne gehabt zu haben, wenn Sie sich schon ein paar Tage später beim Schneider einen Anzug anmessen lassen«, mutmaßte Bruno.

»Wie gesagt, mal verliert man, mal gewinnt man.«

Bruno hielt im beiläufigen Frage-Antwort-Spiel inne und ließ etwas Zeit verstreichen. Lippi fasste sich dabei zweimal an die Krawatte.

»Ist Ihnen warm?«, fragte Vinzenz.

»Ein bisschen.«

»Sie können das Sakko gerne ablegen.«

»Geht schon.«

»Was haben Sie am Dienstag, den 26. Mai, gemacht?«

Lippi verzog seinen Mund. »Dienstag letzter Woche?«

»Das ist das angegebene Datum.«

Lippi überlegte. »Das weiß ich doch heute nicht mehr. Es ist in der Zwischenzeit so viel passiert. Etwa das große Derby.«

»Versuchen Sie, sich zu erinnern.«

Lippi tat wie geheißen. »Hm, Dienstag, was war da? Moment, ja, ich weiß es. Da war ich vormittags zu Hause und am späteren Nachmittag habe ich mich mit Freunden getroffen.«

»Wie heißen die Personen?«

»Alle Namen habe ich nicht präsent. Wir waren in mehreren Kaffeehäusern.«

»Welche Namen können Sie nennen?«

Lippi nannte zwei vollständige Namen und drei Vornamen. Bruno notierte.

»Sagt Ihnen der Name Milka Savić etwas?«

»Danach haben Sie mich schon zuvor gefragt.«

»Und, wie ist die Antwort?«

»Nein, dieser Name sagt mir nichts.«

Log er? Bruno lauschte auf den Tonfall des Mannes. Konnte es sein, dass er mehrmals bei Milka Kunde war, ohne ihren Namen zu wissen? Das war durchaus möglich. Nicht wenige Prostituierte wählten für ihre Arbeit ein Pseudonym.

»Kennen Sie ein Etablissement namens Metro Cubo?«

»Es könnte sein, dass ich davon gehört habe«, antwortete Lippi ausweichend.

»Waren Sie jemals Gast in diesem Haus?«

»Warum fragen Sie danach?«

»Bitte keine Gegenfragen, sondern nur Antworten.«

Lippi schwieg. Es war an seiner Miene abzulesen, dass

er krampfhaft nachdachte. »Moment, langsam verstehe ich, was Sie von mir wollen.«

»Das ist sehr erfreulich, Signor Lippi. Teilen Sie uns doch bitte Ihre Überlegungen mit.«

»Ja, ich war schon im Metro Cubo. Das ist ein öffentliches Haus, in dem erwachsene Herren einkehren dürfen. Das ist nicht verboten.«

»Waren Sie mehrmals dort?«

»Auch das ist nicht verboten.«

»Kennen Sie einen Mann namens Virginio Broggi?«

»Ich bin dem Mann begegnet.«

»Wo?«

»Im genannten Freudenhaus. Signor Broggi ist der Betreiber des Etablissements.«

»Ich wiederhole meine Frage. Kennen Sie Milka Savić?«

Lippi knetete seine Hände. »Ich bin im Metro Cubo mehrmals mit einem slawischen Mädchen zusammen gewesen, aber sie hat mir gesagt, ihr Name sei Irina.«

Bruno klappte nun doch den Aktenschlag auf und griff zur vorbereiteten Photographie. Er hatte das Bild mit der Vorderseite nach unten abgelegt, hob es so, dass Lippi nur die Rückseite sah, und hielt eine Weile inne. Dann legte er Milkas post mortem angefertigtes Porträt Lippi vor. Der Mann zuckte zusammen, wurde bleich und bekreuzigte sich.

»Madonna.«

Bruno wartete, bis sich Lippi wieder einigermaßen gefangen hatte. »Kennen Sie die Person auf dieser Photographie?«

Die beiden Inspectoren warteten auf die Antwort.

»Signor Lippi, haben Sie die Frage meines Kollegen verstanden?«, fragte schließlich Vinzenz.

»Ja ... ja, habe ich.«

»Und?«

»Das ... das ist Irina. Ich erkenne sie eindeutig.«

»Haben Sie von der Toten auf dem Montebello gehört?«, fragte Vinzenz weiter. »In der Presse stand viel darüber zu lesen.«

»Ich habe davon gehört, ja, ich habe einen Artikel über den Leichenfund gelesen.«

»Die Person auf dem Bild«, übernahm nun Bruno und legte die Photographie wieder zu den Akten, »ist die serbische Bürgerin Milka Savić, die in den letzten Monaten ihres jungen Lebens im Metro Cubo als Prostituierte gearbeitet hat. Wir gehen davon aus, dass sie am Abend des 26. Mai oder in den Morgenstunden des 27. Mai durch zahlreiche Messerstiche zu Tode gekommen ist. Das ist kriminalistisch eindeutig belegt.«

»Haben Sie sich im Metro Cubo als Cavaliere bezeichnen lassen?«, fragte Vinzenz.

»Wieso fragen Sie das?«

»Weil ein Mann mit diesem Rufnamen wiederholt Milka Savić besucht und mit der Reitgerte dem Mädchen den Hintern versohlt hat«, erhöhte Vinzenz den Druck.

»Was hat das mit dem Tod von ...? Wie sagten Sie, sei ihr echter Name gewesen?«

Vinzenz ballte seine rechte Hand zur Faust, stützte sich mit dem Ellbogen auf den Tisch und beugte sich vornüber, seine Stimme war leise, dunkel und drohend. »Der Cavaliere hat es also gern ein bisschen härter, der Cavalierie schlägt hübsche Mädchen, der Cavaliere kommt so richtig in Fahrt, wenn der Hintern des Mädchens Striemen hat. Hat der Cavaliere schon überlegt, wann ich in Fahrt komme?«

Lippi schluckte schwer.

»Signor Lippi, haben Sie am Abend des 26. Mai Milka Savić, genannt Irina, getroffen?«, fragte Bruno mit versöhnlicher Stimme.

»Nein, natürlich nicht.«

»Haben Sie mit Milka Savić ein Treffen vereinbart?«

»Ich erinnere mich jetzt wieder. Ich kann Ihnen sagen, was ich an diesem Tag getan habe.«

»Wir sind ganz Ohr, Signor Lippi.«

»Ja, ich habe ein paar Tage zuvor mit Irina, also mit Milka, für den Dienstagabend ein Treffen vereinbart. Für halb acht. Das habe ich getan. Aber ich war nicht im Metro Cubo, weil ich zuvor mit Freunden etwas getrunken habe. Die Namen habe ich Ihnen schon genannt. Ich habe recht viel Wein erwischt, bin gegen sieben Uhr abends nach Hause gekommen und habe auf das Treffen völlig vergessen. Ich habe zu Hause noch ein Glas Wein getrunken und bin irgendwann am Kanapee eingeschlafen. Knapp vor dem Morgengrauen erwachte ich, habe mich in mein Bett begeben und dann noch bis sieben Uhr geschlafen. Vielleicht war es halb acht. Erst im Laufe des Tages habe ich mich an das vereinbarte Treffen erinnert.«

»Sie behaupten also, dass Sie Milka Savić weder am 26. noch am 27. Mai getroffen haben?«, hakte Bruno nach.

»So ist es. Das ist die Wahrheit.«

»Und ist es auch die Wahrheit«, fuhr Vinzenz hart dazwischen, »dass Sie die süße Milka mehrfach mit der Reitgerte geschlagen haben?«

»Das ... das ist auch die Wahrheit. Aber sie mochte das, sie hat das gern zugelassen.«

»Haben Sie Zeugen dafür, dass Sie die Nacht von Dienstag auf Mittwoch letzter Woche zu Hause verbracht haben?«, setzte Bruno das Kreuzverhör fort.

»Nein, ich war allein zu Hause. Ich habe keine Zeugen. Wozu auch?«

Bruno schaute Vinzenz demonstrativ an, dieser zuckte die Achseln, verschränkte die Arme und lehnte sich zurück.

»Signor Lippi, wir ermitteln hier in einem Mordfall«, sagte Bruno schließlich. »Da geht es nicht um extravagante Spiele im Boudoir einer Prostituierten, da geht es um Leben und Tod. Sie sind verdächtig und Ihre Aussagen müssen überprüft werden. Daher verhänge ich hiermit Haft über Sie.«

Der Abend war längst angebrochen, Luigi Bosovich schaute auf seine Armbanduhr. Sein Vorgesetzter Inspector Zabini war der Erste in der Kanzlei gewesen, der seine Taschenuhr gegen eine Armbanduhr getauscht hatte. Die Vorteile dieser neuartigen Uhren waren in Luigis Augen entscheidend, sodass er seine Taschenuhr in die Pfandleihe gebracht und sich mit dem Erlös eine Schweizer Omega angeschafft hatte. Mittlerweile trugen Materazzi, Marin und Tribel ebenfalls ihre Uhren am Handgelenk. Es war knapp vor neun Uhr. Höchste Zeit, das Bureau zu verlassen. Luigi erhob sich, stapelte die Akten, in denen er in den letzten Stunden geradezu unermüdlich gelesen hatte, und verstaute sie zusammen mit seinen Notizen in der abschließbaren Schreibtischschublade. Den Schlüssel trug er am Schlüsselbund bei sich.

Kurz schaute er noch aus dem Fenster. Auf der Straße kehrte nach und nach abendliche Ruhe ein. Träge ballten sich Wolken zusammen, die Luft war schwül und kaum ein Lüftchen regte sich über Triest. Luigi schätzte, dass es spätestens morgen früh zu Niederschlägen, vielleicht sogar zu einem Gewitter kommen würde. Die Wärme der letzten frühsommerlichen Tage hatte die Stadt erhitzt. Er schloss das Fenster, packte seine Sachen, schlüpfte in das Sakko und knipste das Licht im Bureau aus. Er ging durch eine stille Kanzlei, außer ihm hatten bereits alle den Dienst beendet. Mit dem Hauptschlüssel sperrte er die Zugangstür zum k.k. Polizeiagenteninstitut ab und stieg in Gedanken versunken die Treppe hinab. Die Polizeidirektion in der Via della Caserma war natürlich rund um die Uhr bewacht. Luigi grüßte die Wachen salopp, schlenderte los und zündete sich eine Zigarette an.

Nach Zusammenhängen und Hintergründen solle er suchen, so lautete der Auftrag des Polizeidirektors. Zuerst hatte er bei seiner Lektüre gar nicht gewusst, was das bedeuten sollte. Wie sollte er Zusammenhänge herausfinden? Und welche Hintergründe galt es zu beachten? In der Hoffnung, dass, erst einmal mit der Arbeit begonnen, sich irgendwann ein Bild ergeben würde, hatte er losgelegt. Die Berichte, Formulare und Dokumente aus den verschiedenen Ämtern hatten wenig miteinander zu tun. Mal gab es Papiere aus dem Melderegister, dann wieder medizinische Gutachten eines Amtsarztes. Die Unterlagen waren bunt gemischt und zusammengewürfelt. Für Luigi war zunächst nicht ersichtlich gewesen, nach welchen Auswahlkriterien die Akten zusammengestellt worden waren und wie die Anforderung des Polizeidirektors an die verschiedenen Ämter gelautet hatte. Aber eines war recht bald klar geworden, nämlich dass die Aushebungen der Akten in den unterschiedlichen Amtsstuben nicht überhastet oder kurzfristig durchgeführt worden waren. Dr. Rathkolb hatte das Material anscheinend über einen längeren Zeitraum besorgt. Es lag also im Bereich des Möglichen, dass der Direktor noch vor dem Fund der toten Prostituierten im Wald des Montebello an dieser Sammlung gearbeitet hatte. Warum sollte er das tun? Stand ihm eine grundlegende Untersuchung über das älteste Gewerbe in der Stadt im Sinn? Das wäre möglich, aber das hätte er Luigi doch sagen können. Nein, der Direktor hatte gesagt, er würde mit dem Auftrag zum Aktenstudium die Ermittlungsarbeit unterstützen. War das die alleinige Intention Dr. Rathkolbs? Luigi wusste es nicht genau.

Nach mehreren Stunden Arbeit hatte sich für Luigi langsam ein Bild abgezeichnet. Er hatte immer wieder vage Andeutungen darüber gefunden, wie gar nicht so wenige junge Frauen zu Papieren gekommen waren, die ihnen den Aufenthalt in Triest ermöglichten. Zuerst hatte er diesem Thema keine Aufmerksamkeit gewidmet, aber so gegen sieben Uhr, als sich die Kanzlei schon merklich geleert hatte, war ihm die Idee gekommen, sich diesen Aspekt genauer anzusehen. In den folgenden zwei Stunden hatte sich ein noch völlig schemenhaftes, aber immerhin doch erkennbares Bild ergeben. Und das beunruhigte Luigi zutiefst.

War das wirklich möglich? Oder irrte er sich? Lief er in die falsche Richtung? Oder hatte er hier wirklich etwas entdeckt? Luigi fühlte förmlich einen schweren Stein in seinem Bauch. Seine Gedanken zerfransten sich und kamen doch immer wieder auf diesen einen Verdacht zurück. Sollte er mit dem Direktor darüber sprechen? Nein, das wäre verfrüht. Wenn er sich irrte, würde er sich bis auf die Knochen blamieren und sich bei Dr. Rathkolb für jeden weiteren Auftrag unmöglich machen. Er brauchte Sicherheit, er brauchte Klarheit, er brauchte *echte* Beweise.

Luigi ging gedankenverloren durch die Straßen seiner Heimatstadt. In den letzten Monaten hatte er wenig Zeit gefunden, mit seinen Freunden im Kaffeehaus Billard zu spielen. In jüngeren Jahren hatte sich sein Talent für dieses Spiel gezeigt. Und hin und wieder hatte er mit seinen Kumpanen die namhaften Könner der Stadt herausgefordert. Bis ihm die Arbeit immer wichtiger geworden war, Überstunden sich gehäuft hatten und somit die Zeit für Billardpartien geschwunden war. Luigi bedauerte dies nicht, denn seine Arbeit war kein Spiel, seine Arbeit war echt, wahrhaftig und nötig, sie war kein amüsanter Zeitvertreib, sondern die Untersuchung der Wirklichkeit und die Wiederherstellung von Frieden und Gerechtigkeit.

Hatte er bei seinem Aktenstudium tatsächlich Hinweise darüber gefunden, dass bei der Ausstellung von Papieren für den Aufenthalt von Prostituierten aus anderen Kronländern oder dem Ausland kaum sichtbare Fäden in der Polizeidirektion zusammenliefen? Ja, Luigi wurde von der Ahnung bedrängt, dass noch viel konkreter das k.k. Polizeiagenteninstitut in diese Angelegenheit involviert sein könnte.

Ein verstörender Gedanke, wie Luigi fand.

Freitag, 5. Juni 1908

Gino Fonda kraulte dem Hund das Fell und nahm ihn an die Leine. Ein Arbeitskollege war bei der Arbeit von einer Leiter gefallen und hatte sich das Knie angeschlagen. Nichts Schlimmes, aber für ein paar Tage würde er sich schonen müssen, also hatte Fonda der Bitte zugestimmt, morgens den Hund des Kollegen auszuführen. Die Wolken hingen tief, und Regen lag in der Luft, daher war Fonda frühzeitig losmarschiert. Ferner Donner war zu hören.

Schon gestern hatte er mit dem jungen und sehr bewegungsfreudigen Tier eine Tour unternommen. Er mochte den Hund, ein gelehriger Mischling mit gefleckten Fell, und der Hund hatte den älteren Mann auch gleich ins Herz geschlossen. Am liebsten widmete sich Fonda den Tieren, den Menschen ging er zumeist aus dem Weg. Was kam schon von den Leuten? Meist nichts Gutes. Die Boshaftigkeit, Hinterhältigkeit und Lügen seiner Zeitgenossen hatte er im Laufe seines Lebens wiederholt erlebt. Pferde waren friedlich und verlässlich, Hunde waren treu und folgsam.

In den Straßen am Stadtrand hielt er den Hund an der Leine, doch als der Wald des Montebello in Sicht kam, ließ er ihn laufen. Der Hund flitzte los, schnupperte da und dort, hinterließ seine Marken und freute sich des Lebens. Er folgte dem Vierbeiner, und zusammen tauchten sie in den Wald ein und stiegen ein wenig bergan. Der Hund witterte irgendetwas und rannte los. Fonda ging hinterher. Als er ihn aus den Augen verloren hatte, rief und pfiff er nach dem Hund. Dieser gehorchte in der Regel auf Zuruf, also war Fonda irritiert, als er nicht angerannt kam. Hatte er irgendetwas gefunden, was seine Aufmerksamkeit so in Beschlag nahm, dass er den Ruf ignorierte?

Fonda marschierte einen Pfad entlang. Wo versteckte er sich? Wieder rief er nach ihm.

Jetzt hörte er sein kurzes Gebell. Ein wenig kämpfte sich Fonda durch das Dickicht. Dann entdeckte er den Grund, weswegen der Hund fortgelaufen war. Atemnot griff nach Gino Fonda, er schnappte nach Luft. Dann bekreuzigte er sich. Die Füße der in ein weißes Tuch eingeschlagenen Person schauten hervor. Sie trug Strümpfe. Der weiße Stoff war an vielen Stellen blutgetränkt.

Fonda nahm den Hund wieder an die Leine und murmelte: »Porca miseria.«

Fedora schaute bange in den Himmel. Die dunklen Wolken hingen tief, und ein dumpfes Donnergrollen rollte über die Stadt. Würde sie in den Regenguss geraten? Sie sputete sich, auch wenn sie vorsorglich einen Regenschirm bei sich führte. Sie wartete, bis eine Elektrische vorbei war, dann wechselte sie die Straßenseite. War sie zu früh? Zu spät? Was sollte sie tun? Sie wusste nur die Straße, in der Dr. Rathkolb wohnte, nicht die Hausnummer, aber wenn der Polizeidirektor zu Fuß in die Kanzlei gehen würde, musste er an einer bestimmten Kreuzung vorbeikommen. Dort hoffte sie, ihn zu treffen. In der Regel pflegte der

Direktor einen äußerst strikten Tagesablauf, erschien also immer pünktlich um acht im Bureau.

Nach ein paar Minuten erreichte sie die besagte Kreuzung und ging ein wenig auf und ab, möglichst unauffällig umherblickend. Vor einem Schaufenster stoppte sie und ignorierte das reichhaltige Angebot an Hausrat, hielt stattdessen die Spiegelungen im Blick. Bruno hatte ihr bei ihren heimlichen Treffen gelegentlich über die richtigen Methoden der Verfolgung und Beobachtung auf der Straße erzählt. Schaufenster spielten dabei eine wichtige Rolle.

Da kam ein distinguiert gekleideter Mann in Sicht. Langsam wandte sie sich von der Auslage ab und schaute genauer über die Straße. Nein, der ältere Herr war nicht der Direktor, glich Rathkolb jedoch in Kleidung und Körpergröße. Also ging Fedora weiter und blickte gen Himmel. Es donnerte zunehmend bedrohlicher. Wann würden die Wolken brechen? Es konnte jederzeit losgehen.

»Guten Morgen, Signora Cherini.«

Fedora erschrak fast ein bisschen und schaute hinter sich.

»Guten Morgen, Herr Direktor.«

Rathkolb stand in gemessener Entfernung in einem exzellenten Anzug, über dem er einen leichten Regenmantel trug, seine Arbeitstasche hielt er in der einen, den Regenschirm in der anderen Hand. Er blickte um sich.

»Haben Sie auf mich gewartet?«

»Wieder einmal, Herr Direktor.«

Rathkolb nickte. »Dann lassen Sie uns in diese Gasse verschwinden. Da ist es ein bisschen ruhiger als auf der Straße.«

Sie gingen ein paar Schritte schweigend nebeneinander.

»Was haben Sie auf dem Herzen, Signora?«

Fedora schaute hastig zu Rathkolb hinüber. Sie sprach mit gedämpfter Lautstärke. »Es geht los, Herr Direktor.«

»Bitte präzisieren Sie Ihre Aussage.«

»Sie haben mich ja gewarnt. Gestern am späten Nachmittag war ich nach der Arbeit auf dem Weg nach Hause, da sah ich die beiden geistlichen Schwestern aus der Ferne. Die Nonnen wurden von zwei Polizisten begleitet.«

»Zwei Polizisten also.«

»Zu viert haben sie mein Wohnhaus betreten.«

»Wurden Ihre Söhne abgeholt?«, fragte Rathkolb beunruhigt.

»Um ein Haar wären sie erwischt worden. Nur ein paar Minuten später und sie wären vom Spielen im Giardino Pubblico nach Hause gekommen. Ich bin wie eine Verrückte gelaufen, habe die Buben rechtzeitig entdeckt und in Sicherheit gebracht.«

»Sie haben also geistesgegenwärtig reagiert.«

»So gut es ging.«

»Wo sind Ihre Söhne gegenwärtig?«

»Bei einem Bekannten.«

»Ich hoffe sehr, sie sind nicht bei Signor Zabini.«

»Natürlich nicht.«

»Signora, ich bitte um Ehrlichkeit. Haben Sie Signor Zabini von unserer Begegnung erzählt?«

»Nein. Sie haben mich zu Stillschweigen verpflichtet, daran halte ich mich. Er weiß nur vom abendlichen Besuch der beiden Nonnen. Mehr nicht.«

»Bleiben Sie dabei, darum bitte ich höflich.«

»Sie sind meine einzige Hoffnung in diesem Durcheinander, selbstverständlich halte ich mich an unsere Abmachungen.«

»Wenn ich Sie richtig verstehe, bitten Sie nun um den Schutz vor Ungerechtigkeit, den ich Ihnen in Aussicht gestellt habe.«

»Ich bitte um Rat. Was soll ich tun? Wenn der Bischof schon Polizisten schickt, dann werden meine Söhne früher oder später in ein Kinderheim gesteckt. Jetzt sind sie noch in Sicherheit, ich laufe dann anschließend noch zur Schule und melde sie für die nächsten Tage krank. Das verschafft uns etwas Zeit.«

»Der Reihe nach, Signora. Der Bischof kann keine Polizisten schicken, er kann vor Gericht Klage erheben. Die Polizei ist mit der Exekution von Gerichtsurteilen beauftragt. Bitte beruhigen Sie sich, so schnell mahlen die Amtsmühlen nicht, da ist noch lange nicht Hopfen und Malz verloren.«

»Also, was soll ich tun?«

»Bleiben Sie bei Ihrem Plan, Ihre Söhne ein paar Tage versteckt zu halten. Am besten wäre, auch Sie würden ein Weilchen untertauchen.«

»Das kann ich nicht. Ich muss in einer Stunde im Theater sein.«

»Auch gut. Bestreiten Sie den Tag, als ob nichts gewesen wäre. Und ich kann Ihnen sagen, was ich tun werde.«

Fedora hielt inne und schaute Rathkolb mit großen, hoffnungsvollen Augen an. »Was werden Sie tun?«

Rathkolb nahm eine bequeme Haltung ein und strich sich über den Kinnbart. »Nun, ich werde tun, was mir als Polizeidirektor obliegt. Ich werde Telephonate führen.«

Fedora hielt den Atem an, dann griff sie nach Rathkolbs Händen und drückte sie. »Vielen Dank, Herr Dr. Rathkolb.«

Der Direktor lächelte gewinnend. »Und jetzt gehen Sie Ihrer Wege. Verzagen Sie nicht, bleiben Sie kühlen Mutes, Signora.«

Fedora trat einen Schritt zurück. »Das werde ich.«

Ein Donnerschlag rumorte über der Stadt. Die ersten Tropfen klatschten auf die von den letzten warmen Tagen erhitzten Pflastersteine.

⚜

Schweigend saßen die drei Männer in der Kutsche. Sie schauten aneinander vorbei. Bruno hielt den Photoapparat umklammert, Luigi trug die Kommissionstasche bei sich, und Emilios Hände steckten in den Sakkotaschen. Ebenfalls im Innenraum des Fahrzeuges lagen drei Garnituren Ölzeug. Vor der Abfahrt hatte es heftig geblitzt und gedonnert, also hatten sie entsprechende Ausrüstung verladen. Der Kutscher selbst hatte sich noch vor der Abfahrt regenfest gekleidet. Und kaum war der Zweispänner losgerollt, waren die ersten schweren Tropfen gefallen.

Das Fuhrwerk erreichte den Montebello und hielt an. Ohne Worte entledigten sich die drei Polizisten ihrer Schuhe, stiegen in Gummistiefel, zogen Regenmäntel an und tauschten ihre Hüte gegen Südwester.

»Willst du den Apparat wirklich mitschleppen?«, fragte Emilio.

Bruno schaute durch das bis auf einen Spalt geschlossene Fenster der Passagierkabine. »Nein, auch die Kommissionstasche bleibt zurück. Wir sehen uns den Fundort so an.«

Damit verließen sie den Wagen und standen im strömenden Regen. Windböen peitschten das Wasser von allen

Seiten gegen die drei Inspectoren. Der Kutscher saß im Ölzeug auf dem Bock und bewegte sich genauso wenig wie die beiden Pferde.

Ein mit einem unzureichenden Mantel bekleideter, daher völlig durchnässter Polizist kam auf sie zu, den Regenschirm mit beiden Händen knapp über dem Kopf gegen den Wind haltend. Er musste gegen den rauschenden Niederschlag anschreien. »Hier entlang!«

Die vier Männer stapften im Gänsemarsch durch das Unwetter in den Wald und kamen nach einer Weile zum Fundort. Der Wachmann trat zur Seite und ließ die Inspectoren voran. Bruno, Emilio und Luigi stellten sich in gemessener Entfernung vor dem Leichnam in einer Reihe auf. Das Leintuch, mit dem der Körper umhüllt war, klebte an der Leiche, durch das vom Regen verwaschene Blut war der Stoff rötlich gefärbt. Die Person war weiblich, das konnten sie anhand der Körperformen erkennen.

Bruno schaute auf den vor ihnen recht steil ansteigen Berghang. Das Wasser strömte in kleinen Bächen hinab. Auch er musste gegen das Rauschen anschreien.

»Auf Spuren brauchen wir bei dem Regen nicht zu hoffen.«

Emilio machte eine wegwerfende Geste. »Alles fortgespült.«

Emilio schritt voran und begann, das Leintuch vom Körper zu ziehen. Bruno zuckte mit den Schultern. Seine Kollege hatte recht, es gab keinen Grund, mit der Beschau zu warten, hier konnten keine Spuren mehr gesichert werden. Emilio warf das Tuch zur Seite, die drei bückten sich über die Leiche.

Bruno verzichtete auch auf sein Notizbuch, das ohnedies innerhalb weniger Augenblicke völlig durchnässt worden wäre. Dennoch ging er seine Beobachtung systematisch durch und sagte sie laut auf. »Eine junge Frau um die zwanzig. Dunkelblondes Haar. Sie trägt Unterkleider. Anzeichen von zahlreichen Messerstichen, die gegen den Torso geführt wurden. Die Kleidung ist zerfetzt, was von den Stichen herrühren muss. Sie ist völlig blutgetränkt. Rund um die Leiche sind keine Blutlacken zu sehen, daher vermute ich trotz des Regens, dass der Fundort nicht der Tatort ist. Arme, Beine und Gesicht weisen Schnittwunden auf. Der Verwesungsprozess hat noch nicht eingesetzt, die Leiche liegt wohl erst wenige Stunden hier, und die Tötung erfolgte gewiss in den letzten vierundzwanzig Stunden. Auffällig ist, dass die Person am linken Knöchel ein goldenes Kettchen trägt. Ansonsten ist kein Schmuck am Körper vorhanden.« Bruno schaute zu seinen Kollegen hoch. »Habe ich etwas vergessen?«

»Es ist eine Kopie des Fundes vom Donnerstag letzter Woche«, sagte Luigi.

Bruno schaute seinen Adjutanten an. Dieser wirkte fern, unnahbar, seine Gesichtshaut sah fahl aus, unter den Augen lagen dunkle Ringe. Hatte Luigi schlecht geschlafen? Oder setzte ihm die zweite übel zugerichtete Frauenleiche so zu? Bruno hörte in sich hinein. In jedem Fall machte ihm der Fund erheblich zu schaffen. Fast verzweifelt versuchte er, sich gegen das Grauen zu wehren.

»Ich kenne das Mädchen«, sagte Emilio.

Seine Kollegen schauten ihn an. »Und?«

»Ihren Namen weiß ich nicht, aber sie arbeitet in der Via dei Capitelli, und zwar im Bordell La Francese – Casa internationale. Wenn ich mich recht erinnere, ist sie Ungarin.«

»Das La Francese wird doch von einem Ungarn geführt«, sagte Bruno.

»Der Mann heißt Béla Szigeti.«

»Das ist ein Anfang.« Emilio trat einen Schritt von der Leiche zurück und fixierte Bruno. »Das hast du ja großartig hingekriegt.«

Bruno runzelte die Stirn. »Wie bitte?«

Emilio zeigte auf die Leiche. »Zwei tote Huren in einer Woche. Und womit verplempert die Polizei ihre Zeit? Mit der Betrachtung von Hundedecken unter dem Mikroskop. Das ist deine Schuld.«

»Was soll dieser Vorwurf?«

»Wir sind in einem Wettlauf gegen die Zeit, und was machst du? Du betreibst Wissenschaft und Forschung, anstatt einen Mörder zu jagen. Und jetzt haben wir eine Mordserie.«

Bruno fühlte, wie er kurz davor war, die Beherrschung zu verlieren. Eine derartige Provokation hatte sich Emilio noch nie erlaubt, vor allem, da ein mit einer Vielzahl an Stichen niedergemetzeltes Mädchen vor ihren Füßen lag.

Emilio wandte sich ab. »Ich werde jetzt den Fall übernehmen. Der Drecksau lege ich eigenhändig die Schlinge um den Hals.« Damit marschierte er fort.

Bruno war sprachlos und verwirrt. Er schaute zu Luigi hinüber, dieser aber wich seinem Blick aus und starrte auf die getötete Frau.

Der Regen prasselte ohne Unterlass auf den Montebello. Es blitzte und donnerte. Was für ein beschissener Tag.

Er trug Mantel und Hut in der Hand. Die Gummistiefel hatten verhindert, dass seine Hosenbeine klatschnass waren, sodass sein Anzug bis auf ein paar feuchte Flecken recht unbeschadet durch das Gewitter gekommen war. Bruno hatte den Abtransport der Leiche angeordnet, hatte Luigi die Kutsche überlassen und war dann zu Fuß durch den Wald zur nahe gelegenen Rennbahn gegangen. Wohin Emilio verschwunden war, wusste Bruno nicht, es war ihm auch egal. Nach wie vor war er wütend auf seinen Kollegen, einerseits, weil es ein Affront war, ihm die Schuld für den zweiten Mord anzulasten, andererseits, weil Emilio zum Teil recht hatte. Der Mörder war noch nicht entdeckt und trieb sein Unwesen. Brunos Stimmung war schon mal besser gewesen.

Letzte Tropfen fielen von den Bäumen. Das Gewitter hatte die Luft gereinigt, die Schwüle war hinfort, und so wie es aussah, würde der Himmel bald aufklaren. War in ein paar Häuser in der Città Vecchia wieder Wasser eingedrungen? Wenn nicht rechtzeitig Sandsäcke vor die Türen gelegt wurden, geschah das während sehr starker Niederschläge immer wieder. Bruno näherte sich den Stallungen bei der Rennbahn und schob alle nebensächlichen Gedanken fort.

Wo war Gino Fonda? Bruno marschierte über das Areal und schaute sich um. Er entdeckte den Mann. Bruno winkte. Fonda, der eben mit einer Heugabel Pferdefutter auf einen Handkarren hob, hielt in seiner Arbeit inne und nahm den Strohhut ab.

Bruno trat auf den Magazineur zu. »Guten Tag, Signor Fonda.«

»Guten Tag, Ispettore.«

»Ist das Heu feucht geworden?«

»Ja, der Wind hat den Regen von der Seite herangepeitscht. Jetzt muss ich das nasse Heu zum Trocknen bringen.«

Bruno schaute in den Himmel. »In etwa einer Viertelstunde bricht die Sonne durch.«

»Und die Bora wird bald einsetzen.«

Bruno schaute hinter sich zur entfernten Kante des Hochplateaus empor. »Ja, ich glaube auch, dass es bald frisch wird.«

»Die Bora macht immer alles besser. Kühlt die Köpfe.«

Bruno warf sein Ölzeug zu Boden, griff nach einer herumstehenden Heugabel und inspizierte den Haufen. »Da ist es nass geworden.«

»Das muss alles auf den Wagen.«

»Wo können Sie das Heu trocknen?«

»Ich breite es einfach neben der Bahn auf. Da ist Platz genug.«

»Verstehe«, sagte Bruno nickend, legte das Sakko ebenfalls ab und half dem Magazineur. Fonda schaute ihm kurz zu, dann arbeiteten sie zu zweit. Binnen weniger Minuten war der Handwagen voll, also zogen sie ihn an der Deichsel hinüber zur Rennbahn. Auf der Sandbahn standen noch einige Pfützen, die nur langsam versickerten. Neben der Bahn war das Gras zwar feucht, dennoch breiteten sie das Heu aus.

»Man hat mir gesagt, dass Sie mit Ihrem Hund spazieren waren«, sagte Bruno.

»Es ist nicht mein Hund, er gehört einem Arbeitskollegen, der sich das Knie angeschlagen hat und ein paar Tage Schonung braucht. Da drüben, sehen Sie den gefleckten Hund? Er hat das tote Mädchen gefunden.«

»Wären Sie daran vorbeigegangen?«

»Ohne Hund wäre ich gar nicht in den Wald gegangen.«

»Zwei tote Mädchen und jedes Mal haben Sie sie gefunden …«

»Kann mir weiß Gott Besseres vorstellen.« Fonda legte die beiden Heugabeln auf den leeren Wagen und trotte wieder in Richtung Stallung.

Bruno ging neben ihm her. »Haben Sie mit den Morden etwas zu tun?«

»Mehr, als dass ich die Mädchen gefunden habe?«

»Ja.«

Fonda verzog seinen Mund und schüttelte den Kopf. »Sie stellen wirklich dumme Fragen, Ispettore. Was soll ich mit zwei solchen Mädchen zu schaffen haben?«

»Ich muss das fragen.«

»Vorige Woche habe ich nach dem Fund die ganze Nacht nicht schlafen können. Mir hat das arme Kind leidgetan. So böse zugerichtet.«

»Das kann ich verstehen.«

»Wer so etwas tut, gehört aufgeknüpft.«

»Das lassen wir lieber das Gericht und den Kaiser entscheiden.«

»Der Kaiser ist ein seniler Trottel.«

»Darüber möchte ich nicht mit Ihnen diskutieren, Signor Fonda.«

»Also, was wollen Sie von mir?«

»Können oder wollen Sie mir irgendetwas zum heutigen Fund sagen?«

»Ich habe alles gesagt.«

Bruno nickte und ging sinnierend neben Fonda. »Das glaube ich Ihnen, Signore.«

Fonda hielt vor einem Stallgebäude, ließ die Deichsel los, stemmte seine Fäuste in die Hüften und musterte Bruno. »Wie schaffen Sie es, diesen Beruf auszuüben? Ihr Polizisten müsst dort hingehen, von wo alle anderen fortlaufen.«

Bruno lächelte bitter. »Ich weiß nicht, wie man den Beruf bewältigt, ich tu es einfach. Was bleibt mir übrig?«

»Sie könnten hier im Ippodromo im Stall tätig sein. Das ist gute Arbeit.«

»Keine schlechte Idee.«

»Es gibt tausend andere Berufe.«

»Was ich mir gerne vorstelle, wenn mir der Schmutz der Stadt und die Grausamkeit der Menschen zu viel wird, ist Folgendes: Ich schmeiße in Triest alles hin, packe meinen alten Seesack, übersiedele auf eine kleine Insel in Dalmatien und schaue, dass ich einmal pro Woche ein paar Fische aus dem Meer hole und im Gemüsegarten die Beete gedeihen. Zwei oder drei Ziegen wären nicht schlecht, für Milch und Käse sowie etwas Fleisch zu Weihnachten.«

Fonda nahm einen Grashalm in den Mund und kaute darauf herum. »Was Sie suchen, Ispettore, ist das wahre Leben.«

»Meinen Sie, die Wahrheit ist ein Leben in aller Stille?«

»In jedem Fall klingt das nach einem vernünftigen Plan. Warum führen Sie ihn nicht aus?«

Beiläufig fiel Brunos Blick durch das offen stehende Tor eines Schuppens. Er kniff schlagartig die Augen zusammen. Dort befand sich ein Regal, in dem Pferdegeschirr gelagert wurde. Bruno schaute ein zweites Mal hin. Das Muster kam ihm vertraut vor. Er ließ Fonda einfach stehen, welcher ihm etwas verdutzt hinterherblickte. Er trat an das Regal heran, griff nach der zusammengelegten Decke und trug sie wieder nach draußen ans Licht. Er befühlte den Stoff und schüttelte ihn aus. Eindeutig.

»Haben Sie etwas gefunden, Ispettore?«

»Diese Decke.«

»Was ist daran besonders?«

»Eine Decke aus genau dem gleichen Stoff habe ich zuletzt eingehend untersucht.«

Fonda griff nach der Decke. »Um Himmels willen …«

Bruno fixierte Fonda scharf. »Woran denken Sie?«

Der Mann schlug sich gegen die Stirn. »Dass ich das nicht gleich gesehen habe!«

»Was gesehen?«

»Na, das Mädchen von letzter Woche war genau in einer solchen Decke eingewickelt. Jetzt, wo Sie es bemerkt haben, verstehe ich das erst.«

»Was wissen Sie über diese Decke?«

»Solche gibt es hier im Ippodromo viele.«

»Genauer bitte.«

»Die Verwaltung hat vor zwei oder drei Jahren vier Dutzend solcher Decken gekauft. Viele sind hier im Stall, aber auch bei der Tribüne und im Kassenhaus werden welche verwendet. Wahrscheinlich ist mir das mit der Decke nicht aufgefallen, weil ich sie praktisch jeden Tag sehe.«

»Sind die Decken alle aus dem gleichen Stoff und haben die gleiche Musterung?«

»Aber ja. Ich glaube, sie wurden in Böhmen hergestellt. Das weiß ich nicht mehr so genau, lässt sich aber vielleicht in der Verwaltung herausfinden.«

»Dem werde ich nachgehen.«

»War das arme Mädchen etwa hier im Ippodromo? Oder hat der Täter eine Decke mitgehen lassen?«

»Halten Sie die Enden und spannen den Stoff.«

Fonda tat, wie ihm geheißen, sie spannten die Decke an den vier Ecken, sodass eine Seite im Licht lag. Bruno musterte die Oberfläche systematisch. Dann wendeten sie die Decke und Bruno inspizierte die andere Seite. Er fand mit freiem Augen keine auffälligen Spuren.

»Sagen Sie mal, Fonda, ist hier bei den Stallungen in den letzten Wochen oder Monaten mit Holzteer gearbeitet worden?«

»Holzteer? Ja.«

»Wo?«

Fonda zeigte in eine Richtung. »In diesem Trakt der Stallung sind an der Außenseite die Bretter mit Holzteer gestrichen worden.«

»Wann war das?«

»Anfang März haben drei Männer die gesamte Rückseite der Stallung gestrichen.«

Brunos Miene war kühl und unnahbar, er legte die Decke sorgfältig zusammen und deponierte sie wieder im Regal. Danach holte er sein Sakko sowie das Ölzeug und rief Fonda aus der Ferne zu. »Vielen Dank, Signor Fonda, dass Sie gleich die Polizei verständigt haben. Besten Dank für die Kooperation. Wenn ich noch etwas von Ihnen brauche, melde ich mich bei Ihnen, und wenn Ihnen etwas einfällt, was mir helfen könnte, kommen Sie bitte in die Kanzlei oder schreiben mir eine Karte. Auf Wiedersehen.«

Fonda hob die Hand zum Gruß.

Bruno eilte los. Verdammt, die Kommissionstasche lag in der Kutsche und diese war mitsamt Luigi noch nicht hier. Der Regen hatte längst aufgehört, also könnte Luigi langsam auftauchen. Zwei oder drei Photographien des

Fundortes anzufertigen, konnte nicht ewig dauern. Würde er Lampe oder Lupe brauchen? Wahrscheinlich beides. Wo war der verflixte Bengel, wenn man ihn brauchte? Egal, den ersten Augenschein der geteerten Rückwand der Stallung würde er auch ohne Werkzeug bewerkstelligen können.

Bruno bemerkte nicht, dass ihm Gino Fonda mit kantiger Miene hinterherschaute. Auch was der alte Magazineur murmelte, hörte er nicht.

»Ein Luchs auf Beutefang. Das ist seine Wahrheit.«

Er hatte das Ende des Gewitters abgewartet, dann war er aufgebrochen. Renzullo hatte keine großen Pläne für den Tag, er würde mittags ein paar Freunde treffen und den Vormittag auf der Rennbahn verbringen. Vielleicht gelang es ihm, wieder Mercur zu striegeln. Was für ein großartiges Pferd, ein starker Rücken, vor Kraft strotzende Beine und eine dichte Mähne.

Er steckte sich eine Zigarette an und ging gemächlich auf das Gelände des Ippodromo zu. Die Wolkendecke brach auf und strahlender Sonnenschein fiel auf den Montebello. Ein auffrischender kühler Wind strich vom Karst über die Hänge hinunter zum Meer und wehte den Rauch der Fabriken und Werften hinfort.

Auf dem Vorplatz der Rennbahn rollte eben eine Kutsche der Polizei vor. Renzullo stellte sich in den Schatten eines Baumes. Er hatte zwar nichts ausgefressen, heute zumindest, dennoch hielt er lieber Abstand zu den Gesetzeshütern. Die Männer in Uniform waren launisch, zänkisch und nervtötend. Er hatte wiederholt erlebt, ohne ersichtlichen Grund von Polizisten gepiesackt zu werden.

Der Fahrer der Polizeikutsche zog die Bremse an und entledigte sich des Regenmantels. Den Südwester hatte er neben sich auf dem Kutschbock abgelegt. Die Tür des geschlossenen Fahrzeugs wurde geöffnet und ein Mann in ziviler Kleidung stieg aus. Renzullo hob die Augenbrauen. Luigi Bosovich! Wie lange hatte er seinen ehemaligen Schulkollegen nicht gesehen? Wohl mindestens ein Jahr. Renzullo schob seinen Hut nach hinten, steckte seine Hände in die Hosentaschen und schlenderte los.

Luigi unterhielt sich noch mit dem Fahrer, dann schaut er sich auf dem Platz um und entdeckte Renzullo. Dieser kam lächelnd näher und reichte seine Hand zum Gruß.

»Na, Herr Polizeidirektor, hast du heute schon einen Hühnerdieb gefangen?«

Luigi schüttelte die dargereichte Hand. »Renzullo, der einzige Hühnerdieb, den ich noch nicht gefangen habe, bist du.«

»Lange nicht gesehen. Wie geht's dir?«

Luigi verzog den Mund. »Frag mich morgen noch einmal.«

»Steckst du in Schwierigkeiten?«

»Vergiss es. Was treibst du so? Nimmst du noch Wetten entgegen?«

»Niemals, Herr Unterwachmeister, wie kommen Sie auf eine solche Idee?«

Luigi winkte ab. »Keine Sorge, Renzullo, ich verpfeife dich schon nicht beim Magistrat und verrate, dass du ohne Legitimation arbeitest. Ist heute ein Rennen?«

»Nein, trotzdem bin ich hier. Ich sehe den Pferden auch gerne beim Training zu.«

»Immer noch ein Pferdenarr.«

»Die Liebe zu Pferden geht nicht von einem Tag auf den anderen verloren. Entweder man mag diese Tiere oder man ist ein dummer Ochse.«

Über Luigis Miene huschte erstmals ein Lächeln. Er schaute sich um.

»Suchst du wen?«, fragte Renzullo.

»Ja.«

»Vielleicht kann ich dir helfen. Ich kenne auf der Rennbahn alle und jeden.«

»Ich suche meinen Vorgesetzten.«

»Sind etwa noch mehr Polizisten auf dem Areal?«

»Zumindest Inspector Zabini muss hier irgendwo sein.«

»Ich würde zuerst bei der Schnapstheke nachsehen. Dort findet man Inspectoren am häufigsten.«

Luigi warf Renzullo einen strafenden Blick zu, dieser zog entschuldigend den Kopf ein und hob die Hände. Luigi stieg auf das Trittbrett der Kutsche, beugte sich in das Innere der Kabine und griff nach einer scheinbar schweren Ledertasche. Renzullo spähte seinem Schulkameraden über die Schulter.

»Du hast da ja einen Photoapparat.«

Luigi schloss die Tür. »Ja.«

»Macht ihr von der Polizei jetzt auch Photographien?«

»Wozu sollte ich das Ding sonst herumschleppen?«

Renzullo las in der düsteren Miene seines Gegenübers. Er kannte Luigi als stillen, aber immer fröhlichen Burschen. Von Frohsinn war bei ihm heute nichts zu erkennen. »Irgendetwas ist passiert, so viel ist mir klar. In welchen Schwierigkeiten steckst du, Kumpel?«

»Renzullo, das geht dich nichts an, das ist Polizeisache.«

»Na los, Luigi, zier dich nicht. Sag mir, was los ist.«

Luigi biss sich auf die Unterlippe. »Es lässt sich ohnedies nicht verheimlichen, und du wirst es spätestens in der Abendausgabe lesen. Wir haben wieder eine Tote im Wald gefunden.«

Renzullo zuckte erschrocken zurück. »Madonna! Hier auf dem Montebello?«

»Ein gutes Stück im Wald, aber ja, hier auf dem Montebello.«

»Wieder ein Freudenmädchen?«

»Ich kann dir keine Auskunft geben, solange der Inspector die Information nicht freigegeben hat.«

»Und wieder mit Messerstichen ermordet?«

»Mensch, frag nicht.«

Renzullo bekreuzigte sich zweimal, griff nach dem kleinen Kruzifix an seiner Halskette und küsste es.

»Da ist der Inspector!«, rief Luigi und winkte seinem Vorgesetzten zu.

Renzullo sah, wie der Inspector auf seinen Adjutanten zumarschierte. Der Mann wirkte alles andere als gut gelaunt. Die Situation wurde Renzullo zu heiß. »Also, Luigi, vielleicht sehen wir uns bald wieder. Lass uns mal Billard spielen.«

Luigi nickte grüßend, während sich Renzullo aus dem Staub machte.

»Luigi, hast du die Photographien angefertigt?«, rief der Inspector aus der Ferne.

»Jawohl. Habe alles auf den Platten.«

»Sehr gut.«

»Aber das Licht war nicht ideal.«

»Solange man auf den Bildern ein wenig erkennen kann,

hat sich die Mühe gelohnt. Komm mit der Kommissionstasche. Es gibt Arbeit.«

Renzullo stellte sich wieder in den Schatten eines Baumes und sah die beiden Polizisten mit flotten Schritten davonmarschieren. Wieder ein totes Freudenmädchen? Etwa Laura? Renzullo bekam es mit der Angst zu tun. Er dachte nicht mehr an die schönen Pferde in den Stallungen, er dachte nur noch an seine geliebte Laura. Er brauchte Sicherheit und mehr Informationen, also eilte er los.

~~~

Emilio Pittoni marschierte durch die engen Gassen der Città Vecchia, überquerte die Piazza di Cavana und bog in die Via dei Capitelli. Er warf den Zigarettenstummel fort, trat vor das Haus Nummer 6 und schaute an der Fassade hoch. Sämtliche Fensterläden waren geschlossen. Die Läden dieses Hauses standen selten offen, eigentlich nur, um die Räume zu lüften. Bis mittags schliefen die meisten Bewohner und abends waren aus Gründen der Diskretion sowohl die Fensterläden geschlossen als auch sämtliche Vorhänge zugezogen. Auf drei Stockwerken befanden sich siebzehn Zimmer. Das La Francese war eines der größeren Bordelle der Stadt, bis zu vierzehn Mädchen arbeiteten hier. Hier gab es sogar ein Bad mit fließendem Wasser. Das war nicht in allen Freudenhäusern so.

Emilio griff nach der Klinke. Das Haus war versperrt. Er zog an der Klingel und wartete. Niemand öffnete, also klingelte er ohne Unterbrechung weiter. Nach einer Minute hörte er, wie das Haustor von innen aufgesperrt wurde.

Einer der Büttel des Ungarn öffnete notdürftig in Hose und Unterhemd bekleidet. Emilio verstand die grantig gemurrten ungarischen Worte nicht, aber deren Sinn war leicht nachzuvollziehen.

»Ich muss zu Szigeti. Sofort«, sagte Emilio auf Deutsch.

Der Mann machte ein verächtliches Gesicht, schaute links und rechts in die Gasse und trat zur Seite. »Erster Stock rechts.«

Emilio nahm die Treppe, klopfte an der Tür rechts neben dem Aufgang, öffnete sie, ging hinein und rief: »Guten Tag!«

Béla Szigeti erschien überrascht und nur mit Unterwäsche bekleidet im Türstock, um zu sehen, wer ihn um diese Tageszeit in seiner Wohnung störte und es noch dazu wagte, einfach einzutreten. Emilio blickte dem Mann in die Augen. Szigeti war nicht unbedingt ein hässlicher Mann, aber er hatte eine kantige Verbrechervisage, man sah ihm seine Derbheit und Gewalttätigkeit schlicht und ergreifend an.

»Sie schon wieder«, brummte Szigeti und kratzte sich demonstrativ im Schritt.

»Ja, ich.«

»Was wollen Sie?«

»Ziehen Sie sich erst etwas an.«

Ein schäbiges Grinsen legte sich auf das Gesicht des Zuhälters. »Wozu, Inspector? Ich weiß genau, dass Sie schon lange meinen Schwanz lutschen wollen.«

Bei Emilio zuckte nicht ein Gesichtsmuskel, stattdessen fixierte er den Ungarn wie eine Schlange ein Kaninchen vor dem Biss. Der Zuhälter konterte den Blick. Szigeti war kein Mann, den man mit frostigen Blicken allein einschüchtern konnte, aber man konnte sich immerhin Aufmerksamkeit verschaffen. Da Emilio kein Wort Ungarisch sprach und auch keine Lust hatte, die Sprache zu lernen, und da andererseits Szigeti kaum Italienisch konnte, unterhielten sie sich immer auf Deutsch.

»Also, was wollen Sie?«

»Ich spreche nicht mit Männern in Unterhosen.«

Szigeti verschwand vom Türstock und erschien wenig später in Hose und Hemd, welches er eben zuknöpfte. »Zufrieden, Herr Inspector?«

»Wie heißt das dunkelblonde Mädchen aus Miskolc?«

Szigeti zog die Augenbrauen hoch. »Warum fragen Sie?«

»Weil ich den Namen nicht weiß.«

»Aber warum fragen Sie gerade nach Gizella?«

»Gizella also.«

»Warum fragen Sie nach ihr?«

»Vermissen Sie das Mädchen?«

»Allerdings. Irgendwann gestern Nachmittag ist die Kanaille einfach verschwunden. Wenn sie mir wieder unter die Augen kommt, kann sie was erleben.«

»Gizella wird nichts mehr erleben.«

Szigetis Miene regte sich nicht, aber dass Wut in ihm brodelte, war für Emilio eindeutig erkennbar.

»Ist sie tot?«

»Ja.«

»Das gibt Krieg.«

»Sparen Sie sich die Drohungen.«

»Das war garantiert der Napoletano. Das Schwein steche ich ab.«

»Szigeti, halten Sie die Luft an. Da treibt ein Hurenmörder sein Unwesen.«

»Wieder so wie das Mädchen von letzter Woche?«

»Fast identisch.«

»Verdammte Scheiße.«

»Achten Sie genau darauf, dass in den nächsten Tagen keines Ihrer Mädchen unbeaufsichtigt auf die Straße geht. Am besten sollten sie das Haus nicht verlassen.«

»Da können Sie sicher sein, dass ich aufpasse. So ein Dreck.«

»Und sagen Sie das auch Ihren Kollegen. Alle Mädchen in der Stadt müssen derzeit verdammt aufpassen.«

»Wenn ich den Bastard erwische, schlitze ich ihm eigenhändig den Wanst auf und verfüttere seine Eingeweide an die Hunde.«

»Ich will jetzt das Zimmer von Gizella sehen. Und ihr Zeug. Wäsche, Gepäck, Bücher, alles.«

»Wann? Jetzt? Die Mädchen schlafen noch.«

Emilio strich sich bedächtig über das Kinn. »Bin ich hier?«

»Ja.«

»Also. Sofort.«

―⊕―

Luigi Bosovich suchte methodisch alle Ecken und Winkel der Stallung ab. Die gesamte Rückwand dieses Traktes war mit Holzteer gestrichen worden, also hatte sein Vorgesetzter hier mit der Suche begonnen und war fündig geworden. Zwei Decken, die Flecken von Holzteer aufwiesen, hatten in einer der Boxen des Gestüts Calaprice gelegen. Zum Glück war gegenwärtig kein Pferd in der betreffenden Box eingestellt, so hatte Luigi diese gründlich untersuchen können. In allen anderen Boxen standen dagegen Tiere. In diesem Trakt der Stallung lagen die Boxen der renommierten Gestüte Calaprice, Skoff und Giller. Luigi hatte mit Bewunderung so großartige Pferde wie Hector und Mercur betrachtet. Sich allerdings in die Boxen hineinzubegeben, war für ihn herausfordernd. Er hatte keine Angst vor Pferden, aber gehörigen Respekt. In einer engen Box neben einem Pferd den Boden abzusuchen, war nicht ungefährlich. Was, wenn das Ross nervös wurde und ausschlug? Die schmerzhafte Bekanntschaft mit einem Huf wollte Luigi nicht unbedingt machen. Oder wenn sich das Pferd herumwarf und ihn gegen die Wand drückte?

Wonach suchte er überhaupt? Inspector Zabini hatte ihn nur beauftragt, den Stall genau zu inspizieren. Luigi leistete also systematisch seine Arbeit, aber mit den Gedanken war er anderswo. Nämlich beim Verdachtsmoment, welches durch das gestrige Aktenstudium aufgetaucht war. Irgendjemand im k.k. Polizeiagenteninstitut könnte die Ausstellung von Papieren für zahlreiche Prostituierte veranlasst haben. Warum sollte ein Polizeiagent das tun? Es gab nur einen Grund, der Luigi nachvollziehbar schien, nämlich, um sich nebenbei etwas dazuzuverdienen. Die Möglichkeit bestand, dass Zuhälter für die einfache, schnelle und diskrete Ausfertigung von Papieren ein hübsches Sümmchen aufbieten würden. Das war natürlich illegal und würde, sollte etwas Derartiges auffliegen, zu sofortiger Entlassung aus dem Polizeidienst führen. Wer riskierte die Kündigung und Anklage? Den anderen Polizeiagenten vertraute Luigi vollständig, sie waren eine eingeschworene Gemeinschaft. Auch wenn er sich im Privatleben kaum mit seinen Kollegen traf, im Dienst konnten sie sich aufeinander verlassen. Und die Inspectoren Zabini, Pittoni und Jaunig waren für Luigi über jeden Zweifel erhaben.

Zabini hatte den wohlverdienten Ruf, den Reizen des schönen Geschlechts recht leichtfertig zu erliegen, aber Luigi wusste, dass sein Vorgesetzter niemals Bordelle besuchte. Nun, ein Mann, der abwechselnd das Bett mit Fedora Cherini und der Baronin Callenhoff teilte, brauchte gewiss nicht die Zuwendung eines Freudenmädchens. Als im Herbst letzten Jahres das ehebrecherische Verhältnis des Inspectors mit Fedora Cherini aufgeflogen war, hatte das für beträchtliche Aufregung gesorgt, der sich sowohl Zabini als auch die schöne Signora mutig gestellt hatten. So hatten sie dem Skandal recht bald den Wind aus den Segeln genommen. Umso erstaunter war Luigi dann, als sich sein Vorgesetzter mit der Baronin öffentlich gezeigt hatte. Ein derartiges Verhältnis trug ebenfalls die Saat eines Skandals in sich, die aber nicht gekeimt hatte, weil sich die Baronin mit unübertrefflicher Grazie und unantastbarer Würde gegen jede Konvention ihres Standes offen und selbstbewusst widersetzte. Insgeheim bewunderte und beneidete er Zabini. Liebhaber sowohl einer so sinnlichen Frau wie Fedora Cherini als auch einer so schönen und eleganten Dame wie der Baronin Callenhoff zu sein, musste wohl jeden Mann inspirieren. Es war Luigi daher völlig einsichtig, dass sein Vorgesetzter Bordelle nur aus dienstlichen Gründen besuchte.

Vinzenz Jaunig hingegen war aus ganz anderem Holz geschnitzt. In seiner Militärzeit war er in Triest stationiert gewesen. Der groß gewachsene Mann aus den Kärntner Bergen hatte hier die Liebe seines Lebens gefunden, war in Triest geblieben, hatte geheiratet und eine Familie gegründet. Luigi kannte Signora Jaunig, sie war eine kluge Frau und eine liebevolle Mutter für ihre vier Kinder, und sie konnte sich der ewig währenden Liebe ihres Mannes sicher sein.

Vinzenz Jaunig war durch und durch ein Familienmensch, und es galt als wahrscheinlich, dass sein ältester Sohn nach dem Ende seiner Militärzeit ebenfalls zur Polizei gehen würde. Jaunig und Zabini hatten zwar aus völlig anderen Gründen, aber doch gemeinsam, dass das Rotlichtmilieu in ihrem Leben keine Rolle spielte.

Luigi hielt in seiner Tätigkeit inne und schaute nachdenklich durch ein Fenster nach draußen. Was war diesbezüglich mit Emilio Pittoni? Luigi wusste praktisch nichts über das Privatleben des Inspectors.

Oder sollte etwa Oberinspector Gellner mit dem Handel von Aufenthaltspapieren etwas zu schaffen haben? Luigi erschrak bei dem Gedanken, verwarf ihn aber sofort. Gellner war so rechtschaffen und kaisertreu, dass illegale Machenschaften bei ihm auszuschließen waren. Außerdem war bekannt, dass sich der Oberinspector für Reichtum, Prunk und Luxus wenig interessierte, für gesellschaftliches Prestige hingegen sehr wohl. Daher war Gellner rühriges Mitglied verschiedener Vereine, von Kultur über Tourismus und Sport bis hin zur Jagd war da alles dabei.

Weitere Fragen tauchten auf: Warum hatte der Polizeidirektor die Akten ausheben lassen? Weshalb hatte er das Konvolut an ihn gegeben? Dr. Rathkolb hatte Luigi aufgefordert, nach Zusammenhängen und Hintergründen zu suchen. Hegte der Direktor selbst einen Verdacht? Sollte Luigi das Gespräch mit Rathkolb suchen oder zuerst noch gründlicher recherchieren?

Fragen über Fragen.

»Luigi! Wo bist du?«

Er tauchte aus seinen Gedanken hoch und trat aus dem Winkel der Stallung auf den Gang. »Hier bin ich.«

Die Miene des Inspectors schien aus Marmor gemeißelt zu sein, sein Blick stach, seine Haltung verriet Spannung, seine Hände waren zu Fäusten geballt.

»Wo ist die Kommissionstasche?«
»Sie steht hier an der Wand.«
»Nimm Sie mit.«
»Haben Sie etwas entdeckt, Inspector?«
»Das musst du sehen.«
»Was ist es?«
»Blutspuren, Luigi, ich habe mangelhaft weggewischte Blutspuren entdeckt.«
»Der Tatort?«
»Könnte sein. Los jetzt!«

Das Fuhrwerk hielt vor der Polizeidirektion, Bruno stieg aus und winkte einem eben auf das Gebäude zugehenden Uniformierten. »Gehen Sie uns bitte zur Hand.«

»Was liegt an, Herr Inspector?«

»Wir haben Materialien geladen, die in die Kanzlei getragen werden müssen. Für zwei Mann ist das zu viel«, sagte Bruno, nahm den ihm gereichten Photoapparat und die Kommissionstasche von Luigi entgegen und reichte die Ausrüstung an den Mann weiter. Bruno und Luigi griffen sich Holzkisten, in denen diverse Gegenstände verstaut waren. Nachdem er sich vom Kutscher verabschiedet hatte, stapfte Bruno beladen die Treppe hoch. Sie betraten die Kanzlei. Im Zimmer der Schreibkräfte standen Oberinspector Gellner, Emilio Pittoni und Vinzenz Jaunig rund um den Schreibtisch von Ivana Zupan. Auch die zweite

Schreibkraft, Regina Kandler, befand in der Runde. Mittlerweile war der Nachmittag angebrochen, Bruno und Luigi hatten die Arbeit in der Stallung des Ippodromo gründlich erledigt und dafür einige Stunden gebraucht.

»Sieh an, unsere Jäger kehren mit reicher Beute heim. Was haben Sie da für Zeug eingesammelt, Inspector Zabini?«, fragte der Oberinspector.

»Mögliche Beweismittel. Ich musste die polizeiliche Sicherstellung veranlassen. Da wartet Arbeit auf Luigi und mich.«

Der uniformierte Polizist stellte den Photoapparat und die Tasche ab, salutierte und ging ab. Bruno und Luigi hoben die Holzkisten auf einen Tisch.

»Irgendetwas haben Sie gefunden, so viel scheint sicher. Klären Sie uns auf, Inspector.«

Bruno nickte Gellner zu und ließ seinen Blick von Vinzenz zu Emilio springen. »Mit an Sicherheit grenzender Wahrscheinlichkeit haben wir den Tatort der Ermordung von Milka Savić gefunden.«

»Bravo! Das ist ein Treffer.«

Bruno legte sein Notizbuch auf den Tisch und blätterte die Seite auf, auf der er das Areal der Stallungen im Aufriss schematisch skizziert hatte. »Sehen Sie, Herr Oberinspector, hier haben wir die Stallungen, die Scheunen und ein Lagerhaus, und hier sind Mannschaftsräume. Dort gibt es drei Kammern, in denen sich auch Betten befinden. Eine eher spartanisch ausgestattete Kammer ist für die Nachtwächter reserviert. Zwei weitere sind für Gäste, wobei die hintere Kammer durchaus luxuriös eingerichtet ist. Diese ist den Jockeys vorbehalten. Manchmal ergibt es sich, dass die Sportsmänner es nicht mehr in ein Hotel schaffen, dann können sie dort Quartier beziehen. Der Verwalter verfügt über den Schlüssel zu diesem in der Regel versperrten Zimmer. Als ich den Raum durchsuchte, bin ich sehr schnell auf Blutspritzer unter dem Bett, in manchen Winkeln und an der Mauer gestoßen. Irgendjemand hat eindeutig erkennbar die offensichtlichen Blutspuren weggewischt, dabei aber entweder in großer Eile, bei schlechtem Licht oder aus einem anderen Grund mangelhaft gearbeitet. Luigi hat mehrere Photographien gemacht. Einige Gegenstände, die Blutspritzer aufwiesen, habe ich hier in den Kisten verstaut. Etwa einen Polster und einen Nachttopf, der unter dem Bett gestanden hat. Wie wir wissen, ist das Opfer durch zahlreiche Messerstiche und Schnitte verletzt worden. Ich nehme an, dass die Tat nicht geplant war, sondern in einem Akt der Raserei begangen wurde. Die Verteilung der Bluttropfen im Raum stützt diese Annahme.«

Gellner hatte Brunos Ausführung mit verkniffenen Augen gebannt gelauscht. »Wieso meinen Sie, es wären Spuren des ersten Opfers? Das zweite ist ebenfalls durch exzessiven Messereinsatz zu Tode gekommen.«

»Die Färbung und der Trocknungszustand der Blutspuren legt das nahe. Das Blut muss seit einigen Tagen an Ort und Stelle sein.«

»Wie bist du auf die Stallung gekommen?«, fragte Emilio.

Bruno konterte den Blick seines Kollegen. »Indem ich Wissenschaft und Forschung betrieben habe. Diese Decken«, sagte Bruno und zog aus einem der Transportbehälter zwei zusammengefaltete Decken heraus, »sind aus dem gleichen Material wie die Decke, in die das Mordopfer eingewickelt und im Wald abgelegt worden ist. Mehrere Dutzend davon werden auf dem Areal des Ippodromo verwendet. Die Besonderheit der blutverschmierten Decke, die ich eingehend untersucht habe, ist ein kleiner Fleck Holzteer. Die Rückwand einer Gebäudefront wurde im Frühjahr mit Holzteer gestrichen, also habe ich mir die darin befindlichen Ställe angesehen und diese zwei Decken entdeckt, die auch Flecken von Holzteer aufwiesen. Das war eine konkrete Spur, also haben Luigi und ich die Gebäude durchsucht. Als ich auf eine verschlossene Tür in den Mannschaftsräumen gestoßen bin, habe ich den Verwalter aufgefordert, die Tür zu öffnen. Den Rest habe ich schon berichtet.«

»Hervorragend, Herr Kollege«, sagte Emilio und nickte Bruno anerkennend zu. »Ich wusste, dass man sich auf dich verlassen kann. Nur manchmal brauchst du einen kleinen Ansporn.«

Bruno überlegte, ob er irgendetwas darauf erwidern sollte.

»Der Raum für die Jockeys«, übernahm Luigi das Wort, »ist laut Auskunft des Verwalters vor über einem Monat zuletzt benutzt worden. Ich habe mir das anhand der Aufzeichnungen der Verwaltung zeigen lassen. Ein Jockey aus Frankreich hat Ende April dort eine Woche verbracht, ehe der gesamte Tross des provenzalischen Gestüts mit dem Dampfer in Richtung Marseille in See gestochen ist. Seither war der Raum gemäß der Aufzeichnungen unbenutzt.«

»Wer hat einen Schlüssel zu diesem Raum?«, fragte Gellner.

»An sich nur der Verwalter, aber es ist ein einfaches Türschloss. Ich könnte es mit einem passenden Dietrich in ein paar Minuten öffnen. Und es ist möglich, dass Kopien des Schlüssels angefertigt wurden. Im Prinzip können sich alle

Personen, die sich in den Stallungen aufhalten, recht einfach Zutritt zu diesem Zimmer verschaffen.«

»Und kommt der Verwalter als Täter infrage?«, fragte Vinzenz.

»Für den Mord an Milka nicht. Sein Alibi muss noch überprüft werden, aber er gibt glaubhaft an, am fraglichen Abend zu Hause bei Frau und Kindern gewesen zu sein«, erklärte Bruno.

»Nun denn, meine Herren«, stellte Gellner fest, »wir sind noch lange nicht am Ziel, aber wir kommen immerhin voran. Inspector Pittoni hat die Identität des zweiten Opfers fest- und die persönlichen Gegenstände sichergestellt. Inspector Zabini hat einen Tatort gefunden. So weit, so gut, aber es ist Ihnen zweifelsfrei bewusst, dass da draußen noch ein Doppelmörder frei herumläuft. Das ist inakzeptabel. Der zweite Mord hat die Presse alarmiert, und wie Sie alle wissen, wird diese keinen Augenblick zögern, mit sensationslüsternen Schlagzeilen die Bevölkerung aufzuschrecken. Wir brauchen handfeste Ergebnisse.«

»Warst du im La Francese?«, fragte Bruno Emilio.

»Allerdings.«

»Sehr gut. Kennst du den Namen des Opfers?«

»Gizella Ferenczi aus Miskolc, neunzehn Jahre alt. Und ich habe Szigeti unmissverständlich klargemacht, dass sämtliche Mädchen der Stadt im Auge zu behalten sind.«

Nun nickte Bruno Emilio anerkennend zu und wandte sich wieder Gellner zu. »Eines noch, Herr Oberinspector.«

»Und zwar?«

»Ich habe gestern einen Verdächtigen in Haft genommen, einen Buchmacher namens Sebastiano Lippi. Der Verdacht hat sich mit dem heutigen Fund zerstreut.«

Gellner nickte zustimmend. »Dann veranlassen Sie umgehend die Entlassung. Frau Ivana, bitte legen Sie das entsprechende Formular parat.«

⁓⊛⁓

Natürlich wussten die Büttel des Napoletano, dass er wiederholt durch das kleine Fenster im Hinterhof in das Haus eingestiegen war, daher trachteten sie danach, es geschlossen zu halten. Sie unterschätzten aber Lauras Pfiffigkeit und den Zusammenhalt der Mädchen. Laura hatte nämlich die Idee gehabt, außen auf der Bank des Toilettenfensters einen unauffälligen weißen Stein abzulegen. Dieses Fenster war viel zu klein, als dass ein Mensch sich hätte hindurchzwängen können, aber es ging auf den Hinterhof hinaus. Wenn Renzullo also dem Chiave d'Oro einen Besuch abstatten wollte, brauchte er nur den Stein von der Fensterbank zu nehmen, sich im Hof hinter einem der Verschläge zu verstecken und zu warten. Suchte eines der Mädchen die Toilette auf und entdeckte den fehlenden Stein, wusste es, dass er wartete. Es konnte sich dann in die Kammer mit dem besagten kleinen Fenster schleichen und ihm öffnen. Das war eine sehr einfache, aber wirkungsvolle Methode, die die Büttel noch nicht kapiert hatten. Und so wie Renzullo die Männer einschätzte, würden die Hornochsen den Trick für lange Zeit nicht durchschauen. Er wartete seit etwa einer Viertelstunde in seinem Versteck. Zum Glück hatte der Regen längst aufgehört, bei derartig starkem Niederschlag wie am Morgen wäre er selbst mit einem Regenmantel bereits bis auf die Haut durchnässt.

Er träumte vor sich hin. Dann war er wieder der schneidige Freibeuter der Meere, der mit seiner Fregatte durch die Ägäis kreuzte, um dem bösen Baron und seinen Schergen hinterherzujagen. Diese dreckige Bande hatte seine Laura entführt, um sie gegen viel Geld an einen Sultan zu verhökern. Der Fürst aus dem Morgenland war ein unersättlicher Schwerenöter und sammelte Frauen für seinen Harem wie andere Münzen oder Briefmarken. Kein Seemann der Welt konnte ein Schiff so hart am Wind segeln wie Renzullo, und kein Schiff schnitt so zügig durch die Wellen wie das seine. Er holte mächtig auf. Da ließ der vor Wut auf Deck zappelnde Baron das Feuer mit den beiden Neunpfündern am Heck eröffnen. Als Antwort schickte Capitano Renzullo eine wohlgezielte Kugel aus seinem Achtzehnpfünder, die glatt den Hauptmast fällte. Er lächelte breit, das Schiff vor ihm verlor rasch an Fahrt. Laura, ich komme!

»Pst! Wo bist du?«

Renzullo schreckte hoch und lugte hinter seinem Versteck hervor. Er erkannte Sabina, Lauras beste Freundin, die am Fenster stand und ihm winkte. Er huschte auf das Fenster zu, griff nach Sabinas Hand und küsste sie. »Sabina, du Engel in Weibsgestalt, du bist lieblich wie der Frühling und du strahlst hell wie die Sonne im Sommerwind.«

Sabina kicherte leise. »Du Esel, red nicht so geschwollen. Komm rein. Aber still.«

Mit einem Satz hievte er sich auf die Fensterbank und stieg ein. Sabina schloss das Fenster. Die beiden umarmten sich, dann stellten sie sich an die Tür und lauschten.

»Laura ist im Atrium. Ich sage ihr Bescheid.«

»Tausend Dank.«

Wenig später betrat Renzullo Lauras Zimmer und versteckte sich hinter der Tür. Es dauerte noch ein Weilchen, bis Laura hereinkam. Er umarmte sie. Sie unterhielten sich mit gedämpften Stimmen.

»Geliebte, endlich sehe ich dich wieder.«

»Du hast lange auf dich warten lassen.«

»Ich konnte nicht schneller kommen. Wie geht es dir?«

»Ach, es geht so. Zuvor hat ein wankelmütiger Freier sich eine halbe Stunde nicht entscheiden können. Will er mich, Sabina oder Anna? Ich fand ihn richtig abstoßend. Er hat dann Anna genommen. Weil sie blond und blauäugig ist.«

»Hast du schon im neuen Buch gelesen?«

Ein strahlendes Lächeln erfüllte ihr hübsches Gesicht, sodass Renzullo beinahe die Knie schwach wurden.

»Ja, ich habe schon die Hälfte aller Geschichten gelesen.«

»Die Hälfte? Das ist großartig.«

»Ich freue mich so, ich kann jetzt richtig lesen und schreiben. Sieh mal, was ich getan habe«, sagte Laura, löste sich von ihm, griff in den Schrank und zog ein schlichtes Schulheft heraus.

Renzullo blätterte es auf und besah die mit ungelenker Hand eng beschrifteten ersten Seiten. »Du hast eine der Geschichten abgeschrieben?«

»Ja. Die zweite Geschichte hat mir besonders gut gefallen, deswegen habe ich sie Wort für Wort abgeschrieben.«

Renzullo drückte Laura einen Kuss auf die Wange. »Ich bin stolz auf dich, meine Liebe.«

Schlagartig änderte sich Lauras Miene. Sie schnappte sich wieder das Heft und verstaute es im Schrank, fasste

Renzullo an den Händen und zog ihn hinter dem Bett zu Boden. Sie flüsterte. »Gerüchte gehen um. Böse Gerüchte.«

»Ich weiß, was du meinst.«

»Was weißt du?«

»Sag du zuerst, welche Gerüchte im Umlauf sind.«

»Gegen Mittag hat ein Bote dem Napoletano eine Nachricht überbracht. Worum es ging, wissen wir nicht, aber der Napoletano hat uns dann strengstens verboten, nach draußen zu gehen. Er war richtig wütend und hat uns schwerwiegende Konsequenzen angedroht, wenn wir nicht gehorchen. Wir haben überhaupt nicht gewusst, was da los ist, wir dürfen ja ohnedies nicht nach draußen. Das war merkwürdig. Später ist dann durchgesickert, dass die Zuhälter der Stadt sich gegenseitig Botschaften zusenden. Wir glauben, dass wieder ein Mädchen getötet wurde. So wie diese arme Serbin aus dem Metro Cubo.«

Renzullo hörte die Verunsicherung in Lauras Stimme. »Laura, das ist kein Gerücht. Deswegen bin ich heute zu dir gekommen.«

»Deswegen?«

»Ja, hör zu. Ich bin nach dem Gewitter zum Ippodromo gegangen und habe dort einen alten Schulfreund getroffen. Er heißt Luigi. Er ist bei der Polizei, aber nicht bei den uniformierten Männern, die den Straßenverkehr regeln, er ist Polizeiagent, er gehört zu den hohen Tieren.«

»Was hat er dir gesagt?«

»Nur so viel, dass auf dem Montebello wieder eine Leiche gefunden wurde. Ich habe danach auf eigene Faust versucht, Informationen zu beschaffen, bin in den Wald gelaufen und habe mich auf die Suche begeben. Ich habe mit eigenen Augen gesehen, wie die Leute vom Bestattungsdienst einen Leichensack aus dem Wald getragen und ihn auf ihrem Wagen verstaut haben.«

»Du hast die Leiche gesehen?«

»Nicht direkt. Sie steckte im Sack. Aber bevor die Männer abgefahren sind, bin ich mit ihnen ins Gespräch gekommen und habe sie zum Plaudern gebracht. Die Männer sind bestimmt keine Waschlappen oder Hosenscheißer, die haben in ihrem Beruf wohl schon so manches gesehen, aber sie waren richtig niedergeschlagen. Sie haben mir bestätigt, dass wieder ein Mädchen oder eine junge Frau mit vielen Messerstichen massakriert wurde.«

Laura schlug die Hände vor dem Mund zusammen und starrte Renzullo erschrocken an. »Das ist schrecklich!«

»Sei mutig, Laura. Nicht verzagen. Bestimmt ist es besser, wenn du vorerst nicht das Haus verlässt. Ich bin dabei, einen Plan auszutüfteln, dich aus Triest fortzuschaffen.«

»Was willst du tun?«

»Zuerst brauche ich Geld.«

»Ich habe etwas gespart.«

»Das behältst du. Ich lasse mir etwas einfallen.«

»Sei nicht unvorsichtig.«

»Und ich werde mit meinem Freund Luigi sprechen.«

Laura zog die Augenbrauen hoch. »Mit deinem Freund von der Polizei?«

»Ja, er ist ein kluger Kopf, ich kann ihm vertrauen.«

»Unsinn, der Polizei kannst du nicht trauen. Schon gar nicht den Polizeiagenten. Das sind die wahren Verbrecher. Korrupte Bande.«

Jetzt war Renzullo überrascht. »Wieso sagst du das? Weißt du irgendetwas?«

»Ich weiß, wer mich nach Triest gebracht hat. Das war einer dieser hohen Herren.«

Renzullos Verwirrung wuchs. »Ein Polizeiagent?«

»Sogar ein Inspector.«

»Bist du dir sicher?«

»Natürlich bin ich mir sicher. Als ich aus Sizilien in den Norden kam, wurde ich in Fiume eine Woche in einen dunklen Keller gesperrt. Nachts haben mich die Gauner auf einen kleinen Dampfer verfrachtet und nach Muggia gebracht. Dort hat mich der Inspector in eine Kutsche gesetzt und mich noch vor Sonnenaufgang hier im Chiave d'Oro abgeliefert. Und während der gesamten Fahrt hat er mich angestarrt. Richtig kalt ist mir von seinen Blicken geworden. Ein widerwärtiger Mann.«

»Und woher weißt du, dass er ein Inspector war?«

»Weil er mich eine Woche danach in meiner Kammer aufgesucht hat.«

»Nicht möglich!«

»Doch. Der feine Herr war insgesamt drei Mal bei mir. Jedes Mal war mir danach zum Sterben übel. Ich war ja noch ganz unerfahren. Und ich habe gehört, wie er mit dem Napoletano gesprochen hat. Da habe ich aufgeschnappt, dass er Inspector ist. So viel zur Vertrauenswürdigkeit der feinen Polizei von Triest.«

Renzullo dachte scharf nach. Er kannte nicht alle Beamten des k.k. Polizeiagenteninstituts, aber er wusste genau, dass drei Inspectoren dort Dienst leisteten. »Beschreibe mir den Mann.«

Laura biss sich besorgt auf die Unterlippe. »Du machst doch keine Dummheiten, Fabrizio?«

»Nein, keine Sorge. Ich will nur Bescheid wissen.«

»Sein Gesicht hat etwas von einem Adler, scharfer Blick, kantige Züge. Er ist ein gutes Stück kleiner und leichter als du. Aber furchteinflößend. Er hat etwas Teuflisches an sich.«

Renzullo nickte. »Ich weiß, wen du meinst.«

»Du kennst ihn?«

»Seinen Namen weiß ich nicht, aber es gibt nur einen Inspector, auf den diese Beschreibung passt.«

Bruno betrat die Werkstatt, schloss die Tür hinter sich und öffnete das Fenster. Nach wie vor war die Luft in diesem Raum muffig. Kein Wunder, nach jahrelanger Lagerung teils sehr alter Akten hing der Modergeruch aufgrund schlechter Belüftung auch in den Wänden. Außerdem standen noch drei Aktenschränke hier herum. Sollte die Ausstattung der Werkstatt erweitert und verbessert werden, würden irgendwann auch diese geleert und entfernt werden müssen. Aber noch war Oberinspector Gellner nicht bereit, das alte Zeug vollständig fortzuschaffen. Bruno war es gewohnt, dass die Modernisierung nur in kleinen Schritten voranging.

Als der Inspector den Abtransport der Leiche angeordnet hatte, hatte er das Leintuch, in das der Körper eingewickelt war, gefaltet und in eine Transportkiste gelegt. Aus dieser Kiste entnahm er es nun wieder und breitete es auf der Werkbank aus. Der Stoff war vom Regen durchnässt. Bruno suchte die Ränder der Tuches nach irgendwelchen eingenähten Marken oder gestickten Monogrammen ab, fand aber nichts. Dann setzte er sich an das Mikroskop, zog ein Ende des Tuches auf den Objekttisch und blickte durch das Okular.

Nach nur kurzer Analyse des Gewebes machte er sich Notizen. Beim Stoff handelte es sich um Halbleinen, wie es für Bettwäsche oder Tischtücher verwendet wurde. Der Kettfaden war eindeutig aus Baumwolle, der Schussfaden aus Leinen. Er hatte derartiges Material schon einmal unter dem Mikroskop gesehen. Nachdem Bruno das Mikroskop in Betrieb genommen hatte, hatte er bis tief in die Nacht unzählige verschiedene Materialien betrachtet. Die Arbeit erschien ihm außerordentlich interessant und aufschlussreich. Einerseits hatte er sich beigebracht, das Instrument zu nutzen, andererseits hatte er die Detailansicht verschiedenster Stoffe kennengelernt. Bruno konnte sich genau erinnern, dass bei dem ersten Mikroskopieren auch ein Stoffmuster aus Halbleinen dabei war, das in der bekannten Felixdorfer Weberei und Appretur hergestellt worden war. Diese Fabrik im Süden Wiens war eine der größten Webereien des Landes, dort erzeugten mehrere hundert Webstühle Textilien, die in der gesamten Donaumonarchie verwendet wurden. Es war also gut möglich, dass das vorliegende Leintuch ebenfalls in Felixdorf erzeugt worden war. Aber jede andere Weberei kam ebenfalls in Betracht.

Bruno legte den Bleistift ab und erhob sich. Also aus der Materialanalyse des Tuches konnte er keine weiteren Erkenntnisse für den Fall gewinnen, das vorliegende Leintuch war ein Massenprodukt ohne spezielle Merkmale. Dennoch musste dieses Beweisstück verwahrt werden. Um zu verhindern, dass das feuchte Tuch von Schimmel befallen werden würde, musste es trocknen. An einen vor langer Zeit in die Wand geschlagenen, aber nicht genutzten

Mauerhaken knüpfte er eine Schnur, spannte sie quer durch den Raum und hing das andere Ende mit einer Schlaufe an ein Türscharnier. An die derart improvisierte Wäscheleine fixierte er mit Wäscheklammern das feuchte Tuch.

Er trat einen Schritt zurück und besah es. Das Blut der jungen Frau war vom starken Regen fast über die gesamte Fläche verteilt worden, aber nicht gleichmäßig, sondern in bizarren Mustern. Es wirkte wie ein abstraktes Ornament, das ein Künstler mit wässriger roter Farbe auf eine Leinwand gepinselt hatte. Bruno schauderte, das Bild wirkte ebenso lebendig und schön wie entsetzlich und grausam.

Er schaute auf seine Hände. Durch das Hantieren mit dem feuchten Stoff klebte auch an seinen Händen ein wenig Blut. Er wandte sich um, öffnete mit dem Ellbogen die Türklinke, marschierte zum Waschraum und wusch mit viel Seife die roten Spuren von seiner Haut.

Was tat er hier eigentlich? Brachten ihn derartige Untersuchungen einen Schritt weiter? Oder war die Forensik als wissenschaftliche Disziplin einfach noch nicht weit genug entwickelt, um bei der Aufklärung von Verbrechen sinnvolle Erkenntnisse zu liefern? Die Zweifel machten ihm zu schaffen.

Bruno kehrte in die Werkstatt zurück und deckte die Werkbank mit Packpapier ab, um sie später leichter reinigen zu können. Dann zog er Handschuhe über und entnahm der Kiste das nasse Unterkleid des Opfers. Luigi und er hatten der Toten trotz des strömenden Regens noch am Fundort das Kleid ausgezogen und es verstaut. Den nackten Körper hatten sie mit einer Decke für den Abtransport verhüllt. Er breitete das Kleid vor sich aus, griff zu einer Lupe und inspizierte das ebenfalls blutrot getünchte

Stück. Es roch nach Wald und Blut. Wieder waren die Stiche frontal gegen den Bauch geführt worden, der von der Klinge durchstoßene Stoff zeigte dies deutlich. Und es war eine schlanke Klinge, vielleicht die eines Stiletts oder eines Fleischermessers. Es bestand die Möglichkeit, dass beide Morde mit ein und demselben Werkzeug ausgeführt worden waren. Bruno machte eine Notiz.

Dann tastete er das Kleid von oben nach unten ab. Da war etwas Hartes. Bruno griff mit beiden Händen nach der Stelle. Eindeutig, irgendein kleiner, fester Gegenstand war in einer Stofffalte versteckt. Bruno schnappte eine langen Pinzette, schob die Falten auseinander und zog den Gegenstand hervor. Zuerst schaute er mit freiem Augen, dann mit der Lupe. Es war ein metallener Manschettenknopf mit einem gefassten schwarzen Schmuckstein.

Brunos Kreislauf kam mächtig in Schwung.

Manschettenknöpfe waren vor ein paar Jahren populär geworden. Der britische König Eduard VII. hatte noch vor seiner Thronbesteigung als Prince of Wales dieses Accessoire der Herrenmode bei der breiten Bevölkerung beliebt gemacht. Seither erzeugten die Schmuckmacher in ganz Europa Manschettenknöpfe. Stilbewusste Herren ergänzten zu speziellen Anlässen damit ihre Erscheinung.

Bruno hielt den Manschettenknopf weiterhin mit der Pinzette fest und starrte darauf, ließ sich aber langsam auf den Stuhl sinken. Gehörte dieses elegant aussehende Schmuckstück dem Mörder? Wie war es in die Stofffalte des Unterkleids gekommen? Hatte das Mordopfer dem Täter das Utensil im Abwehrkampf entrissen und in das Kleid gesteckt? Hatte Gizella Ferenczi in den letzten Momenten ihres kurzen Lebens eine Spur zum ihrem Mörder gelegt?

Bruno platzierte den Manschettenknopf auf einer Schale, griff nach dem Bleistift und fertigte eine Skizze des Schmuckstückes an.

—⊕—

In der Regel hielt er sich von der Politik fern und verzichtete gern auf ausufernde weltanschauliche Debatten im Kaffee- oder Bierhaus. In früheren Jahren waren ihm öfter ein paar lose dahingesagte Sätze entglitten, aber er hatte schnell bemerkt, dass in seinem Arbeitsumfeld Derartiges gar nicht goutiert wurde. Also hatte er meist einfach die Klappe gehalten und die anderen reden lassen. Für Emilio Pittoni stand jedoch vollkommen fest, dass in seiner Heimatstadt vieles falsch lief. Vieles? Praktisch alles. Nun gut, Triest war einer der großen Häfen des Mittelmeers, und in all diesen Städten war eine Durchmischung der Bevölkerung mit verschiedenen Nationalitäten unvermeidlich. Die Kompanien und Kontore unterhielten Handelsbeziehungen zu vielen Ländern am Meer, deshalb war es normal, dass verschiedene Völker und Sprachen aufeinandertrafen. Was ihm allerdings gar nicht gefiel, war, dass er als Italiener in seinem Heimatstaat zu einer recht kleinen Minderheit gehörte, während nur ein paar Kilometer entfernt, hinter der Grenze, das italienische Volk sich zu einem zusehends mächtigen Königreich formiert hatte.

Seine Überzeugung war klar: Triest, Istrien und alle Regionen der adriatischen Ostküste mit italienischer Bevölkerung mussten früher oder später Teil Italiens werden. Der lächerliche Kaiser in Wien hatte kein Anrecht auf diese Städte und Regionen. Rom statt Wien, das war die richtige Devise.

Die *Terra irredenta* musste befreit werden, die unerlösten Gebiete Italiens mussten dem Koloss Österreich-Ungarn entrissen werden. Emilio war sich im Klaren, dass dies nur durch einen blutigen Schnitt geschehen konnte. Aber er war sich auch im Klaren, dass die Zeit noch nicht reif dafür war, dass Italien noch nicht die nötige industrielle Kapazität und militärische Stärke erreicht hatte, um der Großmacht im Nordosten die Stirn zu bieten. Doch die Zeit arbeitete für Italien, denn die Donaumonarchie wurde zusehends von ihren zahlreichen Nationalitätenkonflikten zerrieben.

In seinen Augen war das deutlich zu sehen. Ein Vielvölkerstaat? Lächerlich. Wie sollte so etwas funktionieren? Der Nationalstaat war seiner Meinung nach die natürliche, die zukunftsweisende Ordnung. Ob Königtum oder Republik war ihm egal, es brauchte eine starke Führung, die mit straffer Hand die Geschicke lenkte. Natürlich, die Sarden unterschieden sich von den Venezianern, und die Genueser sprachen einen anderen Dialekt als die Triestiner, aber sie waren alle Italiener. Deutschland machte es richtig, wie Emilio fand, die Bayern waren anders als die Sachsen oder Preußen, dennoch gehörten sie dem deutschen Volk an. Und was leistete Deutschland? Großes! Militärisch, industriell und politisch kam in Europa niemand an den Deutschen vorbei. Diesen Status musste Italien auch erreichen, das war einfach zu verstehen.

Seine Nähe zum Irredentismus wurde in der Polizeidirektion, überhaupt im gesamten Amtswesen der Reichsunmittelbaren Stadt Triest nicht gern gesehen, denn in diesem Milieu herrschten die deutschsprachigen Kaisertreuen vor. Also hielt er seinen Mund, eckte nicht an, sondern tat seine Arbeit routiniert und abgeklärt.

Er war sich sicher, dass er gar nicht wenige italienische Freunde bei der Polizei hatte, die seine Ansichten teilten und diese hinter vorgehaltener Hand auch austauschten. Die Männer bekleideten zumeist niedrige Dienstränge, schlicht und einfach deshalb, weil die Deutschen in den höheren Rängen ihre Privilegien verteidigten. Emilio hatte sich mit diesem Zustand schon vor Langem abgefunden, denn im Umkehrschluss hieß das ja, dass, sollte die große Stunde der Heimholung ins Reich schlagen, er einer der Kommandanten im italienischen Triest sein würde.

Der Abend war bereits hereingebrochen und die emsige Betriebsamkeit der Stadt legte sich langsam. Emilio schlenderte durch die Straßen. Er zog seine Taschenuhr hervor und erreichte den vereinbarten Treffpunkt. Er hatte sich nur um zehn Minuten verspätet. Schon aus der Ferne sah er den uniformierten Mann, der scheinbar noch seinen Streifendienst verrichtete.

»Guten Abend, Aldo.«

»Guten Abend, Ispettore. Wie geht es?«

»Einigermaßen gut. Viel zu tun.«

»Der Fund auf dem Montebello. Schlimme Sache.«

»Ja, macht viel Arbeit.«

Der Mann Anfang dreißig war tüchtig und vertrauenswürdig, allerdings taugte er nicht zum Anführer, er war ein Mitläufer. Politisch stand er auf der richtigen Seite, er war ein geradezu glühender Irrendentist. Und tat trotzdem Dienst als Polizist der k.k. Polizeidirektion. Emilio stellte ein paar Fragen und hörte sich geduldig die Ausführungen an.

»Aldo, das habe ich Sie noch gar nicht gefragt. Wie lief gestern die Abholung der Knaben des ausgewanderten Seeoffiziers Carlo Cherini? Sie waren doch dabei, oder nicht?«

»Ja, ein neuer Kollege und ich haben den Auftrag ausgeführt. Aber leider wurden wir nicht fündig. Die Signora und die beiden Knaben waren weder zu Hause anzutreffen, noch konnten wir sie bei einer Kontrollrunde irgendwo in der Gegend finden. Und heute früh sind sie wegen Krankheit nicht zum Unterricht erschienen. Danach musste ich wieder in die Dienststelle und konnte mich der Sache nicht weiter widmen.«

Emilio nickte. Diese Kanaille war also mit ihrer Brut rechtzeitig abgetaucht. Emilio hatte eine vage Ahnung, wo sich die Rotzlöffel versteckten. »Das ist äußerst schade. Wann wird der zweite Versuch der Abholung durchgeführt?«

Der Mann schüttelte den Kopf. »Gar nicht, die Sache ist abgeblasen worden.«

»Das ist mir neu. Wie das?«

»So genau weiß ich das nicht, offenbar hat der Bischof seine Anzeige gegen die Signora zurückgezogen.«

Emilio spitzte beeindruckt den Mund. »Sieh einer an. Na ja, der Fall ist ohnedies eine Lappalie. So können wir die Zeitverschwendung vergessen.«

Der Wachmann nickte zustimmend. »Jawohl, Ispettore.«

Bruno sammelte seine Aufzeichnungen ein und klemmte sie unter die linke Achsel. Er hatte umfangreiche handschriftliche Notizen über die Arbeit in der Werkstatt angelegt. Auch verschiedene chemische Untersuchungen hatte er angestellt. Mehrere Stunden hatte er in der neuen Werkstatt verbracht.

Er knipste das Licht in der Kammer aus und versperrte die Tür. Das Parkett knarrte unter seinen Schritten. Die Kanzlei lag in beschaulicher Stille, Bruno schaute auf seine Armbanduhr und war überrascht. Es war knapp vor zehn Uhr. Die Abendstunden waren wie im Flug vergangen. In einem Bureau brannte noch Licht. Bruno blickte in den Raum.

»Na, Luigi, kannst du auch nicht schlafen?«

Der Angesprochene hob den sichtlich müden Blick. »Schlafen ist ein gutes Stichwort, Herr Inspector. Vielleicht sollte ich für heute Schluss machen.«

»Wie kommst du mit dem Aktenstudium voran?«

»Bis auf kleine Reste bin ich den Papierberg durchgegangen.«

»Und? Erkenntnisse?«

Luigi klappte einen Aktenumschlag zu und legte ihn auf den Stapel. »Leider keine unmittelbaren, die uns im aktuellen Fall helfen könnten. Und wie sind Sie vorangekommen?«

»Schleppend. Aber sieh dir an, was ich im Unterkleid des Opfers gefunden habe«, sagte Bruno, legte seine Papiere ab, zog eine kleine Schatulle aus seinem Sakko und klappte sie auf.

Luigi beugte sich vor. »Ein Manschettenknopf!«

»Jawohl, mein Herr, ein Manschettenknopf, der in einer Stofffalte des Unterkleids gesteckt hat.«

»Das könnte ein wichtiger Fund sein«, sagte Luigi aufgebracht.

»Es lohnt sich vielleicht doch, unsere Arbeit methodisch zu erledigen. Erst bei der genauen Untersuchung habe ich das Ding gefunden. Wenn wir das Unterkleid nach einem oberflächlichen Blick weggeschmissen oder im Archiv verschwinden hätten lassen, wäre ich nicht darauf gestoßen.«

»Konnten Sie Fingerabdrücke entdecken?«

»Danach habe ich natürlich gesucht, aber ich habe keinen Abdruck gefunden, der ein zusammenhängendes Bild ergeben hätte.«

»Ein schwarzer Schmuckstein. Ist das Onyx?«

»Könnte sein, es könnte aber auch Obsidian sein. In jedem Fall passt der Knopf sehr gut zu dunklen Anzügen.«

»Jetzt brauchen wir nur noch den Mann zu finden, dem dieser Manschettenknopf abgeht.«

»Wenn der Täter schlau ist, wird er das Gegenstück zu diesem hier einfach verschwinden lassen.«

»Die Gefahr besteht«, bestätigte Luigi.

»Hast du den Bericht der Leichenbeschau gelesen?«

»Natürlich. Was für ein Glück, dass der Arzt so schnell gearbeitet hat.«

»Na ja, ich habe denen auch mächtig Dampf gemacht.«

Luigi erhob sich, nahm den Aschenbecher, stellte sich zum offenen Fenster und entflammte eine Zigarette. »Eine rauche ich noch, dann gehe ich nach Hause.«

Bruno steckte die Schatulle wieder ein, stellte sich neben Luigi und schaute zum Himmel empor. »Klarer Himmel, lebhafter und kühler Wind. Zuerst der Regenguss und jetzt die Bora, sie reinigen Triest vom Rauch, Ruß und Staub. Die nächsten paar Tage wird das Klima angenehm sein. Ich hoffe, die gute Luft ist unserer Arbeit zuträglich.«

»Soll das wieder ein Tadel sein, weil ich die Luft mit dem Tabakqualm verpeste?«

Bruno winkte ab. »Ach, tu, was du nicht lassen kannst.«

»In einem Punkt fand ich den medizinischen Bericht undeutlich.«

»Und in welchem?«

»Der Unterleib der jungen Ungarin weist eindeutig Spuren eines Geschlechtsverkehrs auf, Samen hat sich in ihr befunden.«

»Ja, diesen Abschnitt habe ich auch sehr genau gelesen.«

»Aber der Arzt kann nicht sagen, ob die Frau missbraucht wurde. Es zeigen sich oberflächliche Zeichen von Gewaltanwendung, aber die bei einer Vergewaltigung häufig zu sehenden Spuren sind nicht klar genug vorhanden. Ich finde das schwer verständlich. Ist sie nun missbraucht worden oder nicht?«

Bruno verzog leidend den Mund. »Ich habe eine Theorie.«

Luigi hob neugierig die Augenbrauen. »Führen Sie diese bitte aus.«

»Beim ersten Opfer haben wir Samenspuren auf dem Unterkleid gefunden. Solche gab es beim zweiten Opfer nicht, dafür klare Hinweise für einen kurz vor der Tötung vollzogenen Geschlechtsakt.«

»Ja, das ist unser Kenntnisstand.«

Bruno suchte den Blickkontakt. »Was, wenn der Geschlechtsakt nicht ante mortem vollzogen wurde, sondern post mortem?«

Luigi zuckte ein wenig zurück. »Das wäre eine Erklärung.«

Bruno schaute wieder zum Fenster hinaus. »Hör zu, ich führe weiter aus. Der Täter hat die erste Tat nicht geplant, sie ist in einem Zustand äußerster Erregung geschehen. Dann war die junge Frau tot oder lag noch im Todeskampf knapp vor dem Exitus. Wie wir schon vermutet haben, erleichtert er sich händisch von seiner Erregung. Die Tötung hat sein Leben verändert, er hat perversen Gefallen daran gefunden. Also führt er eine zweite Tat aus, doch diesmal erleichtert er sich direkt im toten oder sterbenden Opfer.«

Luigi pfiff durch die Zähne. »Meine Güte, ich glaube, heute werde ich Albträume haben.«

»Ich habe seit Tagen welche.«

»Entsetzlich, was Menschen anderen Menschen antun können.«

»Er steigert die Intensität der Erfahrung. Das verheißt nichts Gutes, im Gegenteil, uns droht noch Schlimmeres.«

Luigi zerdrückte die Zigarette im Aschenbecher und schloss das Fenster. »Wohnen Sie schon in der Beletage?«, wechselte er das Thema.

Bruno ging darauf ein, um den Kopf freizubekommen. »Ja, in den letzten Tagen habe ich dort übernachtet. Das Mobiliar und der Hausrat sind allesamt noch nicht an der richtigen Stelle, es muss also noch viel ausgepackt und verschoben werden, aber immerhin brauche ich heute Abend nicht den Weg nach Cologna zurückzulegen. Bis zur Via Pietro Kandler ist es nur ein kleiner Spaziergang.«

»Ist Ihre Mutter nicht traurig, dass Sie nicht mehr bei ihr wohnen?«

»Nein, sie nimmt das sehr pragmatisch. Ich war ja ohnedies selten zu Hause und habe meine eigenen Räume gehabt. Wir haben uns auch früher oft tagelang nicht oder nur im Vorbeigehen gesehen.« Bruno schmunzelte und flüsterte geheimniskrämerisch. »Ich glaube sogar, dass sie froh ist, ihren missratenen Sohn endlich unter die Haube gebracht zu haben.«

»Wollen die Baronin und Sie heiraten?«

»Das nicht, also zumindest derzeit nicht. Wer weiß, was die Zukunft bringt. Aber immerhin bin ich kein Junggeselle mehr, und das mit achtunddreißig. Das freut meine Mutter. Und wenn sie etwas von mir braucht, wenn etwa wieder eine Wagenladung Brennholz geliefert wird oder irgendwelche Reparaturen im Haus anstehen, bin ich ja jederzeit erreichbar.«

»Möchten Sie die Baronin heiraten?«

»Nur wenn sie das auch will. Immerhin bin ich bürgerlich, es wäre also eine nicht standesgemäße Ehe.«

Jetzt schmunzelte Luigi. »Nun, dass Sie die Sitten und Gebräuche der Standeskultur hochhalten, ist ja etwas ganz Neues.«

Bruno lachte. »Ja, ich glaube, mein Ruf als anarchistischer Beamter im Dienst Seiner Majestät des Kaisers ist bekannt.«

»Wann kehren denn die Baronin, ihr Sohn und das Fräulein Grete von ihrer Reise zurück?«

»Ich erwarte ihre Rückkehr in zwei Wochen. Warum fragst du?«

»Ach, nur so.«

Bruno kniff die Augen ein bisschen zusammen. »Du hast doch vor gar nicht so langer Zeit einen Spaziergang mit Grete unternommen. Das hat mir Luise erzählt.«

Luigi tat ganz beiläufig. »Ja, das stimmt. Wir haben einen Bummel unternommen.«

Bruno witterte den Braten. Luigi interessierte sich also für das hübsche Kindermädchen Gerwins. Nun, da war er nicht der einzige junge Mann in Triest. Bruno schnappte seine Papiere. »Lass uns gehen, es ist spät und ich bin müde.«

Samstag, 6. Juni 1908

Renzullo zog seine Mütze tiefer, damit sie ihm nicht vom Kopf geweht wurde. Knapp nach Sonnenaufgang war er aus den Federn gekrochen und hatte sich auf den Weg begeben. Der Wind strich kühl und belebend durch die Gassen, das helle Licht des Frühsommers füllte den Golf von Triest. Er kannte die Adresse seines Schulkameraden, so hoffte er, Luigi beim Verlassen des Hauses zu treffen. Oder sollte er an dessen Tür klopfen? Renzullo verwarf den Gedanken. Das wäre zu offensichtlich. Nein, er würde ganz zufällig Luigis Weg kreuzen und ihn in ein unverbindliches Gespräch verwickeln.

Nach den Eröffnungen Lauras hatte Renzullo zwei weitere Mädchen befragt, wie sie nach Triest gekommen waren. Er war auf eine Mauer des Schweigens gestoßen, die Mädchen waren eindringlich davor gewarnt worden, darüber auch nur ein Wort zu verlieren. Der Napoletano duldete keinerlei Verstöße gegen seine Vorschriften, und aus reinem Selbstschutz hielten sich die Mädchen daran. Allein Laura hatte die Regel gebrochen, aber auch nur ihm, Renzullo, gegenüber. Anderen hätte sie niemals etwas davon gesagt. Kurz darauf hatte einer der Büttel ihn entdeckt und vor die Tür gesetzt, so war Renzullo grübelnd nach Hause und früh zu Bett gegangen.

Unauffällig strich er eine Viertelstunde durch die Gassen, dann erblickte er Luigi, der sich auf den Weg zur Polizeidirektion begab. Renzullo flitzte um einen Häuserblock und kreuzte den Weg des Polizeiagenten.

»Ciao, Luigi.«

»Ciao, Renzullo.«

»Was für ein Zufall. Da sehen wir uns ein paar Jahre nicht und jetzt so knapp hintereinander.«

»Allerdings, das ist erstaunlich. Was treibst du so früh auf den Beinen?«

»Vielerlei, habe jede Menge zu tun. Heute muss ich meine Eltern besuchen. Habe ich ewig vor mir hergeschoben. Bist du etwa auf dem Weg zur Arbeit? An einem Samstag?«

»Wir von der Polizei arbeiten immer.«

»Das ist ungesund, mein Freund! Man muss auch mal Pause machen, mal einen Tag verschlafen, baden oder sich vergnügen. Immer nur zu arbeiten ist schädlich.«

Luigi schmunzelte. »Weswegen du etwa gar nicht arbeitest.«

»Das ist empörend! Natürlich arbeite ich, aber auf meine Art.«

Luigi schaute Renzullo von der Seite an. »Irgendetwas willst du, das ist mir klar.«

»Was soll ich von dir wollen?«

»Du hast mir doch aufgelauert. Also willst du etwas.«

Renzullo zuckte mit den Achseln. »Verdammt, dir kann man auch nichts verheimlichen. Na ja, deswegen bist du ja Polizeiagent geworden.«

»Also, was willst du wissen?«

»Ich habe gehört, dass du befördert wurdest und jetzt der Adjutant eines Inspectors bist.«

»Die Beförderung ist schon ein paar Monate her. Und ja, ich bin Adjutant eines Inspectors.«

»Und was tut man da? Kaffee und Bier holen? Die Zeitung vorlesen?«

Luigi lachte. »Du bist ein Spaßvogel, Renzullo. Der Inspector kann selbst lesen, und fürs Bierholen sind die Amtsdiener verantwortlich.«

»Du löst also gemeinsam mit dem Inspector Kriminalfälle.«

»Genau das mache ich.«

»Und wie ist er so, dein Inspector?«

»Inspector Zabini ist ein großer Meister seines Faches, ich lerne viel von ihm.«

»Hört, hört.«

»Und weißt du, warum er ein Meister ist?«

»Sag schon.«

»Er zweifelt beständig seine Untersuchungen an und ist stets bestrebt, den Dingen auf den Grund zu gehen.«

»Zabini ist also dein Vorgesetzter. Wusste ich nicht.«

»Das ist kein Geheimnis.«

»Zabini ist doch derjenige, von dem in der Zeitung geschrieben wurde. Der Ehebrecher und Schwerenöter.«

»Genau der.«

Renzullo lachte. »Kann mir vorstellen, dass es viel lustiger ist, mit einem solchen Mann zu arbeiten als mit einem staubtrockenen Paragraphenreiter.«

»Mir wird nicht langweilig.«

»Wie heißt denn der andere Inspector? Der untersetzte, schlanke Mann mit dem stechenden Blick.«

»Du meinst Inspector Pittoni.«

»Genau, Pittoni, jetzt, wo du es sagst, weiß ich es wieder. Den habe ich einmal aus seinem Wohnhaus kommen sehen. Das war in der … Verflixt, jetzt fällt mir die Straße nicht ein.«

Luigi Bosovich hielt abrupt inne und packte Renzullo am Oberarm. »Versuchst du tatsächlich, mir die Wohnadresse von Pittoni zu entlocken?«

Renzullo war es denkbar unangenehm, ertappt worden zu sein. »Was? Nein! Ich wollte nur ein wenig plaudern.«

»Du bist ein miserabler Lügner, Renzullo. Was führst du im Schilde? Und warum erkundigst du dich nach den Inspectoren?«, fragte Luigi mit strenger Miene und löste seinen Griff.

Renzullo trat zwei Schritte zurück und präsentierte seine Hände. »Entschuldigung, das ist ein Missverständnis. Ich wollte dich nicht stören. Hat mich gefreut, dich getroffen zu haben. Lass uns mal ein Bier trinken. Ich hab es eilig.«

Damit überquerte er die Straße und ging in die entgegengesetzte Richtung fort.

Schon in der Schule war offenkundig geworden, dass Luigi Bosovich ein bisschen schneller dachte als viele andere. Die Adresse hatte Renzullo also nicht herausbekommen, aber immerhin den Namen. Inspector Pittoni also. Das Weitere würde sich fügen.

—⚜—

Koloman Vanek stand am Tresen eines Caffè in Bahnhofsnähe, nippte an seinem Nero und las die Morgenausgabe des Piccolo. Er war kein sehr leutseliger Mensch, der sich in einem Kaffeehaus gleich mit jedem unterhielt. Auch weil er einer Arbeit nachging, die im Verborgenen lag, pflegte er nur wenige ausgesuchte Kontakte. Damit war Vanek vollkommen zufrieden, er suchte selten persönliche Gesellschaft. Der Nachteil war aber, dass er so recht wenig

Sprachpraxis bekam, und einen Italienischkurs in einer Sprachschule hatte er nicht besucht. Als der Hauptmann vom Reichskriegsminister persönlich nach Triest abkommandiert worden war und dieser seinen Adjutanten mit an die Adria genommen hatte, hatte Vaneks Wortschatz aus einer Handvoll Wörter bestanden. Seine Methode, sich der Sprache zu bemächtigen, bestand darin, den Leuten genau zuzuhören und gründlich die Zeitung zu lesen. Und gerade beim Lesen der italienischen Zeitungen hatte er ausgesprochen schnell Fortschritte erzielt.

Vanek fühlte Spannung im Nacken, die einerseits vom Gewichtheben am Vortag kam, andererseits von dem Artikel herrührte, den er las. Die Zeitung brachte auf der Titelseite und in fetten Lettern die Schlagzeile vom neuerlichen Fund einer getöteten jungen Frau. Er hatte schon gestern davon erfahren, und auch in der Abendausgabe hatte die Schlagzeile mit sehr kurzer Meldung davon berichtet, jetzt aber wurden die ersten Hintergründen beschrieben. Eine junge Ungarin, die im La Francese gearbeitet hatte, war das bemitleidenswerte Opfer.

War die Polizei ratlos? Versagte Zabini? Sollte er sich stärker in die Sache einschalten? Bis jetzt hatte Vanek diskret aus der Ferne beobachtet, aber so ging das nicht weiter. Ein Hurenmörder trieb sein Unwesen. Nach etwas mehr als einer Woche bereits das zweite Opfer. Vanek bemerkte, wie sich in seinem Magen etwas zusammenballte. Er wusste sehr genau, was es war. Nämlich Wut.

Gut, dass er Concetta Musso rechtzeitig in Sicherheit gebracht hatte. Nicht auszudenken, wenn sie ermordet worden wäre.

Er leerte die kleine Tasse, nickte dem Kaffeesieder zu

und legte eine Münze auf den Tresen. Die Zeitung klemmte er unter die Achsel und verließ das Kaffeehaus. Routiniert schaute er sich auf der Straße um und schlug den Weg in Richtung Piazza Grande ein. Er musste sich mit dem Hauptmann besprechen. Unbedingt. Und sofort.

Kühler Wind blies vom Hochplateau hinab zum Meer. Vanek hielt beim Überqueren der Fahrbahn seine Melone fest.

―•―

Bruno betrat das Haus an der Piazza del Perugino und stieg die Treppe in den ersten Stock hoch. Drei Wohnungstüren lagen am Gang, eine davon zweiflügelig, mit kunstvollem Schmiedeeisen vor dem Glas und frisch gestrichenem Holz. Er betätigte den Türklopfer. Ein Zimmermädchen öffnete die Tür und machte einen Knicks.

»Guten Morgen, Signor. Sie wünschen bitte?«

Bruno zeigte seine Kokarde. »Mein Name ist Inspector Zabini. Ist Signor Morterra zu Hause?«

»Ja, der Padrone ist anwesend.«

»Bitte teilen Sie ihm mit, dass ich ihn in einer polizeilichen Angelegenheit zu sprechen wünsche.«

»Sehr wohl, Ispettore.«

Das Zimmermädchen ließ Bruno eintreten. Dieser zog den Hut und wartete im Vorzimmer. Wenig später erschien ein Mann Mitte vierzig und ging direkt auf Bruno zu.

»Guten Morgen, Herr Inspector«, grüßte der Hausherr auf Deutsch und reichte seine Hand zum Gruß.

»Guten Morgen, Signor Morterra. Wir können auch auf Italienisch reden.«

»Einerlei, ich habe Übung in Deutsch. Sie wollen mich sprechen?«

»Ja. Ich hoffe, ich habe Sie nicht beim Frühstück gestört«, sagte Bruno und blickte ihm über die Schulter zur Tür in den Salon. Dort erschien die Dame des Hauses. »Guten Morgen, Signora.«

»Darf ich vorstellen, Herr Inspector, das ist meine Frau Amalia. Wir haben das Frühstück schon beendet und wollten zum Einkauf aufbrechen.«

Die Frau trat näher, und Bruno leistete den Handkuss.

»Sie sind Polizist, Signore?«, fragte die Dame beunruhigt.

»Allerdings, und ich bin gekommen, um Ihren Gemahl um eine Unterredung zu bitten.«

»Es geht bestimmt um diese schrecklichen Vorfälle auf dem Montebello«, mutmaßte Morterra.

»Exakt. Wo können wir sprechen?«

»Amalia, ich geleite den Herrn Inspector in die Bibliothek. Folgen Sie mir bitte.«

Der Mann führte Bruno in eine kleine, aber geschmackvoll eingerichtete Bibliothek, in der neben den Bücherregalen zwei Fauteuils und ein Tischchen stand. Morterra wies Bruno einen der Sessel zu. »Nehmen Sie bitte Platz. Darf ich Ihnen etwas offerieren? Kaffee? Wasser? Limonade?«

»Das ist sehr freundlich, Signor Morterra, aber bitte keine Getränke, es pressiert.«

Morterra nickte und schaute Bruno gespannt an. »Ich stehe Ihren Fragen zur Verfügung.«

»Vielen Dank. Sind Sie der Verwalter des Gestüts Calaprice?«

»Das ist mein Beruf, jawohl.«

»Wie lange üben Sie diesen Beruf schon aus?«

»Gleich nach dem Gymnasium habe ich eine Anstellung im Bereich Tierhaltung bekommen, aber bei Signor Calaprice bin ich seit zehn Jahren beschäftigt.«

»War Ihr Dienstort immer die Rennbahn in Triest? Meines Wissens hat das Gestüt mehrere Güter.«

»Es sind insgesamt drei Güter, deren Inhaber Signor Calaprice ist. Das größte, das Stammhaus, liegt in der Nähe von Udine jenseits der Grenze, aber da der Patron den Großteil seiner geschäftlichen Tätigkeit hier in den österreichischen Küstenlanden betreibt, konnte er auch zwei kleinere Güter diesseits der Grenze erwerben. Eines befindet sich bei Cormòns, das andere bei Adelsberg. Aber die Administration der Kompanie liegt, seit ich ihr vorstehe, hier in Triest. Das ist für mich sehr komfortabel. Von hier aus ist es ein Spaziergang zum Ippodromo, weswegen ich auch diese Beletage bezogen habe.«

»Wie viele Personen arbeiten in Ihrer Kanzlei?«

»Sieben. Die Mehrzahl der Bediensteten sind auf den Gütern tätig.«

»Ist es richtig, dass die Rennpferde des Gestüts Calaprice nur ein Nebenerwerb Ihres Dienstherrn sind?«

»Man kann es nicht Nebenerwerb nennen, dafür ist die Zucht von Rennpferden zu erfolgreich. Und auch ganz entschieden werbewirksam. Aber Sie haben recht, das primäre Geschäft des Patrons ist die Zucht und der Verkauf von Pferden für allgemeine und militärische Zwecke. Vor allem das Gut in Cormòns liefert fast ausschließlich Tiere an die Garnison des Infanterieregiments Nr. 26.«

»Hält sich Signor Calaprice derzeit in Triest auf?«

»Nein, nach dem Derby und einer bittern Niederlage

beim Hauptrennen ist der Patron abgereist, er hält sich aus geschäftlichen Gründen derzeit in Verona auf.«

»Eine bittere Niederlage?«, hakte Bruno nach.

»Waren Sie nicht bei den Rennen?«

»Leider nein. Mein Beruf verhindert häufig die Teilnahme an sportlichen Großereignissen.«

»Hector, unser bestes Pferd, das schon vier große Titel gewonnen hat, wurde von einem jungen, bislang völlig unbekannten Pferd aus dem Gestüt Giller auf spektakuläre Art und Weise auf den zweiten Platz verwiesen. Viele Besucher haben Wetten verloren, nur die Buchmacher haben groß abkassiert.«

Bruno nickte. »Stimmt, ich habe einen Artikel über das Rennen überflogen. Ich möchte jetzt auf die Stallung beim Ippodromo kommen.«

»Was wollen Sie wissen?«

»Sie haben das Gestüt Giller genannt. Sie teilen sich ein Gebäude mit diesem Gestüt?«

»Korrekt. Signor Calaprice, Herr Skoff und Herr Giller sind auf der Rennbahn und im Tierhandel Konkurrenten, die hohen Herren pflegen allerdings persönlich gute Kontakte. Der gemeinsame Stall dieser drei Kompanien besteht seit Jahren, wodurch man mit Fug und Recht behaupten kann, dass die besten Rennpferde Triests unter einem Dach vereint sind.«

»Ich habe in diesem Stall Wolldecken gefunden, die alle aus dem gleichen Material hergestellt sind.«

»Mir wurde zugetragen, dass die Polizei diverse Dinge beschlagnahmt hat.«

»Es ist keine Beschlagnahme, wir haben zum Zwecke vertiefter Untersuchung mehrere Gegenstände vorübergehend an uns genommen. Nach Abschluss der Untersuchung und sofern die Gegenstände keinen ursächlichen Bezug zu den Kriminalfällen aufweisen, werden diese an die Besitzer retourniert. Wem gehören die Decken?«

»Eigentlich der Verwaltung des Ippodromo. Den Gestüten werden viele verschiedene Materialien von der Verwaltung zur Verfügung gestellt. Die Gestüte bezahlen immerhin eine beträchtliche Miete. Die besagten Decken gehören also zur Ausstattung des Stalls, und sie werden von unseren Angestellten nach Bedarf verwendet.«

»Haben Sie im Stall Probleme mit Flöhen?«

Morterra wiegte den Kopf. »Gelegentlich kommen Ungeziefer vor, aber gerade in unserem Stall stehen ausgesprochen wertvolle Tiere. Unsere Mitarbeiter achten strikt auf beste hygienische Zustände, und sollte es zu einem Befall kommen, wirken die tüchtigen Männer entschieden dagegen.«

»Wann gab es den letzten größeren Flohbefall?«

»Lassen Sie mich nachdenken. Nun, das war im Frühjahr. Ich glaube, es war im Februar oder März. Wissen Sie, wie die Flöhe in den Stall gekommen sind?«

»Erläutern Sie bitte.«

»Einer der Magazineure besitzt einen Hund, ein sehr liebenswertes Tier. Auch neu eingestellte Pferde gewöhnen sich schnell an dessen Anwesenheit. Aber im Frühjahr hat der Hund eine ganze Kolonie an Flöhen eingeschleppt. Wir brauchten fast zwei Wochen, bis wir der Plage Herr geworden sind.«

»Ist in dieser Zeit auch die Rückseite des Stalls mit Holzteer gestrichen worden?«

»Ja, das muss wohl um diese Zeit gewesen sein.«

Bruno nickte unmerklich. »In den Mannschaftsräumen befinden sich drei Kammern, die mit Betten ausgestattet sind.«

»Das ist korrekt. Ich selbst habe gestern gesehen, dass einer dieser Räume von der Polizei behördlich versiegelt wurde.«

»Ich habe die Versiegelung angeordnet.«

»Von der Belegschaft weiß niemand genau, warum Sie das getan haben, aber es kursieren wilde Gerüchte.«

»Welche Gerüchte?«

»Etwa jenes, dass in diesem Raum ein Verbrechen geschehen sein könnte. Ein Gedanke, der bei einer polizeilichen Versiegelung nicht fernliegt.«

»Signor Morterra, ich bitte Sie zu verstehen, dass die Polizei bis zur Klärung des Falles keine Auskunft über Untersuchungsergebnisse erteilen kann.«

»Natürlich, das verstehe ich.«

»Wer hat einen Schlüssel zu dieser Kammer?«

»Die Verwaltung hat natürlich sämtliche Schlüssel.«

»Der Verwalter hat ausgesagt, dass er den einzigen Schlüssel zu dieser Kammer hat.«

Guido Morterra schmunzelte. »Hat er das wirklich gesagt?«

»Gibt es denn weitere Schlüssel?«

Der Mann räusperte sich, erhob sich, schloss die Tür der Bibliothek und setzte sich wieder. »Ich bitte um Diskretion, Herr Inspector. Dieser Raum steht gemäß Widmung Jockeys, die in Triest zu Gast sind, zur Verfügung. Rund um die großen Derbys ist die Kammer meist besetzt, aber sonst steht sie leer. Haben Sie den Raum von innen gesehen?«

»Das habe ich.«

»Dann wird Ihnen aufgefallen sein, dass der Raum komfortabel eingerichtet ist. Mir wurde zugetragen, dass manche Herren sich dort gelegentlich mit Damen treffen. Wenn Sie verstehen, was ich meine.«

»Also gibt es mehrere Schlüssel?«

Morterra winkte ab. »Wohl ein Dutzend. Das weiß auch der Verwalter, aber das verschweigt er lieber, weil die Kammer laut Bestimmung nur Jockeys zur Verfügung stehen soll.«

Bruno dachte nach. »Gibt es eine Person, die die außertourliche Belegung der Kammer koordiniert?«

»Ich glaube nicht. Wenn sie frei ist, wird sie benutzt, wenn sie belegt ist, muss man warten oder anderntags wiederkommen.«

Bruno kniff die Augen zusammen. »Besitzen Sie einen Schlüssel zu dieser Kammer?«

Morterra richtete mit einem eigentümlichen Lächeln seine Krawatte und schaute zur Tür. »Deshalb meine Bitte um Diskretion.«

Bruno nahm zur Kenntnis, dass dieser Mann stolz darauf zu sein schien, sich außerehelichen Vergnügungen hinzugeben. War es Geltungsdrang? »Wann haben Sie die Kammer zuletzt frequentiert?«

»Das war knapp nach Silvester. Danach hat sich nach einigen wenigen Begebenheiten die, wie soll ich sagen … die Liaison wieder verflüchtigt. Ich bin Ihnen gegenüber offen und ehrlich, appelliere aber gleichzeitig an Ihre Verschwiegenheit als Ehrenmann, Herr Inspector«, sagte Morterra süffisant.

Bruno nickte. »Signor Morterra, sollte diese Sache in keiner Weise mit der Verübung eines Verbrechens in Relation stehen, verliere ich nicht ein Sterbenswörtchen darüber.

Das ist Ihre Privatangelegenheit, und Sie können auf meine Verschwiegenheit vertrauen. Eine Frage habe ich noch.«

»Ja bitte?«

»Besitzen Sie Manschettenknöpfe?«

Morterra war ein bisschen überrascht. »Ja, ich besitze ein Paar.«

»Zu welchen Anlässen legen Sie diese an?«

»Nur zu feierlichen. Die meisten meiner Hemden haben, wie Sie an diesem sehen, ganz normal angenähte Knöpfe, aber ich besitze ein Hemd mit gestärkten Ärmelmanschetten, bei denen ich dann die Knöpfe einsetze.«

»Wie sehen Ihre Manschettenknöpfe aus?«

»Sie sind aus Silber mit Gravur.«

Bruno fasste in seine Sakkotasche, entnahm die kleine Schatulle und klappte sie auf. »Haben Sie diesen Manschettenknopf schon einmal gesehen?«

Morterra beugte sich vor. »Oh, das ist aber ein elegantes Exemplar. Leider habe ich es nie zuvor gesehen«, sagte er und wiegte dann den Kopf. »Bei Leopoldo Haas habe ich einmal Manschettenknöpfe dieser Art bemerkt, also welche mit eingefassten Steinen. Ich kann mich an ein Paar erinnern, bei dem zwei geschliffene Smaragde verwendet wurden. Herr Inspector, ich sage es Ihnen, diese Knöpfe waren unbeschreiblich schön und ebenso teuer.«

»Sie meinen den Juwelier Leopoldo Haas in der Via San Nicolò?«

»Ebenjenen.«

Bruno klappte die Schatulle wieder zu und steckte sie ein. »Signor Morterra, ich bedanke ich mich für die Kooperation und Auskunft.« Bruno erhob sich. »Doch jetzt verlangen es meine Belange, wieder aufzubrechen.«

Guido Morterra erhob sich ebenfalls. »Ich geleite Sie zur Tür.«

⁂

Fedora sperrte auf, ließ ihre beiden Söhne eintreten und zog dann die Tür hinter sich zu. Um neun Uhr vormittags hatte ein Bote an ihrer Tür geklopft und einen Brief abgeliefert. Sie war erstaunt gewesen, einen Eilbrief zu erhalten, also hatte sie neugierig das Couvert geöffnet und die mit makelloser Handschrift verfassten knappen Zeilen gelesen. Nach einem klärenden Telephonat mit dem Sekretär des Bischofs habe Seine Exzellenz die Anzeige gegen sie zurückgezogen, es bestehe also kein Anlass mehr, die Polizei zur Abholung ihrer Söhne auszusenden. Unterzeichnet war der Brief mit einem knappen »R«. Ein Stein war ihr vom Herzen gefallen, also war sie zu Sergio gelaufen und hatte die gute Nachricht überbracht. Nach einem von Sergio servierten üppigen Frühstück waren Fedora, Ludovico und Rudolfo aufgebrochen, hatten auf dem Markt eingekauft und waren in ihre Wohnung gegangen. Ludovico stellte den Korb mit dem Einkauf ab.

»Habt ihr schon Hunger?«, fragte Fedora.

»Ich nicht.«

»Ich auch noch nicht. Die Spiegeleier machen satt.«

»Gut, dann koche ich erst in einer Stunde. Am Nachmittag backe ich Strudel di mele.«

»Das ist großartig. Ich kann fünf Tonnen Strudel di mele essen«, behauptete Rudolfo.

»Und zu Mittag gibt es Polenta.«

»Schon wieder?«

»Das ist am einfachsten.«

»Na gut, dann halt Polenta.«

»Wie hat euch der Aufenthalt bei Signor Montanari gefallen.«

»Sehr gut«, sagte Ludovico. »Signor Montanari ist so lustig. Und er kann ganz wunderbar Faxen machen.«

Die beiden Buben lachten und zählen ein paar der Verrücktheiten auf, die der nunmehrige Partner ihrer Mutter mit ihnen angestellt hatte. Zwei Nächte hatten die Buben bei Sergio verbracht. In der ersten Nacht war Fedora bei ihnen in Sergios Wohnung geblieben, während dieser abends auf der Bühne gestanden hatte und erst nach Mitternacht nach Hause gekommen war, in der zweiten Nacht war Sergio bei den Buben gewesen, da er spielfrei gehabt hatte, aber Fedora bei einem Musikabend hinter der Bühne beschäftigt gewesen war. Sie war nach der Arbeit in ihre Wohnung gegangen und todmüde ins Bett gefallen.

»Habt ihr wieder Préférence gespielt?«, fragte Fedora, die es nicht gern sah, wenn ihre Söhne Karten spielten.

»Signor Montanari hat gesagt, wir sollen dir schöne Grüße von ihm ausrichten und dir mitteilen, dass Préférence ein sehr amüsantes Spiel ist und wir durch eine lustige Kartenpartie nicht automatisch zu spielsüchtigen Hasardeuren und Halsabschneidern werden.«

Fedora zog die Lippen breit. »Das hätte ich mir ja denken können, ihr habt also gespielt. Ich muss ein ernstes Wort mit Sergio reden.«

»Er hat uns wieder auf seiner Gitarre spielen lassen und uns neue Griffe beigebracht«, sagte Rudolfo.

»Mama, glaubst du, dass wir uns eine Gitarre leisten können?«, fragte Ludovico vorsichtig.

»Nur wenn wir eisern sparen. Willst du wirklich Gitarre spielen?«

»Ja. Signor Montanari sagt, wir haben Talent.«

»Der Schurke setzt euch Flöhe ins Ohr.«

»Wir könnten die Baronin fragen, ob sie uns eine kauft. Sie ist ja so reich«, schlug Rudolfo vor.

»Unterstehe dich ja, die Baronin zu belästigen!«, rief Fedora. »Wenn ihr eine Gitarre wollt, dann kaufe ich euch eine. Es wird doch in Triest irgendwo ein gebrauchtes Instrument zu finden sein, das halbwegs gut klingt und für eure Übungen ausreicht.«

»Du bist also einverstanden, dass wir Gitarre lernen?«, fragte Ludovico erfreut.

»Ja, aber nur unter einer Bedingung.«

»Unter welcher?«

»Ihr singt und spielt in dieser Wohnung nicht die zotigen Matrosenlieder, die Signor Montanari euch unter Garantie beibringen wird.«

Ludovico zuckte mit den Achseln. »Also gut, einverstanden.«

»Und jetzt geht in euer Zimmer. Ich habe noch an der Nähmaschine zu tun.«

Wenig später saß Fedora an ihrer Singer und erledigte ein paar Änderungen an einem Kostüm. Sie war überaus erleichtert, dass die Gefahr vorbei war. Sie hätte es nicht ertragen, wenn man ihr die Buben auch nur für ein paar Tage weggenommen hätte. Was für ein Segen, dass sich Dr. Rathkolb für sie und die zwei Rotzlöffel eingesetzt hatte. Sie musste ihm Dank aussprechen. Hoffentlich würde sich dafür eine passende Gelegenheit finden.

Natürlich war das nur ein einziger abgewehrter Angriff.

Es konnte jederzeit ein weiterer erfolgen. Und Emilio Pittoni schien keinerlei Skrupel zu haben, sie an ihrer verwundbarsten Stelle zu attackieren. Jeden Angriff auf sie selbst würde sie kontern können, aber wie sollte sie Ludovico und Rudolfo vor einem verschlagenen und boshaften Übeltäter schützen?

Sollte sie Bruno von ihrer misslichen Lage berichten? Fedora erwog den Gedanken. Sie wusste, dass Bruno sich nach Kräften mühen würde, ihr und ihren Söhne zu helfen, sie wusste aber auch, dass sie ihn hier außen vor lassen musste. Erstens, weil Dr. Rathkolb das so verlangt hatte, zweitens, weil Bruno sich nun um Luise und ihren Sohn Gerwin kümmern musste, und drittens, weil Bruno zuletzt wieder sehr angespannt gewirkt hatte. Letzteres war kein Wunder, Fedora hatte die Schlagzeilen der Zeitungen am Kiosk gelesen. Ein zweites Todesopfer auf dem Montebello. Entsetzlich. Wer tat so etwas? Und Bruno war der leitende Beamte der Untersuchung, das wusste sie, da stand er natürlich unter großem Druck. Sie wollte mit ihren Problemen nicht für noch mehr Kummer sorgen.

Fedora hatte die Vorarbeiten abgeschlossen, sodass sie nun mit der Singer die Naht setzen konnte. Sie breitete den Stoff auf der Stichplatte aus, legte den Hebel für den Nähfuß um und stieg kräftig aufs Pedal.

※

Renzullo überquerte die Piazza della Borsa, passierte den Palazzo del Tergesteo und kam schließlich zum Caffè degli Specchi. Natürlich verkehrte Sebastiano Lippi nur in den ersten Kaffeehäusern und Restaurants, und wenn in öffentlichen Etablissements Spiegel vorhanden waren, war es auch kein Nachteil. So konnte der Mann jederzeit seine blendende Erscheinung und seine vorzügliche Bekleidung bewundern.

Renzullo biss die Zähne zusammen. Sollte er das wirklich tun? Gab es keine andere Möglichkeit? Einen Versuch war es wert. Also los, frisch gewagt!

Renzullo trat in das vornehme Kaffeehaus, zog seine Mütze vom Kopf und ignorierte die skeptischen Blicke des Kellners, der wahrscheinlich noch überlegte, ob er dem nicht standesgemäß gekleideten Passanten gleich die Tür weisen sollte.

Da war Sebastiano Lippi. Und er war zum Glück nicht im Kreise seiner Freunde, sondern saß in der Zeitung lesend allein bei Tisch. Das war die Gelegenheit. Renzullo ging auf den Buchmacher zu, der aus den Augenwinkeln bemerkte, dass sich jemand näherte. Lippi starrte Renzullo teils amüsiert, teils pikiert an.

»Ciao, Sebastiano.«

Lippi legte die Zeitung nicht ab und musterte Renzullo von Kopf bis Fuß. »In diesem Ambiente sieht deine bemitleidenswerte Garderobe noch viel derangierter aus als auf der Rennbahn.«

»Ich bitte um eine Unterredung.«

Lippi zog eine Augenbraue hoch. »Du bittest um eine Unterredung? Das ist frappierend.«

»Ich bitte *höflich* darum.«

Lippi überlegte einen Augenblick, dann faltete er die Zeitung zusammen und legte sie ab. »Nun, wenn du mich *höflich* bittest, dann will ich es auch nicht an Höflichkeit mangeln lassen. Bitte, setz dich.«

Renzullo rückte einen Stuhl. Da kein Kellner in der Nähe war, musste er auch nichts bestellen. Was er ohnedies nicht vorhatte. So lange wollte er gar nicht bleiben. Außerdem war fraglich, ob ein Kellner überhaupt nach den Wünschen eines Mannes in einem abgetragenen Sakko gefragt hätte. Renzullo war die Situation unangenehm, er schaute sich unbehaglich um.

»Wie ist das werte Befinden?«, fragte Lippi.

»Ich bin viel beschäftigt. Und selbst?«

Lippi schlug mit der Faust auf den Tisch. »Ich war im Gefängnis!«

Renzullo war erstaunt. »Warum das? Hast du etwas ausgefressen?«

»Nein, natürlich nicht. Ich wurde das Opfer behördlicher Willkür. Diese unsäglichen Männer der Polizeidirektion haben geglaubt, sie könnten mir Angst einjagen. Die haben mich mit der Drohung, mir Handschellen anzulegen, in einer Schneiderei überrumpelt, mich unter Druck gesetzt und dann abgeführt. Das ist ein Skandal!«

Lippis Erregung war nicht gespielt. Renzullo verstand, dass er sich diese Geschichte anhören musste, um mit dem Mann ins Gespräch zu kommen. Also lauschte er, stellte ein paar Fragen und war in Wahrheit doch überrascht, dass die Polizei Lippi eine Nacht in Gewahrsam gehalten hatte, weil er verdächtig schien, einen Mord begangen zu haben.

»Also hat die Polizei mich wieder auf freien Fuß gesetzt. Renzullo, ich sage dir, auf dieses Abenteuer hätte ich liebend gerne verzichtet. Als ich nach Hause kam, habe ich sofort ein gründliches Vollbad genommen und hernach den Anzug in die Reinigung gebracht. Die Zelle war eine einzige olfaktorische und hygienische Zumutung. Zum Glück ist dieser Albtraum vorbei.«

»Das ist fürwahr eine aufregende Geschichte.«

Lippi schaute sinnierend eine Weile zum Fenster hinaus, dann aber, nachdem er seine Erzählung beendet hatte, fasste er Renzullo genau in den Blick. »Also, was ist dein Anliegen, Herr Kollege?«

Renzullo atmete tief durch und konterte offen und entschlossen den fragenden Blick Lippis. »Das Derby hat mich eines gelehrt.«

Lippi wartete. »Und was?«

»Ich bin zur Einsicht gekommen, dass ich als Buchmacher nicht tauge.«

Lippis Erstaunen war nicht gespielt. »Hört, hört.«

»Ich bin nicht von deinem Schlag, Sebastiano, ich bin nicht so eloquent und elegant, wie man als Buchmacher sein muss, um an die großen Wettsummen zu kommen. Ich bin ein Kerl aus der Vorstadt, der Pferde liebt. Ich liebe auch die Rennen, die Aufregung, die Spannung, den Sieg und manchmal auch die Niederlage, die vielen Leute, den Applaus und das Gejohle, ja ich fühle mich der Rennbahn zugehörig. Vielleicht sogar zu sehr, um erfolgreich zu sein.«

Lippi griff nach seinen Zigaretten, bot Renzullo eine an und entflammte selbst eine. »Ein bemerkenswerter Vortrag aus deinem Munde. Bitte weiter.«

»Daher habe ich eine Entscheidung getroffen, was meine Tätigkeit als Buchmacher betrifft.«

»Du hast meine Aufmerksamkeit.«

»Ich werde meine Geschäftstätigkeit beenden. Also, eigentlich habe ich sie schon beendet, ich muss nur noch ein paar Angelegenheiten regeln.«

Lippi kratzte sich am Kinn. »Ich ahne, was du vorhast.«

»Das kann ich mir denken, Sebastiano, du bist der Kaiser unter den Buchmachern Triests, deswegen will ich dir meine Kundenliste verkaufen.«

Lippi verzog seine Miene. »Verkaufen? Hm, ob das sinnvoll ist? Ich verfüge über eine ganz ausgezeichnete Kundenliste.«

»Du weißt genau, dass meine Kundenliste nicht so schlecht ist, wie du immer sagst. Hätte ich mich sonst so lange gehalten?«

»Gut, deine Kundenliste ist nicht so übel, geschenkt, aber was soll sie kosten?«

»Achthundert Kronen.«

Lippi warf die Hände hoch. »Achthundert? Das ist ein absurder Betrag. Niemals!«

Renzullo griff in die Tasche seines Sakkos, entnahm ein Blatt Papier, entfaltete es und legte es vor Lippi auf den Tisch. »Das ist meine Kundenliste, fein säuberlich notiert. Manche Namen werden dir wahrscheinlich bekannt sein.«

Lippi legte seinen Zeigefinger auf den obersten Eintrag und las die Namen sowie ein paar kurze Notizen. Als er das Papier überflogen hatte, hob er wieder seinen Blick. »Ja, ein paar Namen sind mir geläufig. Aber erkläre mir das genauer. Was willst du in Zukunft tun?«

»Ich werde Triest verlassen.«

Dem eleganten Buchmacher stand der Mund offen. »Triest verlassen? Bist du verrückt geworden? Triest ist die großartigste Stadt der Welt.«

»Und deshalb muss ich alles zu Geld machen, was ich habe. Diese Liste ist mein wertvollster Besitz. Es ist eine gute Liste, mit ihrer Hilfe kannst du deine Geschäftstätigkeit um mindestens zehn, vielleicht sogar um zwanzig Prozent erweitern.«

»Dir ist es also ernst?«

»Anderenfalls würde ich es mir nicht erlauben, dir die Zeit zu stehlen.«

»Vierhundert Kronen.«

»Siebenhundertfünfzig.«

»Vierhundertfünfzig.«

»Siebenhundert.«

»Fünfhundert Kronen. Nicht einen Heller mehr.«

»Gehen wir zur Mitte. Sechshundert Kronen.«

»Gemacht, sechshundert Kronen. Hand drauf.«

Die beiden Männer reichten einander die Hände. Renzullo fiel ein Stein vom Herzen. Geschafft, er hatte seine Kundenkartei für sechshundert Kronen verkauft. Sein erster Gedanke war gewesen, sie für fünfhundert zu verscherbeln. Dann hatte er den Plan gefasst, die Liste an Lippi zu veräußern. »Nimm das Papier, es gehört jetzt dir.«

Lippi faltete den Zettel und steckte ihn ein. »Du erwartest aber hoffentlich nicht, dass ich dir jetzt sechshundert Kronen bar in die Hand gebe. So viel habe gar nicht eingesteckt.«

»Sebastiano, nach einem Handschlag von dir hege ich keine Befürchtung, nicht an mein Geld zu kommen. Aber vielleicht kannst du mir einen Vorschuss geben.«

Lippi schüttelte lachend den Kopf. »Unglaublich, an manchen Tagen erlebt man die sonderlichsten Dinge. Renzullo verkauft sein Geschäft und will Triest verlassen. Das ist amüsant. Ich kann dir jetzt einhundert geben. Den Rest am Montag, wenn die Bank wieder geöffnet hat.«

»Treffpunkt wieder hier im Caffè degli Specchi? Zehn Uhr vormittags?«

»Lieber elf Uhr. Ich gehe nicht gern im Morgengrauen aus dem Haus. Einverstanden?«

»Gemacht.«

»Und jetzt lade ich dich auf einen Cognac ein. Als Abschiedstrunk.«

»Niemand auf dem Rennplatz kann deinen Stil überbieten.«

»Als Verkäufer bist du gut, Renzullo.«

»Als Buchmacher bist du besser.«

»Herr Ober, zwei Cognac, doppelt bitte!«

Bruno stand vor der Auslage und überblickte die angebotenen Schmuckgegenstände. Ketten, Broschen, Ringe, Ohrgehänge und auch drei Paar Manschettenknöpfe waren ausgestellt. Er betrat den vornehmen Laden. Ein Verkäufer war gerade in einem Gespräch mit einem älteren Ehepaar, verabsäumte es aber nicht, den eintretenden Herrn freundlich zu begrüßen und um etwas Geduld zu bitten. Bruno schaute über den Tresen in einen Gang, der in den hinteren Bereich führte. In diesem Gang erschien ein vorzüglich gekleideter Mann Mitte vierzig, der in einem Katalog las und nun in den Verkaufsraum ging. Bruno erkannte den Juwelier Leopoldo Haas. Wirklich zu tun gehabt hatte Bruno mit dem Mann noch nicht, aber der Laden hatte eine gute Lage und war für seine vorzügliche Waren stadtbekannt.

»Guten Tag, Signore«, grüßte der Inhaber, als er kurz von seiner Lektüre aufsah.

»Guten Tag, Signor Haas. Ich bin auf der Suche nach Ihnen.«

Haas blickte noch einmal hoch. »Haben Sie ein Anliegen?«

Bruno zeigte seine Kokarde. »Ja. Mein Name ist Inspector Zabini, ich bin vom k.k. Polizeiagenteninstitut.«

Der Juwelier platzierte ein Lineal in der betrachteten Seite des Katalogs und legte das Druckwerk zur Seite. »Herr Inspector, was kann ich für Sie tun?«

»Ich möchte mich bei Ihnen erkundigen, ob Sie mir etwas zu diesem Manschettenknopf sagen können.« Bruno zog die Schatulle aus der Sakkotasche, klappte sie auf und legte sie auf den Tresen.

»Sie erlauben, dass ich zugreife?«, fragte der Juwelier.

»Selbstverständlich.«

»Was genau wollen Sie wissen?«

»Beginnen wir mit dem Material. Ist der Stein ein Onyx oder ein Obsidian?«

Haas griff nach einer Lupe, von denen mehrere auf dem Tresen lagen. »Das lässt sich nur mit reinem Augenschein nicht beantworten, aber ich nehme an, dass es Onyx ist.«

»Wieso?«

Der Juwelier drehte den Knopf und musterte ihn durch die Lupe. »Wegen der gesamten Erscheinung des Stückes. Ich kenne solche wertvollen Arbeiten. Sehen Sie den Metallteil, der wahrscheinlich aus Bronze hergestellt ist und mittels Feuervergoldung bearbeitet wurde? Um das Trägermaterial zu bestimmen, müsste ich das Gold abkratzen. Das würde aber den Wert beeinträchtigen. Soll ich es tun?«

»Das ist vorerst nicht nötig.«

»In jedem Fall ist der Metallteil äußerst kunstvoll ausgeführt und die Vergoldung ist makellos. Das ist hochwertige Arbeit, daher nehme ich an, dass auch ein hochwertiger Stein verwendet wurde. Ich glaube, es ist Onyx.«

»Sie sagten, dass Sie solche Arbeiten schon gesehen haben. Wissen Sie vielleicht, welche Werkstatt das Stück hergestellt hat?«

»Das kann ich nicht mit Sicherheit bestimmen. Ich sehe keine Markierungen oder einen Firmenstempel. Mir sind mehrere Werkstätten bekannt, die dazu in der Lage wären. Was die Gestaltung betrifft, würde ich auf die Goldschmiede Steinriegel aus Steyr tippen. Der Stil könnte von Werkmeister Hofinger stammen. Sehen Sie das kleine Scharnier und den genieteten Bolzen? Nehmen Sie die Lupe, Herr Inspector.«

Bruno griff zu Knopf und Lupe. »Was ist daran auffällig?«

»Die gleichzeitig filigrane wie robuste Bauweise. Warten Sie bitte einen Moment.« Der Juwelier verschwand in den hinteren Bereich und kam nach ein paar Minuten mit drei Katalogen zurück. »Hier habe ich die neuesten Warenkataloge der Goldschmiede Steinriegel. Mal sehen.«

Bruno beobachtete, wie Haas im umfangreichen Sortiment der Goldschmiede gezielt nach den Manschettenknöpfen suchte. Beim zweiten Katalog wurde er fündig.

»Das ist es. Lag ich mit meiner Annahme also richtig. Sehen Sie selbst, Herr Inspector. Das ist genau Ihr Stück. Gold auf Bronze mit oval geschliffenem Onyx. Hier ist die gefertigte Stückzahl. Achtzig solcher Paare wurden erzeugt. Die Zeichnung zeigt eindeutig das vorliegende Stück. Werkmeister Hofinger ist ein wahrer Künstler, ein Meister seines Faches. Seine gestalterischen Ideen sind so abwechslungsreich wie sein Handwerk grundsolide.«

Bruno griff zu Bleistift und Notizbuch. »Haben oder hatten Sie diese Manschettenknöpfe in Ihrem Angebot?«

»Ich glaube mich zu erinnern, dass ich zwei oder drei Paare gehabt habe. Aber das letzte muss ich vor über einem Jahr verkauft haben. Wahrscheinlich ist es sogar länger her.«

»Könnten Sie nachprüfen, ob Sie dieses Stück im Sortiment hatten?«

»Nur, wenn es unbedingt sein muss, Herr Inspector, denn ich müsste meine Inventarlisten durchsuchen, was ein beträchtlicher Aufwand wäre.«

Bruno schaute dem Juwelier in die Augen. »Ich muss aus polizeilichen Gründen darauf bestehen, aber ich kann Ihnen anbieten, die Inventurlisten von meinen Mitarbeitern durchsehen zu lassen.«

»Ist dieser Knopf in einem Kriminalfall relevant?«

»Ja.«

»Das heißt, Sie brauchen diese Information für Ihre Arbeit?«

»Unbedingt.«

»Dann erledige ich das selbst für Sie, Herr Inspector. Ich werde wohl auch schneller fündig als Ihre Leute.«

»Vielen Dank, Herr Haas, ich weiß Ihre Kooperation wirklich zu schätzen. Haben Sie vielleicht auch Kundenlisten, anhand derer Sie herausfinden können, an wen Sie das Stück verkauft haben?«

»Ich sammle natürlich alle Rechnungen, das verlangt die Buchhaltung und das Finanzamt. Ich könnte die Rechnungen durchsuchen, da hätte ich dann einen konkreten Kundennamen samt Adresse. Aber Rechnungen sind nur bei größeren Käufen oder Expeditgeschäften üblich. Bei den Stücken, die ich im Laden verkaufe, stelle ich zwar Kassenzettel aus, aber diese enthalten meist keine Kundennamen. Eine vollständige Kundenkartei mit allen Verkäufen führe ich nicht, dafür wäre der Verwaltungsaufwand zu groß und das Gesetz verlangt dies nicht. Manche Kunden wollen auch keine Rechnungen mit Anschrift, denen reichen Kassenzettel.«

»Ich verstehe. Dann wäre mir schon sehr geholfen, wenn Sie Ihre Inventarlisten durchsuchen würden. Wie lange könnte das wohl dauern?«

Haas wiegte den Kopf. »Heute Nachmittag habe ich bestenfalls eine Stunde Zeit, morgen vielleicht zwei. Also vor Montag kann ich die Information nicht liefern.«

Bruno dachte nach. »Das ist in Ordnung so. Wäre es genehm, wenn ich Montagvormittag bei Ihnen erscheine?«

»Wir öffnen um neun Uhr. Da bin ich hier im Laden anzutreffen.«

Bruno packte die Schatulle mit dem Knopf wieder ein. »Sie haben mir außerordentlich geholfen, Signor Haas. Vielen Dank dafür.«

»Sehr gerne, Herr Inspector.«

»Eine Frage noch.«

»Ja?«

»Was kostet das Paar Manschettenknöpfe?«

Haas verzog seinen Mund. »Das weiß ich nicht genau, ich müsste das kalkulieren oder in der Inventarliste den betreffenden Eintrag suchen. Aber, Herr Inspector, rechnen Sie mit einem kleinen Vermögen.«

Emilio Pittoni saß an seinem Schreibtisch und verfasste den Abschlussbericht einer Untersuchung eines Einbruches, den er gestern aufgeklärt und dessen Täter er ins Gefängnis gesteckt hatte. Seine Erfolgsquote war beständig hoch, wenn er sich einen Fall vornahm, pflegte er ihn auch aufzuklären. Ja, die Polizeiarbeit fiel ihm leicht, in der Regel durchschaute er Zusammenhänge und stellte Täter schnell. Es war seine Kenntnis der menschlichen Natur, die ihn so erfolgreich machte. Man brauchte stets nur das Schlechteste von den Leuten anzunehmen, man musste nur in Erfahrung bringen, auf welche Weise die Menschen ihre Boshaftigkeit entfalteten, und schon lagen die Hinweise auf Motiv, Tathergang und Schuldigkeit offen. Dazu benötigte Emilio weder Photographien oder Mikroskope noch chemische Analysen, allein sein scharfer Blick und ein gutes Gehör für Ausreden und Lügen genügten ihm. Lange Zeit hatten ihm ein Notizbuch und ein Bleistift als Werkzeuge ausgereicht. Wenngleich er zugeben musste, dass die Daktyloskopie ein wirklich brauchbares Mittel der Untersuchung war.

Sein geschätzter Kollege Bruno hatte lange darum gerungen, die Auswertung von Fingerabdrücken als Untersuchungsmethode im k.k. Polizeiagenteninstitut durchzusetzen, und es war für Emilio ein amüsantes Spiel gewesen, dieses Ringen zu unterlaufen. Oberinspector Gellners Beharren auf althergebrachte Methoden war allzu leicht gegen Brunos Innovationsdrang auszuspielen gewesen, doch als der Polizeidirektor die Modernisierung der Polizeiarbeit angeordnet und Bruno als Ausbilder für die jungen Polizeiagenten eingesetzt hatte, war Bewegung in die Sache gekommen. Selbst ein sturer Traditionalist wie Gellner war auf den Zug in die neue Zeit gesprungen und gebärdete sich mittlerweile als Fortschrittsfreund. Das war für

Emilio alles kein Problem, er hatte schon immer den sorgsam gepflegten Ruf genossen, ein Einzelgänger zu sein. Die vielen Neuerungen, die Bruno durchgesetzt hatte, waren an Emilio vorbeigegangen, er arbeitete nicht in der Dunkelkammer, er legte keine Matrizen von Verdachtsmomenten an, er gaffte nicht durch das nagelneue Mikroskop, er tippte Berichte nicht auf der Schreibmaschine, das sollten ruhig die werten Kollegen tun. Aber den Wert der Daktyloskopie hatte Emilio erkannt. Selbstredend hatte er sich nicht von Bruno in der Auswertung von Fingerabdrücken schulen lassen, es wäre unter seiner Würde gewesen, sich von diesem eitlen Affen Lehren erteilen zu lassen. Emilio hatte sich alle Techniken der Daktyloskopie selbst angeeignet. Das hatte Bruno schließlich vor ein paar Jahren auch getan, somit konnte es also kein Hexenwerk sein. Und tatsächlich hatte er schon mehrere Fälle mit dieser Methode gelöst.

Emilio schraubte die Kappe auf die Füllfeder, legte das Schreibgerät ab und blies über die Tinte. Er legte den fertigen Bericht auf die dafür vorgesehene Ablage. Bruno und er waren nach dem Oberinspector als Inspectoren I. Klasse die höchstrangigen Beamten im k.k. Polizeiagenteninstitut und verfügten über Einzelbureaus. Vinzenz war Inspector II. Klasse und teilte sich ein Bureau mit Polizeiagent I. Klasse Luigi Bosovich. Die Schreibtische der vier weiteren Polizeiagenten standen im Gemeinschaftsraum. Emilio schaute sinnierend zum halb offenen Fenster, durch das kühle, klare Luft hereinströmte. Er hatte Lust, eine Zigarette zu rauchen, zündete sich aber keine an. Er mochte verqualmte Räume nicht, also rauchte er zumeist auf der Straße.

Irgendetwas ging vor sich. Das war klar. Emilio ahnte deutlich, dass sich ein Gewitter ankündigte. Nun, es war seine stete Wachsamkeit, die ihn schon mehrfach eine Bedrohung seiner Position befürchten ließ, und bislang hatte sich seine Sorge stets als unbegründet erwiesen. Gegenwärtig aber verdichteten sich die Anzeichen von Problemen. Die Gefahr ging nicht von Bruno aus, dieser hielt sich weiter an die seit Jahren gut geübte Praxis, Emilio aus dem Weg zu gehen, bei sich anbahnenden Konflikten schnell Kompromissbereitschaft zu signalisieren, Emilios Sticheleien zu überhören und seinem Kollegen Erfolge zu gönnen. Auf ganz ähnliche Weise handhabte Emilio dies ja auch Bruno gegenüber so. Es hatte eine Weile gedauert, bis Emilio begriffen hatte, wer ihn in den Fokus genommen hatte. Als er in Erfahrung gebracht hatte, dass Dr. Rathkolb höchstpersönlich Luigi Bosovich umfangreiches Aktenmaterial zur Auswertung übergeben hatte, hatten sich die Schleier gelichtet.

Der Polizeidirektor höchstpersönlich.

Wie wäre es sonst zu erklären, dass Rathkolb über einen längeren Zeitraum Aktenmaterial aus verschiedenen Ämtern angesammelt hatte? Allein dass der Direktor das tat, war ungewöhnlich. Die Aufgabe eines k.k. Polizeidirektors lag doch darin, sich im Amt den Hintern platt zu sitzen, bei Empfängen der Hautevolée Zigarren zu paffen und Sekt zu schlürfen, Günstlinge zu protegieren und kaisertreue Reden zu halten. Und dann hatte Emilio erfahren, dass Bosovich Zusammenhänge und Hintergründe über den Aufenthalt von in- und ausländischen Prostituierten ermitteln sollte.

Da war also Feuer auf dem Dach.

Emilio verließ sich nicht auf Mutmaßungen, und es gab auch keinen Grund für Beschwichtigungen. Rathkolb suchte nach dem Mann im k.k. Polizeiagenteninstitut, der sich von den Zuhältern der Stadt für gewisse Dienstleistungen gut bezahlen ließ. Davon musste Emilio ausgehen. Alles andere wäre unlogisch. Wie der Direktor auf den Verdacht kommen konnte, entzog sich Emilios Kenntnis. Für die reale Lage war das aber einerlei. Er musste auf das Äußerste gefasst sein, also auch darauf, dass seine Nebengeschäfte aufflogen.

Dass Dr. Rathkolb einen ernst zu nehmenden Gegner darstellte, war evident, allein das Amt des Polizeidirektors räumte ihm gewaltige Machtbefugnisse ein, aber auch die Intelligenz, Übersicht und Abgeklärtheit des Direktor durfte er in keiner Weise unterschätzen. Rathkolb war intellektuell ein ganz anderes Kaliber als Oberinspector Gellner, also ein Gegner, der wirklich gefährlich werden konnte. Das zeigte sich etwa darin, dass Rathkolb Luigi Bosovich mit der Aktenauswertung beauftragt hatte.

Bosovich war zwar der jüngste Polizeiagent in der Kanzlei, aber seine Position war mittlerweile unanfechtbar. Luigi lernte schnell, besaß ein ausgezeichnetes Gedächtnis und hatte einen analytischen Verstand. Darüber hinaus verfügte er auch über ein gewisses Näschen, er hatte ein gutes Gespür für Menschen und Situationen. Nebenbei spielte er ausgezeichnet Billard, und auf dem Schießstand kam er fast an die Trefferquote Emilios heran. Und Luigi hatte sich bei schwierigen Einsätzen bewährt. Was Emilio an seinem jüngeren Kollegen beeindruckend fand, war, dass Luigi bei einem Einsatz einen Mann getötet hatte. Er hatte damals mit dieser Tat das Leben von Bruno gerettet, das hielt Emilio für nicht so aufregend, aber dass Luigi im richtigen Moment das Richtige getan und den Abzug betätigt hatte, fand Emilio beachtlich. Ja, Luigi wäre ein guter Soldat in Emilios Truppe geworden, wenn der arme Junge, als er noch formbar war, nicht an Brunos Fortschritts- und Moraldoktrin vergeudet worden wäre. Wenn Rathkolb Luigi als Waffe gegen Emilio in Stellung brachte, war ein Scharmützel ausgeschlossen, dann war ein echtes Gefecht mit schwerem Gerät unausweichlich.

Emilio schmunzelte bei diesem Gedanken. Diese Ochsen! Er würde sich niemals auf einen Kampf einlassen, den er nicht gewinnen konnte. Nur Dummköpfe liefen mit fliegenden Fahnen in Schlachten, bei denen sie in kurzer Zeit in Stücke gerissen werden würden. Emilio war auch ein Freund der Moderne. Und moderne Kriegsführung war den Parametern der Beweglichkeit verpflichtet. Nicht stures Behaupten von aussichtslosen Stellungen brachte den Sieg, sondern dynamischer Vorstoß und Rückzug. Für den Rückzug hatte Emilio lange vorgesorgt, mit einem Fingerschnippen konnte er Triest den Rücken kehren. Und bei seinem Abgang würde er nicht arm, nackt und ratlos sein, sondern eine prall gefüllte Kassette mit Goldmünzen bei sich haben. Österreichische Kronen waren eine stabile Währung, aber es war auch nur Papier. Papier konnte verbrennen. Gold brannte nicht, der Wert von Gold wurde auf der ganzen Welt anerkannt, also hatte er einen Großteil seiner Nebenverdienste diskret in Goldmünzen umgewandelt und diese sicher versteckt.

Sollte Rathkolb nur kommen. Emilio war gerüstet für einen schnellen Abgang. Er hatte dieses Szenario erwartet und freute sich sogar darauf. Es würde Abwechslung und Abenteuer in sein Leben bringen. Er musste noch ein paar offene Schulden eintreiben, das versprach Erheiterung. Und ein paar Leuten in Triest würde er Abschiedsgeschenke hinterlassen. Er überlegte noch, wem er alles Schaden zufügen würde. Bruno gewiss, das war klar. Dieser Schlampe Fedora Cherini auch. Dr. Rathkolb empfahl sich dringend dafür. Ach, da fielen ihm schon ein paar Namen ein.

Vorsichtig schloss Laura die Tür und sperrte ab. Sie drehte sich um die eigene Achse und umarmte Renzullo. »Ich freue mich, dass wieder hier bist.«

»Ich freue mich auch.«

»An zwei Tagen hintereinander besuchst du mich. Das ist sehr riskant.«

»Das Risiko nehme ich auf mich«, sagte Renzullo, fasste sie an der Hand und zog sie wieder hinters Bett. Sie setzten sich zu Boden. »Ich habe etwas getan.«

»Wieder irgendeinen Unfug?«

»Nein, ich habe Geld aufgetrieben.«

»Hast du jemanden ausgeraubt?«

»Nein, Laura, ich bin doch kein Räuber.« Renzullo berichtete von seinem Handel mit Sebastiano Lippi.

Laura lauschte geduldig. »Und du hast wirklich sechshundert Kronen für ein Blatt Papier erhalten?«

»Wenn ich es dir doch sage.«

»Das ist sehr viel Geld.«

»Ich werde in den nächsten paar Tagen noch mehr Geld beschaffen. Wie viel hast du gespart?«

»Siebzig Kronen.«

Renzullo wiegte den Kopf. »Das ist gar nicht so schlecht.«

»Willst du wirklich mit mir aus Triest flüchten?«

»Natürlich will ich das! Der Napoletano ist ein mieser Verbrecher, überhaupt gehören diese verdammten Zuhälter mit Steinen um den Hals in die Adria geworfen. Solange der Napoletano in der Stadt ist, können wir hier nicht leben. Er wird sein Eigentum nicht freiwillig hergeben, und ein Kampf gegen ihn und seine Büttel ist aussichtslos.«

»Ich bin so froh, dass du nicht gegen ihn kämpfen willst. Er würde dich töten.«

»Hör zu, ich habe einen Plan. In ein paar Tagen habe ich alle meine Geschäfte in Triest abgeschlossen und genug Geld beschafft. Dann können wir nach Wien gehen. Sag niemandem, dass du fortlaufen willst, auch nicht den anderen Mädchen, nicht einmal Sabina darf von unserem Plan wissen. Wenn du dich verplapperst, setzt du alles aufs Spiel.«

»Keine Sorge, ich schweige wie ein Grab. Wenn die Flucht scheitert, wird mich der Napoletano verprügeln und eine Woche in den Keller sperren, aber dich wird er bestimmt ermorden. Das darf nicht geschehen.«

»Wenn du hier fort bist, bringe ich dich in ein Versteck beim Ippodromo. Ein Onkel von mir arbeitet dort, der wird uns helfen. Eigentlich ist er ein Onkel zweiten Grades. Er ist ein mürrischer alter Mann, er wird nicht freundlich zu dir sein, aber er wird uns helfen. Ganz bestimmt.«

»Hast du mit ihm darüber gesprochen?«

Renzullo wiegte den Kopf. »Den konkreten Plan habe ich ihm noch nicht mitgeteilt, aber in Andeutungen. Keine Sorge, Onkel Gino wird uns unterstützen. Vielleicht gibt er uns sogar ein paar Kronen.«

»Warum soll ich mich in Triest verstecken? Wollen wir nicht gleich nach Wien?«

»Ich glaube, das ist zu gefährlich. Der Napoletano wird nach deiner Flucht bestimmt den Hafen und die Bahnhöfe überwachen lassen. Wenn wir im Zug erwischt werden, ist alles umsonst. Aber wenn du ein paar Tage versteckt bleibst, kann ich beobachten, ob der Napoletano noch nach dir sucht. Außerdem ist da die Sache mit den toten Mädchen.«

»Das macht mir große Sorgen.«

»Deswegen musst du so schnell wie möglich fliehen.«

»Wann?«

»Morgen um sechs Uhr früh, wenn alle hier schlafen. Dann bringe ich dich ins Versteck.«

»So bald schon?«

»Du musst schnell fort von hier, denn ich weiß, wer der Mädchenmörder ist.«

Laura stand der Mund offen. »Das weißt du?«

»Na ja, wissen ist vielleicht übertrieben, aber ich habe einen Verdacht.«

»Dann musst du zur Polizei.«

»Der Mörder ist einer der Polizisten, nämlich der Mann, der dich nach Triest gebracht hat. Inspector Emilio Pittoni.«

»Das klingt verrückt, Fabrizio. Wieso sollte ein Inspector so etwas tun?«

»Weil er der Teufel ist. Er beseitigt die Mädchen, die er selbst nach Triest gebracht hat, damit sie nicht gegen ihn aussagen können. Außerdem kann er dann andere Mädchen in die Stadt bringen und noch mehr Geld verdienen.«

»Die Mädchen wurden doch von vielen Messerstichen getötet. Würde das ein Inspector tun?«

»Er will damit alle täuschen. Die Menschen sollen denken, dass ein geistesgestörter Schlächter sein Unwesen treibt.«

»Du glaubst also, er will mich auch töten?«

»Das ist zu befürchten.«

Laura drückte sich schutzsuchend an Renzullo. »Fabrizio, ich habe Angst.«

»Halte dich bereit. Und kein Wort zu niemandem.«

~·~

Else und Stephan Rathkolb saßen nebeneinander in der Kutsche und rollten auf das Areal des Porto Vecchio zu. Wie stets war am Hafen viel Betrieb, am Molo San Carlo lag auf einer Seite ein großer Dampfer des Österreichischen Lloyd, auf der anderen waren zwei kleinere Exemplare anderer Schifffahrtsgesellschaften zu sehen.

»Der Wind ist ausgesprochen lebhaft«, sagte Dr. Rathkolb zu seiner Frau und hielt seinen Hut fest. »Ich hoffe sehr, dass du während der Reise nicht starken Seegang hast.«

»Ich werde zum Glück nicht so schnell seekrank.«

»Wenn ich auf den Golf hinaussehe, scheint das Meer nicht allzu aufgewühlt. Wahrscheinlich wird die Überfahrt größtenteils ruhig verlaufen.«

Die Kutsche stoppte vor dem kleinen Dampfer Metcovich, vor dem mehrere Fuhrwerke standen. In einer halben Stunde würde das Schiff in Richtung Fiume ablegen und dabei die Häfen Pola und Abbazia berühren. Auf der Linie, die die beiden wichtigsten Häfen der Donaumonarchie verband, verkehrten mehrmals pro Tag kleine Dampfer. Da die Bahnfahrt und die Überfahrt zwischen Triest und Fiume ähnlich lang dauerten, konnte man es sich quasi aussuchen, ob man den Land- oder den Seeweg benutzen wollte. Else Rathkolb hatte sich für den Dampfer entschieden. Sie mochte es, in See zu stechen, auch wenn ihre Schiffsreise nach Abbazia nur einmal rund um die Halbinsel Istrien führte. Im weithin bekannten Kur- und Badeort im Quarnero würde sie ihre ältere Tochter und deren zwei Kinder zur Sommerfrische treffen. Der Ehemann der Tochter war Beamter im Außenministerium und wiederkehrend mit Delegationen Österreich-Ungarns auf Reisen. Da die Enkel von Dr. Rathkolb noch nicht schulpflichtig waren, hatten seine Frau und seine Tochter vereinbart, sich zu einer zweiwöchigen Luftkur im Seebad einzufinden. Ihre Tochter reiste mit ihren Kindern aus Wien an, Else Rathkolb hatte da den bedeutend kürzeren Weg vor sich.

Stephan Rathkolb stieg vom Wagen und bot seiner Frau die Hand. Der kleine Dampfer würde wohl recht voll werden. Es war Frühsommer, da reisten viele Menschen. Auf dem Schiff stand nur eine begrenzte Anzahl von Kabinen zur Verfügung, aber auf den kurzen Strecken hielten sich die meisten Passagiere ohnedies an Deck, im Passagierraum oder im Salon auf. Dr. Rathkolb winkte einem Dienstmann, während der Kutscher die zwei Koffer vom Wagen hievte.

»Bringen Sie bitte das Gepäck meiner Gemahlin an Bord.«

»Sehr wohl, Euer Gnaden.«

Dr. Rathkolb bezahlte Kutscher und Dienstmann und begleitete seine Frau an Bord. Sie suchten einen Sitzplatz im Passagierraum und verstauten das Gepäck, dann verabschiedeten sich die Eheleute voneinander. Aus beruflichen Gründen war es Dr. Rathkolb nicht möglich, ebenfalls für zwei Wochen nach Abbazia zu reisen.

Else Rathkolb trat an die Reling, beobachtete, wie ihr Mann über die Gangway das Schiff verließ, und winkte ihm zu. Er hob seinen Hut und winkte ebenfalls. Stephan Rathkolb setzte sich in Bewegung, den kurzen Weg vom Molo San Carlo bis zur Polizeidirektion würde er zu Fuß zurücklegen. Obwohl Samstag war, würde er zumindest bis Mittag einige Arbeiten erledigen, die sich in den letzten turbulenten Tagen angesammelt hatten. Daher hatte er gar nicht die Zeit, das Ablegen des Dampfers abzuwarten.

Rathkolb überquerte die Riva und schlug den Weg zum Canal Grande ein, da entdeckte er in der Menschenmenge ein bekanntes Gesicht. Der Mann trat auf ihn zu und lüpfte den Hut zur Begrüßung.

»Guten Tag, Herr Direktor.«

»Guten Tag, Herr Obersekretär.«

»Gestatten Sie, dass ich mich Ihnen anschließe und Sie ein Stück begleite?«

»Liebend gern, Herr von Baumberg. Ich bin auf dem Weg in die Kanzlei, da können wir ein Stück gemeinsam gehen.«

»Vielen Dank. Sie haben Ihre Gemahlin auf den Molo begleitet und verabschiedet. Geht die Reise nach Abbazia?«

Dr. Rathkolb hatte Leopold Freiherr von Baumberg zuvor nicht am Molo in der Nähe des Schiffes gesehen, aber er wunderte sich nicht, dass der Obersekretär des kaiserlichen Statthalters über seine Schritte informiert war. Wenn Baumberg etwas in Erfahrung bringen wollte, dann gelang es ihm auch. Rathkolb wusste wie so manche hohen Amtsträger in der Stadt, dass Baumberg nur zur Tarnung das Amt des Obersekretärs bekleidete und dass seine wahre Profession die geheimdienstliche Arbeit im Auftrag des Reichskriegsministerium war.

»Meine Frau wird die Sommerfrische gemeinsam mit meiner Tochter und den Enkeln in Abbazia verbringen.«

»Meine Güte, Abbazia!«, schwelgte Baumberg. »Was würde ich geben, um auch im mondänen Ambiente des Seebades ein paar Urlaubstage zu verbringen. Tja, das ist unser Schicksal, Herr Direktor, unsereiner muss stets zu Diensten sein.«

»So ist es, Herr von Baumberg. Aber mit ein bisschen Lebensklugheit und Glück kann man sich die Tätigkeit suchen, für die man geeignet ist und die einen mit Sinn erfüllt.«

Baumberg nickte beeindruckt. »Ihre Weisheit ist inspirierend, Herr Direktor.«

Rathkolb schaute sich um, aber niemand war in unmittelbarer Nähe in Hörweite. »Sie haben natürlich ein Anliegen.«

»Natürlich, und ich muss mich kurz fassen.«

»Herr von Baumberg, ich höre.«

»Ich bin beunruhigt über die beiden blutigen Morde.«

»Das bin ich ebenfalls.«

»Das könnte der Beginn einer entsetzlichen Serie sein, die imstande ist, die Ruhe und Stabilität in Triest zu erschüttern.«

»Die Polizeidirektion bietet alle verfügbaren Kräfte auf, der misslichen Lage Herr zu werden.«

»Da meine Zuständigkeit nicht die zivile Sicherheit betrifft, kann ich in dieser Sache natürlich nichts tun, aber ich versichere Ihnen, Herr Direktor, falls Sie Beistand von meiner Seite brauchen, werde ich alle Hebel in Bewegung setzen.«

»Vielen Dank, Herr Obersekretär, das ist ein sehr großzügiges Angebot, auf welches ich im Bedarfsfalle gern zurückgreifen werde.«

Baumberg schaute sich unauffällig um. »Sie haben in den letzten Wochen diverse Akten aus verschiedenen Ämtern ausheben lassen. Auch aus der Kanzlei des Statthalters.«

»Dass Ihnen, Herr von Baumberg, nichts entgeht, ist mir völlig bewusst.«

»Darf ich mich erkundigen, warum Sie das getan haben?«

»Ich bin dabei, eine innere Revision meiner Behörde durchzuführen. Von Zeit zu Zeit muss man das tun, um Abläufe zu optimieren oder Missstände abzustellen.«

»Das verstehe ich vollkommen. Ich habe bemerkt, dass Sie insbesondere Material über den Aufenthalt von Freudenmädchen beschafft haben.«

»Auch das ist ein Bereich der inneren Sicherheit, der zu meinem Aufgabengebiet gehört. Insbesondere jetzt, da ein grausamer Gewalttäter in diesem Milieu sein Unwesen treibt.«

»Sie haben die Akten allerdings schon angefordert, bevor der Mörder in Erscheinung trat. Ich folgere daraus, dass Sie entweder die Taten antizipiert oder einen bestimmten Grund für die innere Revision haben.«

Rathkolb stöhnte vernehmlich. »Die Taten antizipiert? Wenn ich die Gabe eines Hellsehers hätte, wäre der Mörder schon längst hinter Schloss und Riegel. Nein, ich bin wie alle Bewohner der Stadt von diesen Vorfällen überrascht, schockiert und beängstigt.«

Baumberg nickte. »Gut, Herr Direktor, dann spreche ich Klartext. Ich habe Grund zur Annahme, dass in Ihrer Behörde illegale Machenschaften stattfinden. Offenbar sehen Sie diesen Grund ebenfalls.«

Rathkolb schaute den Mann an seiner Seite neugierig an. »Was wissen Sie, Herr von Baumberg?«

»Kennen Sie Koloman Vanek?«

»Vom Sehen, aber natürlich weiß ich, wer Herr Vanek ist.«

»Vanek ist mein verlässlichster Mann, und ich habe ihn beauftragt, Beweise zu sammeln.«

»In welcher Angelegenheit?«

»In jener Ihre Behörde betreffend, Herr Direktor. Und wie immer, wenn ich Vanek einen Auftrag erteile, erhalte ich Ergebnisse.«

»Haben Sie Beweise?«, fragte Rathkolb aufgeregt.

»Bevor ich darauf antworte, bitte ich Sie, mir offen zu sagen, welcher Verdacht Sie zur inneren Revision veranlasst hat.«

Rathkolb dachte einen Augenblick nach. »Sie haben Ihre Taktiken, ich habe die meinen. Niemand anderem gegenüber würde ich meinen Verdacht so offen benennen. Nach mehreren Wochen der versteckten Beobachtung habe ich Grund zur Annahme, dass einer meiner Inspectoren einer kriminellen Nebenbeschäftigung nachgeht. Ich vermute, dass Emilio Pittoni seine privilegierte Stellung benutzt, um im Rotlichtmilieu Geschäfte zu betreiben. Ich weiß noch nicht, welche Geschäfte das sind, die Hintergründe liegen im Dunkeln, daher fehlen die nötigen Beweise, um Anklage zu erheben.«

»Wie ich vernommen habe, wurde Polizeiagent Bosovich mit der Auswertung des Aktenmaterials beauftragt. Warum dieser Mann?«

»Weil ich nach reiflicher Überlegung zu der Überzeugung gekommen bin, dass Bosovich der Aufgabe gewachsen ist.«

»Gut, Herr Direktor, dann will ich Ihnen meinen Kenntnisstand mitteilen.«

»Darauf bin ich sehr gespannt.«

»Vanek hat eine absolut glaubhafte Zeugin gefunden, die aussagt, dass Emilio Pittoni über einen längeren Zeitraum als Mädchenhändler für mehrere Zuhälter tätig war. Die Zeugin ist bereit, in einem Gerichtsverfahren auszusagen. Auch hat Pittoni verschiedene andere Leistungen erbracht. Die junge Frau erzählt, dass Pittoni im letzten November die Leiche eines Mannes hat verschwinden lassen. Es war zu einem Streit zwischen Zuhältern gekommen, der für einen tödlich geendet hat. Ich nehme an, dass Pittoni für diese Arbeit eine beträchtliche Summe verlangt und erhalten hat. Die Angaben der Zeugin sind diesbezüglich allerdings vage, daher vor Gericht nicht belastbar, der Tatbestand des Menschenhandels aber wird durch ihre Aussage bezeugt. Die junge Frau ist selbst vor rund zwei Jahren von Pittoni in die Stadt gebracht worden und danach mehrmals von ihm in ihrer Kammer aufgesucht worden.«

»Das ist eine Katastrophe«, ächzte Rathkolb gequält.

»Herr Dr. Rathkolb, es gibt keinen Zweifel, dass Sie diesem Mann umgehend das Handwerk legen müssen.«

»Wer ist die Zeugin und wo finde ich sie?«

»Die junge Frau heißt Concetta Musso und hat bis vor Kurzem im Metro Cubo gearbeitet. Da sie an Syphilis erkrankt ist, wurde sie verstoßen. Angesichts der verworrenen Lage in Triest und des Wertes ihrer Aussagen habe ich veranlasst, das Fräulein in sichere Verwahrung zu bringen. Sobald Sie Schritte gegen Pittoni einleiten und er in Haft ist, kann ich das Fräulein dem Schutz der Polizei übergeben, bis dahin halte ich meine Hand über sie.«

»Vielen Dank, Herr von Baumberg. Das ist überaus hilfreich und wird unaufhaltsam die Räder des Rechts in Bewegung setzen.«

»Ich warne Sie, Herr Direktor. Emilio Pittoni ist sehr viel gerissener und hinterhältiger, als wir alle für möglich gehalten haben. Ihre Schritte müssen wohlbedacht gesetzt sein, anderenfalls entwischt er oder liefert Ihnen eine offene Schlacht.«

»Da haben Sie recht. Die Lage ist sehr viel böser, als ich befürchtet habe.«

»Eines noch, Herr Direktor. Vanek hat die Zeugin nur gefunden, weil er sich auf Inspector Zabinis Fährte geheftet hat. Zabini hat das Fräulein wegen des Mordes an dieser jungen Serbin befragt, Vanek hat lediglich nachgehakt. Wir schmücken uns nicht mit fremden Federn. Weiß Zabini eigentlich, dass Sie einen Verdacht gegen Pittoni hegen?«

»Niemand weiß davon. Vielleicht ahnt Bosovich etwas, sofern er in den Akten irgendeinen Anhaltspunkt gefunden hat. Aber Zabini weiß nichts. Gerade Zabini möchte ich aus dieser Sache heraushalten. Erstens muss Zabini den Mädchenmörder finden, und das so schnell wie möglich. Und zweitens weiß ich, dass Pittoni schon einmal eine Attacke gegen Zabini geführt hat. Ich muss verhindern, dass es hier zu einem Konflikt kommt.«

Baumberg zog interessiert die Augenbrauen hoch. »Von einer Attacke gegen Zabini weiß ich nichts. Das ist mir neu.«

»Erinnern Sie sich an den amourösen Skandal, in den Zabini letztes Jahr verwickelt war? Ich musste damals ihm gegenüber die Suspendierung aussprechen.«

»Allerdings, daran erinnere ich mich.«

»Ich habe Grund zur Annahme, dass Pittoni auf verdeckte Weise die Entstehung dieses Skandals ausgelöst hat.«

Baumberg nickte. »Ich verstehe. Nun denn, Herr Dr. Rathkolb, ich werde wieder meiner Wege gehen.«

»Besten Dank für diese Unterredung, Herr von Baumberg. Ich wünsche mir weiterhin ein derart gedeihliches Auskommen unserer Behörden.«

»Das wünsche ich mir auch. Und schlagen Sie dieser Schlange das Haupt ab. Es ist an der Zeit.«

Rathkolb lachte auf. »Sie sagen Schlange. Diese Bezeichnung ist mir anderenorts schon untergekommen.«

༄

Bruno schaute auf seine Armbanduhr. Der Tag zog wie unter Volldampf an ihm vorbei, aber immerhin hatte er das Gefühl, ein paar Dinge vorangebracht zu haben. Er griff nach einem leeren Blatt Papier und spannte es auf die Walze seiner Schreibmaschine. Er hatte sich angewöhnt, die Texte, die er zu tippen beabsichtigte, vorab durchzudenken und handschriftliche Notizen anzulegen. Das reduzierte die unweigerlich entstehenden Tippfehler. So hatte er es auch diesmal getan, er rückte den Notizblock zurecht und hackte den ersten Satz in die Tastatur seiner Courier. Seine Arbeit konnte er sich ohne Schreibmaschine gar nicht mehr vorstellen. Im letzten Winter waren vier dieser Maschinen in Wien bestellt und bald danach geliefert worden. Vinzenz und er hatten als Inspectoren je eine bekommen, die beiden weiteren standen den Polizeiagenten zur Verfügung. Oberinspector Gellner und Inspector Pittoni hatten auf eigene Maschinen verzichtet, sie schrieben weiterhin per Hand. Die beiden Schreibkräfte Ivana und Regina hatten lange vorher robuste Maschinen von Underwood direkt aus den USA erhalten.

Nachdem der gesamte Text für das Telegramm getippt war, drehte er die Walze, entnahm der Maschine das Papier und prüfte den Bericht. Er ärgerte sich, zwei Tippfehler waren ihm unterlaufen. Mit der Füllfeder merkte er die Korrekturen an, stempelte und unterzeichnete das Papier.

Er hörte Schritte auf dem Parkett vor seinem Bureau.

»Herr Inspector?«

Bruno blickte zur Tür, in der Polizeiamtsdiener Vlah stand. »Ja, was gibt es?«

»Eben hat Polizeiagent Bosovich angerufen. Er lässt mitteilen, dass sein Aufenthalt im Ippodromo länger dauert und er später als angenommen wieder in der Kanzlei sein wird.«

Bruno nickte, er hatte Luigi gebeten, bei allfälligen Entwicklungen zwischenzeitlich in der Kanzlei anzurufen. »Vielen Dank, Signor Vlah. Wie lange sind Sie eigentlich noch hier?«

»Wenn Sie nichts mehr von mir brauchen, Herr Inspector, würde ich anschließend den Dienst beenden. Mein Bruder und meine Schwägerin kommen heute noch zum Essen.«

»Ich habe hier wieder ein Telegramm zum Aufgeben«, sagte Bruno und hielt den Zettel hoch.

»Ein Telegramm ist kein Problem. Das Postamt liegt fast auf meinem Heimweg. Was ist es diesmal?«

»Das Schreiben geht an die Polizeidirektion in Linz. Ich brauche Auskunft über den Absatz eines bestimmten Produkts einer Goldschmiede in Steyr, und zwar in Triest und den Küstenlanden. Das Telegramm ist recht detailliert, weil ich sehr spezifische Informationen benötige, aber mit dem Fernschreiber geht das ja flott.«

»Ich bin neugierig, wann wir hier endlich mit einer solchen Maschine ausgerüstet werden. Ich habe dem Oberinspector schon öfter gesagt, dass ich gerne von hier zum Postamt spaziere, da komme ich an die frische Luft und treffe manchmal Bekannte, aber mittlerweile müssen wir Amtsdiener die Strecke im Schnitt dreimal pro Tag zurücklegen. Da wäre es doch praktischer, wenn Sie nicht in die Schreibmaschine, sondern direkt in den Fernschreiber tippen würden.«

»Ich bin völlig Ihrer Meinung, Signor Vlah. Und ich habe auf den Treppenaufgängen Gerüchte aufgeschnappt, wonach spätestens Anfang nächsten Jahres ein Typendruck-Schnelltelegraph von Siemens & Halske angeschafft wird. Heuer hat das Geld nicht gereicht.«

Vlah nahm das Papier, faltete es und steckte es in seine Sakkotasche. »Gut, dann bin ich unterwegs zum Postamt. Schönen Sonntag, Herr Inspector.«

»Ihnen auch einen schönen Sonntag. Und liebe Grüße an die werte Frau Gemahlin.«

Bruno überlegte kurz, wann er heute seinen Dienst beenden würde. Er zuckte mit den Schultern.

⁂

Sie schaute immer wieder zur Tür. Der Napoletano wollte nicht, dass die Mädchen die Türen zu ihren Kammern abschlossen, daher hatte er alle Türschlösser demontieren lassen. Er oder einer seiner Männer konnte jederzeit zu Kontrollen in die Kammer kommen, was sie auch regelmäßig taten. Laura hatte sich nach den ersten traumatischen Wochen in ihrem neuen Leben gesagt, dass ihr nur zwei Alternativen blieben, entweder sie passte sich an und tat, was man von ihr verlangte, oder sie suchte sich einen Strick und knüpfte sich auf. Es hatte keine dritte Möglichkeit gegeben.

Sie hatte sich also angepasst und war am Leben geblieben. Und irgendwann hatte sie festgestellt, dass die Arbeit nicht immer schlecht war. Sie hatte es geschafft zu abstrahieren. Bei den meisten Freiern konnte sie sich in Gedanken von ihrem Körper lösen, ihr Geist schwebte dann im Raum und war mit eigenen Gedanken und Träumen beschäftigt, während ihr Leib sich wie eine Marionette an unsichtbaren Fäden bewegte. Es besuchten sie jedoch auch Freier, die höflich, traurig oder lustig waren, sodass sie die Begegnung nicht vollkommen als Last ansah.

Und dann war da noch Renzullo. Dieser Kindskopf verlangte nichts von ihr, wollte sie nicht nackt im Bett vorfinden, forderte keine Küsse, sondern wollte einfach nur Zeit mit ihr verbringen. Natürlich wollte er auch das, was alle Männer wollten, aber er würde darauf warten, bis sie ihm allein gehörte. Und bei jeder Begegnung konnte sich Laura davon überzeugen, dass er es wirklich so hielt. Mit seinen witzigen Schnurren und absurden Ideen sorgte er für köstliche Unterhaltung, alle Mädchen im Haus mochten ihn. Und seine ausschweifenden Liebeserklärungen, die zwischen anmutiger Poesie und kindischen Possen pendelten, hatten Laura irgendwann berührt. Sie mochte es, wenn sie hinter ihrem Bett versteckt am Boden kauerten, sich an den Händen hielten und flüsternd über dies und jenes redeten. Und wenn er von den Bütteln des Capo entdeckt wurde, fieberte sie immer mit, ob ihm die Flucht gelang. Was meistens der Fall war, aber manchmal kam er nicht ungeschoren davon und fasste ein paar Ohrfeigen aus. Der Capo und seine Männer nahmen Renzullo offenbar nicht als Gefahr wahr, sondern als lästige Störung, daher hatten sie ihn bislang noch nicht schwer verletzt. Rote Ohren und blaue Flecken, mehr hatte Renzullo nicht davongetragen.

Doch jetzt plante er Lauras Flucht aus dem Chiave d'Oro. Wenn der Napoletano das in Erfahrung bringen würde, wäre es mit der Zurückhaltung endgültig vorbei. Laura zweifelte nicht eine Sekunde, dass der Capo Renzullo töten würde. Sie wusste genau, dass der Napoletano ein gewalttätiger Mensch war, auch wenn er sich eine erstaunliche Rhetorik und geschliffene Umgangsformen angeeignet hatte. Er war kein Dummkopf, daher war aus dem Straßenjungen aus der bitterarmen Vorstadt Neapels ein wohlhabender und einflussreicher Zuhälter in Triest geworden. Zwei Bordelle besaß er mittlerweile, und das Chiave d'Oro war Triests größtes Freudenhaus, allein hier arbeiteten sechzehn Mädchen für ihn. Dann besaß er noch das kleinere Haus La Fiorentina in der Città Vecchia.

Wollte sie überhaupt fort von hier? Diese Frage konnte Laura eindeutig beantworten: Ja, sie wollte, vielmehr sie musste hier raus. Das Leben unter der Knute des Napoletano war in Wahrheit das Leben eines Sträflings. Das Chiave d'Oro war ein Gefängnis. Was hatte sie eigentlich verbrochen? Sie hatte den schönen Worten eines Lügners geglaubt. So hatte sie mit ihm in Sizilien den Dampfer bestiegen. Auch ihre Eltern hatten der Geschichte vom soliden Dienstposten in Venedig geglaubt und ihre Tochter fortziehen lassen. Obwohl Laura gelegentlich den Gedanken erwogen hatte, dass es ihren Eltern egal war, wohin sie verschwand, solange sie nur nicht mehr durchgefüttert werden musste. Laura fühlte nach solchen Gedanken ihr schlechtes Gewissen, so undankbar durfte sie ihren Eltern gegenüber nicht sein.

Als ihr Renzullo das Lesen und Schreiben beigebracht hatte, hatte sie an sich etwas bemerkt, was sie vorher nicht gewusst hatte. Das Lernen fiel ihr nicht schwer. Sie konnte sich kaum noch an ihre Schulzeit erinnern, sie wusste nur, dass der Lehrer mit seinem Gürtel ständig auf die Buben eingedroschen und die Mädchen an verschiedenen Stellen angefasst hatte. Gelernt hatte sie in der Schule nichts, und es war ihr ganz recht gewesen, als der Vater nach anderthalb Jahren Unterricht den Schulbesuch verboten hatte. Jetzt, wo sie das Alphabet beherrschte und sogar Bücher lesen konnte, wollte sie mehr, mehr von der Welt erfahren, sich mehr Wissen und Können aneignen. Das Chiave d'Oro war aber alles andere als ein Ort der Lehre, wenn eines der Mädchen mit einem Buch erwischt wurde, setzte es Strafen.

Renzullo hatte ihr erklärt, dass die Deutschen das Wortspiel mit dem Namen des Freudenhauses nicht verstanden. Auf Deutsch hieß das Chiave d'Oro einfach nur »Goldener Schlüssel«, das war für sie völlig unverfänglich. Aber im Italienischen hieß das Zeitwort »chiavare« das, was die Deutschen mit dem Wort »ficken« bezeichneten. Darum ging es hier im Haus: chiavare a destra e a manca.

Konnte es Frauen geben, die diese Arbeit freiwillig verrichteten? Laura wusste es nicht. Wenn, dann wohl nur des

Geldes wegen. Der Napoletano verdiente sehr gut mit seinen Mädchen, die fast nichts von dem bekamen, was die Freier entrichteten. Viele Männer waren bereit, beträchtliche Summen für eine Stunde mit einer Frau zu bezahlen. Wenn dieses Geld die Frauen erhalten würde, würden sie diese Arbeit vielleicht auch verrichten wollen. Zumindest hatten einige ihrer Kameradinnen das so gesagt. Darüber dachte Laura immer wieder nach, hatte aber für sich selbst noch keine Antwort gefunden.

Nein, sie würde Renzullo folgen, sie würde mit ihm nach Wien gehen, sie würde das traurige Leben als Freudenmädchen hinter sich lassen. Also stopfte sie alles, was sie an persönlichen Dingen hatte, das war wenig genug, in den Seesack, den sie sich unauffällig beschafft hatte.

Sie musste fort von hier, einfach weg, hinaus in die Welt, in die Wirklichkeit, in die Freiheit. Sie wusste fast nichts von Wien, sie würde die Hauptstadt Österreich-Ungarns nicht einmal auf der Landkarte finden, sie wusste nur, dass die große Stadt im Norden die Residenz des Kaisers war. Sie war keine Österreicherin, aber sie war auch keine Italienerin mehr, sie war ein Mensch, der in einem Kerker lebte und zu fliehen versuchte. Sie brannte darauf, endlich frei zu sein.

Bei Sonnenaufgang würde es losgehen. Wenn Renzullo es schaffen sollte, sie zu befreien, würde sie ihm eine ganze Schar von Kindern gebären. Das würde sie gern tun.

Laura zog die Schnur des Seesackes zu und schob das Gepäckstück unter das Bett. Sie erhob sich und strich ihre Kleidung glatt. Da klopfte es an der Tür. Laura schaute hinüber. Nicht alle Freier klopften an, die meisten betraten einfach ihr Zimmer. Sie atmete durch, verbannte jeden Gedanken aus ihrem Geist und lächelte süß wie eine bemalte Porzellanpuppe.

Sie öffnete die Tür und machte eine einladende Geste. »Signore, treten Sie bitte näher.«

⁓⁕⁓

Stephan Rathkolb saß in seinem Ohrensessel und las in einem französischen Roman. Durch die Lektüre von Zeitungen und Büchern hielt er seine Kenntnisse frisch, denn im Alltag benötigte er diese Sprache nicht sehr oft. Noch im Gymnasium hatte er erfolgreich romanische Sprachen erlernt, Latein, Französisch und Italienisch, und während des Studiums der Rechtswissenschaften in Wien hatte er seine Kenntnisse vertieft. Als junges Ehepaar hatten Else und er fünf Jahre in Paris gelebt. Rathkolb hatte als Sekretär der österreichisch-ungarischen Gesandtschaft gearbeitet, während seine Frau die Kinder betreut hatte. Später hatte die Familie acht Jahre in Rom verbracht, ehe Rathkolb die Gelegenheit erhalten hatte, vom Außenamt in die Polizeidirektion Triest zu wechseln.

Auf dem Tisch neben dem Sessel standen eine Kanne Tee und ein Teller, auf dem sich noch Kuchenkrümel befanden. Zum Mittagsmahl waren seine jüngere Tochter, ihr Ehemann und deren beiden Kinder zu Gast gewesen. Rathkolbs ältere Tochter und sein Sohn lebten in Wien, die jüngere in Triest. Der Besuch der jungen Familie hatte Leben, Stimmen und Gelächter in die meist stille Wohnung gebracht. Die Haushälterin hatte Suppe, geröstete Leber und Apfelkuchen zubereitet. Rathkolb hatte mit großer Freude dem Klavierspiel seiner Tochter gelauscht, hatte seinen Enkeln Geschichten vorgelesen und mit seinem Schwiegersohn hatte er beim Kaffee eine Zigarre geschmaucht. Als die Gäste die Wohnung verlassen hatten, war wieder Stille eingekehrt und Rathkolb hatte sich eine Kanne Tee und ein letztes Stück Kuchen servieren lassen. Seit einer Stunde las er nun schon.

Er hörte sich nähernde Schritte auf dem Parkett und blickte hoch. »Haben Sie die Hausarbeit beendet, Nataša?«, fragte er die slowenische Haushälterin und sah gleichzeitig, dass sie ein Silbertablett in der Hand hielt.

»Beinahe, Herr Doktor, zehn Minuten noch. Aber es ist ein junger Herr gekommen, der bittet, Sie zu sprechen«, sagte die Haushälterin und brachte die Visitenkarte auf dem Tablett.

»Ich habe die Türglocke gar nicht gehört.« Rathkolb griff danach, zog überrascht die Augenbrauen hoch und erhob sich. »Ich empfange den Herrn sofort, führen Sie den Gast herein.«

»Sehr wohl, Herr Doktor.«

Rathkolb postierte sich in der Mitte der Bibliothek und wartete. Der Besucher wurde von der Haushälterin in den Raum geführt. Rathkolb ging dem Polizeiagenten entgegen und streckte seine Hand zum Gruß aus. »Signor Bosovich, ich freue mich, Sie zu sehen. Treten Sie nur näher und setzen Sie sich. Mögen Sie Ceylon? Noch ist die Kanne halb voll, wenngleich der Tee nicht mehr ganz heiß ist.«

»Meine Verehrung, Herr Direktor, ich bitte vielmals um Entschuldigung, dass ich unangekündigt bei Ihnen hereinplatze. Ich hoffe sehr, Sie nicht zu inkommodieren.«

»Davon kann keine Rede sein, vielmehr brenne ich darauf, zu erfahren, was Sie zu mir geführt hat. Tee gefällig?«

»Sehr gerne, Herr Direktor.«

»Nataša, bitte eine Tasse.«

Die beiden Männer setzten sich.

»Ich bin untröstlich, Sie bei der Lektüre zu stören.«

»Die kann ich ja später fortsetzen, der Abend ist noch lang. Ihr Besuch ist keine Störung.«

Die beiden Männer unterhielten sich über den nach wie vor sehr lebhaften Wind. Die Haushälterin brachte eine Tasse und goss den Herren Tee ein.

»Nataša, wenn Sie Ihre Arbeit in der Küche abgeschlossen haben, können Sie gehen. Auch heute wieder bedanke ich mich für Ihr köstliches Mittagsmahl und wünsche einen angenehmen Sonntag. Wir sehen uns dann wieder Montagmorgen.«

Die Haushälterin machte einen Knicks, verabschiedete sich und schloss die Tür der Bibliothek von außen.

Ein wenig führten die beiden noch Konversation, ehe Rathkolb mit ernster Miene seine Tasse abstellte und Luigi ins Auge fasste. »Mein lieber Signor Bosovich, wie ich an Ihrer Miene abzulesen vermeine, machen Sie mir nicht zum Zeitvertreib die Aufwartung, sondern weil Sie etwas auf dem Herzen haben.«

Auch Luigi stellte die Tasse ab. »In der Tat, Herr Direktor, und leider muss ich sagen, dass ich eine äußerst unangenehme Sache mit Ihnen besprechen muss.«

»Ich bin auf das Schlimmste gefasst, also rundweg heraus. Um welche Sache handelt es sich?«

»Herr Direktor, Sie haben mir ja diverse Akten zur Einsichtnahme übergeben und mir den Auftrag erteilt, nach Zusammenhängen und Hintergründen zu suchen. Nun, das habe ich nach bestem Wissen und Gewissen getan. Und es stellte sich nach einigen Stunden der Arbeit ein Unbehagen ein. Ich glaubte, ein Muster erkannt zu haben, wonach die Ausfertigung von Aufenthaltspapieren, Gesundheitszeugnissen und weiterer Dokumente wiederholt indirekt von der Polizeidirektion angeregt wurde. Grundsätzlich sind Gespräche über Amtsgrenzen hinweg üblich, es gibt aber klare Richtlinien, wie diese zu erfolgen haben. Ich habe keine Beweise gefunden, aber Anzeichen dafür, dass die Richtlinien nicht immer eingehalten wurden.«

»Sie sagen also, dass die Polizeidirektion indirekt involviert war. Das Amt, dem wir beide angehören, ist aber eine große Behörde mit zahlreichen Dienststellen. Können Sie das präzisieren?«

»Ja, das kann ich, und das ist mir außergewöhnlich unangenehm.«

»Überwinden Sie Ihr Zögern und sprechen Sie frei.«

»Die Dienststelle, die anscheinend wiederholt indirekte Einflussnahme auf die Ausstellung von Papieren genommen hat, und ich versichere Ihnen, dass ich das nicht leichtfertig Ihnen gegenüber ausspreche, scheint das k.k. Polizeiagenteninstitut zu sein.«

Rathkolb kniff die Augen zusammen. »Wollen Sie damit sagen, dass Sie einem oder mehreren Ihrer eigenen Kollegen unterstellen, wiederholt Amtsregeln umgangen zu haben?«

»Ich bin bis auf die Knochen beschämt, Herr Direktor, und ich würde Derartiges niemals auch nur ansatzweise hervorbringen, wenn ich nicht auf eine Zeugenaussage gestoßen wäre.«

Rathkolb umklammerte mit beiden Händen die Armlehnen seines Ohrensessels. »Sie haben einen Zeugen?«

»Jawohl, Herr Direktor.«

»Wer ist dieser Zeuge, und wie glaubhaft ist er?«

»Der Mann heißt Johann Brajkovic, er ist dreißig Jahre alt und von Beruf Stallknecht und Kutscher. Ich kenne den Mann noch aus meiner Jugend, denn er ist im selben Viertel wie ich aufgewachsen. In der Volksschule war er zwei Klassen über mir.«

»Schildern Sie die Umstände, wie es zur Zeugenaussage gekommen ist.«

»Ich war zuvor im Auftrag von Inspector Zabini im Ippodromo, habe dort mehrere Informationen überprüft und die Unversehrtheit des polizeilichen Siegels am mutmaßlichen Tatort kontrolliert. Dabei bin ich auf Brajkovic gestoßen und habe in unverbindlichem Tonfall ein Gespräch geführt. Ich musste verschiedene Zeitabläufe überprüfen, was erfolgreich geschehen ist. Ich befand mich zum Zeitpunkt der Unterredung in einem Stallgebäude, in welchem Brajkovic mit der Pflege und Versorgung der Tiere beschäftigt war. Es war sozusagen ein Zufallstreffer, Herr Direktor, aber es war ein Treffer. Wir standen vor Boxen, im welchen neben ein paar anderen Pferden auch zwei Pferde eingestellt sind, die einem gewissen Béla Szigeti gehören. Das sind keine gewöhnlichen Kutschpferde, sondern hochwertige Rennpferde. Beide sind beim Derby letzte Woche an den Start gegangen.«

»Und weiter?«

»Der Besitzer der Pferde ist kein Unbekannter. Er betreibt das Bordell La Francese in der Via dei Capitelli. In besagtem Etablissement hat auch das zweite Mordopfer gearbeitet, die Ungarin Gizella Ferenczi aus Miskolc. Aber die Zeugenaussage betrifft nicht die Ermordung des Mädchens, sie hat beim aktuellen Kenntnisstand nichts damit zu tun.«

»Worum handelt es sich sonst?«

»Brajkovic hat wiederholt Kutschfahrten für den ungarischen Zuhälter durchgeführt, die dieser ordentlich bezahlt hat. Das waren ganz normale Fahrten, wie sie Brajkovic für verschiedene Personen immer wieder erledigt. Eines Tages hat Szigeti dem Stallknecht einen ungewöhnlichen Auftrag erteilt. Brajkovic sollte um zwei Uhr früh einen Mann aufnehmen, nach Muggia fahren, dort die Ankunft eines Schiffes abwarten, dann wieder nach Triest zurückkehren und den Mann in der Nähe der Via dei Capitelli aussteigen lassen. Zwei Mal hat Brajkovic in den letzten acht Monaten solche Fahrten unternommen. Und jedes Mal ist in Muggia eine weibliche Person zugestiegen und in der Città Vecchia wieder ausgestiegen. Der Mann hat als Begleitung für die Damen fungiert.«

»Das klingt nach Nachschub für die Mädchen des Etablissements.«

»Davon ist Brajkovic überzeugt. Und wissen Sie, warum er mir das überhaupt erzählt hat?«

»Sagen Sie es mir.«

»Weil Béla Szigeti bei diesen Fahrten darauf bestanden hat, nicht irgendein Pferd anzuspannen, sondern das hochwertige Rennpferd Sirene. Dieses Pferd hat bei einem Rennen am Wochenende den dritten Platz belegt. Brajkovic ist bis heute fassungslos, dass man ein derart wertvolles Pferd für Kutschfahrten verwendet. Deswegen hat er mir die Geschichte erzählt.«

»Signor Bosovich, ich sehe viele Teile Ihrer Ausführung, aber noch nicht den klaren Zusammenhang.«

Luigi schluckte schwer. »Brajkovic kennt den Mann nicht persönlich, der die Mädchen vom Hafen Muggia abgeholt hat, aber er konnte eine genaue Beschreibung liefern. Im Fall des Falles müsste zwingend eine Gegenüberstellung erfolgen, um jeden Zweifel auszuräumen.«

Rathkolbs Miene war undurchdringlich. »Wer ist der Mädchenhändler im k.k. Polizeiagenteninstitut? Raus mit der Sprache!«

Luigi atmete tief durch. »Basierend auf den Erkenntnissen aus dem Aktenstudium, der Erwägung aller Möglichkeiten und der Personenbeschreibung muss ich, so furchtbar das auch für mich ist, Ihnen gegenüber, Herr Direktor, den Verdacht äußern, dass Inspector Pittoni dieser ominöse Mädchenhändler sein könnte.«

Rathkolb erhob sich und ging in der Bibliothek auf und ab. »Also doch.«

»Herr Direktor, darf ich eine Frage stellen?«

»Natürlich, Signor Bosovich.«

»Ich konnte mich bei der Durchsicht der Akten eines Eindrucks nicht erwehren. Haben Sie den Verdacht gehabt, dass etwas Derartiges vorgehen könnte?«

Rathkolb trat auf Luigi zu und legte ihm die Hand auf die Schulter. »Signor Bosovich, Sie haben all das Vertrauen und die Hoffnung, die ich auf Sie setzte, vollkommen bestätigt. Und das sogar in beeindruckend kurzer Zeit. Ja, ich hegte einen Verdacht, hatte aber zu wenig Einsicht in die Materie. Sie haben durch Ihre exzellente Untersuchung diese Einsicht ermöglicht. Bravo, Signore, Sie sind ein ausgezeichneter Polizist.«

»Aber Herr Direktor, wenn ich richtigliege, dann hat sich Inspector I. Klasse Pittoni krimineller Handlungen schuldig gemacht. Das sind schwere Vorwürfe. Ich gebe zu bedenken, dass ich mich auch katastrophal irren könnte.«

»Haben Sie über Ihren Verdacht mit irgendjemandem gesprochen? Etwa mit Inspector Zabini oder Oberinspector Gellner?«

»Nein. Da ich den Auftrag direkt von Ihnen erhalten habe, musste ich zuerst mit Ihnen sprechen.«

»Sehr gut, Signor Bosovich. Die Sache bleibt weiterhin unter Verschluss. Kein Wort darüber, zu niemandem.«

»Jawohl, Herr Direktor.«

Rathkolb ging zur Hausbar, goss zwei Gläser Cognac ein, reichte eines Luigi und setzte sich wieder. Der Direktor fixierte seinen Polizeiagenten. »Die Wahrscheinlichkeit eines Irrtums Ihrerseits, Signor Bosovich, ist leider verschwindend gering. Es gibt aus gänzlich anderer Quelle, über die ich Ihnen zu gegebener Zeit berichten kann, eine zweite Zeugenaussage. Es wird eng für Pittoni, sehr eng.«

Sonntag, 7. Juni 1908

Renzullo hörte die Kirchenglocke, es war auf den Schlag sechs Uhr. Die Bora hatte nachgelassen, nur ein sanftes Lüftchen strich über Triest, der wolkenlose Himmel füllte sich mit dem Licht des anhebenden Tages. Renzullo nahm das schöne Wetter als gutes Omen für das Vorhaben. Wie verabredet hielt er sich im Hinterhof des Hauses in der Via del Solitario versteckt. Schon vor einer Viertelstunde hatte er seine Stellung eingenommen, er hatte nachts kaum Ruhe gefunden und wenig geschlafen. Aber müde war er nicht, im Gegenteil, wegen der Aufregung war er hellwach. So gut es ihm möglich war, hatte er Vorbereitungen für den großen Tag getroffen, jetzt musste alles einfach nur noch geschehen.

Er wartete. Jede Minute zog sich hin wie eine Ewigkeit.

Da entdeckte er eine Bewegung beim kleinen Fenster, durch das er schon mehrfach in das Haus eingestiegen war. Renzullo spähte vorsichtig hinüber. Lauras Kopf erschien, sie blickte zu ihm herüber, sie wusste ja, wo er sich immer versteckt hielt. Er gab ihr ein Handzeichen, sie winkte ihn zu sich. Renzullo huschte an der Mauer entlang zum Fenster.

Laura legte ihren Zeigefinger auf die Lippen »Leise, wir dürfen niemanden wecken.«

»Schlafen die anderen?«

»Ja.«

»Hast du die Decke auf deinem Bett so arrangiert, dass man auf einen schnellen Blick glauben könnte, du würdest noch schlafen?«

»Das habe ich getan. Hier, mein Seesack.«

Renzullo nahm ihn entgegen und stellte ihn am Boden ab. Mit den Beinen voran schlüpfte Laura durch das Fenster, Renzullo stützte sie, als sie zu Boden glitt.

Laura lächelte über beide Ohren. »Jetzt habe ich das Haus erstmals unerlaubt verlassen, wenngleich ich noch nicht sehr weit gekommen bin.«

Renzullo lächelte und umarmte Laura impulsiv. Welch Übermaß an Freude ihn durchströmte, konnte er kaum fassen.

»Sie werden das offene Fenster bald entdecken«, sagte Laura.

Renzullo griff in seine Hosentasche. »Ich habe mir etwas ausgedacht.«

Laura verfolgte verblüfft, wie Renzullo eine Schlinge an einen dünnen Faden knüpfte, die Schlinge an den Fenstergriff hakte und so das Fenster von außen zuzog, dann schnitt er den Faden ab, band an das andere Ende einen mitgebrachten faustgroßen Stein und ließ den Stein baumeln. Das Gewicht des Steines zog das Fenster zu.

»Fabrizio, du hast so viele gute Ideen, das ist großartig.«

Er wiegte den Kopf. »Früher oder später werden sie bemerken, dass das Fenster nicht ganz geschlossen ist. Die Spannung des Fadens macht einen kleinen Spalt, und von außen sieht man natürlich den Stein baumeln, aber auf den ersten Blick kann die Täuschung gelingen. Und wir werden dann schon über alle Berge sein. Los jetzt!«

Laura verdeckte ihr Haar unter einem unauffälligen Kopftuch, Renzullo zog seinen Hut tief in die Stirn. Die beiden schauten sich noch einmal genau um, dann huschten sie auf leisen Sohlen durch das Haustor, traten vorsichtig auf die noch stille Straße und marschierten schließlich los.

Am Sonntag um sechs Uhr früh lag über Triest noch beschauliche Ruhe. Nur die Rufe der Möwen hallten über die Dächer. Sie bogen in die Via della Fonderia, huschten diese entlang bis zum Vorplatz des Ospitale Civico.

Renzullo schaute hinter sich. »Wir gehen nicht auf direktem Weg zur nächsten Haltestelle, sondern laufen durch die Stadt, mal in diese Richtung, dann in die andere. Sollte uns jemand sehen, darf die Person nicht wissen, wohin wir unterwegs sind.«

»Wir könnten uns trennen und uns später an einem bestimmten Punkt treffen.«

Renzullo überlegte, dann schüttelte er den Kopf. »Nein, ich kann mich jetzt nicht von dir trennen, jetzt, wo wir endlich beisammen sind, nicht einmal für eine Minute könnte ich das.«

»Dann gehen wir so, wie du vorgeschlagen hast.«

Selbst vor dem großen Hospital waren um diese Zeit nur wenige Menschen auf der Straße, und diese achteten nicht auf das flott marschierende Paar. Wenn ihnen jemand auf dem Gehsteig entgegenkam, wechselten sie die Straßenseite. Über eine Stunde lang steiften sie durch die Viertel San Luigi und Chiadino, gingen bergan und bergab, bogen mal links, mal rechts ab, schließlich erreichten sie das Viertel Rozzol und näherten sich dem Ippodromo di Montebello.

Laura legte Renzullo die Hand auf den Unterarm. »Einen Moment, nach dem Eilmarsch bin ich ein wenig außer Atem.«

Er zog seine Taschenuhr hervor. »Es ist fast halb acht. Onkel Gino wird uns schon erwarten.«

»Ist dein Onkel wirklich vertrauenswürdig?«

»Aber ja.«

»Nicht dass er sich ein kleines Sümmchen verdienen will, indem er mich beim Napoletano verrät.«

Renzullo winkte ab. »Sobald du ihn kennenlernst, wirst du verstehen, dass er Derartiges niemals tun würde.«

»Na gut, ich vertraue deinem Urteil.«

Vorsichtig streiften sie im Umfeld der Rennbahn umher und schauten sich um. Dann lenkte Renzullo die Schritte in Richtung der Stallungen. Einige Stallknechte waren schon auf den Beinen und versorgten die Tiere. Ihnen gingen sie aus dem Weg. Immerhin kannten viele von ihnen Renzullo, würden ihn begrüßen und dabei natürlich das ausgesprochen attraktive Fräulein in seiner Begleitung entdecken.

Die beiden kamen nun zu einem Magazin. Renzullo schaute durch das geschlossene Fenster in das Innere. »Onkel Gino ist da.« Er klopfte an das Fenster.

Wenig später wurde es geöffnet und Gino Fonda schaute heraus. »Ihr seid spät.«

»Können wir reinkommen?«

»Ja, ich bin alleine. Los!«

Sie umrundeten das Gebäude, Fonda hielt die Tür geöffnet und ließ das junge Paar eintreten. Renzullo stellte den Seesack auf den Tisch des kleinen Dienstzimmers des Magazineurs. Laura blickte sich in der karg eingerichteten Kammer um.

Fonda trat auf die beiden zu, stemmte seine Fäuste in die Hüften und musterte sie. »Du bist also Laura.«

»Ja, Signor Fonda.«

»Aus Sizilien?«

»Da bin ich aufgewachsen.«

»Wie lange bist du schon in Triest?«

»Seit ungefähr einem halben Jahr.«

»Dir gefällt es offenbar nicht bei uns an der Adria, hm? Musstest dem Hornochsen von Neffen Flausen in den Kopf setzen. Verleitest ihn zu riskanten Abenteuern«, nörgelte Fonda.

»Es ist eher so, dass Fabrizio mich zu Abenteuern verleitet.«

»Und du, bist du jetzt stolz auf deine Rittertat?«, wandte sich Fonda an Renzullo.

»Ja, Onkelchen, ich bin stolz auf mich. Und ich fühle das erste Mal im Leben, etwas Wichtiges und Sinnvolles getan zu haben.«

Fonda wiegte den Kopf. »Zeit ist es geworden, dass aus dir ein Mann wird. Warst lange genug ein dummer Bub.«

»Wirst du uns helfen, Onkel?«

»Was habe ich dir gestern gesagt?«

»Dass du Laura verstecken wirst.«

»Und so wird es sein«, stellte Fonda fest und fasste dann Laura noch einmal ins Auge. »Meine Güte, was bist du nur für ein hübsches Kind! Kein Wunder, dass sich dieser Narr in dich verliebt hat. Aber liebst du ihn auch?«

Laura schaute Renzullo schmachtend an, hakte sich bei ihm ein und drückte sich an seine Seite. »Niemand anderem will ich acht Kinder schenken.«

Ein kurzes Lächeln flog über Fondas säuerliche Miene.

»Gleich acht? Na bitte, da müsst ihr euch ranhalten. Mehr Gepäck hast du nicht?«

»Nur der Seesack, Onkel«, sagte Renzullo. »Soll Laura in einer der Kammern im Mannschaftsgebäude unterkommen? Dort sind Betten.«

»Nein, wir müssen sie ja verstecken, das wäre dort unmöglich. Da laufen immerzu irgendwelche Kerle herum, und wenn die ein so schönes Mädchen sehen, drehen die völlig durch. Außerdem ist das Jockeyzimmer immer noch von der Polizei versiegelt«, sagte Fonda und schaute Laura erneut an. »Ich bringe dich für die paar Tage auf dem Heuboden im Stall unter. Die Gesellschaft von ein paar Pferden stört dich hoffentlich nicht.«

»Alles ist besser als die Gesellschaft eines Zuhälters vom Schlage des Napoletano. Ich würde ein Leben lang in einem Stall bei den Schweinen essen und schlafen, wenn ich nur dieser Hölle entkommen könnte.«

Man sah es Fonda an, dass diese Worte ihn erreichten. Er griff nach Lauras Hand und drückte sie. Seine Stimme schnitt nicht mehr wie zuvor, er klang ruhig und gefasst.

»Dann komm mit, Kind. Ich habe dir im Heu eine Bettstatt gemacht und eine Decke, eine Waschschüssel und einen Nachttopf besorgt.«

Er sog ein letztes Mal an seiner Zigarette, warf den Stummel zu Boden und trat ihn aus. Emilio Pittoni genoss seit Jahren völlige Freiheit, was die Gestaltung seiner Arbeit anbelangte. Als Gellner das Amt des Oberinspectors übernommen hatte, hatte er mehrmals versucht, seine Vorstellungen Emilio aufzuoktroyieren und war dabei kläglich gescheitert. Diese Zeit war auch für Emilio mühsam und belastend gewesen, aber seit er den versteckten Machtkampf gegen Gellner gewonnen hatte, waren seine Freiheiten überragend. Solange er die ihm übertragenen Fälle löste, ließ Gellner seinem Inspector I. Klasse völlig freie Hand. Diesen Spielraum hatte Emilio profitabel umgesetzt und sich ein hübsches Sümmchen zur Seite geschafft. Eigentlich war ihm Geld egal. Es gab Menschen, die rackerten sich ab oder wurden kriminell, um an Reichtum zu kommen. Geld um des Geldes willen interessierte Emilio nicht, er hatte etwas Reichtum angehäuft, schlicht und einfach, weil er dazu imstande war, weil es ihn amüsierte, andere zu düpieren, weil ein doppeltes Spiel zu spielen sehr viel unterhaltsamer war, als Dienst nach Vorschrift zu leisten.

Und das Geschäft, das er aufgebaut hatte, war ganz nach seinem Geschmack. Es reizte ihn, die jungen, meist völlig unbedarften Mädchen zu übernehmen und sie in ihr neues Leben einzuführen. Unzählige Männer würden sich dieser Mädchen bedienen, er aber war einer der ersten. Emilio fand das vergnüglich.

Aber er ahnte, dass Feuer am Dach war.

Gestern hatte er in der Kanzlei ein paar Schreibarbeiten erledigt, und als Luigi Bosovich im Auftrag seines Vorgesetzten aufgebrochen war, hatte Emilio sein Sakko und seinen Hut genommen und war auch gegangen. Das Spiel, das Rathkolb mit dem jungen Polizeiagenten spielte, wollte und musste er im Auge behalten. Also hatte er sich auf die Fährte Bosovichs gesetzt und ihn den ganzen Nachmittag bis in den Abend hinein beschattet. Zuerst war Bosovich im Ippodromo gewesen und hatte dort zahlreiche Leute befragt, dann hatte er telephoniert und war schließlich über einige Umwege zum Haus gegangen, in welchem sich die Wohnung des Polizeidirektors befand. Es war für Emilio schlichtweg unmöglich, diese Beobachtungen nicht zu einem bedrohlichen Bild zusammenzusetzen. Aber bevor er sich zu überhasteten Handlungen hinreißen ließ, musste er sich vergewissern.

Emilio griff nach seiner Taschenuhr. Es war knapp vor zehn Uhr. Er betrat das Areal der Rennbahn und näherte sich den Stallungen. Da keine Rennen anstanden, ging es recht gemütlich zu. Zwei Sulkys zogen auf der Bahn zu Übungszwecken ihre Kreise, in den Stallungen wurde ohne Eile gearbeitet. Emilio suchte nach dem betreffenden Mann. Es hatte ihm nur wenig Mühe bereitet, den Namen des Mannes herauszufinden.

Da war er, da war Johann Brajkovic. Dieser legte gerade zwei Pferden das Geschirr an.

Wie zufällig lief er an dem Mann vorbei, und als dieser von seiner Arbeit hochschaute, kreuzten sich ihre Blicke. Überrascht hielt Emilio inne und zog seinen Hut. »Guten Tag, wir kennen uns doch.«

Brajkovic wandte sich Emilio zu. »Ja, ich glaube schon. Guten Tag.«

Sie schüttelten einander die Hand.

»Und, hast du wieder eine Ausfahrt vor?«, duzte Emilio den Mann, um gleich eine freundschaftliche Atmosphäre zu schaffen.

»Wie man sieht. Ich schirre die Pferde für den offenen Wagen an.«

»Unternimmst du mit der Kundschaft einen Sonntagsausflug?«

»So ist es. Um halb eins hole ich die Herrschaften ab und fahre sie nach Grignano. Dort findet ein Volksfest mit Blasmusik und Aufmarsch statt.«

»Von diesem Fest habe ich gehört«, sagte Emilio, beugte sich vor und flüsterte verschwörerisch. »Und fährst du unseren gemeinsamen Freund Béla Szigeti? Oder eine seiner Damen?«

Brajkovic schmunzelte anzüglich. »So eine Dame würde ich gerne kutschieren. Aber nein, es sind ein Kaufmann und seine Frau, die die Kutsche bestellt haben.«

Emilio nickte. »Ich verstehe.«

»Gibt es bald wieder eine nächtliche Fahrt? Ich kriege dafür immer doppelten Lohn.«

»Und dieser ist auch völlig berechtigt. Immerhin musst du dir die halbe Nacht um die Ohren schlagen.«

»Und du, was kriegst du dafür?«

»Ein Taschengeld. Man muss schauen, wo man bleibt, das Leben in Triest ist teuer.«

»Da hast du recht. Alles ist so teuer.«

Emilio hatte bei den seltenen Begegnungen mit diesem Mann nicht viel gesprochen, aber es war klar, dass er keine große Leuchte war. Warum Szigeti wiederholt Brajkovic mit den Kutschfahrten nach Muggia beauftragte, war Emilio nicht klar. Offenbar vertraute der Zuhälter auf die Verschwiegenheit des Mannes, oder er hatte irgendetwas gegen ihn in der Hand. Aber ein Dummkopf konnte sich leicht verplappern. »Gestern hat sich ein Polizist hier auf der Rennbahn herumgetrieben.«

»In der letzten Zeit rennen immer wieder Polizisten hier herum. Das ist wegen der toten Mädchen im Wald.«

»Schreckliche Sache.«

»Ja, schrecklich.«

»Hat dich die Polizei auch befragt?«

»Ja, die haben alle Bediensteten befragt.«

»Die armen Mädchen. Das muss ein Verrückter sein, der sie absticht.«

»Der gehört sofort am nächsten Baum aufgeknüpft.«

»Sehe ich auch so«, bestätigte Emilio und lauerte mit gespitzten Ohren. »Hast du den Polizisten von unseren Nachtfahrten nach Muggia erzählt?«

»Äh, nein, warum hätte ich davon erzählen sollen? Das hat ja mit den toten Mädchen nichts zu tun.«

Emilios Gespür für die Lügen der Menschen hatte in wenigen Jahren seinen Aufstieg vom einfachen Streifenpolizisten zum Inspector I. Klasse ermöglicht. Brajkovic hatte einen Deut gezögert, er hatte einen kleinen Moment verlegen gewirkt, hatte seinen Blick für eine Sekunde abgewendet. Für Emilio war klar gewesen, dass er log. »Das ist klasse, Szigeti bezahlt uns gut, damit wir die Klappe halten. Du bist ein wahrer Kamerad. Worüber hast du gestern mit dem Polizisten gesprochen?«

Der Mann schien erleichtert, dass sein Gegenüber die Lüge geschluckt hatte. »Über die Kutschfahrten. Und dass ich schon einmal Sirene vor den Einspänner gespannt habe. Obwohl das ein Rennpferd ist«, sagte er unter Gelächter.

Emilio stimmte in das Gelächter ein, bot Brajkovic eine Zigarette, scherzte noch ein wenig und verabschiedete sich danach.

Als Emilio außer Sichtweite war, veränderte sich seine Miene schlagartig und bekam wieder diesen harten, kantigen, fast geierhaften Ausdruck. Der Hohlkopf Brajkovic hatte also Luigi von der Ausfahrt mit dem Rennpferd

Sirene erzählt. Dieser war dann fast auf direktem Weg zu Dr. Rathkolb gegangen. Man musste wahrlich kein Genie sein, um zu verstehen, was vor sich ging. Emilio hatte ja sofort befürchtet, dass Bosovich gefährlich werden könnte. Luigi hatte also einen Zeugen für die Nachtfahrten gefunden, mit denen Emilio sich ein hübsches Nebeneinkommen geschaffen hatte.

Sollte er umkehren und Brajkovic mit einem Kopfschuss niederstrecken? Gute Lust dazu hätte er. Aber Emilio hätte nicht seine Position erreicht, wenn er zu impulsiven und überhasteten Handlungen neigen würde.

Jetzt war er sich sicher, das Dach brannte lichterloh. Für diese Erkenntnis hatte sich der Ausflug zum Ippodromo gelohnt.

Gino Fonda schaute um sich und betrat den Stall. Er trug einen Korb bei sich, der mit einem Tuch bedeckt war. Zuerst ging er von Box zu Box und inspizierte, ob die Stellplätze sauber und die Futtertröge gefüllt waren. Vor einer Viertelstunde hatte ihm einer der Stallburschen gesagt, dass die Pferde getränkt und gefüttert waren. Die vier Magazineure trugen die Verantwortung über die Stallungen, schauten, dass immer genug Futter, Streu und sonstige Vorräte vorhanden waren, und teilten die Arbeit der Stallburschen ein. Fonda war zufrieden. Seine beiden Burschen arbeiteten gut, anderenfalls hätte er sie längst mit der Heugabel in der Hand vom Areal gejagt. Nichtsnutze konnte er nicht brauchen, aber wenn die jungen Kerle anpackten, durften sie bleiben. Fonda spähte erneut um sich, niemand war im

Stall, dann schaute er zur Leiter, die auf den Heuboden führte. Dort oben war auch alles ruhig. Mit dem Korb in der Hand stieg er die Leiter hoch.

Auf dem Heuboden befand sich ein großer Haufen frisch getrocknetes Gras, es duftete intensiv danach. Am schmalen Seitengang ging er darum herum und musste wegen der Dachschräge den Kopf einziehen. Er kam zu dem Platz, wo er dem Mädchen die Bettstatt gemacht hatte. Doch wo war die Göre?

»Laura, bist du da? Ich bin es, Gino«, flüsterte er.

Laura guckte hinter einem Dachpfeiler hervor. »Gott sei Dank bist du es, Onkel. Als ich das Knarren der Leiter gehört habe, bin ich zu Tode erschrocken.«

»Du hast dich gut versteckt. Ich habe dich nicht gesehen.«

Laura trat aus ihrem Versteck und putzte sich den Staub vom Kleid.

»Bist du mit deiner Suite zufrieden?«, fragte Fonda und der Hauch eines Lächelns lag auf seinen Lippen.

»Die Suite ist sehr elegant, aber der Zimmerservice lässt zu wünschen übrig. Wo bleiben Kaviar und Sekt?«

Fonda stellte den Korb auf das Heubett, griff nach einem Schemel und setzte sich. »Du bist nicht auf den Mund gefallen, Mädchen. Schau mal in den Korb.«

Laura zog das Tuch fort, ihre Miene hellte sich auf und sie schenkte Fonda ein strahlendes Lächeln. »Danke, Onkelchen. Ich bin durstig wie ein Kamel und hungrig wie ein Wolf.«

»Greif zu. Geselchtes Fleisch, Käse, Gemüse, Brot, Obst und Wasser. Das ist zwar keine warme Mahlzeit zu Mittag, aber du kannst dir den Bauch vollschlagen.«

Laura setzte sich, griff zuerst zum Schlauch und trank gierig. »Meine Güte, wie gut das Wasser tut. Und es ist kühl.«

»Frisch vom Brunnen«, erklärte Fonda, klappte sein Taschenmesser auf und schnitt Stücke vom Brot, vom Selchfleisch und vom Käse ab.

Laura aß mit großem Appetit. Mit vollem Mund warf sie Fonda einen dankbaren Blick zu. »Das schmeckt so gut. Vielen Dank.«

Eine Weile schaute er ihr beim Essen zu. »Der Bub hat gesagt, dass er dir das Lesen und Schreiben beigebracht hat.«

»Das hat er. Ich bin so stolz, dass ich das jetzt kann.«

»Du bist auf dem Land aufgewachsen?«

»Ja. Meine Eltern haben ein paar Beete und zwei Ziegen gehabt. Bei fünf Geschwistern blieb nicht viel zum Leben. Wir Mädchen waren nur kurz in der Schule, wir mussten immer im Haus mitarbeiten. Meine zwei Brüder gingen zur Schule.«

»Im Hinterland?«

»Ja. Erst als ich zwölf war, habe ich das Meer gesehen. Obwohl Sizilien eine Insel ist.«

»Ich bin am Meer aufgewachsen. Drei Tagesmärsche von hier auf der Halbinsel Istrien. Hungern mussten wir nicht, mein Vater war Fischer, er und die anderen Männer haben immer Fang eingebracht. Aber es war ein sehr karges Leben.«

»In Sizilien ist alles karg, außer das Leben der Barone.«

»Tja, die Barone. Unsere Gesellschaft ist falsch und die Herrschaftsverhältnisse sind verlogen. Der Adel feiert Bälle und Bankette, die einfachen Leute müssen auf den Feldern oder Fabriken malochen und leben doch nur von der Hand in den Mund. Das müssen wir ändern.«

Laura runzelte die Stirn. »Das verstehe ich nicht. Wie sollen wir das ändern? Sollen wir eine Revolution anzetteln?«

Fonda zuckte mit den Schultern. »Mit einer Revolution gewinnt die Menschheit nicht viel. Die Erfahrung zeigt, dass Revolutionen oft aus guten Gründen beginnen, und wenn sie erfolgreich sind, müssen die alten Machthaber ihre Stühle räumen. Dafür kommen andere, die nach kurzer Zeit die alte Macht in neuem Gewand wiedererrichten. Die Menschen brauchen Bildung, keine Revolution. Die Menschen müssen lernen, sich an Freiheit und Gerechtigkeit zu halten. Jeder respektiere den anderen und gewähre ihm die Freiheit, die man für sich selbst reklamiert. Das wäre der erste Schritt. Aber mit dem Lernen tun sich viele Menschen sehr schwer, die bleiben lieber aus Bequemlichkeit ahnungslos und dumm.«

»Ich will lernen. Und jetzt kann ich endlich lesen, also will ich meine Nase in Bücher stecken.«

»Gutes Kind. Ich kann dir später ein paar Bücher bringen. Allein hier oben im Heu wird dir sonst noch langweilig. Ich habe auch ein paar Broschüren verpönter Anarchisten und Freidenker.«

»Ich weiß nicht, was das ist.«

Fonda winkte ab. »Das ist jetzt nicht so wichtig. Iss dich satt. Und lass uns hoffen, dass unser guter Fabrizio keine allzu großen Dummheiten anstellt.«

Ruggero Guiscardi ging durch die Straßen und war nicht zufrieden. Der Erlös der letzten zwei Tage in seinem zweiten Haus, dem La Fiorentina in der Città Vecchia, war mäßig. Entweder hatten die Mädchen Geld unterschlagen oder sie hatten wirklich wenig Kundschaft empfangen. Sein Aufpasser hatte die Angaben der Mädchen bestätigt, aber so recht wollte der Napoletano das nicht glauben. Er wusste, dass die Menschen davon besessen waren, sich gegenseitig übers Ohr zu hauen. Als er mit Schlägen gedroht hatte, waren die Mädchen fast in Panik verfallen, aber mehr Geld hatten sie nicht herausgerückt. Er nahm sich vor, das Treiben im La Fiorentina genauer im Auge zu behalten und öfter zu Kontrollen aufzutauchen. Zum Glück brachte das Chiave d'Oro kontinuierlich gute Erträge.

Vielleicht sollte er im La Fiorentina wieder investieren. Die Ausstattung könnte durchaus vornehmer sein, ein paar elegante Sitzmöbel, ein neues Kanapee und andere Vorhänge würden das Ambiente wohl verbessern. Er musste schließlich wie ein Kaufmann denken, also auch in einen zukünftigen Geschäftserfolg investieren. Beizeiten würde er sich das genauer durch den Kopf gehen lassen.

Guiscardi erreichte die Via del Solitario, da er aber einen Drang verspürte, trat er nicht ins Haus, sondern ging in den Hinterhof. Hinter dem Baum in der Mauerecke erleichterte er sich. Nachdem er sein Geschäft erledigt hatte, durchquerte er den Hof. Sein Blick verfing sich an einem schwebenden Stein.

Guiscardi hielt verwundert an und schaute genauer hin. Der Stein schwebte natürlich nicht, sondern hing an einem dünnen Faden. Er trat näher und griff nach dem Faden. Was sollte das bedeuten? Mit der Fingerspitze drückte er von außen gegen das Fenster. Es war geöffnet. Irgendjemand hatte den Faden an den Fenstergriff gehängt und so gelegt, dass das Gewicht des Steines das Fenster zuzog. Auf den ersten Blick sah es geschlossen aus, was es aber nicht war. Dabei hatte er Anordnung gegeben, das Fenster in der kleinen Kammer immer geschlossen zu halten.

Wut gärte in ihm. Er riss den Stein vom Faden und schleuderte ihn gegen die Wand. Entweder hatte sich irgendjemand einen dummen Scherz erlaubt oder es war etwas vorgefallen. Hatte dieser blöde Kerl, der sich wiederholt in das Haus geschummelt hatte, den Stein dort angebracht? Oder war am Ende gar eines der Mädchen getürmt?

Guiscardi eilte mit geballten Fäusten ins Haus. Wer auch immer dafür verantwortlich war, würde sein blaues Wunder erleben. Das war unerlässlich.

Ein Gedanke durchzuckte ihn und ließ ihn für einen Augenblick erstarren. War etwa der Hurenschlächter in sein Haus eingestiegen? Seine Männer mussten jeden einzelnen Raum auf den Kopf stellen.

Bruno trug die schwere Holzkiste in den Salon und stellte sie auf einen Schemel. Er hob den Deckel der Kiste und schaute Ludovico an, der auf ihn zukam. »Diese Teller und Schüsseln gehören in die Vitrine. Das ist ein Teil des Festtagsporzellans, eine zweite Kiste steht noch im Vorzimmer.«

Ludovico griff nach einem der einzeln in Packpapier eingeschlagenen Teller und entfernte das Papier. »Oh, das ist aber ein schöner Teller.«

»Neu und ungebraucht. Vor ihrer Abreise hat Luise noch Hausrat erstanden. Bitte stelle das Porzellan in den Schrank.«

»Sehr gerne, Signor Zabini. Ich werde ganz vorsichtig sein, damit ja keiner dieser schönen Teller zu Bruch geht.«

Bruno lächelte. »Du schaffst das schon. Ich hole gleich die zweite Kiste. Dann wäre das verstaut.«

Er trat an die offen stehende Tür der Bibliothek. »Rudolfo, kommst du voran? Brauchst du irgendetwas?«

Der neunjährige Junge war damit beschäftigt, die Kartons auszupacken und Bücher vorläufig in die Regale zu stellen. »Nein, ich habe alles. Das sind aber viele Bücher. Hat die Baronin alle gelesen?«

»Ich glaube nicht, dass sie alle gelesen hat, aber viele davon bestimmt. Und wenn du höflich bittest, wird Luise dir bestimmt das eine oder andere Buch ausleihen. Wer viel liest, versteht mehr von der Welt.«

»Lesen Sie viel, Signor Zabini?«

»So viel ich nur kann. Kommst du mit der Leiter zurecht?«

Rudolfo machte ein fragendes Gesicht. »Ja natürlich. Ist ja nur eine Leiter.«

Bruno nickte. Eigentlich hatte er keine Sorge, dass Rudolfo von der Leiter fallen könnte. Fedoras Söhne waren nicht nur patent und schlagfertig, sie waren auch geschickt. Er brachte Ludovico die zweite Kiste mit dem Porzellan.

»Entschuldigen Sie, Signor Zabini«, sagte Ludovico, als Bruno wieder abgehen wollte. Im Vorzimmer stapelte sich noch eine Unmenge an Hausrat, den er in die entsprechende Räume tragen wollte.

»Ja?«

Ludovico versteckte seine Hände hinter dem Rücken und blickte verlegen. »Glauben Sie … ist es gestattet, dass ich nur für einen Moment das Klavier ausprobiere?«

Bruno schaute zum Stutzflügel, den die Möbelpacker im Salon platziert hatten. »Freilich ist das gestattet. Warum denn nicht? Luise hat bestimmt nichts dagegen, dass du auf dem Instrument spielst.«

Ludovico huschte hinüber und öffnete den Deckel. Mit dem Zeigefinger drückte er ein paar Tasten. Der Klang ließ Rudolfo neugierig werden, sodass er von der angrenzenden Bibliothek in den Salon kam und sich neben den Flügel stellte.

Bruno war überrascht, dass die Buben an dem Instrument so interessiert waren. Er trat näher. »Hast du schon einmal auf einem Klavier gespielt?«

»Nein.«

Bruno schob den Klavierhocker zurecht. »Na dann, versuch dein Glück. Setz dich.«

»Können Sie Klavier spielen?«

»Ich kann nur ein paar ganz einfache Melodien und weiß, wie man Akkorde anschlägt. Aber richtig spielen kann ich nicht. Soll ich dir zeigen, was ich kann?«

»Ja, sehr gerne.«

Bruno setzte sich neben Ludovico und erklärte mit knappen Worten die Anordnung der weißen und schwarzen Tasten und wie man Dreiklänge anschlug, dann spielte er eine der Melodien, die ihm geläufig waren. Und als Ludovico die Melodie nach dem ersten Mal Hören und genauem Beobachten der betätigten Tasten fehlerlos nachspielte, wiegte Bruno erstaunt den Kopf. »Sieh mal einer an, du scheinst musikalisches Talent zu besitzen. Ich habe damals in der Musikstunde eine ganze Stunde gebraucht, bis ich die Melodie spielen konnte.«

Rudolfo stand neben dem Instrument und schaute mit großen Augen seinem älteren Bruder zu. »Signor Montanari hat auch gesagt, dass wir musikalisches Talent haben. Er hat uns auf seiner Gitarre spielen lassen.«

Bruno erhob sich vom Hocker. »Nun, wenn selbst ein großer Künstler wie Sergio Montanari von eurem Talent überzeugt ist, wird wohl etwas dran sein.«

Ludovico schaute Bruno mit großen Augen an. »Mama hat uns versprochen, sobald es sich finanziell ausgeht, eine Gitarre zu kaufen.«

»Vielleicht sollte ich die Baronin dazu anregen, in eure musikalische Ausbildung zu investieren. Ich bin mir sicher, dass Luise nichts dagegen hat, wenn ihr öfter auf ihrem Stutzflügel spielt, im Gegenteil, ich glaube, es würde ihr Freude bereiten, euch Unterricht zu geben. Aber jetzt, Signori, kehren wir wieder an die Arbeit zurück. Wenn ihr euch die zwei Kronen verdienen wollt, müsst ihr schon in die Hände spucken.«

»Jawohl, Signor Zabini.«

Bruno war nach dem Vormittag im Bureau zum Mittagstisch bei Fedora eingekehrt, sie hatten zu viert gespeist. Sie hatte Lepre alla carsolina con patate zubereitet, in Weinsauce geschmorten Hasen aus dem Karst, serviert mit Kartoffeln. Bruno hatte das schmackhafte Mahl genossen. Da Fedora am Nachmittag noch an einem Kostüm arbeiten musste, hatte Bruno ihre beiden Söhne für einen Lohn von jeweils zwei Kronen zur Arbeit angeheuert. In der Beletage war noch sehr viel zu tun, die Haushälterin Maria tat ihr Bestes, aber er selbst hatte in den letzten Tagen kaum einmal

Zeit gefunden, Hand anzulegen. Er hatte sich fest vorgenommen, den Sonntagnachmittag für die Arbeit zu nutzen, und zwei tüchtige Helfer waren dabei von Vorteil. So saß Fedora im vierten Stock an ihrer Nähmaschine, während ihre Söhne mit Bruno im ersten Stock Hausrat einräumten.

Bruno hielt zwei Sessel in Händen, die für Gretes Zimmer gedacht waren. Es klopfte an der Tür, also stellte er die Möbelstücke wieder ab und öffnete. Ein Botenjunge stand außer Atem vor der Tür. »Guten Tag.«

»Guten Tag. Sind Sie Inspector Zabini?«

»Der bin ich in der Tat.«

»Eine Nachricht von Inspector Pittoni an Sie. Es ist dringend.«

Bruno nahm das Couvert entgegen. »Bist du gelaufen?«

»Ja. Man hat angeordnet, die Nachricht auf schnellstem Wege zu überbringen.«

Bruno wandte sich ab, griff in sein Sakko an der Garderobe und entnahm der Geldbörse ein paar Münzen. »Da, für deine Schnelligkeit.«

Der Botenjunge zog seine Mütze, verneigte sich dankend und flitzte wieder die Treppe hinab.

Bruno schloss die Tür, riss das Couvert auf und zog mit dunkler Ahnung den Papierbogen heraus. Was hatte Emilio geschrieben? Und warum die Eile?

Alarm. Weiteres Mädchen abgängig. Leite Suche ein. Em.

Brunos Puls wummerte mit einem Mal. Seine Gedanken überschlugen sich. Er griff nach Sakko und Hut, steckte die Nachricht in die Tasche und trat in den Salon. »Ludovico! Rudolfo! Kommt her.«

Die beiden Buben eilten wegen Brunos harschem Tonfall mit beunruhigten Mienen heran.

»Wir müssen die Arbeit abbrechen. Hier habt ihr euren Lohn, zwei Kronen für jeden von euch. Vielen Dank, dass ihr mir geholfen habt. Ich muss sofort in die Kanzlei. Geht rauf zu eurer Mutter, ich sperre hier ab.«

»Ist etwas passiert?«

»Das muss ich herausfinden.«

Bruno eilte die Treppe hoch und trat schwungvoll in die Kanzlei. Er erblickte Ivana, die beim Wandtelephon stand und eben einhängte.

»Ivana, was ist los?«

»Inspector Pittoni bläst zum Sammeln.«

Bruno legte seinen Hut auf Ivanas Schreibtisch ab. »Ich habe nur eine kurze Meldung erhalten.«

»Inspector Pittoni hat den Herren Inspectoren und Polizeiagenten Meldungen geschickt.«

»Ist er im Haus?«

»Nein, Materazzi, Tribel und er sind schon zur Suche aufgebrochen. Jaunig, Marin, Buttazzoni und Bosovich sind benachrichtigt, aber noch nicht eingetroffen. Ich versuche, Oberinspector Gellner telephonisch zu erreichen, bisher leider erfolglos. Eine Nachricht per Boten ist an ihn ergangen, aber er hat mir vor ein paar Tagen gesagt, dass er am Sonntag mit der Familie zum Essen in Barcola ist.«

»Und jetzt der Reihe nach.«

»Lesen Sie selbst. Hier sind die Notizen, die ich aufgeschrieben habe. Ein Mann namens Ruggero Guiscardi ist hierhergekommen und hat Inspector Pittoni persönlich eine junge Frau namens Laura Cavallaro als abgängig gemeldet.«

Bruno nahm den Zettel. »Der Napoletano war also hier und ist direkt zu Emilio gegangen. Wieso sind Sie hier, Ivana? Heute ist Sonntag. Vormittags waren Sie nicht im Haus.«

»Ich habe nach dem Mittagessen eine kleine Schreibarbeit fertig gemacht und den Herren vom Journaldienst Kaffee gekocht. Dann wollte ich wieder nach Hause. Da kam dieser Mann und wollte unbedingt mit Inspector Pittoni sprechen. Zum Glück war dieser hier. Dann ging alles sehr schnell. Materazzi hat die Kommissariate benachrichtigt, Tribel hat mehrere Botenjungen kommen lassen, während Pittoni die Nachrichten geschrieben hat. Der Inspector hat die Burschen zur Eile angetrieben und ist dann mit den beiden anwesenden Polizeiagenten und drei uniformierten Beamten sofort aufgebrochen.«

»Ist die junge Dame im Haus des Napoletano beschäftigt?«

»Jawohl, Signorina Cavallaro lebt und arbeitet im Chiave d'Oro. Heute Mittag ist Signor Guiscardi, der der Inhaber des Etablissements ist, die Abwesenheit der jungen Frau aufgefallen, und nachdem das gesamte Haus gründlich durchsucht wurde, ist der Herr auf direktem Weg, wie er gesagt hat, hierhergekommen, um Meldung zu machen.«

»Gut, ich überblicke jetzt die Lage. Emilio hat also das einzig Richtige getan. Meine Güte, was für ein Schlamassel. Ich bete zu Gott, dass die Signorina nicht dem Mädchenmörder in die Hände gefallen ist.«

»Pittoni lässt ausrichten, dass er mit den anderen Männern die Gegend um die Via del Solitario, zwischen Ospitale Civico und Barriera vecchia, abklappert. Sie sollen einen Trupp formieren und die Città Vecchia absuchen.«

Bruno nickte mit zusammengekniffenen Lippen. »Gut, das mache ich.«

Da wurde von außen die Tür geöffnet und Luigi Bosovich trat außer Atem ein. »Bin ich zu spät?«

»Genau richtig. Wir haben zu tun.«

Laura war erstaunt, wie leicht es ihr fiel, den älteren Mann als Onkel zu bezeichnen, obwohl sie nicht mit ihm verwandt war. Nachdem sie schnell bemerkt hatte, dass hinter seiner rauen Schale ein liebenswerter Mensch steckte, hatte sie Vertrauen zu ihm gefasst. So wie Renzullo es ihr vorab gesagt hatte. Nachdem Onkel Gino ihr Wasser und Nahrung gebracht hatte, hatte er tatsächlich zwei Bücher und eine Zeitschrift geholt. Sie hatte die Zeitschrift über Pferdehaltung durchgeblättert, diesen und jenen Artikel gelesen, aber so richtig interessiert hatte sie die Thematik nicht. Eines der beiden Bücher war ein Roman, das andere eine Sammlung von Kurzgeschichten. Letztere hatte sie zur Hand genommen und zu lesen begonnen. Aber der Text war schwer verständlich, es fanden sich ihr unbekannte Wörter darin und der Satzbau war kompliziert. Sie hatte das Buch bald zur Seite gelegt. So gut verstand sie sich auf das Lesen noch nicht.

Laura langweilte sich in ihrem Versteck. Sie lag auf dem Heubett, schaute mit hinter dem Kopf verschränkten Händen zur Dachschräge des Stalls hoch und tat nichts. In der Luft hing der omnipräsente Geruch nach Pferden. Sollte sie die Leiter hinabsteigen und sich mit den Tieren beschäftigen? Sie hatte gute Lust dazu. Oder sollte sie gar einen Spaziergang unternehmen? Dazu hatte sie noch größere Lust. In der Zeit im Chiave d'Oro hatte sie nicht nach draußen dürfen. Sosehr sie sich auch einen ausgedehnten Spaziergang gewünscht hatte, der Napoletano hatte dies strikt verboten. Er hegte stets die Befürchtung, dass eines der Mädchen fortlaufen könnte. Was Laura mit Renzullos Hilfe ganz ohne Spaziergang getan hatte. Jetzt war sie dem Kerker entkommen, und was geschah? Sie konnte wieder nicht nach draußen und den Sommer und die Sonne genießen.

Laura erhob sich. Der Nachttopf musste geleert werden, so viel war klar. Also musste sie ohnedies den Heuboden verlassen. Sie schaute nach unten zu den Pferdeboxen. Kein Mensch war zu sehen. Vorsichtig und ohne den Nachttopf zu verschütten, stieg sie die Leiter hinab, verließ das Gebäude und suchte nach dem Misthaufen. Darauf kippte sie den Inhalt. Sie spähte um sich. Die Stallungen in der Nähe der Rennbahn lagen in nachmittäglicher Stille. Vormittags hatte es noch Trainingsfahrten auf der Bahn gegeben und in den Stallungen war gearbeitet worden. Mittlerweile schritt der Nachmittag voran und es war ringsum merklich stiller geworden. Also war die Gefahr, dass sie entdeckt werden würde, nicht sehr hoch. Sie ließ den Nachttopf einfach beim Misthaufen stehen und marschierte los.

Rund eine halbe Stunde ging sie umher. Entdeckte sie Passanten, wechselte sie die Straßenseite oder bog in eine Seitengasse. Schließlich kam sie auch zum Rand des Waldes hinter dem Ippodromo, kehrte aber sogleich zurück zum Ausgangspunkt ihrer Erkundungstour. Laura war richtiggehend glücklich über die kurze Zeit allein an der frischen Luft. So fühlte sich Freiheit an. Man konnte tun und lassen, was man wollte. Natürlich passte sie auf, sie hatte Renzullo und Onkel Gino versprochen, den Heuboden nicht zu verlassen, aber es war alles gut gegangen, niemand auf der Straße hatte sie bemerkt oder gar beäugt, sie war eine Fußgängerin wie jede andere.

Sie ging zum Misthaufen hinüber, holte den Nachttopf wieder und steuerte das Stallgebäude an. Sie schaute sich um, ob jemand in der Nähe war, öffnete das Scheunentor und trat ein.

Laura erschrak. Da stand ein Mann bei einer der Boxen. Er schaute zu ihr herüber. Unmöglich, sich jetzt noch zu verstecken, er hatte sie gesehen. Blitzartig schlug sie den Blick nieder und überlegte. Sollte sie fortlaufen? Sollte sie so tun, als ob nichts vorgefallen wäre? Wer war der Mann? Fragen über Fragen stürzten auf sie ein. Sie sah zur Leiter am anderen Ende des Stalls. Mit zu Boden gerichtetem Blick huschte sie weiter und an dem Mann vorbei.

»Guten Tag, Signorina.«

»Guten Tag.«

Laura stellte den Nachttopf ab und wollte weitergehen. Sie dachte, dass es wohl am besten sei, wenn sie den Stall verließ, sich ein Versteck suchte und wartete, bis der Herr gegangen war.

Doch der Herr wandte sich von der Box ab, an der er gelehnt hatte. Er stellte sich ihr nicht in den Weg, aber er wandte sich ihr zu.

»Entschuldigen Sie, Signorina, aber was tun Sie hier?«

»Warum fragen Sie, Signore?«

»Weil ich Sie hier noch nie gesehen habe.«

»Ich habe nur den Auftrag meines Onkels ausgeführt und den Topf entleert.«

»Ach so, Ihr Onkel arbeitet hier?«

»Ja, er ist Magazineur.«

»Sind Sie eine Nichte von Signor Fonda?«

»Eine Nichte zweiten Grades.«

Der elegant gekleidete Herr musterte Laura. »Sie kommen mir bekannt vor. Sind wir einander schon begegnet?«

Lauras Blick war nach wie vor zu Boden gerichtet. Einfach fortlaufen wollte sie nicht, das würde wohl zu verdächtig wirken. »Das glaube ich nicht. Ich bin nur zu Gast hier.«

»Hm, ich könnte schwören, Sie schon einmal gesehen zu haben. Ein so hübsches Gesicht vergisst man doch nicht.«

»Gehört Ihnen das Pferd?«, versuchte Laura abzulenken.

Der Mann tätschelte den Hals des Tieres. »Nein, Hector gehört dem bedeutenden Pferdezüchter Signor Calaprice. Ich habe nur nach dem Rechten gesehen. Vielleicht wissen Sie, Signorina, dass in diesem Stall die wahrscheinlich wertvollsten Pferde von ganz Triest stehen.«

»Ja, davon hat mir mein Onkel erzählt.«

Der Mann musterte Laura erneut von Kopf bis Fuß. »Ihr Akzent klingt interessant. Sie kommen wohl aus dem Süden.«

»Mein Onkel erwartet mich schon. Auf Wiedersehen, Signore«, sagte Laura und eilte fort.

»Auf Wiedersehen, Signorina«, rief ihr der Mann hinterher.

Laura rannte an ein paar Gebäuden vorbei, ehe sie hinter einer Baumgruppe ein Versteck fand, von dem aus sie den betreffenden Stall beobachten konnte. Sie sah noch, wie der Mann das Scheunentor von außen schloss und fortging.

So viele Herren waren bei ihr gewesen. Sie konnte, vielmehr wollte sich nicht alle Freier merken. Er war ihr auch bekannt vorgekommen. Laura beruhigte sich wieder. Sie musste nur warten. Renzullo würde bald auftauchen. Sie freute sich auf ihn.

⚘

Bruno stellte den schweren Karton mit den Unterlagen auf dem Schreibtisch ab und hängte Hut und Sakko an die Garderobe. Die Luft war dank des nach wie vor wehenden Windes klar, aber im Laufe des wolkenlosen Nachmittags hatte die frühsommerliche Sonne die Stadt erwärmt. Zwei Stunden lang war er mit seinen Kollegen durch die Altstadt gelaufen und hatte Dutzende Male die gleichen Fragen gestellt. Haben Sie eine junge Frau Anfang zwanzig mit dunklem Haar und süditalienischem Akzent gesehen? So oder so ähnlich hatten sie gefragt. Es war die Suche nach der Stecknadel im Heuhaufen. Leider verfügte die Polizei über keine Photographie, die bei der Ausforschung hätte helfen können. Eigentlich war es ein verzweifeltes Unterfangen, durch Befragung irgendwelcher Personen nach dem abgängigen Mädchen zu suchen.

Während er durch die Straßen gelaufen war, hatte er einen Einfall gehabt und – ohne sich mit den anderen Kollegen abzustimmen – die ohnehin fragwürdige Suche abgebrochen. So war er in die Via San Nicolò marschiert, hatte im zweiten Stock an die Wohnungstür des Juweliers Leopoldo Haas geklopft, ihn zum Glück angetroffen und dem Mann sein Vorhaben erklärt. Haas hatte sich bereit erklärt, die von Bruno gewünschten Unterlagen der Polizei zu übergeben.

Nicht zuletzt, weil es ihm selbst bis zur Stunde noch nicht gelungen war, seine Inventurlisten durchzusehen. Bruno und Haas waren die Treppe hinab in den Laden gegangen und der Juwelier hatte die entsprechenden Aktenumschläge herausgesucht. Anschließend hatte sich Bruno vielmals für das Entgegenkommen bedankt, die Aktenumschläge in einen Karton gepackt und diesen in die Kanzlei geschleppt.

Nun setzte er sich an seinen Schreibtisch. Vor ihm stand der Karton mit den Papieren des Juweliers, daneben lag der mittlerweile dicke Aktenumschlag zum Fall Montebello. Er blätterte Letzteren auf, wühlte in den Papieren und fand schließlich, wonach er gesucht hatte. Auf vier Blättern hatte er mit Bleistift und Lineal mehrere Matrizen abgelegt. Jede einzelne Tabelle hatte eine bestimmte Bedeutung, so hatte er eine Matrix über alle Personen, die beim Fund der ersten Leiche vor Ort gewesen waren, eine weitere über die Personen beim Fund der zweiten Leiche, und er hatte eine Matrix über ihm bekannte Bedienstete des Ippodromo angelegt, eine andere enthielt die Namen von Zuhältern, noch eine jene von Freudenmädchen, er hatte sogar eine Matrix mit den Namen der Polizisten, die in diesem Fall involviert waren, erstellt.

Bruno zerzauste sein Haar. Es war zum Aus-der-Haut-Fahren. Aus irgendeinem Grund glaubte er, dass für die Aufklärung von Verbrechen eine systematische Auswertung der wechselseitigen Beziehungen zwischen den erstellten Matrizen nützlich war. Die Analyse würde ein Raster von Relationen ergeben, das durch sinnvolle Reduktion der Fragebedingungen Schritt für Schritt eingeschränkt werden konnte. Durch diese Methode würde man durch eine allgemeine Bedingung von tausend Verdächtigen neunhundert ausschließen können, durch eine genauere Bedingung würde man von den hundert Verdächtigen neunzig von der Liste streichen können. Und im besten Fall würde durch eine dritte noch weit strengere Bedingung von den verbliebenen zehn nur ein einziger Verdächtiger übrig bleiben.

Bruno war am Verzweifeln. Er wusste, dass diese Methode in der Theorie zielführend war. Es war wie eine mathematische Ableitung. Aber in der Praxis nutzte ihm dieser Gedanke nichts, denn ohne grundlegende Informationen, also ohne die vollständigen und verfügbaren Matrizen, war dieses Verfahren lückenhaft. Was stand ihm zur Verfügung? Ein paar mit Bleistift skizzierte Tabellen mit bruchstückhaften Daten, die er nach Gutdünken notiert hatte. Und ein Karton mit den Geschäftsunterlagen eines Juweliers. In Wahrheit tappte er wie alle Polizisten blind durch die Welt und hoffte auf einen Zufallsfund oder auf einen gravierenden Fehler des Täters. Alle seine Ambition, die kriminalistische Arbeit mit wissenschaftlichen Methoden zu stützen, mochten zukunftsweisend sein, für ihn aber steckte die Kriminalistik hier und heute in den Kinderschuhen.

Bruno legte die Papiere mit den Matrizen wieder zur Seite und schaute sinnierend zum Fenster. Würden sie in den nächsten Stunden die entsetzlich zugerichtete Leiche der jungen Sizilianerin Laura Cavallaro bergen? Würden sie wieder zu spät kommen? Würde das Böse und Schlechte wieder obsiegen?

Wut gärte in ihm, die er nutzen musste, um in Leopoldo Haas' Geschäftspapieren erneut nach der Stecknadel im Heuhaufen zu suchen.

Bruno wusste, dass die Polizeidirektion die Bewachung des Waldes hinter dem Ippodromo angeordnet hatte. Derzeit hielten mehrere Uniformierte das weitläufige Areal im Blick.

Auf dem Gang hörte er plötzlich laute Stimmen. Im k.k. Polizeiagenteninstitut herrschte alles andere als die entspannte Stimmung eines lauschigen Sonntagabends, im Gegenteil, eben sammelten sich einige Männer. Aus allen Richtungen eilten die Polizeiamtsdiener, Polizeiagenten und Inspectoren durch die Kanzlei. Oberinspector Gellner war mittlerweile auch erschienen und trommelte seine Untergebenen zu einer Lagebesprechung im großen Besprechungsraum zusammen.

Was konnte Bruno in das Gespräch einbringen? Tausend kleine Informationen, aber nicht eine einzige gute Idee. Er war unzufrieden mit sich und zornig auf die Menschen. Bruno schaute auf seine Armbanduhr. Es war knapp vor halb sieben. Hatte er wieder auf die Nahrungsaufnahme vergessen? So wie es ihm immer wieder passierte, wenn er unter großem Druck stand? Bruno dachte nach. Ein Stein fiel ihm vom Herzen. Nein, er hatte bei Fedora und ihren Söhnen zu Mittag gegessen. Das war gut. Immerhin war dadurch etwas in seinen Magen gekommen. Just in diesem Moment wusste er nicht, ob er hungrig, satt, durstig, müde oder wach war, er wusste gar nicht, wie es ihm ging, er wusste nur, dass er funktionieren musste, dass er Leistung zu erbringen hatte, dass es keinen Grund gab, sich hängen zu lassen. Denn einen Funken Hoffnung hatte er schließlich, nämlich den, dass die junge Frau gar nicht vom Schlächter gefangen worden, sondern einfach nur aus dem Bordell fortgelaufen war.

Wie sagte man so schön? Die Hoffnung stirbt zuletzt.

Er war den ganzen Tag auf den Beinen gewesen, war von hier nach dort gelaufen und hatte versucht, so viel Geld aufzutreiben wie möglich. Die Ausbeute war aber bescheiden. Sollte sich Sebastiano Lippi morgen plötzlich nicht mehr an den geschlossenen Handel mit der Kundenliste erinnern, würde er mit einer sehr mäßig ausgestatteten Kassa die Fahrt nach Wien antreten müssen. Er hoffte, dass Lippi zu seinem Wort stand, aber sicher war sich Renzullo nicht.

Mit flotten Schritten marschierte er auf die Rennbahn zu und ließ spähend seinen Blick kreisen. Zuvor hatte er auf einer Uhr in einer Auslage die Zeit abgelesen. Es war halb sieben. Seine Taschenuhr hatte er im Pfandhaus versetzt und ein paar Kronen dafür eingestreift.

Sein Onkel würde um diese Zeit schon längst in seiner Wohnung sein und abends irgendwelche umstürzlerischen Bücher lesen. Onkel Ginos politische Ansichten fand Renzullo einerseits etwas seltsam, andererseits aber auch nachvollziehbar. Die Anarchie als Gesellschaftsform basierte auf dem freien Willen freier Menschen, die keine Herrscher benötigten, um die soziale Ordnung aufrechtzuerhalten. Diesen Gedanken erachtete Renzullo als schlüssig. Im Alltag wurde das Wort Anarchie jedoch für soziales Chaos und staatliche Unordnung verwendet. Vor einigen Jahren, Renzullo war noch ein Jugendlicher gewesen, hatte er mehrmals lange Gespräch mit Onkel Gino über verschiedene politische und philosophische Themen geführt. Damals war er beeindruckt gewesen, wie gebildet sein Onkel war, obwohl dieser als einfacher Magazineur arbeitete und niemals ein Gymnasium, geschweige denn eine Universität von innen gesehen hatte.

So speziell Onkel Gino auch war und egal, welche Ansichten er vertrat, man konnte sich auf ihn verlassen. Er hatte zugesichert, Laura im Laufe des Tages mit Essen zu versorgen. Renzullo zweifelte nicht daran, dass das genau so geschehen war. Ja, er hatte seinem griesgrämigen Onkel angesehen, dass er von Laura beeindruckt war.

Ein breites Lächeln legte sich auf sein Gesicht. Endlich würde er Laura treffen, endlich würde sie beisammen sein können, ohne fürchten zu müssen, dass einer der Büttel des Napoletano ihn mit Ohrfeigen und Fußtritten verjagte. Der Gedanke an Laura wischte alle Sorgen und jeden Kummer fort. Ihm kam eine großartige Idee. Er würde sich auch eine Bettstatt auf dem Heuboden zurechtmachen und die ganze Nacht in ihrer Nähe verbringen.

Renzullo schlich vorsichtig zu den Stallungen und steuerte jene Gebäude an, für die sein Onkel zuständig war. In der Luft lag der vertraute Geruch von Pferden, über die Dächer strich lebhafter Wind. Um nicht gesehen zu werden, kletterte er von hinten über einen Zaun und kam zum Stalltor. Gewissenhaft blickte er sich um, öffnete das Tor einen Spalt und schlüpfte hindurch.

Im Inneren des Stalls war es recht dunkel und die Pferde standen in ihren Boxen. Renzullo lauschte. Die Tiere machten ungewöhnliche Geräusche. Er trat an die Box von Hector. Wieso war der Hengst nervös? Um diese Zeit waren die Rösser in der Regel völlig ruhig und warteten auf die Nacht. Auch die anderen Pferde schienen unruhig zu sein. Was hatte sie aufgeschreckt?

Renzullo trat an die Leiter zum Heuboden. Leise pfiff er die vereinbarte Melodie. Und wartete. Laura antwortete nicht. War sie so vorsichtig? Sie hatten doch vereinbart, dass sie zur Antwort ebenfalls die Melodie pfeifen würde. Renzullo sah noch einmal hinter sich, dann kletterte er die Leiter hoch.

»Laura? Wo bist du?«, fragte er flüsternd.

Sie meldete sich nicht. Die Bettstatt war in jedem Fall verlassen. Am Boden stand ein Korb, in dem sich ein Wasserschlauch, eine Brotkrume und ein Stück Käse befanden. Der Nachttopf lag umgestürzt etwas abseits. Renzullo schaute sich in den hinteren Winkeln des Heubodens um.

»Laura?«

Hatte sie einen abendlichen Spaziergang unternommen? Das war doch gegen die Vereinbarung. Er stieg die Leiter wieder hinab, stemmte die Hände in die Hüften und schaute sich um. Die Unruhe der Pferde schlug auf ihn über. Er kniff die Augen zusammen. Was lag da in der hinteren Ecke? Eilig ging er in die Ecke und bückte sich. Ein weißes Taschentuch mit Blutspuren. Er kannte dieses Taschentuch. Es gehörte Laura.

Bruno hörte das Klingeln des Telephons und erhob sich. Ein Blick auf die Armbanduhr zeigte ihm, dass es mittlerweile neun Uhr abends war. Er hatte in seinem Bureau längst das Licht eingeschaltet. Das große Zimmer der beiden Schreibkräfte lag direkt neben seinem, sodass er bei offen stehender Tür immer das Klingeln des Telephons vernahm. In der Ecke des Raumes waren die beiden Wandtelephone montiert. In der Regel nahm eine der beiden Frauen Anrufe entgegen, aber Ivana war seit Stunden nicht mehr in der Kanzlei und Regina würde auch erst morgen früh wieder zur Arbeit erscheinen. Vlah und Materazzi steckten ihre Köpfe aus den Türen ihrer Zimmer und sahen, dass Bruno schon zum Telephon eilte. Die anderen Kollegen waren entweder außer Dienst oder durchstreiften noch immer die Stadt auf der Suche nach der jungen Sizilianerin.

Bruno stellte sich an die Sprechmuschel und nahm den Hörer von der Gabel. »K.k. Polizeiagenteninstitut, hier spricht Inspector Zabini.«

»Hier ist Wachtmeister Sferco, Kommissariat Barriera vecchia. Herr Inspector, sind Sie zuständig für die Suche nach einer Frauensperson namens Laura Cavallaro?«

»Ja, das bin ich.«

»Sehr gut, dass ich Sie gleich erreiche.«

»Was liegt an, Herr Wachtmeister?«

»Wir haben hier die Aussage eines Mannes, der die gesuchte Frauensperson heute noch gesehen haben will und sie als vermisst meldet.«

»Er hat sie heute noch gesehen?«

»Der Mann gibt an, die Frauensperson im Morgengrauen in der Via del Solitario getroffen zu haben und mit ihr gemeinsam zum Ippodromo gegangen zu sein, wo sich die Frauensperson auf einem Heuboden versteckt hielt. Als er sie heute Abend besuchen wollte, hat er sie nicht wie vereinbart angetroffen. Er hat ein blutiges Taschentuch gefunden, welches nach seinen Angaben der Frauensperson gehören soll.«

Bruno brummte der Schädel. »Wie ist der Name des Mannes?«

»Fabrizio Renzullo, gebürtig in Triest, siebenundzwanzig Jahre alt.«

»Ist der Mann noch bei Ihnen?«

»Jawohl, der Mann ist auf der Wachstube.«

»Lassen Sie ihn auf keinen Fall gehen. Ich muss den Mann unverzüglich sprechen. Ich komme sofort zu Ihnen.«

»Jawohl, Herr Inspector.«

Der Wachtmeister führte Bruno zu einer Tür, öffnete diese und trat ein. Bruno folgte dem Polizisten. Der junge Mann, der im Raum gewartet hatte, erhob sich und klammerte sich an seine Mütze. Er sah reichlich mitgenommen aus.

»So, Signor Renzullo, das ist der Inspector, der Sie sprechen möchte.«

Bruno reichte die Hand zum Gruß. »Guten Abend, mein Name ist Zabini. Bitte setzen Sie sich wieder. Vielen Dank, Herr Wachtmeister, ich spreche jetzt mit dem Herrn.«

Der Polizist nickte und schloss die Tür der Kammer von außen. Ein Aktenschrank, ein Tisch mit vier Stühlen und eine Stehlampe befanden sich im Raum, mehr nicht.

»Ihr Name ist Fabrizio Renzullo?«, eröffnete Bruno das Gespräch und schaute auf das Protokoll, das Wachtmeister Sferco in der Zwischenzeit angelegt hat.

»Ja, das ist mein Name.«

Bruno hatte dieses Gesicht schon einmal gesehen, wusste aber nicht, wo und wann. »Sie haben ausgesagt, dass Sie gegen halb sieben die Stallungen des Ippodromo erreicht haben und dort nach einer gewissen Laura Cavallaro gesucht, sie aber nicht angetroffen haben.«

»So ist es.«

»Und weil Sie ein blutiges Taschentuch gefunden haben, sind Sie hierher auf das Kommissariat gekommen, um Meldung zu erstatten.«

»Bevor ich hierhergekommen bin, habe ich noch das Areal bei der Rennbahn abgesucht. Dann bin ich gekommen.«

»Wie lange hat die Suche gedauert?«

Renzullo wiegte den Kopf. »Etwa eine halbe Stunde.«

Bruno ging im Kopf den zeitlichen Ablauf durch. Die Angaben klangen plausibel.

»Den Ablauf haben Sie schon zu Protokoll gegeben, das habe ich hier vor mir. Aber über Ihre Beweggründe weiß ich noch nichts. Wieso haben Sie die Signorina im Morgengrauen in der Via del Solitario getroffen?«

»Um sie aus dem Gefängnis zu befreien, in welchem sie seit einem halben Jahr steckte«, sagte Renzullo mit verzweifelter Stimme.

»Signorina Laura arbeitet im Chiave d'Oro, welches bekanntermaßen in der Via del Solitario liegt. Wieso sagen Sie, dass dieses Freudenhaus ein Gefängnis ist?«

»Laura war dort nicht freiwillig. Man hat sie belogen, betrogen, geschlagen und dann von ihr verlangt, dass sie für diesen Halsabschneider Guiscardi Geld verdient.«

»Wie ich weiß, werden die Mädchen des Chiave d'Oro nicht gefangen gehalten. Sie können sich frei in der Stadt bewegen.«

»Wer erzählt Ihnen solche Märchen, Herr Inspector? Der Napoletano wacht über seine Sklavinnen wie ein Wächter im Zuchthaus und führt seinen Betrieb mit eiserner Hand.«

»Wohin wollten Sie mit Signorina Laura gehen?«

»Fort aus Triest. Wir wollten gemeinsam ein neues Leben beginnen.«

»Was sind Sie von Beruf?«

»Ich mache mal dies, mal jenes.«

»Es heißt, Sie wären Buchmacher ohne Legitimation.«

»Ich habe das einmal versucht, ja, das stimmt. Aber ich habe das nicht beruflich betrieben, daher habe ich keine Papiere.«

»Sie sind also in Signorina Laura verliebt, haben sie aus dem Freudenhaus befreit und wollten mit ihr gemeinsam durchbrennen. Habe ich Ihre Motive richtig verstanden?«

»Ja.«

»Signorina Laura war also den ganzen Tag über allein in diesem Versteck auf dem Heuboden?«

»Ja.«

»Vielleicht hat sie mit ihrer Flucht aus Triest nicht auf Sie gewartet, Signor Renzullo? Vielleicht hat sie Sie nur benutzt, um aus dem Chiave d'Oro hinauszukommen?«

Renzullo schien regelrecht entsetzt über diesen Gedanken zu sein. »Nein, Laura liebt mich. Sie hat gesagt, dass sie mir acht Kinder schenken will.«

»Was eine Frau sagt und was sie tut, ist nicht immer dasselbe.«

»Ich weiß es genau, dieser Mörder hat meine Laura entführt.«, rief Renzullo verzweifelt. »Ich habe keine Ahnung, wie das passieren konnte, aber es ist geschehen!«

Bruno ließ sich von der Gefühlslage des Mannes nicht anstecken, er blieb kühl und sachlich. »Und woher wissen Sie das?«

»Einfach weil ich es weiß. Und weil sich Inspector Pittoni immer wieder auf dem Ippodromo herumtreibt.«

Bruno glaubte, nicht recht gehört zu haben. »Wieso nennen Sie den Namen Pittoni?«

»Weil ich mir sicher bin, dass dieser Mann der Mörder ist. Ihr ehrenwerter Kollege!«

Bruno streckte den Rücken und atmete durch. Die Worte des Mannes klangen immer verrückter. »Haben Sie Anhaltspunkte, die Sie zu diesem Verdacht führen, Signor Renzullo?«

»Sie müssen Laura retten!«, flehte Renzullo. »Bitte. Was soll ich denn ohne sie tun? Ohne sie bin ich verloren.«

Bruno überlegte. Was auch immer an der Aussage dieses Mannes der Wirklichkeit entsprach, war wohl heute nicht aus ihm herauszubringen. Er war verzweifelt. Bruno erhob sich und nahm das Protokoll an sich.

»Signor Renzullo, vielen Dank für Ihre Aussage. Bitte halten Sie sich für weitere Befragungen zur Verfügung. Gehen Sie nach Hause und schlafen Sie sich aus, das wird wohl das Beste für Sie sein.«

»Wie soll ich denn schlafen, wenn Laura verschwunden ist?«, jammerte Renzullo, unfähig, sich vom Stuhl zu erheben. »Sie müssen Pittoni festnehmen! Sonst bringt er Laura auch noch um.«

Brunos Miene blieb ausdruckslos. »Mein Kollege ist seit vielen Stunden mit mehreren Beamten in der Stadt unterwegs, um die Signorina zu finden. Wenn jemand Ihre Laura retten kann, dann Inspector Pittoni. Guten Abend, Signor Renzullo.«

Montag, 8. Juni 1908

Bruno blinzelte. Er war mit einer kratzigen Decke bedeckt. Das Bett knarrte ungewohnt. Die Sonne war bereits aufgegangen, so viel war ihm auf Anhieb klar. Aber wo befand er sich eigentlich? Er setzte sich auf und schaute sich um.

Natürlich, sein Bureau. Er hatte etwas getan, was er im Normalfall zu vermeiden versuchte, was sich aber nicht immer vermeiden ließ, er hatte in der Kanzlei übernachtet. Knapp nach Mitternacht war er vom Studium der Unterlagen des Juweliers so erschöpft gewesen, dass er sich eines der drei auf Lager gehaltenen Feldbetten und eine Decke geholt hatte. Nach einer nur oberflächlichen Abendtoilette hatte er sich müde auf das Feldbett gelegt, aber es hatte noch eine Weile gedauert, bis Schlaf über ihn gesunken war.

Er stand auf, streckte seine Glieder und beugte den Rücken. Er schaute auf die Uhr. Sieben Uhr. Für ein paar Stunden Schlaf hatte es also gereicht.

Er hörte Schritte auf dem Gang. In der Tür erschien Oberinspector Gellner.

»Haben Sie etwa hier übernachtet, Herr Inspector?«

Bruno nickte. »Allerdings.«

»Neuigkeiten über das verschwundene Mädchen?«

»Leider nein. Gegen halb elf Uhr abends haben die letzten Männer die Suche eingestellt, nämlich Pittoni und Buttazzoni. Die Kollegen sind, nachdem sie den ganzen Tag auf den Beinen waren, auf dem Zahnfleisch gekrochen.«

»Kann ich mir lebhaft vorstellen.«

»Ich brauche jetzt eine gute Tasse Kaffee, um wach zu werden.«

»Ivana und Regina werden jeden Moment erscheinen und für die gesamte Mannschaft Kaffee aufbrühen«, sagte Gellner.

»Das klingt gut.«

»Lagebesprechung um halb acht. Bis dahin werden hoffentlich die meisten Herren eingetroffen sein. Machen Sie sich frisch, Zabini. Sie wirken ein wenig ramponiert.«

»Jawohl, Herr Oberinspector.«

»Und danach geht die Suche weiter. Das ginge doch mit dem Teufel zu, wenn wir das Mädchen nicht finden würden.«

Bruno betrat, von Luigi gefolgt, sein Bureau. Er legte den Aktenumschlag ab und öffnete das Fenster. Dann setzte er sich und schaute fragend zu Luigi, der mit verkniffener Miene neben der Tür stand. Schon gestern hatte Bruno eine gewisse Unruhe seines Adjutanten bemerkt. »Willst du noch etwas zur Lagebesprechung ergänzen?«

Luigi schaute über seine Schulter, schloss die Tür und setzte sich auf den Sessel vor dem Tisch. »Eigentlich ja.«

»Also, raus mit der Sprache!«

Luigis Miene war düster. »Ich finde es skandalös, wie Inspector Pittoni vor der versammelten Mannschaft Ihre Methoden verunglimpft hat. Er empfinde es als eine unsolidarische Zeitverschwendung den Kollegen gegenüber, die sich die Beine wund liefen, dass Sie bis Mitternacht zum sinnlosen Zeitvertreib in den Inventurlisten eines beliebigen Juweliers schmökerten. In Wahrheit finde ich es empörend, dass Pittoni so mit Ihnen spricht, wo wir doch alle wissen, dass Sie bis zur Erschöpfung an dem Fall arbeiten.«

Bruno zuckte mit den Mundwinkeln. »Tja, ich war auch ein bisschen erstaunt, dass Emilio schon Montagmorgen mit seiner Geringschätzung mir gegenüber loslegte, aber eher über den Zeitpunkt und weniger über die Inhalte. Ähnliches habe ich wiederholt von ihm vernommen.«

»Das stößt mir sauer auf, Herr Inspector. Nicht zuletzt, weil Sie gestern Abend noch herausgefunden haben, dass Leopoldo Haas tatsächlich drei Paar dieser Manschettenknöpfe von der Goldschmiede aus Steyr bezogen hat. Das ist ein Fortschritt.«

»In einem hat Emilio recht. Wenn der gefundene Manschettenknopf dem Mörder gehört, könnte das eine Spur sein. Wenn der Knopf aber irgendeinem Freier gehört, dem das Freudenmädchen schon vor einem halben Jahr das Schmuckstück gestohlen hat, ist meine Suche völlig nutzlos.«

»Pittoni geht zu weit.«

Bruno wischte das Thema Pittoni vom Tisch. »Du hast gesagt, dass dir Fabrizio Renzullo bekannt ist.«

»Wie zuvor erwähnt, wir waren in einer Klasse.«

»Der Mann hat gestern Abend einen verwirrten, ja geradezu verzweifelten Eindruck gemacht. Ob an seiner Geschichte auch nur irgendetwas wahr ist, müssen wir überprüfen. In jedem Fall laufen im Ippodromo di Montebello verdächtig viele Fäden zusammen. Wir müssen den von Renzullo angegebenen Stall genau unter die Lupe nehmen. Luigi, das wäre etwas für dich.«

»Soll ich gleich aufbrechen?«

»Ja, das wird nötig sein. Hör dich um, ob gestern jemand irgendetwas gesehen oder gehört hat. Schau dir den angegebenen Heuboden an, vielleicht findest du eine Spur oder einen Hinweis. Wir dürfen nichts unversucht lassen.«

»Sehr wohl, Herr Inspector.«

»Ich werde mich weiter in die Unterlagen des Juweliers Haas vertiefen. Die Inventurlisten habe ich gestern geschafft, jetzt nehme ich mir die Rechnungen vor.«

»Und die Suche auf den Straßen?«

»Sollen Pittoni, Jaunig und die anderen erledigen. Von mir aus kann Emilio gern weiterspotten, aber wir beide arbeiten nach meiner Methode.«

»Sehr gut, Herr Inspector.«

»Ich bin wahrscheinlich in den nächsten zwei bis drei Stunden hier beschäftigt. Ruf bitte in der Kanzlei an, wenn du auf der Rennbahn etwas findest oder wenn etwas passiert.«

※

Hätte es noch einen Beweis gebraucht, so war dieser nun erbracht. Emilio Pittoni marschierte zielgerichtet durch die Stadt. Die ganze Aufregung um das verschwundene Mädchen hatte er sinnvoll für sich nutzen können. Alle Männer des k.k. Polizeiagenteninstituts waren damit beschäftigt, kopflos durch die Stadt zu hetzen und unzählige Menschen mit nutzlosen Fragen zu belästigen. Dass dieser schmierige Zuhälter Guiscardi gestern am frühen Nachmittag zu ihm ins Bureau gekommen war, hatte Emilio erstaunt. Nicht eine Krone hätte er verwettet, dass der Napoletano jemals freiwillig ein Polizeigebäude betreten würde. Und in der Tat, dass eines der Mädchen aus dem Chiave d'Oro abgängig war, war ein böses Omen. Indem er seine Kollegen in Alarm versetzt hatte, hatte er zum einen das Richtige getan, zum anderen hatte er sich damit die Gelegenheit verschafft, auf dem Weg durch die Stadt der Reihe nach seine Verstecke aufzusuchen und seine Goldmünzen einzusammeln.

Heute würde er noch einige Besuche absolvieren müssen, um bei verschiedenen Personen Schulden einzutreiben. Auch da war es gut, dass Oberinspector Gellner Emilios Forderung nach einer bedingungslosen Suche nach dem Mädchen eifrig zugestimmt hatte. Wie Emilio fand, zeigte sich hier wieder, dass Gellner ein Dummkopf war, den man sehr einfach manipulieren konnte. Man musste seinem Anliegen nur die nötige Dramatik verleihen.

Auch hatte Emilio es genossen, bei der morgendlichen Lagebesprechung Brunos Leistungen lächerlich gemacht zu haben. Damit hatte er einmal mehr erfolgreich Zweifel an der Fähigkeit seines Lieblingskollegen gestreut. Es war Emilio nicht verborgen geblieben, dass Gellner und einige der Polizeiagenten sich von diesem Zweifel hatten anstecken lassen.

Außer natürlich Luigi Bosovich. Dem war anzumerken gewesen, wie verärgert er war, dass er Bruno wieder einmal scharf kritisierte. Dass Luigi ihn krimineller Machenschaften verdächtigte, war klar, daher dessen Reaktion. Klar wurde für Emilio aber auch, dass Rathkolb offenbar noch zögerte, gegen ihn vorzugehen. Ihm blieb also noch etwas Zeit. Der Direktor wartete anscheinend mit der Anklage, bis dieser hochbrisante Fall mit den toten Mädchen aufgeklärt war. Das Leben der Freudenmädchen war ihm wichtiger, als einen Skandal im Polizeirevier aufzudecken. Seltsame Priorisierung. Rathkolbs Kalkül war einfach. Einfach naiv. Erst musste der Schlächter vom Montebello gefasst werden, dann würde das Fallbeil auf Emilios Hals fallen. Diese Idioten würden ihn natürlich nicht kriegen. Er hatte Zeit und Gelegenheit, einen eleganten Abgang aus Triest zu organisieren. Mit einem kleinen Vermögen im Gepäck. Sechzigtausend Kronen hatte er in Goldmünzen angelegt, und dann war da auch noch eine Menge Bargeld. Das hatte er nicht nur mit dem Einschleusen der Huren eingenommen. Er hatte noch weitere, zum Teil sehr viel einträglichere Transaktionen durchgeführt, ohne dass die guten Kollegen lange Zeit auch nur den Funken einer Ahnung gehabt hatten. Emilio wusste genau, wohin ihn sein Abgang führen würde. Er verfügte über einen makellos gefälschten italienischen Pass. Die Karriere als Polizist würde bald beendet sein, und mit dem Geld würde er sich in Genua ein einträgliches Unternehmen aufbauen können. Nicht von ungefähr hatte er in den letzten drei Jahren seinen Urlaub in der großen Hafenstadt auf der anderen Seite des italienischen Stiefels verbracht und sich einen Überblick über die dortigen Verhältnisse verschafft. Genua war eine faszinierende Stadt mit einem großen Hafen, der dem von Triest kaum nachstand. Genau sein Metier.

Emilio Pittoni bog in eine Seitengasse, stellte sich in den Windschatten eines Hauseinganges und rieb ein Streichholz an. Genussvoll sog er an der Zigarette, als er schmunzelnd weiterging. Ein angenehm prickelndes Gefühl der Spannung hatte sich seiner bemächtigt. Würde die Zeit reichen, um sich noch die reizvolle Signora Cherini vorzunehmen? Emilio würde es bald erfahren.

⁓⁕⁓

Ein Telegramm aus Linz war eingetroffen, in dem die angeforderten Informationen fein säuberlich aufgelistet waren. Es war nicht besonders viel, denn aus den Küstenlanden hatte nur der Juwelier Haas den betreffenden Artikel beschafft. Drei Paare waren nach Triest versendet worden. So viel hatte Bruno schon aus den Inventurlisten erfahren. Er hatte trotz des Kommens und Gehens seiner Kollegen in der Kanzlei seine Stellung behauptet und sich systematisch in die vorliegenden Papiere vertieft.

Sein Magen knurrte. Zum Frühstück hatte er nur eine Tasse Kaffee und ein Kipferl zu sich genommen. Die Mittagszeit rückte näher.

Es klopfte an der offen stehenden Tür. Bruno blickte hoch. Romano Materazzi stand im Türstock.

»Herr Inspector, ich habe Ihnen etwas zum Beißen mitgebracht«, sagte der Polizeiagent und hielt einen kleinen Einkaufskorb hoch.

»Wie ist das möglich, Materazzi? Können Sie etwa Gedanken lesen?«

Der Polizist lächelte und trat näher. »Daran arbeite ich noch, aber ich weiß ja, wie hier der Hase läuft. Brot, Käse, Tomaten und Pfirsiche. Reicht das fürs Erste?«

»Sie sind ein Zauberer. Genau das, was ich jetzt brauche.«

»Ich habe für die Männer ein wenig Vorrat besorgt. Sie sind wohl nicht der Einzige, der kaum einen Happen gegessen hat.«

»Eine baldige Beförderung ist unbedingt angeraten.«

»Ivana hat mir gleich ein paar Teller ausgehändigt«, sagte Materazzi, stellte einen Teller auf Brunos Schreibtisch und legte zwei rote Tomaten und einen Pfirsich darauf.

Bruno griff nach seinem Taschenmesser und schnitt Brot und Käse. »Damit werde ich wohl eine Zeit lang mein Auslangen finden. Vielen Dank.«

»Sehr gerne. Kommen Sie voran?«

»Schritt für Schritt, nur noch der Stapel Papiere, dann bin ich hier durch. Wie läuft die Suche?«

»Erwartungsgemäß schlecht.«

»Wann sind Sie wieder auf den Beinen?«

»Etwa in einer halben Stunde. Ich muss mich auch stärken.«

Bruno erhob sich und aß am Fenster stehend die Tomaten, den Käse und das Brot. Die Nahrung wirkte belebend. Ihm fehlte nun etwas zu trinken. Im Waschraum füllte er seine Karaffe, kehrte ins Bureau zurück und trank ein Glas. Er setzte sich wieder und vertiefte sich in die Rechnungen des Juweliers. Die Unterlagen waren vorbildlich sortiert und dokumentierten anscheinend lückenlos die An- und Verkäufe des Händlers. Bruno hatte die Wohnung gesehen, Signor Haas konnte seiner Familie ein gutbürgerliches Leben in gediegenem Ambiente bieten, die Umsätze seines Laden waren sehr gut. Nach rund zehn Minuten griff er nach dem Durchschlag einer Rechnung, die Signor Haas vor anderthalb Jahren ausgestellt hatte.

Auch dieser Name im Adresskopf war Bruno geläufig. Viele Belege waren an bekannte Personen Triests ausgestellt. Adelige, Unternehmer, Bankiers, alles Bewohner der Stadt, die sich den Einkauf bei einem Juwelier leisten konnten.

Bruno überblickte die aufgelisteten Schmuckgegenstände auf der Rechnung. Eine Brosche aus Silber, zwei Ohrgehänge aus Silber, eine goldene Krawattennadel, ein Paar Manschettenknöpfe aus Gold auf Bronze mit oval geschliffenem Onyx, zwei Perlenketten.

Bruno hielt die Luft an. Er kniff die Augen zusammen. Da hörte er auf dem Gang eine bestens bekannte Stimme und schaute hoch.

Luigi hastete mit einem vollgestopften Seesack in der Hand in das Bureau. Er war vollkommen außer Atem. »Herr Inspector, vielleicht habe ich da etwas.«

Bruno erhob sich. »Was hast du gefunden?«

Luigi stellte den Seesack ab und fächelte sich mit dem Hut etwas Kühlung zu. »Ich habe eine Zeugenaussage.«

»Setz dich erst mal und komm wieder zu Atem. Du musst gerannt sein.«

Luigi nickte und ließ sich auf den Stuhl vor dem Schreibtisch sinken. »Gerannt nicht, aber sehr schnell gegangen. Und jetzt zu Mittag brennt die Sonne, da ist mir warm geworden.«

»Ein Schluck Wasser gefällig?«

»Sehr gerne.«

Bruno griff in das Regal, wo mehrere unbenutzte Gläser standen, füllte es und stellte es vor Luigi ab. Dieser trank. Bruno setzte sich. »Ich bitte um deinen Bericht.«

»Ich habe das von Renzullo genannte Stallgebäude untersucht. Für diesen Stall ist ein uns bekannter Mann zuständig, nämlich Gino Fonda. Ich habe mit Signor Fonda gesprochen, der die Angaben Renzullos bestätigte. Übrigens ist Fonda Renzullos Onkel zweiten Grades. Laura Cavallaro wurde von Renzullo gestern gegen halb acht Uhr zum Stall gebracht. Fonda hat mit den jungen Leuten geredet und im Laufe des Vormittags der auf dem Heuboden versteckten Signorina zuerst etwas Verpflegung und wenig später Lesestoff gebracht. Danach hat er sie nicht mehr gesehen, denn am frühen Nachmittag hat Fonda seine Arbeit beendet und ist nicht wieder zum fraglichen Gebäude gegangen. Erst heute früh bei Arbeitsantritt hat er gesehen, dass Laura nicht mehr auf dem Heuboden war. Renzullo hat also seinen Onkel gestern Abend nicht mehr benachrichtigt.«

»Hast du verdächtige Spuren gefunden?«

»Nur einen kleinen dunklen Fleck auf dem sandigen Boden, der von Blut stammen könnte. Aber das ist nicht sicher, es könnte auch eine andere Flüssigkeit sein. In jedem Fall habe ich Lauras Seesack sichergestellt.«

»Sehr gut.«

»Ich habe dann noch weitere Befragungen durchgeführt und bin auf eine Person gestoßen, die mir möglicherweise relevante Dinge gesagt hat. Darüber muss ich Ihnen berichten.«

»Ich bin ganz Ohr.«

»Gestern Abend hat ein Pförtner namens Wilfried Schuster seinen Dienst verrichtet. Bei einem Rundgang hat er ungefähr um halb sechs Uhr aus der Ferne einen gedeckten Einspänner gesehen, der das Areal bei den Stallungen verlassen hat. Das ist nichts Ungewöhnliches, wie Schuster versichert, an Sonntagen kommen immer wieder Tierbesitzer, um nach ihren Pferden zu sehen. Und die meisten nutzen nicht den Vordereingang zur Rennbahn, sondern fahren von hinten zu den Stallungen.«

Brunos Nackenmuskeln waren gespannt wie Drahtseile. »Die Zeit ist interessant. Um halb sechs verlässt ein gedeckter Wagen das Areal, um halb sieben kommt Signor Renzullo hin und findet Laura nicht mehr in ihrem Versteck.«

»Genau, deswegen habe ich Herrn Schuster detaillierter befragt. Der Mann konnte nicht erkennen, wer auf dem Kutschbock saß, weil er den Wagen nur aus größerer Entfernung von hinten gesehen hat, aber immerhin konnte er sich erinnern, dass der Vorhang der linken Seitentür zugezogen war.«

»Das wird immer interessanter.«

»Das Beste ist aber, dass Herr Schuster den Wagen schon mehrmals gesehen hat. Er weiß auch, wem der Wagen gehört.«

»Großartig!«

Luigis Miene schien aus Eisen gegossen zu sein. »Der Besitzer des Wagens ist der Gutsbesitzer Attila Giller, dessen kolossales Rennpferd Mercur just in dem Stall eingestellt ist, in dem Laura Cavallaro auf dem Heuboden ihr Versteck gefunden hat.«

Bruno schlug mit der Faust auf den Tisch. »Verdammt, Luigi, schau, was ich – nicht eine Minute bevor du gekommen bist – in den Geschäftspapieren des Juweliers Leopoldo Haas gefunden habe.« Bruno reichte den Durchschlag der Rechnung über den Tisch. »Schau dir die Liste der verkauften Artikel an. Hier steht es schwarz auf weiß: Attila Giller hat vor anderthalb Jahren ein Paar Manschettenknöpfe aus Gold auf Bronze mit oval geschliffenem Onyx gekauft. Die Artikelnummer stimmt mit dem Katalog der Goldschmiede aus Steyr überein.«

Luigi warf einen kurzen Blick auf das Papier und starrte dann Bruno mit großen Augen an. »Das kann kein Zufall sein.«

Bruno katapultierte sich hoch. »Beileibe nicht. Wir rücken aus. Materazzi ist im Haus, er soll uns verstärken. Ich besorge zwei Männer und einen Wagen. Abfahrt in fünf Minuten!«

⁓⊚⌒

Der Zweispänner hielt am Rande des Campo San Vito. Die Sonne stand hoch am Himmel, das Viertel lag mit seinem reichen Baumbestand und den schmucken Villen in beschaulicher Stille. Anders als im quirligen Zentrum der Stadt war es hier auch an einem Montagmittag recht ruhig. Der Weg empor in diesen höher gelegenen Teil Triests hatte die Pferde einiges an Kraft gekostet, aber sie konnten jetzt ausruhen. Milan Leskovar zog die Bremse an.

Bruno, der sich neben den Fahrer auf den Kutschbock gesetzt hatte, stieg ab, seine Kommissionstasche in der Hand. Materazzi, Bosovich und zwei uniformierte Polizisten verließen die Passagierkabine. Die Männer sammelten sich.

»Leskovar, Sie bleiben wie üblich beim Wagen. Materazzi, gehen Sie von hinten auf das Grundstück zu«, ordnete Bruno an und schaute einen der Uniformierten an. »Sie verstärken Polizeiagent Materazzi.«

»Jawohl, Herr Inspector.«

»Und wir nehmen den Vordereingang«, sagte er zu Luigi und dem zweiten Uniformierten. »Meine Herren, keine voreiligen Schritte und äußerste Wachsamkeit. Wir wissen nicht, ob wir das richtige Ziel vor uns haben, aber es gibt einen berechtigten Verdacht. Also, Augen und Ohren auf! Ich gehe voran, klopfe ganz alltäglich an und erkunde höflich die Lage. Ihr bleibt im Hintergrund und wartet auf meinen Zuruf. Verstanden? Gut. Ausschwärmen.«

Bruno marschierte zügig die Via Vettor Carpaccio entlang und bog an der Via Pasquale Besenghi rechts ab. Mit einem Blick über die Schulter vergewisserte er sich, dass Luigi und der Polizist ihm in gemessener Entfernung folgten.

In diesem Teil der Straße lagen mehrere Villen mit relativ kleinen Gärten, die aber allesamt von Mauern umgrenzt waren. Die Straße war still, der Wind strich über die Dächer, nur Vögel tummelten sich in den Baumkronen. Ein Ort der Ruhe und Schönheit. Bruno stoppte vor dem betreffenden Portal und schaute durch das geschmiedete Gittertor in das Innere des schattigen Gartens. Ein Postkasten hing außen an der Gartenmauer neben dem Portal. Bruno hob den Deckel des Postkastens und lugte hinein. Der lackierte Blechkasten war leer. Da keine Glocke am Tor zu finden war, griff er nach der Klinke. Das Portal war versperrt. Kurzerhand zog er seine Garnitur an Dietrichen aus der Kommissionstasche und machte sich mit dem größten Haken ans Werk. Nur wenig später klackte das recht simple Schloss und er steckte die Dietriche wieder in die Ledertasche. Bruno blickte sich um. Luigi und der Polizist hatten links und rechts hinter ihm Aufstellung genommen. Bruno winkte Luigi, der sogleich aufschloss.

»Luigi, nimm du die Tasche. Ich klopfe an.«

Bruno durchquerte den Vorgarten. Vom Portal führte ein mit Steinen gepflasterter Weg zum Haus, ein anderer zweigte links ab und führte um das Haus herum. Bruno kam zum Haustor, zog an der Glocke und drückte gleichzeitig die Klinke. Auch dieses Tor war versperrt. Im Inneren hörte er das Schellen. Er wartete eine Weile und zog erneut. Niemand öffnete. Die Fensterläden an der Vorderfront der kleinen Villa waren geschlossen, das Haus machte nicht den Eindruck, als ob es bewohnt wäre. Bruno zog ein drittes Mal an der Glocke. Vergeblich. Er schaute zum Gartenportal, wo Luigi vorsichtig um die Mauer spähte. Bruno winkte ihn herbei.

»Ich nehme wieder die Kommissionstasche. Mach du eine Runde um das Haus.«

»Jawohl.«

Luigi reichte Bruno die Kommissionstasche und eilte an der Mauer entlang los.

Dem uniformierten Kollegen zeigte Bruno an, dass dieser weiterhin die Stellung beim Portal halten solle. Bruno betätigte zum vierten Mal die Klingel, beugte sich aber auch zum Türschloss und inspizierte es. Nun, das war ein weit schwieriger zu knackendes Schloss als jenes am Portal, aber mit etwas Mühe war es machbar. Bruno kniete sich vor die Tür, griff erneut in die Tasche und setzte den kleinsten Dietrich seiner Garnitur ein. Wie erwartet, war die Arbeit mühsam.

Luigi kam nach einiger Zeit um die Ecke und drückte sich an die Wand neben dem Tor. Er flüsterte. »Sichtkontakt mit Materazzi. Er ist an der hinteren Mauer.«

»Sehr gut.«

»In der Scheune stehen ein Pferd und ein Einspänner. Der Futtertrog des Pferdes ist halb gefüllt.«

»Ich habe es gleich. Bleib an meiner Seite.«

Es dauerte noch drei Minuten, ehe auch dieses Schloss klackte. Bruno erhob sich, ließ die Garnitur an Dietrichen verschwinden und nahm die Kommissionstasche in die linke Hand. Mit der rechten tastete er nach seinem Revolver im Schulterhalfter, ließ die Waffe jedoch stecken. Er trat durch das Tor in die Vorhalle.

»Guten Tag! Ist da jemand? Hier ist die Polizei!«, rief er laut in das Haus.

Niemand regte sich.

Luigi stellte sich neben Bruno und flüsterte: »Herr Inspector, an der Garderobe hängen ein Regenmantel und zwei Hüte.«

»Habe ich schon entdeckt. Auch wenn es auf den ersten Blick von außen nicht so aussieht, aber das Haus ist bewohnt.« Bruno machte ein paar Schritte. »Ist jemand zu Hause? Hier ist die Polizei!«, rief Bruno erneut, wartete ein Weilchen und wandte sich dann Luigi zu. »Hol Materazzi herein. Die Kollegen sollen weiterhin ihre Stellungen halten. Zu dritt durchsuchen wir das Gebäude.«

Als Luigi losrannte, schaute sich Bruno in der Vorhalle um, sah die Treppe in das Obergeschoss und unter der Treppe die nicht versperrte Kellertür. Wenig später erschienen die zwei Polizeiagenten.

»Materazzi, Sie gehen nach oben. Luigi, du nimmst dir das Erdgeschoss vor. Ich steige in den Keller hinab. Habt ihr Trillerpfeifen eingesteckt?«

Luigi griff an die Brusttaschen seines Sakkos und nickte zustimmend.

»Ich nicht«, sagte Materazzi.

Wieder kniete sich Bruno zu Boden, öffnete die Tasche, entnahm ihr eine der zwei vorrätigen Trillerpfeifen und reichte sie weiter. Er selbst trug bei Einsätzen immer eine bei sich.

»Hier, bitte. Wer etwas Verdächtiges entdeckt, bläst einmal zum Sammeln. Drei kurze Pfiffe bedeuten Notfall. Vorwärts.«

Bruno verfolgte, wie Materazzi sich sorgsam umsehend die Stufen nach oben nahm und Luigi in einem Nebenzimmer verschwand. Er selbst trat an die Kellertür und tastete nach einem Lichtschalter, fand aber keinen. Es war helllichter Tag, also fiel durch die offene Tür ausreichend Licht, sodass er bis an das Ende der in die Tiefe führenden Treppe sehen konnte. Dort entdeckte er einen Schalter. Also stieg er vorsichtig in die zunehmende Dunkelheit des Kellerabgangs, bis er den Schalter erreichte und klackend umlegte.

Eine schwache Deckenlampe erhellte einen mit grobem Kies geschotterten Gang. Es roch wie in so vielen Kellern ein bisschen muffig. Spinnweben hingen in den Ecken. Drei geschlossene Türen und eine offene Nische befanden sich im Kellergeschoss. Er schaute in die Nische, in der allerlei verstaubtes Zeug herumlag. Aus der Kommissionstasche entnahm er die elektrische Taschenlampe und knipste sie an. Deren Licht war nicht besonders stark, aber der schlanke Lichtstrahl reichte aus, um sich einen Überblick zu verschaffen.

Dann öffnete er die erste Tür. Der Raum verfügte über keine Leuchte, Bruno fand Regale mit diversen Nahrungsvorräten und allerlei Zeug. Die zweite Tür war mit einem Vorhängeschloss versperrt und hinter der dritten lag ein Raum, der mit altem Mobiliar vollgestopft war.

Er vernahm ein Geräusch. Bruno trat nahe an die zweite Tür und lauschte. Das Geräusch wiederholte sich nicht, aber er war sich sicher, sich nicht getäuscht zu haben, also klopfte er an die Tür. »Ist da jemand? Hier ist die Polizei!«

Da war es wieder, aber Bruno konnte das Geräusch nicht richtig deuten.

Er stellte die Kommissionstasche ab und langte nach den Dietrichen. Die Taschenlampe legte er so ab, dass der Lichtstrahl auf das Vorhängeschloss fiel, denn für die Arbeit mit dem Dietrich brauchte er beide Hände.

Nach einiger Mühe klappte der Bügel auf. Bruno ließ die an einem Ring hängenden Dietriche verschiedener Größe verschwinden, schob die Tasche mit der Fußspitze zur Seite, hob mit der Linken die Lampe auf und zog mit der Rechten den Revolver. Sicherheitshalber postierte er sich neben der Tür und warf sie auf.

»Polizei! Ist da jemand?«

Wieder das Geräusch. Es klang jetzt wie ein Wimmern. Bruno warf im Schein der Taschenlampe einen schnellen Blick in den Kellerraum. Er sprang sofort voran und steckte seine Waffe ein. Auf dem Boden lag eine gefesselte und geknebelte Person, die Handgelenke waren an ein Rohr gebunden, die Fußgelenke waren an den Pfosten eines Regals geknüpft. Der Mund war mit einem dicken Knebel verschnürt. Die Frau war nur mit einem Unterkleid bekleidet. Sie zuckte verängstigt, als sich Bruno näherte.

»Keine Angst! Ich bin von der Polizei. Ich helfe Ihnen«, sagte er und löste den Knebel. Bruno schaute in panisch geweitete Augen. Das Gesicht, das Haar, der Hals und die Schultern der jungen Frau waren blutverschmiert. Sie schnappte nach Luft.

»Sind Sie Laura Cavallaro?«

»Ja«, würgte sie hervor.

»Gott sei Dank, Sie leben. Die Schnitte in Ihrem Gesicht sehen böse aus, Sie müssen sofort in ärztliche Behandlung. Das Blut ist getrocknet, das heißt, die Schnitte müssen Ihnen vor Stunden zugefügt worden sein. Haben Sie Schmerzen?«

»Ja.«

Bruno tastete den Körper der jungen Frau nach weiteren Verletzungen ab, fand aber zum Glück keine. »Ich rufe meine Kollegen. Halten Sie durch, Laura.«

Bruno rannte zur Treppe und blies mit vollen Lungen in die Trillerpfeife. Er hörte die Antwort seiner beiden Kollegen und eilte wieder in den Kellerraum. Bruno zog sein Taschenmesser. »Bleiben Sie ganz ruhig, Laura, bewegen Sie sich nicht. Ich zerschneide Ihre Fesseln.« Er setzte das Messer zuerst an die Fußfessel und säbelte daran.

»Wir sind hier, Herr Inspector«, rief Luigi an der Tür stehend.

»Signorina Cavallaro lebt, hat aber Schnittwunden im Gesicht. Keine weiteren Verletzungen«, rief Bruno über seine Schulter und entfernte nun die Handfesseln. »So, Sie sind befreit. Laura, können Sie aufstehen?«

Bruno griff ihr unter die Achseln und stützte sie, aber beim Versuch, sich zu erheben, versagten ihre Kräfte. »Materazzi, wir tragen die Signorina nach oben. Luigi, lauf zu Leskovar. Er soll mit dem Wagen vorfahren. Sie muss unverzüglich in ein Hospital.«

Luigi rannte los, während Bruno die junge Frau an den Schultern fasste, Materazzi an den Beinen.

»Ist im Haus irgendjemand?«

»Nein. Alles verlassen.«

Wenig später verluden die beiden Polizisten die junge Frau in den Wagen. In einer Art Agonie liegend, bekam sie immer noch nicht mit, was rund um sie geschah. Bruno ordnete an, dass die beiden Uniformierten Laura ins Krankenhaus begleiten sollten. Leskovar, der Fahrer des Polizeiwagens, schnalzte mit den Zügeln, pfiff und schwang die Peitsche. Die Pferde galoppierten los.

Bruno, Luigi und Materazzi schauten dem abfahrenden Wagen hinterher. Letzterer schlug ein Kreuzzeichen und raunte: »Madonna, die Kleine ist dem Teufel noch einmal von der Schippe gesprungen.«

Luigi steckte sich eine Zigarette an. »Wie gehen wir weiter vor, Herr Inspector?«

Brunos Atmung normalisierte sich nur langsam, es dauerte eine ganze Weile, bis er antwortete. »Wir nehmen die Bude auseinander, Stück für Stück, Stein für Stein. Luigi, du läufst zum nächsten Telephon und benachrichtigst die Kanzlei. Wir brauchen Verstärkung. Das Haus muss rund um die Uhr bewacht werden. Wir brauchen eine Wache im Krankenhaus bei Signorina Laura. Und wir brauchen einen Haftbefehl gegen Attila Giller. Der Mann ist zur unverzüglichen Festnahme auszuschreiben.«

Die Dunkelheit hüllte sich um ihn wie schwerer Nebelschleier im Herbst um Triest, drückte ihn zu Boden, lähmte jeden Gedanken. Giftige Dämpfe entwichen einem brodelnden Moor, in welchem Heerscharen an Menschen versunken und bei lebendigem Leib verfault waren. Bestialischer Gestank und bösartige Ratten überall. Wo war er hier? Was war vorgefallen?

Er achtete nicht darauf, dass sein vorzüglicher Anzug mit Fäkalien verschmutzt war, dass er kaum atmen konnte, er bemerkte nicht, dass übel ausdünstendes Wasser an ihm vorbeifloss. Er wusste nur, dass der Wahnsinn vollends über ihn hereingebrochen war. Nein, die Erleuchtung. Die reine Wahrheit.

Lange hatte er den Zeitpunkt erwartet. Jetzt war er gekommen.

Blut, Blut, Blut und Samen.

Attila Giller hatte jahrelang erfolgreich seine tiefsten Empfindungen und geheimsten Sehnsüchte vor der Welt verborgen. Wer sollte ihn schon verstehen? Wer denn? Seine Freunde? Seine Frau? Die Menschen waren dumme und gefühllose Tiere. Aber das Versteckspiel war immer schwieriger geworden, hatte ihm zuletzt immense Anstrengungen abverlangt.

Die Erlösung war über ihn hereingebrochen. Dank der Pfeife mit Cocain.

Attila Giller wusste nicht mehr, wie er hierhergekommen war. In die Galleria Torrente Settefontane. Er war wie ein von Dämonen gejagtes Gespenst durch Triest gelaufen. Getorkelt. Gestürzt. Irgendwann war er an den Ort gelangt, an dem er den fertigen Engel dem Himmel übergeben hatte, dort, wo inmitten des Waldes der Bach in den gemauerten Kanal, in die Galleria, verschwand.

O ja, er hatte endlich verstanden, wie durch geistige Befreiung von Schuld und Sühne, durch reine Liebe, durch von seinen Händen gespendete göttliche Gnade aus einem sündhaften Mädchen ein wahrer Engel werden konnte. Er hatte es gesehen! Mit eigenen Augen. Die gerauchte Cocapaste und der Cognac hatten seinen Blick für das Göttliche geschärft. Sie war zu einem Engel geworden. Strahlend schön und unschuldig. Er hatte seine von Angst und

Verletzung gepeinigte Seele gereinigt. Er hatte das göttliche Verlangen gestillt. Er war dem Himmel nahe, sehr, sehr nahe gekommen.

Die Erlösung war endlich da! Freiheit. Der Damm war gebrochen. Der verfluchte Damm.

Attila Giller kauerte in der Dunkelheit des Kanals, dort, wo sich der Torrente Settefontane mit den Abwässern der Stadt mischte, er nahm nichts wahr und doch alles. Er war wie in einem Traum. Die Flasche war noch halb voll. Das edle Gesöff.

Das zweite Mädchen hatte ihn bestürmt, bekniet, angebettelt, er möge sie auch zu einem wahren Engel formen, er möge ihr die Gnade zuteilwerden lassen. In den Staub hatte sie ihren jungen und schönen und begehrenswerten und sündigen und duftenden Leib geworfen, um sich seiner als würdig zu erweisen. O Wunder, die Apotheose hatte stattgefunden. Der göttliche Wille hatte sie zum Engel geformt. Diese große Gnade. Gebenedeit seist du, Maria, Gespielin Gottes.

Blut, Blut, Blut und Samen.

Er hatte aus der Ferne gesehen, dass sich Männer seinem Haus genähert hatten. Männer in Anzügen und Uniformen. Sofort hatte Attila Giller verstanden, dass sein göttlicher Auftrag vom gierigen und niederträchtigen Höllenfürsten verraten worden war. Die Sklaven des Teufels waren gekommen, um ihn zu bestrafen. Aus Hass und Neid. Aus Dummheit und Brutalität. Er hatte gezögert, gezaudert, dabei hätte er diese lächerlichen Figuren mit dem Dolch niedermetzeln sollen. Stechen. Schneiden. Beseitigen. Wozu trug er denn seine Waffe bei sich?

Er hatte sich nicht um die niedrigen Lebewesen gekümmert, er war fortgegangen aus seinem alten Leben. Er hatte versagt, sich zu viel Zeit gelassen, er hätte das dritte Mädchen längst zum Engel erheben sollen. Das wäre seine heilige Pflicht gewesen. Er hatte versagt, die Polizisten hatten ihm die Glückskandidatin gestohlen. Diese kleingeistigen Hohlköpfe.

Was blieb jetzt noch zu tun? Wie konnte er sich von der Schuld reinwaschen, als Engelmacher versagt zu haben. Wie? Wie nur?

Blut, Blut, Blut und Samen.

Er musste von hier fort, fort von diesem übel riechenden Loch der wehleidigen Selbstanklage. Er musste sich selbst zum Engel machen. Wozu hatte er den Dolch bei sich? Wozu hatte er ihn immerzu bei sich? Er brauchte dringend eine Pfeife mit dem göttlichen Gemisch.

Attila Giller erhob sich wankend und verließ durch das Rinnsal stapfend den Kanal, kam wieder ans Freie, atmete tief durch.

Er musste sein Pferd wiedersehen, sein göttliches Pferd Mercur, den Stern am Himmel. Dort, dort, dort würde er Erlösung erlangen.

Giller taumelte durch den Wald.

Dienstag, 9. Juni 1908

Er hatte nie viel Schlaf gebraucht. Schon in jüngeren Jahren war er meist bei Morgengrauen erwacht, aber jetzt, mit vierundfünfzig, benötigte er noch weniger. So war es ihm seit Langem eine liebe Angewohnheit geworden, vor den anderen im Stall zu erscheinen. Eine Stunde konnte er dann wichtige Arbeiten in aller Stille absolvieren. Gino Fonda war bewusst, dass seine Kollegen ihn unzugänglich und eigenbrötlerisch fanden. Natürlich schätzten alle sein profundes Wissen über Pferde, seine gute Arbeit und sein Fähigkeit, bei anstehenden Problemen immer eine brauchbare Idee zu haben. Ja, er war zufrieden damit, dass ihn die Kollegen mit ihren leeren Floskeln, mit ihren immer ein bisschen lächerlichen Alltagsgeschichten, mit ihrem lästigen Tratsch verschonten. Wenn sie etwas von ihm brauchten, kamen sie dann doch, weil er auf ernst gemeinte Fragen auch ernst gemeinte Antworten gab.

Da er nicht allzu weit vom Ippodromo entfernt wohnte, war der morgendliche Weg zur Arbeit nur ein kleiner Spaziergang. Während eines üblichen Arbeitstages war er ohnedies dauernd auf den Beinen. Er war viel in Bewegung, er brauchte das, einen sitzenden Beruf in einer Kanzlei würde er nicht ausüben können. Wie üblich sperrte er die Türen der Mannschaftsräume auf. Er kam an der Kammer vorbei, die noch immer von der Polizei versiegelt war. Die verdammten Herren in Uniform hatten nicht verlautbaren lassen, warum das Siegel an der Tür angebracht worden war, aber alle auf der Rennbahn wussten längst Bescheid.

Furchtbare Sache.

Fonda marschierte zwischen den Stallungen umher und sah nach dem Rechten. Da stand eine Tür offen. Er verzog verärgert den Mund. In der Regel war er der Erste am Morgen in den Stallungen, somit verließ er seinen Arbeitsplatz auch früher als andere. Er konnte gar nicht zählen, wie oft er seine Kollegen schon darauf hingewiesen hatte, dass nachts alle Tore zu schließen waren. Immer wieder fand er morgens nicht verschlossene vor. Diesmal stand sogar einer seiner Ställe offen. Nämlich jener, in dem das dunkelhaarige Mädchen für viel zu kurze Zeit versteckt gewesen war.

Laura aus Sizilien. Er hatte viel Lebensfreude und Neugier in ihren Augen gesehen, aber auch viel Kummer und Verzweiflung. Und jetzt war sie verschwunden. Sein Neffe war halb wahnsinnig geworden vor lauter Angst um sie.

Noch eine furchtbare Sache.

Die Welt war schlecht und böse, weil die Menschen sie dazu machten. Wenn die Menschen nur wollten, würde die Welt ein guter und gerechter Ort sein.

Er betrat den Stall und erblickte in der vorderen Box Hector. Fonda hielt die Luft an. Er spürte die Spannung der Tiere geradezu körperlich. Irgendetwas war geschehen. Fonda ging den Gang entlang, da stieß er auf ein Bild des Schreckens. Ein Albtraum! Fonda musste sich am Querbalken der Box festhalten.

»Porca miseria!«

Ein entsetzliches Blutbad. Mercur lag blutüberströmt auf dem Boden, leblos. Dutzende Stichwunden verunstalteten seinen Hals und die Flanke. Was für eine bodenlose Raserei musste hier getobt haben? Daneben lag eine leere Cognacflasche. Und dort ein Dolch. War das die Waffe, mit welcher der kräftige und überaus antrittsschnelle Hengst gemetzelt worden war? Wie war das nur möglich? Wer konnte eine derartige Wahnsinnstat vollführen? Und warum?

Fonda erschrak, als sich in der hinteren Ecke der Box plötzlich etwas regte. Er zuckte förmlich zusammen. Da erhob sich ein von Kopf bis Fuß mit Dreck und Blut besudelter Mann aus kauernder Stellung. Hatte dieser Mann etwa hier seinen Rausch ausgeschlafen? Hatte er Hector erdolcht? Rasende Wut packte Fonda.

»Was ist ... geschehen?«, stammelte der Mann mit gebrochener Stimme. »Wo ... bin ich?« Er umrundete auf wackeligen Beinen den Leichnam des Pferdes, musste sich abstützen und kam auf das Gatter zu. Fonda wich zurück. Der Mann öffnete das Gatter.

Fonda erkannte ihn trotz des Schmutzes. »Signor Giller! Was haben Sie getan? Um Gottes willen! Das Pferd!«

»Ich ... muss ... nach Hause.«

Giller taumelte auf den Ausgang zu. Fonda bebte vor Wut und Verzweiflung. Er packte eine Schaufel und setzte dem Gutsbesitzer nach. Ein einziger Gedanke durchzuckte Fonda noch, ein letzter bestimmender Gedanke: nicht gegen den Kopf!

Dann schlug Gino Fonda mit aller Kraft zu.

Bruno hielt seinen Hut in den vor dem Bauch überkreuzten Händen. So wie man bei einer Messe der Predigt lauschen würde. Oder bei der Beisetzung eines entfernten Onkels in der zweiten Reihe der Trauergemeinde stand. Stille. Er hörte nichts von den Geräuschen, Klängen und Stimmen rund um diesen Ort. Es war Bruno, also ob er sich tausend Meilen entfernt befände oder durch ein Fernrohr einen endlos weit entfernten Stern beobachtete. Was für ein Malheur. Er schaute auf den reglosen Körper des Rennpferdes Mercur in der Box. Und auf einen Ozean an Blut. Er wusste nicht, wie lang er hier schon stand. Eine Minute, eine Stunde, eine Woche? Er dachte an nichts.

Bruno war gerade in die Kanzlei gekommen, als das Telephon geklingelt hatte. Ivana hatte abgehoben und den Hörer gleich an ihn weitergereicht.

»Zabini. Wer spricht?«

»Gino Fonda.«

»Signor Fonda, Sie wollen mich persönlich sprechen?«

»Ja.«

»Woher rufen Sie an?«

»Aus dem Postamt.«

»Also, was wollen Sie mir sagen?«

»Mercur ist tot.«

»Wer ist Mercur?«

»Das Pferd von Signor Giller. Der Hengst liegt niedergemetzelt im Stall.«

»Was ist passiert?«

»Kommen Sie und sehen Sie selbst, Inspector. Giller hat nachts das Tier mit einem Dolch massakriert. Alles ist voller Blut.«

»Das ist schrecklich.«

»Ich habe den Mann niedergeschlagen und gefesselt. Er liegt vor dem Stall und regt sich nicht. Die anderen Pferde habe ich fortgebracht. Die Tiere waren sehr verstört.«

»Geht es Ihnen gut, Signor Fonda?«

»Das besprechen wir später. Holen Sie Giller ab? Ich bin mir sicher, dass er die Mädchen getötet hat. So wie das Pferd. Der Mann ist verrückt geworden. Holen Sie ihn?«

»Ich breche sofort mit einem Großaufgebot auf. Wo kann ich Sie finden?«

»Sie finden mich auf der Rennbahn.«

»Vielen Dank, Signor Fonda, dass Sie angerufen haben.«

»Bis dann.«

»Fonda? Hängen Sie noch nicht auf!«

»Was ist?«

»Ich habe Laura gefunden. Sie lebt.«

Stille lag in der Leitung.

»Haben Sie mich gehört, Fonda?«

»War sie in Gillers Gewalt?«

»Ich konnte sie aus dem Keller seiner Villa bergen. Sie hat Verletzungen, ist aber jetzt im Hospital.«

»Also ist es sicher, dass Giller der Mädchenmörder ist?«

»Seit gestern läuft ein Haftbefehl gegen ihn, er steht auf der Fahndungsliste zuoberst. Sie sagten, Sie hätten ihn niedergeschlagen. Wie ist das geschehen?«

»Mit der Schaufel.«

»Ist er tot?«

»Nein, ich habe ihm auf den Rücken geschlagen. Er wird den Hieb längere Zeit spüren.«

»Ich bin schon so gut wie unterwegs.«

»Danke, dass Sie auf das Mädchen aufgepasst haben.«

»Sie wird Narben davontragen.«

»Tragen wir alle.«

Dann hatte Fonda aufgehängt und Bruno alle Hebel in Bewegung gesetzt.

»Bruno?«

Es dauerte einen Moment, bis er wahrnahm, dass er angesprochen worden war. Bruno drehte träge den Kopf zur Stalltür, in welcher Vinzenz Jaunig stand.

»Bist du hier fertig?«

»Ja«, sagte Bruno.

»Kommst du?«

»Freilich, ich komme.«

Bruno verließ neben Vinzenz einhergehend den Stall. Rund ein Dutzend Polizisten waren in unmittelbarer Nähe des Stallgebäudes postiert und hielten die Schaulustigen fern.

»Wie weit sind wir?«, fragte Bruno.

»Im Prinzip können wir aufbrechen.«

»Was hat der Arzt über Giller gesagt?«

»Weder Rippen noch Rückgrat sind gebrochen, aber er wird ein paar Wochen einen gewaltigen blauen Fleck haben. Es ist keine dauerhafte Verletzung. Luigi ist schon vor einer Weile mit dem Photoapparat, den belichteten Platten und den Fundstücken abgefahren. Romano hat die Mannschaft im Griff.«

»Hast du Emilio gesehen?«

»Heute nicht.«

»Dann können wir aufbrechen, so wie du sagtest.«

»Fonda ist vor ein paar Minuten aufgetaucht.«

»Ach, wo ist er?«

»Hinten am Waldrand. Ein Kollege hält ihn im Auge.«

»Gut. Vielen Dank, Vinzenz, dass du hier alles geregelt hast. Es tut mir leid, dass ich nichts beitragen konnte. Ich weiß nicht, was heute mit mir los ist.«

»Alles paletti, Bruno, du hast mehr als genug getan. Der Einsatz hier ist eine Kleinigkeit. Und Romano kann mit den Leuten gut umgehen, die Männer hören auf ihn.«

»Ich werde Materazzi das Du-Wort anbieten. Und Luigi auch.«

»Mach, wie du es für richtig hältst.«

»Und jetzt gehe ich zu Fonda.«

»Er sitzt unter einem Baum und hat eine Flasche Grappa bei sich.«

»Grappa? Das ist gut. Kann ich auch gebrauchen. Ich komme später in die Kanzlei.«

»Du kommst, wenn du so weit bist.«

⁓⊙⁓

Renzullo hielt sich im Hintergrund. Die Männer auf der Rennbahn waren aufgeregt, liefen hin und her, versuchten, irgendwelche Eindrücke aufzuschnappen. Renzullo mischte sich unter die Schaulustigen, drängte sich aber nicht vor. Die Polizei war in jedem Fall in beträchtlicher Mannschaftsstärke aufmarschiert und riegelte den Bereich der Stallungen großräumig ab.

Er schnappte Wortfetzen auf, lauschte mal hier, mal dort. Der Mädchenmörder vom Montebello sei gefasst, der alte Gino habe den Mörder fast erschlagen, mehrere Pferde seien getötet worden, drei Leichen seien im Heu gefunden worden. Wirre Gerüchte und wilde Spekulationen liefen von Mann zu Mann.

Renzullo hatte kaum geschlafen. Wie in einem Fiebertraum hatte er sich im Bett hin und her gewälzt, gepeinigt von Angst und Kummer. Er bangte um Laura. War sie etwa schon tot? War sie dem Mörder zum Opfer gefallen? Hatte er Schuld an ihrem Tod, weil er sie auf dem Heuboden im Stall untergebracht hatte? Was war mit Onkel Gino passiert?

Dann sah er Luigi Bosovich aus der Ferne, wie dieser einen Photoapparat forttrug und auf einen der bereitstehenden Wagen packte. Renzullo drängte sich durch die Menge und eilte Luigi hinterher. Zwei Uniformierte beluden die Kutsche mit mehreren Holzkisten, während Luigi die Arbeit beaufsichtigte. Renzullo hatte zuvor gesehen, wie die Polizisten diverse Fundstücke in die Kisten gepackt hatten. Eben wollte sein Schulkamerad in den Wagen steigen.

»Luigi! Warte noch. Bitte!«, rief Renzullo.

Luigi wandte sich ihm zu. »Renzullo, du treibst dich also auch hier herum.«

»Kannst du mir sagen, was vorgefallen ist?«

»Verdammt, nein, kann ich nicht. Ich bin im Dienst, ich kann dir nicht einfach so Geschichten erzählen.«

»Was ist mit Onkel Gino?«

Luigi schaute verdrießlich um sich und dachte kurz nach. »Also gut, pass auf. Deinem Onkel geht es gut. Er hat die Polizei verständigt. Leider weiß niemand, wo er sich gegenwärtig aufhält, aber er hat den Mörder überwältigt.«

»Wer ist der Mörder?«

»Der Verdächtige heißt Attila Giller.«

Renzullo stand der Mund offen. »Signor Giller?«

»Der Mann ist in Haft.«

»Gut.«

»Wir haben Laura gefunden. Sie ist im Ospedale di Santa Maria Maddalena.«

»Ist sie verletzt?«

»Ja, aber nicht lebensbedrohlich. Die Ärzte kümmern sich um ihre Wunden.«

»Gott sei Dank!«

»Wenn du dich nützlich machen willst, dann statte ihr einen Besuch ab. Hier kannst du nichts tun.«

»Luigi, du hast recht.«

»Na los, sie braucht dich jetzt.«

»Danke, mein Freund«, sagte Renzullo, zog seine Mütze und rannte davon. Laura lebte und war in Sicherheit. Renzullo hätte schreien, johlen, weinen und lachen können vor lauter Glück. Er schaute nicht mehr zurück.

Der Zug setzte sich langsam in Bewegung. Die Grenzkontrollen hatten sich dahingezogen, aber da die Beamten kein Schmuggelgut oder offensichtlich gefälschte Pässe gefunden hatten, gaben sie den Zug frei. Emilio Pittoni schaute auf seine Taschenuhr. Keine Verspätung, der halbstündige Aufenthalt war im Fahrplan enthalten. Dass sein Pass als echt anerkannt worden war, leuchtete ein, denn die Fälschung war Meisterarbeit.

Er schaute zum Fenster hinaus, die Landschaft zog an ihm vorbei. Bella Italia. Sein erstes Ziel war Venedig. Natürlich hätte er auch einen Dampfer nehmen können, er hatte sich aber für den Zug entschieden. Da fiel er mit seinem Gepäck, zwei Koffern und einem Seesack, weniger auf. Emilio hatte sorgsam nur das eingepackt, was er wirklich benötigte. Er hatte, knapp bevor er aufgebrochen war, den Oberlippenbart rasiert, weiters hatte er sich nicht mit einem seiner Anzüge bekleidet, sondern trug wie ein einfacher Mann aus den Volk ein schlichtes Gewand, kein Sakko, sondern eine Strickweste, nicht die schicken Schuhe für die Promenade auf der Via Stadion, sondern klobiges Schuhwerk, wie es Hafenarbeiter trugen, und den Hut hatte er auch zurückgelassen und sich stattdessen eine einfache Mütze aufgesetzt. Auch seinen Namen hatte er in Triest zurückgelassen. Er war ein neuer Mann mit italienischem Pass, dessen erste Aufgabe es war, beim Grenzübertritt völlig unauffällig zu sein. Diese Herausforderung hatte er mit Bravour gemeistert, weder die österreichischen noch die italienischen Zollbeamten hatten ihn überhaupt beachtet.

Emilio schmunzelte. Natürlich war er kein einfacher Mann aus dem Volk, denn solche trugen wohl kaum dreißigtausend Kronen Bargeld und gewichtige sechzigtausend Kronen in Goldmünzen bei sich. Mit diesem Vermögen würde er sich in Genua problemlos ein neues Leben aufbauen können. Er freute sich darauf.

Natürlich war da auch ein wenig Wehmut. Triest war seine Heimatstadt, er kannte jede Gasse, jeden Winkel, er kannte die Menschen und das typische Essen. In die Fremde zu gehen, war für keinen Menschen eine einfache Angelegenheit. Aber es war unausweichlich gewesen. Zum einen reizte ihn ein Leben an einem anderen Ort, zum anderen hatte er die Triestiner Kuh lange genug gemolken. Und in Genua würde er niemandem den Anschein eines tüchtigen Inspectors vorgaukeln müssen, sondern konnte viel gezielter seine Geschäfte aufziehen. Die zu erwartenden Einkünfte würden aus ihm einen reichen Mann machen.

Mit seiner Intelligenz, seinen Kenntnissen und seiner Kaltblütigkeit war der Erfolg eine zwingende Notwendigkeit.

Es war schade, dass er Signora Cherini nicht mehr hatte unterjochen können. Das wäre bestimmt amüsant geworden. Auch dass er dem einen oder anderen keine Falle mehr hatte stellen können, war bedauerlich. Er wusste da noch ein paar Menschen, die er gern hätte bluten lassen. Aber warum über vergossene Milch weinen? Triest war Vergangenheit. Venedig die nahe Zukunft und Genua die etwas fernere. Er beabsichtigte, eine Woche in der Lagunenstadt zu verweilen und sich in so manchen Spelunken herumzutreiben, die er in seinem früheren Leben nur mit gezogener Waffe hätte betreten können.

Natürlich befand sich auch sein Revolver samt ausreichender Munition in seinem Gepäck. Er war die Waffe gewohnt und kannte ihre Eigenschaften ganz genau. Das konnte bei einen Schussduell ein entscheidender Vorteil sein. Emilio lächelte. Er hatte Seine hochwohlgeborene Majestät den Kaiser von Österreich und König von Ungarn, den senilen Tattergreis aus Wien, tatsächlich bestohlen! Er hatte der Donaumonarchie einen Revolver des Typs Rast & Gasser M1898 entwendet. Ob man ihn dafür standrechtlich hinrichten würde? Sofern man seiner habhaft werden würde, was sehr zu bezweifeln war.

Der Zeitpunkt für seinen Abgang von der Bühne war trefflich gewählt. Emilio hatte noch mitbekommen, dass Bruno die süße Sizilianerin gefunden und gerettet hatte. Dafür würde man ihm bestimmt einen Orden an die Brust heften. Und dass Bruno einen Haftbefehl gegen Attila Giller erlassen hatte, wusste er auch. Das war immerhin erstaunlich, denn den bekannten Gutsbesitzer hatte Emilio ganz und gar nicht in Verdacht, der Mädchenmörder vom Montebello zu sein. Aber das immer vorhandene Böse im Menschen versteckte sich oft sehr geschickt. Also war der Fall gelöst, ohne dass sich Emilio dafür hätte anstrengen müssen. Man bemerkte eben, dass Bruno eine deutsche Mutter hatte, die ihm die landestypische Tüchtigkeit in die Wiege gelegt hatte. Emilio war heilfroh, den eingebildeten Affen nie wieder sehen zu müssen.

Tja, um Dr. Rathkolb hätte er sich früher kümmern müssen. Der alte Knacker war also nicht nur ein habsburgischer Grüßaugust mit akademischem Titel, sondern hatte sich als überraschend auftauchender und zäher Gegner herausgestellt.

Egal, alles egal. Die Dummköpfe in Triest konnten ihm gestohlen bleiben. In ungefähr anderthalb Stunden würde er in Venedig ankommen, sich ein hübsches Caffè suchen, einen Kaffee trinken und eine Zigarette rauchen. Das Leben war heute komfortabler als gestern.

Bruno betrat die Kanzlei und begrüßte Regina. Ivana war nicht an ihrem Arbeitsplatz.

»Guten Tag«, grüßte Regina zurück und erhob sich. »Herr Inspector, einen Moment bitte.«

Bruno hielt inne. »Ja?«

»Der Herr Direktor lädt um ein Uhr zu einer Besprechung.«

Bruno schaute auf seine Armbanduhr. »Nun, dann habe ich noch eine knappe Viertelstunde, um nüchtern zu werden.«

Regina runzelte die Stirn. »Haben Sie denn getrunken?«
»Nur ein paar Schlucke, aber ein bisschen spüre ich den Grappa noch.«
»Ungewöhnlich, dass Sie tagsüber trinken.«
»Ausnahmesituation.«
»Der Herr Direktor wird wohl eine Ansprache halten und zur Lösung des Falles gratulieren.«
»Das wird wohl so sein. Wo ist Ivana?«
»Noch zum Einkauf außer Haus, ich erwarte sie in den nächsten Minuten.«
»Danke für die Auskunft.«
»Sehr gerne, Herr Inspector. Und ich gratuliere ebenfalls, dass Sie diesen schrecklichen Mädchenmörder gefunden haben.«
»Ich danke Gott, dem Allmächtigen, dass diese Bestie hinter Gittern sitzt.«

Bruno setzte sich an seinen Schreibtisch, verrichtete belanglose Handgriffe und wechselte einige Worte mit vorbeikommenden Kollegen. Es war viel Leben in der Kanzlei, die Mannschaft schien sich vollständig zu sammeln. Offenbar hatte Dr. Rathkolb rechtzeitig im Laufe des Vormittags die Besprechung einberufen.

Drei Minuten vor ein Uhr erhob er sich und verließ sein Bureau. Er blickte schräg gegenüber zum Bureau des Oberinspectors, dessen Tür verschlossen war. Das fand Bruno ungewöhnlich, denn ansonsten war Oberinspector Gellner nach der Klärung eines spektakulären Falles stets aufgeräumter Stimmung und mischte sich gesellig unter seine Leute. Die Polizeiamtsdiener und Polizeiagenten sammelten sich vor dem großen Besprechungsraum und erfüllten den Gang mit ausgelassenem Geplauder.

Vinzenz kam aus seinem Bureau und stellte sich neben Bruno.

»Wo ist Luigi?«, fragte Bruno sich umblickend.

»Noch beim Oberinspector. Ebenso der Direktor«, antwortete Vinzenz.

Bruno zog die Augenbrauen hoch. »Dr. Rathkolb ist schon hier?«

»Seit einer halben Stunde halten sie zu dritt Kriegsrat.«

»Ist da etwas im Busch?«

»Davon kannst du ausgehen.«

»Weißt du etwas?«

»Nein, aber ich ahne, dass sich das sehr bald ändern wird.«

»Wo ist Emilio?«

»Nicht hier.«

Da öffnete sich am anderen Ende des Ganges die Tür, zuerst erschien Rathkolb am Gang, dann Gellner und zuletzt Bosovich. Das Geplauder auf dem Gang erstarb, die Männer schauten in drei ernste Mienen.

»Meine Herren, bitte folgen Sie mir«, sagte Rathkolb, als er durch das Spalier der Beamten schritt.

Gellner scherte aus der Reihe aus und trat in das Zimmer der Schreibkräfte. »Ivana, Regina, versperren Sie bitte den Zugang zur Kanzlei und folgen Sie mir in das Besprechungszimmer. Versammlung für alle.«

Bruno trat als einer der Letzten in den Raum und sah, dass für alle Mitarbeiter des k.k. Polizeiagenteninstituts Stühle in dichter Aufstellung vorbereitet worden waren. Rathkolb und Gellner nahmen die Plätze hinter dem Tisch am Kopfende ein und warteten stehend, bis jeder sich einen Stuhl ausgewählt hatte.

»Signora Zupan, bitte schließen Sie die Tür«, bat Rathkolb.

Ivana zog die Tür zu.

Dr. Rathkolbs Miene war undurchdringlich, fand Bruno, der in der hinteren Reihe einen Platz eingenommen hatte, dafür zeigte die Miene Gellners Bitterkeit, Wut und etwas Ratlosigkeit. Was war da los? Bruno bemerkte die in der Mannschaft umgreifende Nervosität. Er sah, dass ein Stuhl unbesetzt war.

Rathkolbs Stimme unterbrach die angespannte Stille: »Meine Herren, die Damen, bitte setzen Sie sich.« Rathkolb wartete, bis alle saßen, er selbst blieben stehen und holte tief Luft. »Im Namen seiner Exzellenz des Statthalters und der gesamten Polizeidirektion entrichte ich dem k.k. Polizeiagenteninstitut die herzlichste Gratulation zur Lösung eines Falles, der die ganze Stadt in Angst und Schrecken versetzt hat. Alle großen Blätter der Monarchie haben über die grausigen Mädchenmorde berichtet, die Augen des gesamten Reiches waren auf Triest gerichtet. Ich bin außerordentlich stolz, dass es Ihnen in gemeinsamer Arbeit gelungen ist, den Täter auszuforschen, das dritte Opfer aus höchster Gefahr zu befreien und den Mörder schließlich festzunehmen. Wie ich hörte, haben auch die wissenschaftlichen Methoden, derer sich das k.k. Polizeiagenteninstitut verstärkt bedient, substanziell zum Erfolg der Untersuchung beigetragen. Ich darf berichten, dass ich vonseiten der Polizeidirektionen Wien, Linz und Prag Telegramme erhalten habe, die neben der Gratulationen auch die Bitte enthielten, kollegialen Austausch über die angewandten wissenschaftlichen Methoden zu ermöglichen. Dieser Bitte werde ich selbstverständlich entsprechen, im

Herbst ist eine Konferenz der k.k. Polizeidirektionen in Wien geplant, wo Oberinspector Gellner und ich bei der Fachtagung über diesen Erfolg Bericht ablegen werden.«

Gemurmel entstand, die Männer nickten einander stolz lächelnd zu.

»Selbstverständlich ist eine solche Leistung das Werk der gesamten Mannschaft, dennoch möchte ich die Gelegenheit nicht verstreichen lassen, Ihnen, Inspector Zabini, meinen persönlichen Dank für Ihren bedingungslosen Einsatz, die systematische Überprüfung der Beweismittel und die energische Mannschaftsführung aussprechen.«

Applaus rauschte durch den Besprechungsraum.

Bruno nickte geschmeichelt und erhob sich. »Darf ich dazu eines bemerken, Herr Direktor?«

»Selbstverständlich, Herr Inspector, geradeheraus.«

»Ohne das neue Mikroskop wäre das alles nichts geworden.«

Gelächter brach aus.

»Wie ich vernehme«, warf Gellner lautstark ein, »hat sich Ihre Stimmung wieder gebessert, Signor Zabini.«

»Mit Verlaub, Herr Oberinspector, zwei Umstände haben dazu beigetragen. Erstens, dass dieser Mädchen und Pferde niedermetzelnde Psychopath im tiefsten Kerker der Stadt schmort, und zweitens, dass ich zuvor mit einem Hauptzeugen des Falles ein paar Gläser Grappa gekippt habe.«

Wieder rauschte Gelächter durch den Saal. Bruno setzte sich.

Nachdem das Gelächter verebbt war, verdunkelte sich Rathkolbs Miene. »Sehr geehrte Herren, geschätzte Damen, ich komme nun zu einem außerordentlich unangenehmen Thema, das in einem so absurden Gegensatz zur eben offenbar gewordenen erstklassigen Zusammenarbeit und zur beispielgebenden Kollegialität innerhalb des k.k. Polizeiagenteninstituts steht, dass ich geradezu körperliche Schmerzen verspüre, davon zu berichten. Sie alle sehen, dass ein Stuhl leer bleibt, Sie alle wissen, wer in dieser ansonsten vollständigen Versammlung fehlt. Werte Kollegen, wir alle, ausnahmslos alle, wurden über längere, vielleicht sogar lange Zeit von einer Person auf das Schändlichste getäuscht und hintergangen. Während Sie alle für die Sicherheit und Gerechtigkeit Tag für Tag gekämpft, manchmal auch geblutet haben, ist ein Mitglied – ein ehemaliges Mitglied – des k.k. Polizeiagenteninstituts uns allen in den Rücken gefallen. Ich spreche von Emilio Pittoni.«

Vollkommene Stille. Bruno hätte eine fallende Stecknadel hören können.

»Zuvor habe ich in der Besprechung im kleinen Kreis Oberinspector Gellner mehrere von mir paraphierte Schriftstücke ausgehändigt, deren Amtskraft sofort wirkt. Zum einen habe ich eine fristlose Entlassung Emilio Pittonis aus dem Polizeidienst verfügt. Zum anderen habe ich Anzeige gegen Emilio Pittoni wegen mehrerer Delikte wie etwa Amtsanmaßung, Bestechlichkeit und Menschenhandel erstattet. Meine Damen und Herren, wir hatten eine Giftschlange in unseren Reihen. Das ist leider viel zu spät, letztlich aber doch in einer verdeckten internen Untersuchung ans Licht gekommen. Weiß jemand von Ihnen, wo Pittoni gerade ist?«

Bruno war überrumpelt. Er glaubte, seinen Ohren nicht zu trauen. Er schaute um sich. Nun, den Kollegen schien es nicht anders zu gehen. Was hatte Emilio getan? Und auf die Frage des Direktor wusste keiner Antwort.

»Nun, wie ich Signor Pittoni einschätze«, führte Rathkolb weiter aus, »ist dieser ebenso heimtückische wie gewiefte Mann mit all dem ergaunerten Geld längst aus der Stadt verschwunden und somit unserem Zugriff entwischt. Das finde ich sehr bitter, und das verbuche ich auch als eine persönliche Niederlage, aber gerade wegen der außerordentlich anspruchsvollen und kritischen laufenden Morduntersuchung musste ich mit meinem Schritt zuwarten. Ich bin der festen Meinung, mir darin keinen Fehler geleistet zu haben, aber mein Taktieren hat Pittoni einen Vorteil verschafft. Ich sehe das klar und deutlich vor mir. Unbenommen, ich möchte Ihnen berichten, dass ich schon längere Zeit den Verdacht hegte, Pittoni könnte ein falsches Spiel treiben. Daher habe ich Polizeiagent I. Klasse Bosovich mit dem Aktenstudium relevanter Fälle beauftragt. Signor Bosovich, sind Sie bereit, Ihrer Kollegenschaft über die Erkenntnisse aus der von mir persönlich beauftragten Untersuchung Bericht zu erstatten?«

Luigi erhob sich. »Jawohl, Herr Direktor, das bin ich.«

Bruno verschränkte seine Arme und lehnte sich zurück. Vom Grappa spürte er gar nichts mehr, seine Ohren waren gespitzt.

Freitag, 12. Juni 1908

Fedora stieg die Treppen empor, trat vor die Wohnungstür, atmete tief durch und zog an der Glocke. Wenig später öffnete die Haushälterin die Tür.

»Guten Tag. Sie wünschen bitte?«

»Guten Tag, darf ich mich erkundigen, ob Dr. Rathkolb zugegen ist?«

»Der Herr Doktor ist im Haus.«

»Bitte melden Sie meinen Besuch. Mein Name ist Fedora Cherini.«

Die Haushälterin nickte, ließ Fedora eintreten und verschwand in der Tiefe der Wohnung. Sie blickte sich im Vorzimmer um. Eine typisch bürgerliche Wohnung in einem der guten Viertel der Stadt. Es roch nach Sauberkeit und Pflege. Fedora hörte Schritte auf dem knarrenden Parkett.

»Signora Cherini, was für eine gelungene Überraschung. Es freut mich außerordentlich, dass Sie den Weg in mein bescheidenes Heim gesucht haben. Guten Tag«, sagte Rathkolb und leistete den Handkuss.

»Guten Tag, Herr Doktor. Ich hoffe, mein unangekündigtes Erscheinen inkommodiert Sie nicht.«

»Davon kann keine Rede sein. Darf ich Sie im Gegenteil vielmehr darum bitten, mir im Salon Gesellschaft zu leisten?«

Fedora machte einen Knicks. »Das wäre sehr schön. Ich habe Ihnen etwas mitgebracht.« Fedora hob den Korb, den sie am linken Arm trug, und zog das Tuch, mit dem der Inhalt verdeckt war, zur Seite. »Mögen Sie Gugelhupf?«

Rathkolb lächelte über das ganze Gesicht. »Sagen Sie bloß, Sie haben für diesen Besuch einen Gugelhupf gebacken?«

»Genau das habe ich getan. Es ist ein kleines Mitbringsel.«

»Nun, in diesem Fall muss ich Sie, hochverehrte Signora Cherini, um die Gunst bitten, mit mir gemeinsam bei einer Kanne Tee den Kuchen zu verkosten. Ist das genehm?«

»Das ist mir sehr genehm.«

Rathkolb nahm Fedoras Hut entgegen und legte ihn auf der Garderobe ab. Dann wies er sie voran in den Salon. Die Haushälterin stand bei der Tür.

»Nataša, Signora Cherini war so liebenswürdig, einen Gugelhupf mitzubringen. Stellen Sie den Kuchen auf einen Teller und servieren Sie uns eine Kanne Ceylon. Bitte benutzen Sie das japanische Porzellan.«

»Sehr wohl, Herr Doktor.« Die Haushälterin griff nach dem Korb und ging in die Küche.

»Liebe Fedora, bitte setzen Sie sich doch.«

Sie schaute sich im Salon um und war nicht verwundert, wie geschmackvoll und gediegen der Raum eingerichtet war. Sie fand, dass das Interieur zum Sprachstil des Direktors passte. »Wie ich hörte, weilt Ihre werte Gemahlin derzeit zur Sommerfrische in Abbazia.«

»Das ist in der Tat richtig. Meine Frau, meine ältere Tochter und deren beiden Kinder verbringen dort gewiss ein paar sorgenfreie Tage in der bekanntermaßen sehr gesunden Luft des Quarnero.«

Fedora hatte vor diesem Besuch genaue Erkundigungen angestellt und dabei Bruno gestern Abend schamlos ausgehorcht. Dieser hatte auch alle Informationen schmunzelnd preisgegeben, etwa dass Rathkolb Gugelhupf mit Rosinen lieber mochte als Marmorgugelhupf und dass er freitags in der Regel um drei Uhr seinen Dienst beendete und um vier Uhr zu Hause anzutreffen war. Mittags hatte sie den Gugelhupf gebacken. Später hatte sie ihr Haar gebürstet, ein schönes Kleid angelegt und ein bisschen Rouge und Lippenstift aufgetragen.

»Wenn es meine Belange irgendwann erlauben, würde ich auch gerne nach Abbazia reisen, um den mondänen Kurort zu erleben.«

»Ach, Sie waren noch nie in Abbazia?«

»Leider nein. Weder meine Mittel noch meine Zeit erlauben es mir, Sommerfrischen zu unternehmen. Meine Söhne werden in den Schulferien für zwei Wochen in ein vom italienischen Schulverein organisiertes Zeltlager an den Oberlauf des Piave fahren. Sie freuen sich schon sehr darauf, wie die Indianer im Wilden Westen am Lagerfeuer zu sitzen. Da sind die Buben zwar aus dem Haus, aber dennoch habe ich viel zu tun. Vielleicht gehen sich zwei, drei freie Tage aus, aber ansonsten kenne ich Urlaub und Sommerfrische nur vom Hörensagen.«

»Nun, ich kann verstehen, dass Sie in Ihrer Lebenssituation stets danach trachten müssen, Kinder, Haushalt und Beruf unter einen Hut zu bringen. Und das ohne Dienstpersonal.«

Fedora lachte auf. »Warum war ich auch so ungeschickt,

als Tochter eines rückständigen Bauern im Friaul geboren worden zu sein? Wäre ich die Tochter eines Barons, hätte ich wohl eher die Gelegenheit, mich in erquicklicher Freizeitgestaltung zu ergehen.«

Rathkolb schmunzelte. »Höre ich da einen dezenten Anklang klassenkämpferischen Unmuts?«

Fedora warf Rathkolb einen aufwühlenden Blick zu. »Sie haben ein sehr feines Gehör, Herr Direktor.«

»In jedem Fall haben Sie es als Tochter eines friaulischen Bauern hier in Triest zu einer erstaunlichen Reputation gebracht. Erst neulich habe ich einen bekannten Schauspieler getroffen, der Teil des Ensembles am Politeama Rossetti ist, und dieser Mann berichtet, dass Sie es dank Ihrer vorzüglichen Arbeit als Kostümbildnerin, Ihres pfiffigen Humors und auch wegen Ihrer augenscheinlichen Schönheit in den Künstlerkreisen zu Bekanntheit gebracht haben.«

»Ich bin endlich in einer Welt angekommen, der ich mich zugehörig fühle, und ich habe viele neue Freunde gefunden.«

»Es ist schön, wenn man Freunde hat.«

»Das ist es. Und, Herr Direktor, ich beginne zu hoffen, in Ihnen auch einen Freund gefunden zu haben.«

Rathkolb zog die Augenbrauen hoch und lächelte geschmeichelt. »Es ist mir eine vorzügliche Ehre, von Ihnen dergestalt tituliert zu werden.«

»Sie haben verhindert, dass man mir meine Söhne wegnimmt. Diesen Freundschaftsdienst kann ich nicht anders erwidern, als dass ich Ihnen einen Platz in meinem Herzen einräume. Vielen Dank für Ihre Hilfe.«

»Sehr gerne.«

Die Haushälterin klopfte an und servierte Tee und Kuchen. Wenig später dampfte köstlicher Ceylon in den Schalen und Kuchenstücke lagen auf den kunstvoll glasierten Tellern.

Rathkolb nahm einen Bissen und wiegte den Kopf. »Der Gugelhupf ist vorzüglich. Sie haben mit den Rosinen nicht gespart. Das mag ich besonders.«

Auch Fedora aß. »Ich habe gestern Abend lange mit Bruno gesprochen. Er hat mir über die Wendungen im Fall Pittoni berichtet, und ich habe erzählt, was mir in diesem Zusammenhang so alles widerfahren ist. Wobei ich Details, um deren vertrauliche Behandlung Sie gebeten haben, ausgespart habe. Ihre Rolle bei der Aufdeckung der Untaten dieses Schurken hat Bruno umrissen.«

»Tja, der Fall Pittoni ist wirklich außerordentlich unangenehm und wirft einen Schatten auf die gesamte Polizeidirektion. Das Leben birgt manches Ungemach, das ist mir klar, aber dass ein Inspector I. Klasse so lange ein falsches Spiel getrieben hat, schmerzt doch sehr.«

»Bruno meint, Pittoni hätte sich längst nach Italien abgesetzt.«

»Davon ist auszugehen.«

»Er meint auch, dass er niemals nach Triest zurückkommen wird.«

»Das wäre wünschenswert, aber wissen kann man es nicht.«

»Ich brauche in jedem Fall nichts mehr von diesem Mann zu befürchten, sagt Bruno. Wie ist Ihre Meinung diesbezüglich?«

»Das ist vollständig auch meine Ansicht. Die Gefahr für Sie ist ausgestanden.«

Fedora atmete erleichtert auf. »Gott sei Dank, der Albtraum ist vorbei.«

Rathkolb zog die Augenbrauen hoch. »Sind Sie zu mir gekommen, um sich in dieser Frage zu vergewissern?«

Fedora griff zur Tasse und lächelte hintergründig. »Ausschließlich deswegen. Und vielleicht auch, um mit Ihnen über den Rand der Teetasse hinweg zu kokettieren. Sie wissen, Herr Direktor, ja die ganze Stadt weiß, dass ich eine Frau von zweifelhaftem Ruf bin. Und Sie haben sich bei Ihrem überraschenden Besuch in meiner Wohnung durchaus erkennbar exponiert. Hilfsbereitschaft, Mut, Galanterie und eine gepflegte Erscheinung sind Eigenschaften eines Herrn, die meine Aufmerksamkeit zu erregen imstande sind.«

Rathkolb strich sich geschmeichelt durch den Bart. »Signora Cherini, halten Sie um Gottes willen inne, anderenfalls verfalle ich Ihrem Charme mit Haut und Haar. Und bitte bedenken Sie, ich bin ein verheirateter Mann, Vater und Großvater, über allzu leichtfertige Kokketterie sollte und will ich nicht stolpern.«

Fedora schenkte ihm ein hinreißendes Lächeln. »Wer redet denn von Leichtfertigkeit, Herr Direktor? Ich überlege nur, ob ich nicht eines Tages doch einen Dampfer nach Abbazia besteige, um dort auf der Franz-Joseph-Promenade spazieren zu gehen. Was wäre es doch für eine reizende Überraschung, wenn man einander dort begegnete.«

Rathkolb neigte den Kopf. »Würden Sie denn erfreut sein, einem doch beträchtlich älteren Mann auf der Promenade zu begegnen?«

»Bei manchen Männern ist es wie mit Rotwein. Gut gelagert, entfaltet der Wein über die Jahre sein Aroma.«

Die beiden schauten einander eine Weile an.

»Signora Cherini, darf ich Ihnen noch etwas Tee offerieren?«

»Herzlich gerne, Herr Direktor.«

⁂

Renzullo stieß die Tür zu seiner Wohnung auf, stellte den Seesack ab und öffnete das Fenster. Der Tag war sommerlich gewesen, in seiner Dachkammer lag noch die Wärme. Mittlerweile tauchte am Horizont die Sonne in die Adria. Renzullo entflammte die Petroleumlampe.

»Komm bitte herein.«

Laura trat über die Schwelle und schaute sich in der Kammer um. »Hier also wohnst du.«

»Klein, aber mein. Setz dich doch. Ich habe Wein und Wasser vorbereitet. Bist du durstig?«

»Bitte keinen Wein. Es sieht ordentlich aus. Hast du aufgeräumt?«

»Natürlich, der Boden ist gekehrt, der Staub gewischt. Ich war sogar in der Wäscherei.«

Laura trat an das Bett, prüfte die Festigkeit der Matratze und setzte sich. Sie tastete vorsichtig nach den Verbänden auf ihrem Gesicht.

Renzullo setzte sich neben sie. »Hast du Schmerzen?«

»Nicht sehr schlimm. Der Arzt sagt, dass Narben bleiben werden.«

»Ich weiß. Bist du traurig, Laura?«

»Ja.«

Renzullo griff nach ihrer Hand und drückte sie an seine Brust. »Bitte sei nicht traurig. Ja, wir sind arm wie die Kirchenmäuse, aber wir sind jetzt zusammen. Nichts kann uns trennen.«

»Willst du wirklich eine beschädigte Hure mit Narben im Gesicht heiraten?«

»Die Vergangenheit ist egal, wir gehen in die Zukunft. Und ich sehe die Narben nicht, ich sehe dein Herz. Auf den ersten Blick konnte ich es sehen, auf den ersten Blick habe ich mich in dich verliebt. Endlich bist du bei mir.«

»Schon als junges Mädchen wollte ich der Enge des Dorfes entkommen. Ich wollte etwas von der Welt sehen. Und kaum tat ich den ersten Schritt, landete ich in einem Bordell. Ich schäme mich.«

»Dir wurde Unrecht angetan, du wurdest belogen, betrogen und geschlagen. Dich trifft keine Schuld, du brauchst dich nicht zu schämen.«

Laura schaute Renzullo aus ihren großen, unergründlich tiefen Augen an. »Du bist so gut zu mir. Immer wenn du bei mir bist, ist mein Leben ein bisschen heiterer.«

»Dann geh mit mir nach Wien. So wie wir es besprochen haben. Lass uns gemeinsam ein neues Leben anfangen. Ich werde mir Arbeit suchen.«

Laura lehnte ihren Kopf gegen seine Schulter. »Ja, lass uns gemeinsam fortgehen.«

»Ich liebe dich, Laura.«

»Ich liebe dich auch, Fabrizio. Und jetzt halt mich einfach nur fest.«

Emilio genoss den Aufenthalt in der berühmten Stadt an der Lagune. Natürlich kannte er Venedig gut, im Laufe seines

Leben hatte er wiederholte Male mit dem Zug oder Dampfer die Strecke zwischen den beiden bekanntesten Städten an der oberen Adria zurückgelegt. Wobei Venedigs Bedeutung vor allem historisch war, Triests Rand dagegen vor allem wirtschaftlicher Natur. Er betrat die kleine, etwas abseits gelegene Pension, in der er untergekommen war. Wie so oft hatte er auch an diesem Abend keinen Wein getrunken. Emilio hielt nicht viel von Alkohol. Die den Verstand und die Sprache benebelnde Wirkung mied er. Er hatte immer das Gefühl, dass Bier, Wein oder Schnaps seine Wachsamkeit lähmten, wodurch er für seine Gegner im angeheiterten oder gar angetrunkenen Zustand ein leichtes Opfer abgeben würde. So hielt er sich an Kaffee und Zigaretten, um sich an einem lauen Frühsommerabend wie dem heutigen zu entspannen. Die Sonne war längst untergegangen, also beendete er den langen und erholsamen Nachmittag und Abend, den er spazierend und in verschiedenen Kaffeehäusern sitzend verbracht hatte. Hier erhielt man in den Gaststätten auch Zeitungen, die man in Triest selten fand. Das Sortiment an italienischen Druckwerken war in Venedig ungleich größer als in Triest, wo man vor allem österreichische und ungarische Blätter bekam. So hatte er eine Tageszeitung aus Genua vollständig ausgelesen und dabei viel Neues erfahren.

Emilio hatte nach einer unauffälligen Herberge gesucht. Er hätte sich zwar in einem Grand Hotel einquartieren und sich Schneider und Barbier aufs Zimmer kommen lassen können, aber davon sah er ab. Er war es gewohnt, unauffällig zu bleiben. Angeberisch und großkotzig durften gerne andere sein, er war es nicht. Außerdem lag Venedig nicht so weit von Triest entfernt, als dass er nicht auf Bekannte stoßen könnte.

Zweitausend Kronen hatte er in Lire umgetauscht, um im Alltag über genug Bargeld zu verfügen. Und natürlich war er nicht zu einem der großen Bankhäuser gegangen, sondern zu einem kleinen Wechsler, der zwar einen schlechteren Kurs und eine hohe Gebühr berechnet hatte, dessen Geschäfte aber im Geiste der Diskretion zu verlaufen schienen.

Emilio stieg die knarrende Holztreppe hoch, schloss die Tür auf und wollte eintreten.

Da flog von hinten ein Schatten auf ihn zu. Blitzartig spannte er all seine Muskeln, doch der Schatten stieß ihn mit Wucht voran in das Zimmer. In letzter Not konnte Emilio einen Sturz verhindern. Ohne jegliche Verzögerung waren rasende Wut und Kampfeswille in ihm. Er warf sich herum und zog seinen Revolver. Der Angreifer packte mit erschreckender Genauigkeit seine rechte Hand und schlug sie gegen die Mauer. Emilio stieß einen Schmerzenslaut aus, der Griff um die Waffe lockerte sich, was sein Gegner sofort ausnutzte, um ihm die Waffe zu entwenden.

Emilio war der Panik nahe. Der Angriff war mit absoluter Präzision und Schnelligkeit erfolgt, er war zweifellos in einen sorgsam vorbereiteten Hinterhalt eines erfahrenen und überaus kräftigen Kämpfers geraten. Emilio spürte die gewaltige körperliche Präsenz seines Feindes.

Und jetzt erkannte er ihn auch. Koloman Vanek.

Mit aller Kraft kämpfte er die drohende Panik nieder. In rasender Geschwindigkeit jagten die Gedanken durch seinen Kopf. Es gab in ganz Triest keinen Mann, der sich mit Emilio Pittoni anlegen würde, solange dieser seinen Revolver in Griffweite hatte, aber es gab in ganz Triest auch nur einen einzigen Mann, der es wagen würde, Emilio den

Revolver zu entwenden. Nämlich Koloman Vanek. Gegen diese Felsmauer von Kerl war er im Zweikampf chancenlos, das wusste Emilio, Vanek bestand aus schweren Knochen, Sehnen aus Drahtseilen und einem gigantischen Berg von Muskeln. Die einzige Option im Kampf, die Emilio blieb, war seine Schnelligkeit.

Er zog sein Messer aus der Scheide und stach wie eine zubeißende Schlange auf seinen Gegner ein. Vanek wich geschickt aus. Emilio stach erneut zu, rasend und gezielt, wieder und wieder. Vanek wich aus oder wehrte die vorstoßende Hand ab. Unglaublich, wie flink Vanek war, es war kaum zu verstehen, dass ein derart massiger Mann sich so gewandt bewegen konnte.

Da traf Emilio wie aus dem Nichts ein Faustschlag an der Schläfe. Die Wucht warf ihn nach hinten. Wo war der Revolver? Vanek hielt ihn nicht mehr in der Hand. Emilio hatte nicht gesehen, wo und wie Vanek die Waffe weggeworfen hatte. Der Fleischberg ging mit geballten Fäusten vor, wich noch einmal der mittlerweile ungezielten Gegenwehr mit dem Messer aus und lancierte eine Stafette gezielter Boxschläge gegen den Kopf. Die ersten Schläge konnte Emilio mit letzter Mühe abwehren, doch einer traf seine Nase. Helle Sterne explodierten in seinem Kopf. Und dann landete Vanek einen schweren Schwinger in die Magengrube. Emilios Herzschlag setzte für einen Augenblick aus, seine Knie wurden weich.

Sein Gegner entwand ihm das Messer, indem er ihm drei Finger brach. Emilio schrie vor Schmerz. Vanek nahm ihn in den Schwitzkasten, warf ihn um und drückte ihn mit seinem überlegenen Gewicht zu Boden.

»Du kannst deinen Saufkumpanen erzählen, dass du tapfer gekämpft hast«, flüsterte Vanek, der gerade einmal ein wenig außer Atmen gekommen war.

Für einen Moment lag Emilio – unfähig zur Gegenwehr – unter diesem Koloss von einem Mann.

»Fühlt sich bestimmt blöd an, wenn man so wehrlos ist. Ich glaube, diese Lektion musst du noch ein Weilchen üben. Ich habe Zeit. Oder ziehst du dem eine ordentliche Tracht Prügel mit Brüchen, Quetschungen und Blutungen vor? Du hast die Wahl. Wobei, deine Nase scheint gebrochen zu sein, die Finger an der rechten Hand sowieso. Du versaust mir gerade den Ärmel meines Sakkos mit deinem Blut. Aber das nehme ich dir nicht übel, keine Sorge. Ich habe Ersatz.«

Emilio rang mit dem Atem, so hart war der Würgegriff. Er fühlte sich, als ob er in einen riesigen Schraubstock gespannt worden wäre.

»Hast du wirklich geglaubt, du kannst uns alle zum Narren halten? Hm, ich nehme an, du bist wegen deiner Erfolge ein wenig überheblich geworden. Hast wohl geglaubt, du bist unangreifbar. Schwerer Fehler, nämlich einen Zentner schwer. Mein Gewicht kannst du in dein Tagebuch schreiben. Als schöne Erinnerung an den Tag, als Koloman Vanek beinahe wütend geworden wäre. Beinahe. Deine Waffen werde ich dann noch einsammeln und mitnehmen. Dir wünsche ich einen schönen Aufenthalt in der pittoresken Altstadt Venedigs. Die Lire habe ich dir gelassen, damit du dir in der Apotheke eine heilsame Tinktur und eine wohltuende Salbe kaufen kannst. Aber die Kronen und die Goldmünzen musste ich an mich nehmen. Das ist die Bearbeitungsgebühr, die ich verrechnen muss. Du verstehst das sicher.«

Emilio bemerkte, wie Vanek den Würgegriff ein wenig lockerte und er wieder atmen konnte. Dennoch blieb das Nashorn noch eine ganze Weile auf ihm liegen.

»Und jetzt, Emilio, wo wir zwei so gute Freunde geworden sind, noch ein paar wichtige Hinweise. Wenn du glaubst, dass du dich an mir rächen musst, dann nimm auf jeden Fall ein Scharfschützengewehr und schieße es aus großer Distanz. Ich weiß, dass du gut mit Schusswaffen bist. Es geht auch heimtückisch platzierter Sprengstoff oder in den Frühstückskaffee gemischtes Gift. Aber du musst unbedingt Sorge tragen, dass dein Trick auf Anhieb funktioniert. Anderenfalls werde ich bei unserem nächsten Treffen nicht so gut gelaunt auftreten. Verstehst du, was ich sage? Ach übrigens, wenn deine Rache gegen mich wirklich Erfolg haben sollte, was ich dir definitiv zutraue, eine so hohe Meinung habe ich von dir, dann wird sich der Hauptmann um dich kümmern. Ich kenne ihn gut, den Hauptmann, er ist ein toleranter und friedliebender Mensch, aber er kann auch furchtbar nachtragend sein.«

Emilio wusste nicht so recht, wie ihm geschah, denn Vanek löste den Würgegriff, packte ihn am Kragen und hob ihn auf einen Stuhl. Vanek kam nahe an Emilios Gesicht und bohrte ihm beinahe den Zeigefinger ins linke Auge.

»Signore, Triest, was sage ich, ganz Österreich-Ungarn ist für dich tabu. Ich will dich nie wiedersehen. Viel Glück im sonnigen Italien. Tja, Freundchen, du warst einfach zu arrogant. Das kann ich nicht ausstehen.«

Emilio verfolgte, wie Vanek das Messer und den Revolver einsammelte, sich noch einmal im Raum umsah und dann das Zimmer verließ. Er drückte sein Taschentuch an die noch immer blutende Nase, erhob sich taumelnd und öffnete den Schrank. Seine Kleidung lag ausgeleert auf dem Schrankboden. Der Koffer mit den Goldmünzen und Banknoten war fort. Emilio sank auf die Knie. Er wimmerte.

~~⊙~~

Leopold von Baumberg stand bei der Anlegestelle und wartete seit über einer Stunde. Der Abend war lau, eine milde Brise strich vom Meer über die Lagune. Die zwei Männer im Ruderboot hatten keine Eile, sie wurden gemäß der Vereinbarung nach Stunden bezahlt. Wenn sich also die Fahrgäste verspäteten, würde die Gebühr für die Überfahrt höher ausfallen. Ihr Auftrag war es, die Herren von Venedig hinüber auf das Festland zu rudern, egal zu welcher Tages- oder Nachtzeit.

Baumberg schaute zu den Sternen am beinahe wolkenlosen Himmel empor. Im Grunde seines Herzens war er ein einfacher Soldat, auch wenn er einer adeligen Familie entstammte. Seine Vorfahren hatten ihm zwar ein paar Tropfen blauen Blutes, aber keine Besitztümer oder ein großes Vermögen hinterlassen, also war er wie sein Vater und Großvater Offizier geworden. Auch wenn seine Zeit als aktiver Soldat vorbei war, die Grundeinstellung hatte er verinnerlicht. Und Soldaten hatten kein Problem damit, ein paar Stunden, Tage oder Wochen zu warten. Wer wartete, war nicht tot, immerhin.

Da hörte er sich nähernde Schritte und schaute in Richtung des Kiesweges. Er erkannte den Mann trotz der Dunkelheit aus der Ferne.

»Na, Vanek, hattest du einen angenehmen Abend?«
»Ach, ich kann nicht klagen.«

»Alles erledigt?«
»So weit, so gut.«
»Dann ab ins Boot. Die Männer schlafen uns sonst noch ein.«
Wenig später stieß das Boot ab und die Ruderer legten sich nicht hastig, aber doch kräftig in die Riemen. Das Boot entfernte sich zügig von der Insel.
»Du hast also unseren Patienten einer gesunden Zahnbehandlung unterziehen können?«, fragte Baumberg.
»Sehr gesund.«
»Er weiß, dass er schwere und fette Nahrung meiden sollte?«
»Ich habe es ihm so nachdrücklich klargemacht, wie ich konnte.«
»Darin hast du ein gewisses Talent, wie ich weiß.«
»Ein Zweifel bleibt immer, vielleicht dreht er durch und will ernsthaft Rache.«
»Du wolltest schärfer vorgehen, aber ich habe bestimmt, dass unser Freund nur einen Denkzettel erhält. Wenn er also wirklich zurück nach Triest kommen sollte, mache ich das zu meiner Angelegenheit.«
»So habe ich es Pittoni auch gesagt.«
»Der Mann ist kein Narr. Er wird sich nicht mit der gesamten Monarchie anlegen wollen.«
»Das ist auch meine Einschätzung.«
»Was hast du da im Koffer?«
»Pittonis Ersparnisse.«
»Wie viel?«
»Eine ganze Menge. Ich glaube, er hat noch ein paar Geschäfte gemacht, von denen wir nichts wissen. Nur mit dem Mädchenhandel kann er das nicht ergaunert haben.«

»Nenne mir die Zahl.«

»Zwei Zahlen. Im Koffer sind achtundzwanzigtausend in Geldscheinen und sechzigtausend in Goldmünzen.«

Baumberg pfiff anerkennend. »Respekt.«

»Was werden Sie mit dem Geld tun, Herr Hauptmann?«

»Ich? Warum soll ich etwas tun? Das ist dein Fall.«

»Aber es ist viel Geld.«

»Du hast dir die Suppe eingebrockt, also löffelst du sie gefälligst auch aus. Ich greife den Koffer nicht an. Außerdem sind mir Goldmünzen sowieso viel zu schwer.«

»Ich soll das Geld behalten?«, fragte Vanek nach.

Baumberg zuckte mit den Schultern. »Wirf es ins Meer. Kauf dir etwas Schönes. Mir ist das egal. Ein Segelboot. Oder ein edles Pferd mit Sportwagen. Kauf dir dreihundertfünfundsechzig Melonen, für jeden Tag eine neue. Lass dir etwas einfallen.«

Für eine Weile lag Schweigen zwischen den Männern.

»Herr Hauptmann?«

»Ja, Vanek?«

»Mir ist etwas eingefallen.«

»Davon bin ich ausgegangen. Du hast immer brauchbare Ideen.«

»Ich möchte Ihre Meinung hören.«

»Gut, die werde ich dir ehrlich sagen.«

»Also ...«, hob Vanek an und schaute dann noch einen Moment auf die leicht gekräuselte Wasseroberfläche. Die beiden Ruderer waren Italiener, die kein Deutsch verstanden, davon hatten sich Baumberg und Vanek zuvor überzeugt. »Also, ich könnte Folgendes tun: Die Kronen nehme ich als Altersvorsorge an mich, achtundzwanzigtausend ist eine stolze Summe.«

»Klingt vernünftig.«

»Die sechzigtausend in Gold wandle ich in Bargeld um und teile den Betrag durch zwei. Würden Sie mir beim diskreten Eintauschen von Gold in Kronen behilflich sein?«

»Das könnte ich natürlich tun, aber zuerst will ich wissen, was du mit den zwei Teilen des Betrages anstellst.«

»Einen Teil erhält Concetta. Damit sie die Ärzte und Medikamente bezahlen kann. Den anderen Teil gebe ich Laura. Mit den Narben im Gesicht kann sie ohnedies nicht mehr arbeiten, außerdem will sie diesen Spaßvogel heiraten und in die Hauptstadt umsiedeln. Was meinen Sie?«

Baumberg musterte den Mann, von dem er in der Dunkelheit der Nacht nur die Silhouette erkennen konnte. »Wirst du weich, Vanek?«

»Ich brauche nicht so viel Geld.«

»An der Idee gefällt mir, dass du Pittoni damit nachträglich verspottest.«

»Er wird es nie erfahren.«

Baumberg dachte nach. »Du bist in Wahrheit ein Poet, Vanek.«

»Verraten Sie es bitte nicht den anderen.«

»Niemals, Kamerad, wir stehen gemeinsam an der Front. Also zwei Teile. So wird es gemacht. Das ist ein Befehl.«

Baumberg ahnte nur das breite Grinsen seines Adjutanten, dieser salutierte salopp. »Jawohl, Herr Hauptmann.«

Sonntag, 14. Juni 1908

Bruno und Fedora saßen im Gastgarten des Caffè degli Specchi Schulter an Schulter mit Blick auf die Piazza Grande. Die ausgerollte Markise aus rotem Stoff spendete zwei Tischreihen angenehmen Schatten, während zwei weitere Tischreihen für besonders sonnenhungrige Gäste im hellen Licht der Nachmittagssonne lagen. Am nahen Molo San Carlo lag die Vorwärts, einer der großen Dampfer des Österreichischen Lloyd, der seit vier Jahren auf den Hauptlinien der Schifffahrtsgesellschaft eingesetzt wurde. Um sechs Uhr abends würde die Vorwärts mit dem Ziel Alexandria in See stechen. Nachdem die Frachträume bereits beladen waren, schifften sich nun die Passagiere ein.

Der Kellner servierte zwei Tassen Kaffee, zwei Stücke Strudel di mele und für Bruno ein Glas Cognac. Fedora hatte zu Mittag gekocht, Bruno war bei ihr und ihren Söhnen zum Essen eingeladen gewesen. Nach einer kleinen Ruhepause im Anschluss an das Mittagsmahl waren sie zu viert zu einem Spaziergang aufgebrochen. Bruno hatte versprochen, die Familie Cherini ins Kaffeehaus auszuführen. Dann allerdings war den Buben der Spaziergang zu langweilig geworden, also hatte Fedora erlaubt, dass sie sich zu zweit am Hafen herumtreiben durften. So waren Bruno und Fedora in das berühmte Kaffeehaus auf der Piazza Grande eingekehrt.

Fedora löffelte Zucker in ihren Kaffee, schaute sich aber dabei um. »Ich hoffe, die Rabenbraten kommen in einer Stunde hierher.«

Bruno zuckte mit den Schultern. »Ach, lass die Buben. Die sind schon in Ordnung, und auf ein paar Minuten mehr oder weniger kommt es nicht an.«

»Meine Güte bin ich froh, dass dieser Fall gelöst ist. Ich habe viele Leute getroffen, die von den böse zugerichteten Mädchen auf dem Montebello regelrecht entsetzt waren. Ich habe auch Angst gehabt.«

Bruno verzog gequält seine Miene. »Bitte sprechen wir von etwas anderem.«

»Na gut, wovon willst du reden?«

»Wie wäre es, über das Wetter zu debattieren? Findest du es heute auch angenehm mild?«

Fedora lachte. »Das ist das langweiligste Thema der Welt.«

»Alles ist besser, als über die Arbeit zu sprechen.«

»Ich war am Freitag bei Dr. Rathkolb zu Gast.«

Bruno blickte hoch. »Na, das klingt nach einem interessanten Thema. Du hast also dein Vorhaben umgesetzt? Wie war es?«

»Ausgesprochen nett. Dr. Rathkolb ist ein geistreicher Gastgeber, seiner Redeweise könnte ich stundenlang lauschen, und er hat exzellenten Tee servieren lassen. Kennst du seine Wohnung?«

»Ich weiß, wo sie liegt, aber in seiner Wohnung war noch nie.«

»Sie ist sehr stilvoll eingerichtet.«

»Das kann ich mir gut vorstellen. Und, hast du ihn becirct?«

Fedora reckte empört den Hals. »Bruno, was denkst du nur von mir? Dr. Rathkolb ist verheiratet, hat Kinder und Enkel, er ist ein Ehrenmann vom Scheitel bis zur Sohle.«

Bruno lächelte breit. »Du hast ihn also becirct.«

»Natürlich. Hat Spaß gemacht.«

»Wenn du Dr. Rathkolb jemals in deine unersättlichen Fänge bekommen solltest, erzähl mir bitte nichts. Ich will davon nichts wissen.«

»Du bist ein Feigling.«

»Immer schon gewesen«, bekannte Bruno.

»Hast du auch einen Brief von Luise erhalten?«

»Ja. Sie lädt uns zu einem Aufenthalt in Sistiana ein. Die Komtess Urbanau und der Erbgraf Brendelberg werden in die Küstenlande reisen und ein paar Tage bei Luise in der Villa verbringen. Luise freut sich auf ein geselliges Miteinander in ihrem Landhaus.«

»Sie hat explizit Sergio eingeladen.«

Bruno schaute Fedora von der Seite an. »Ich würde mich freuen, Signor Montanari endlich persönlich kennenzulernen. Wie läuft es mit euch?«

»Sehr gut. Er ist wahnsinnig verliebt in mich.«

»Du hast die Gabe, arglose Männer in deinen bösen Bann zu schlagen. Ich weiß das aus eigener Erfahrung.«

»Bann ja, böse nein.«

»Gut, eingestanden, also in deinen unentrinnbaren Bann.«

»Das klingt schon viel besser.«

»Und magst du ihn auch?«

»Mit jedem Tag mehr. Heute Abend treffe ich ihn. Darauf freue ich mich.«

Bruno griff zum Teller mit dem Apfelstrudel, nahm einen Happen und schaute ein Weilchen versonnen hinüber zum Meer. »Kaffee und Kuchen sind köstlich, das Wetter ist mild, die Luft ist klar und die Menschen sind an diesem Sonntag friedlich, in diesem Moment geht es uns gut. Was will man mehr vom Leben?«

Fedora griff zum Kuchenteller. »Das hast du schön gesagt. Lass den Sommer kommen.«

ENDE

*Weitere Titel finden Sie auf den
folgenden Seiten und im Internet:*
WWW.GMEINER-VERLAG.DE

Alle Bücher von Günter Neuwirth:

Polizistin Christina Kayserling ermittelt:

Totentrank
ISBN 978-3-8392-0651-5

Erdenkinder
ISBN 978-3-8392-0258-6

Neumondnacht
ISBN 978-3-8392-0498-6

Inspektor Hoffmann ermittelt:

Die Frau im roten Mantel
ISBN 978-3-8392-2145-7

Zeidlers Gewissen
ISBN 978-3-8392-2278-2

In der Hitze Wiens
ISBN 978-3-8392-2407-6

Inspector Bruno Zabini ermittelt:

Dampfer ab Triest
ISBN 978-3-8392-2800-5

Caffè in Triest
ISBN 978-3-8392-0111-4

Sturm über Triest
ISBN 978-3-8392-0418-4

Südbahn nach Triest
ISBN 978-3-8392-0630-0

Wettlauf in Triest
ISBN 978-3-8392-0812-0

E-Book-Only:

Paulis Pub
ISBN 978-3-7349-9436-4

Fichtes Telefon
ISBN 978-3-7349-9438-8

Hoffmanns Erwachen
ISBN 978-3-7349-9444-9

GMEINER SPANNUNG

WWW.GMEINER-VERLAG.DE
Wir machen's spannend

Stephan R. Meier
Riviera Express - Das Vermächtnis der Contessa
Kriminalroman
336 Seiten, 13,5 x 21 cm,
Premiumklappenbroschur
ISBN 978-3-8392-0814-4

Riviera di Ponente. In den frühen Morgenstunden wird Commissario Gallo zum Fundort einer Leiche gerufen. Ein Olivenbauer hatte die junge Frau am Ortsrand von Sanremo, oberhalb der malerischen Altstadt mit den bunten Häusern und der sonnigen Küstenpromenade, entdeckt. Die Ermittlungen führen Gallo und sein Team zu einer weit in die Vergangenheit reichenden Familientragödie – und zu einer zweiten Leiche. Als der Commissario eine Verbindung zwischen den Toten enthüllt, tritt er eine Lawine los, die seine Karriere beenden könnte.

GMEINER SPANNUNG

WWW.GMEINER-VERLAG.DE
Wir machen's spannend